보트 위의 세 남자

보트 위의 세 남자

제롬 K. 제롬 | 김이선 옮김

문예출판사

Three Men in a Boat

Jerome K. Jerome

차례

보트 위의
세 남자

책머리에

    책의 주된 미덕은 문학적인 스타일 혹은 전달하는 정보의 양이나 유용성보다는 진실성에 있다고 할 수 있다. 각각의 페이지들은 실제로 일어난 사건들에 대한 기록이다. 나는 그 사건들에 색을 입히는 작업을 했을 뿐이다. 그리고 이에 대해 추가 비용을 청구하지는 않았다. 조지, 해리스, 몽모렌시는 시적으로 이상화된 전형이 아니라 피가 흐르고 살이 붙은 생물이다. 특히 조지는 약 12스톤* 정도 나간다. 사고의 깊이라든가 인간 본성에 대한 통찰력 같은 측면에서 이 책은 다른 작품에 뒤질지도 모른다. 독창성과 사이즈라는 측면에서는 다른 작품과 비슷할지도 모른다. 그러나 어쩔 수 없이, 마치 불치의 병처럼, 진실을 말하는 태도만큼은 지금까지 발견된

---

*   1스톤은 약 6.350킬로그램. 특히 체중을 표시하는 데 쓰인다.

작품 중에서 이 책을 능가할 작품이 없다. 다른 여러 가지 매력도 있지만, 바로 이 점이야말로 정직한 독자들의 눈에 이 책이 진기해 보이도록 만들어줄 것이며, 이 이야기가 말하는 교훈에 무게를 더할 것이다.

1889년 8월, 런던에서

1

우리는 다 해서 넷이었다. 조지, 윌리엄 새뮤얼 해리스, 나, 그리고 몽모렌시. 우리는 내 방에 앉아 담배를 피워대며, 우리가 얼마나 안 좋은 상태인지 얘기하고 있었다(그러니까 내 말은, 물론 의학적인 관점에서 말이다).

우리 모두는 계속해서 컨디션이 좋지 않았고, 그래서 더욱더 기분이 나빠지고 있었다. 해리스는 시시때때로 너무나 이상한 현기증이 인다고 말했다. 그 때문에 자기가 무슨 일을 하는지도 모를 지경이 된다고 했다. 그러자 조지는 자신에게도 그런 증세가 나타난다면서, 자기도 무슨 일을 하는지 모를 지경이 된다고 했다. 나에 대해 말하자면, 문제는 간이었다. 나는 내 간에 문제가 있다는 것을 알고 있었다. 간장약 광고지를 읽었는데, 거기엔 사람의 간에 문제가 있을 때 나타나는 오만 가지 증상이 상세하게 나와 있었다. 내겐 거기 언급된 증상들이 모두 있었다.

참으로 알 수 없는 일이지만, 나는 약 광고를 볼 때마다, 선전하고 있는 약이 치료해준다는 바로 그 병에 걸렸다는 생각을 하게 된다. 그것도 가장 악성으로다가 말이다. 모든 증상이 내가 자가진단식으로 느끼는 '감'과 정확히 맞아떨어졌다.

언젠가 대영박물관 안에 있던 도서관에 간 적이 있다. 느낌이 오는 어떤 경미한 병에 대한 치료책을 찾아보기 위해서였다(아마도 건초열*이었던 것 같다). 나는 책을 펼쳐 애초에 읽으려고 했던 부분을 모두 읽었다. 그리고 나서, 부지불식간에, 정말 아무 목적 없이 페이지를 넘겼고, 그때부터 전반적인 모든 병의 증상에 관한 학습이 시작되고야 말았다. 애초에 내가 고생하고 있던 병이 무엇이었는지는 까맣게 잊어버렸다(정말 끔찍하고 지독한 괴로움이었던 것 같은데 말이다). 그리고 '전구증상' 항목을 채 반도 읽기 전에, 사실상 내가 그 항목에서 설명하고 있는 병에 걸렸음을 깨닫게 되었다.

나는 두려움 때문에 몸이 굳어버린 채, 잠시 그냥 앉아 있었다. 그리고 조금 후, 절망감을 느끼며 힘없이 다시 페이지를 넘겼다. 이번에는 장티푸스였다. 나는 증상을 읽어 내려갔다. 나는 장티푸스였다. 그것도 몇 개월 지속된 상태였다(세상에, 나는 그 사실을 알지도 못했다). 도대체 또 무슨 병에 걸린 걸까? 무도병**(그럼 그렇지. 내 예상이 틀릴 리가 있나. 내겐 무도병도 있었다). 서서히 내 병들에 대해 알아보고 싶다는 욕구가 생겼다. 속속들이 말이다. 나는 알파벳 순서

---

*   환절기에 나타나는 알레르기성 질환의 일종
**   얼굴, 사지, 혀 등의 근육에 운동 장애가 오는 신경성 증후군

로 훑어보기 시작했다. 오한. 나는 오한으로 고생 중이었다. 앞으로 약 이 주 뒤면 심각한 상태로 발전할 예정이었다. 신장 질환. 다행히도 치료 가능한 수준, 사는 데 문제는 없을 듯 보였다. 콜레라, 심각한 합병증 증세 발견. 디프테리아는 애초에 가지고 태어났다. 나는 세세히 공을 들여 스물여섯 개의 알파벳 글자 항목을 탐독했다. 나에게 없다고 결론 내릴 수 있는 유일한 질환은 '가정부의 무릎(house-maid's knee)', 즉 무릎 염증뿐이었다.

처음엔, 좀 가벼운 정도긴 했지만 이것 때문에 상처를 좀 받았다. 왜 무릎 염증은 없는 거시? 그거 하나 빠거둬서 뭐하게? 하지만 시간이 좀 흐르자, 개인적인 이익에 집착해선 안 된다는 생각이 들었다. 내게는 백과사전상의 다른 질병들이 모두 있지 않은가. 그러자 차츰 이기적인 감정이 사라지면서, 무릎 염증쯤 없이도 살 수 있다는 결심을 하기에 이르렀다. 통풍은 곧 악성 단계에 접어들 예정이었다. 나는 내게 통풍 질환이 있는지 알지도 못했다. 그리고 전염성 질환. 이건 어린 시절부터 쭉 앓아왔다. 전염성 질환을 마지막으로 더 이상의 병명은 없었다. 그래서 나는 내게도 더 이상의 병은 없을 거라고 결론 내렸다.

나는 앉아서 생각했다. 의학적인 관점에서 나만큼 흥미로운 사례가 또 있을까. 뜻밖에 얻은 귀한 경우가 될 것이다. 나만 있으면, 학생들은 '병원 안을 걸어 돌아다닐' 필요도 없을 것이다. 내가 그 자체로 병원이었다. 그들은 나를 세워놓고 뻥 돌기만 하면 된다. 그러면 졸업장이 뚝 떨어지리라.

얼마나 더 살아야 하는지가 궁금해졌다. 나는 나 자신을 진찰했다. 맥도 짚어보았다. 처음에는 맥박이 전혀 느껴지지 않았다. 그러다 갑자기, 뛰기 시작하는 것 같았다. 나는 시계를 꺼내어 초를 쟀다. 분당 147번*이었다. 심장은 뛰는 걸까? 나는 심장을 느껴보려 했다. 그런데 심장이 느껴지지 않았다. 내 심장은 멈춘 지 오래였던 것이다. 그때부터 나는, 내 심장은 항상 있어야 할 곳에 있었고, 항상 뛰었으며, 다만 내가 그것을 측정하거나 설명할 수 없는 것이라는 쪽으로 생각을 몰아가는 수밖에 없었다. 나는 내 몸 위를 여기저기 두드려보았다. 허리라고 부를 수 있는 부위부터 머리까지. 양 옆구리 측면과 등 약간 위쪽도. 하지만 아무것도 느낄 수 없었다. 아무 소리도 들리지 않았다. 나는 혀를 보려고 안간힘을 썼다. 되도록이면 길게 쭉 빼고 한쪽 눈을 감은 뒤, 나머지 한쪽 눈으로 혀를 살펴보았다. 혀의 끝부분밖에 보이지 않았고, 성홍열이 있다는 느낌이 점점 더 확실해질 뿐이었다.

열람실에 들어올 때까지만 해도 나는 행복하고 건장한 남자였다. 하지만 열람실을 기어나가는 모습이라니. 나는 노쇠할 대로 노쇠한 난파선이 되어 있었다.

나는 내 주치의에게 갔다. 나와는 오랜 친구 사이인데, 병이 있겠거니 하고 찾아가도, 진맥을 하고 혀를 살핀 후에는 허망하게 날씨 얘기나 늘어놓는 녀석이다. 그래서 나는 이번이야말로 녀석을 제대로 도울 기회라고 생각했다.

'의사에게 필요한 것은 실습이야. 의사는 나 같은 환자를 만나야 해. 평범하고 흔한 환자가 1700명이나 있어봤자 아무 소용이 없어.

나만 있으면 돼. 고작해야 한두 군데 아픈 주제에 나하고 상대를 하 겠다고 들면 곤란하지.'

나는 계단을 올라가 그를 만났다.

"왔어? 문제가 뭐야?"

"너에게 내 문제가 뭔지 말하느라 시간을 낭비하지 않겠어, 친 구. 인생은 짧고, 너는 내가 내 문제를 다 말해주기도 전에 죽을지 모르니까. 하지만 내 문제가 아닌 것은 말해줄 수 있지. 나에게 무 릎 염증은 없어. 왜 무릎 염증 증세가 없는지는 나로서도 알 수 없 어. 그러니 말해줄 수 없지. 하지만 그렇다고 그 사실이 사실이 아 닌 것은 아니야. 그것 말고는 모든 병의 증세가 다 있으니까."

그러고 나서 그에게 내가 그 사실을 알게 된 경위를 설명했다.

그러자 그는 내 입을 벌리고 안쪽을 살피더니, 덥석 손목을 움켜 쥐는 것이 아닌가. 그리고 아무 생각도 하지 않고 있는데 가슴팍을 퍽 쳤다(이건 정말이지 비겁한 행동이 아닐 수 없다). 그러고 나서는 머 리로 나를 치받았다. 그러더니 자리에 앉아 처방전을 쓰고는 그것 을 접어 나에게 주었다. 나는 주머니에 그 처방전을 집어넣고 밖으 로 나왔다.

나는 처방전을 펴보지도 않은 채 가장 가까운 약국으로 가서 그 것을 내밀었다. 약사는 처방전을 읽더니 되돌려주었다.

그리고 자신은 그런 상품은 취급하지 않는다고 했다.

"당신 약사 맞아요?"

"저는 약사입니다. 만약 제가 식사와 음료를 제공하는 가족 같은 분위기의 호텔 지배인이라면, 손님에게 도움이 되어드릴 수 있을 테지요. 하지만 그저 약사에 불과한 것이 유감이군요."

나는 처방전을 읽어보았다. 거기에는 이렇게 씌어 있었다.

— 여섯 시간 간격으로 비프스테이크 1파운드와 비터 맥주 1파인트를 섭취할 것.
— 매일 아침 1마일씩 산책을 할 것.
— 매일 밤 열한 시 정각에 잠자리에 들 것.
그리고 제발 부탁인데, 무슨 소린지 알지도 못하는 것들로 머릿속 좀 채우지 말아주라!

나는 지침을 잘 따랐고, 결과는 만족스러웠다(나로선 그렇다). 나는 목숨을 잃지 않았고, 아직도 그런 상태를 유지하고 있다.

다시 현재로 돌아와서 간장약 광고지 얘기를 하자면, 나에게는 그 증상이 모두 있다. 틀림없다. 그 가운데 무엇보다 주된 증상은 "일의 종류에 상관없이 대체로 아무것도 하기가 싫고 내키지 않는 상태가 됨"이다.

내가 이 증상 때문에 얼마나 많은 시련을 겪어야 했는지는 아무도 모를 것이다. 나는 아주 어릴 때부터 이 증상 때문에 괴로웠다. 소년 시절에는 고통이 사라지는 날이 하루도 없었다. 하지만 사람들은 그런 증상이 나타나는 이유가 간 때문이라는 사실을 알지 못했다. 그때까지만 해도 의학이 그리 진보한 수준이 아니었다. 그들은 단지 나를 게으른 인간으로 치부해버렸다.

"어휴, 너는 어째 농땡이만 부리냐, 꼬마야. 일어나서 뭐든 좀 해야 하지 않겠니?"

사람들은 이렇게 말했다. 물론 내가 아프다는 사실은 알지 못했다. 그들은 약도 주지 않았다. 그저 머리 한쪽에 혹을 제공할 뿐이었다. 그런데 참 이상한 일이긴 하지만, 머리에 생기는 그런 혹들이 가끔씩은 나를 치료하기도 했다(잠시긴 했지만). 나는 머리의 혹 하나가 내 간에 약효를 발휘하여, 무언가를 해야 할 시간에 무언가를 해야 할 장소로 가서 시간을 지체하는 일 없이 해야 할 일을 하게끔 만들어줬다는 것을 알고 있다. 그것의 효과는 지금 나오는 약 한 상자분의 효과보다 나았다.

뭐, 세상일이란 게 다 그런 것이다. 가끔은, 간단하고 구시대적인 처방이 약국 제품들보다 나은 때가 있는 법이니까.

우리는 그렇게 삼십 분 동안 앉아서, 서로에게 각자의 질병을 소개했다. 나는 조지와 윌리엄 해리스에게 아침에 일어났을 때의 기분에 대해 설명했다. 윌리엄 해리스는 잠자리에 들 때의 기분에 대해 말했다. 난롯가에 깔린 양탄자 위에 선 조지는, 자신이 밤마다 느끼는 기분을 효과적이고 힘 있는 동작으로 묘사했다.

조지는 자신이 어디가 아픈 게 아닐까 생각하고 있었다. 하지만 아시다시피, 그에게는 아무런 문제가 없었다.

이때쯤 포피츠 부인이 노크를 하더니 저녁 먹을 준비가 되었는지를 물었다. 우리는 서로에게 슬픈 웃음을 건네고, 그래도 뭐든 조금 삼키는 편이 좋을 것 같다고 말했다. 해리스는 배 속에 뭐라도 조금 들어 있어야 병에 걸리는 것을 막을 수 있다고 했다. 그러자 포피츠 부인은 음식 접시를 날라왔고 우리는 테이블로 가서 앉았다. 그리고 조그만 스테이크와 양파와 대황 파이를 깨지락거렸다.

나는 그때 아주 기력이 없었음에 틀림없다. 왜냐면, 이건 정말 분명한 건데, 한 삼십 분 정도 지나자 음식에 대한 흥미가 뚝 떨어져버린 것 같았고(나로선 정말이지 드문 경우다), 치즈도 먹고 싶지 않았기 때문이다.

의무처럼 행한 식사 시간이 지나가자, 우리는 잔을 채우고 담뱃불을 붙인 후 우리의 건강 상태에 대한 논의를 재개했다. 우리 중 누구도 우리의 진짜 문제가 무엇인지 확실히 알 수 없었다. 하지만 우리는 (그것이 무엇이든 간에) 그것의 원인이 과로에 있다는 결론을 만장일치로 이끌어냈다.

"우리에게 필요한 건 휴식이야."

해리스가 말했다.

"휴식과 완전한 변화."

조지가 말했다.

"두뇌를 너무 혹사하는 바람에 신체 기관의 전반적인 기능이 저하된 거야. 경치에 변화가 생기고 생각할 필요가 없어지면, 정신의 평형 상태를 회복할 수 있을 거야."

조지에게는 사촌이 있는데, 대개는 검찰 사건 기록부에 의대생으로 기록되는 친구였다. 그래서 그런지 몰라도 조지는 천성적으로 다소 가정의(醫) 같은 표현 방식을 사용하곤 했다.

나는 조지의 의견에 동의했다. 그리고 속세에서 멀리 떨어진 외지고 고풍스러운 장소를 찾아내어, 노곤한 시골길에 햇살 반짝이는 일주일 동안 나른하게 꿈꾸는 듯한 시간을 보내야 한다고 제안했다. 반쯤은 잊힌 후미진 곳, 요정들도 모르고, 세상의 소음도 닿지 않는 곳. 시간이라는 절벽 위에 기이한 모양새로 자리한 요새, 소용돌이치는 19세기의 파도 소리는 그저 멀리 희미하게 들리는, 아, 그런 곳.

해리스는 생각만 해도 우울하다고 했다. 그는 내가 말하는 그런 곳을 안다고 했다. 그러면서, 그곳 사람들은 모두 여덟 시만 되면 잠자리에 들고, 사랑이나 돈에 관해 조언을 구할 만한 상담소도 없으며, 담배를 사려면 10마일이나 걸어가야 한다고 했다.

"안 돼."

해리스가 말했다.

"휴식과 변화를 원한다면, 바다 여행만 한 게 없지."

나는 바다 여행을 강력하게 반대했다. 여행 기간이 두 달 정도쯤 된다면 모를까 일주일 갖고는 당치도 않은 일이다.

사람들은 멋진 여행이 될 거라는 부푼 희망을 안고 월요일에 출발한다. 부둣가에 서 있는 소년들에게 작별 인사로 손을 흔들어주고 커다란 파이프에 불을 붙이고 난 후, 마치 자신이 캡틴 쿡*과 드레이크 제독**과 콜럼버스를 한데 뭉뚱그린 인물이라도 된 양 갑판 위를 활보한다. 화요일이 되면, 오지 말았어야 했다는 생각을 한다. 수요일, 목요일, 금요일이 되면, 죽어버렸으면 하고 생각한다. 토요일이 되면, 그나마 쇠고기 수프를 조금 넘길 수 있다. 그리고 일어나 갑판에 앉아서, 기분이 어떤지 묻는 친절한 사람들에게 창백하고 달콤한 웃음으로 대답할 수 있을 정도가 된다. 일요일이 되면, 다시 걸어다닐 수 있게 되고 음식도 먹을 수 있다. 그리고 마침내 월요일 아침이 되어, 가방과 우산을 손에 들고 육지에 내릴 채비를 하고 뱃머리에 서 있게 되면, 당신은 그제야 비로소 바다 여행을 좋

---

*   18세기 영국의 항해가
**   16세기 영국의 항해가. 넬슨과 더불어 영국 최고의 바다 영웅으로 추앙받는다.

아할 수 있을 것 같은 기분이 든다.

언젠가 매형이 건강을 위해서 짧은 바다 여행을 한 적이 있다. 그는 리버풀로 갔다가 런던으로 돌아오는 왕복 배편을 끊었다. 하지만 리버풀에 배가 도착했을 때, 그는 런던행 티켓을 팔아버리지 못해 안달이었다.

듣기로는 터무니없는 헐값으로 내놓았다는데, 결국 엄청 성마르게 보이는 한 젊은이에게 18펜스에 팔렸다. 의사들이 그 젊은이에게 해안으로 가서 운동을 좀 하라고 한 모양이었다.

"그렇지, 해안!"

매형이 그의 손에 다정스레 티켓을 쥐어주며 말했다.

"평생 봐도 해안이 사라지지 않을 걸세! 운동에 대해서라면 말해서 뭐하겠나? 마른땅 위에서 재주넘기를 하는 것보다는 배 위에 앉아 있는 게 훨씬 더 운동이 될 거란 말이지!"

그 자신(그러니까 내 매형)은 기차로 돌아왔다. 그리고 노스웨스턴 철도가 건강을 회복하는 데 충분히 도움이 되었노라고 말했다.

내가 아는 또 다른 친구 하나도 일주일 동안 해안 여행을 했다. 그런데 출발하기 전, 승무원 하나가 와서는 먹을 때마다 밥값을 낼 건지 아니면 미리 일괄적으로 값을 치를 건지 물었다.

승무원은 훨씬 싸게 먹힐 거라며 후자를 추천했다. 2파운드 5실링만 내면 일주일치 식대에 대해서는 더는 신경 쓰지 않아도 된다고 했다. 아침에는 구운 생선 요리가 나올 거라고 했다. 점심은 한시고 네 가지 코스가 있다고 했다. 저녁은 여섯 시에 먹는데, 수프, 생선 요리, 전채 요리, 갈비류, 닭고기류, 샐러드, 후식, 치즈, 차 등이 나온다고 했다. 그리고 열 시에는 가벼운 고기류 야식이 제공된다고 했다.

내 친구는 2파운드 5실링짜리 기회를 절대 놓치지 말아야겠다고 생각했고(그는 대식가다), 그렇게 했다.

점심은 쉬어네스 근처에서 나왔다. 그는 평소만큼은 배가 고프지 않았고, 그래서 삶은 고기 약간과 딸기, 크림 정도로 배를 채웠다. 하지만 그는 오후 내내 심각한 상태에 빠졌다. 한차례는 일주일 동안 삶은 고기만 먹은 것 같은 기분이 들었고, 그런가 하면 잠시 후에는 몇 년 동안 딸기와 크림만 먹고 산 것 같은 기분이었다.

삶은 고기도, 딸기와 크림도 둘 다 그리 만족할 만한 상황은 아니었다.

여섯 시가 되자, 그들이 오더니 저녁 준비가 됐다고 했다. 식사 시간을 알리는 말을 들었어도 도저히 음식에 대한 욕구가 생겨나지 않았지만, 그래도 2파운드 5실링을 생각해야지 하며, 그는 밧줄 및 이것저것을 붙잡고 아래로 내려갔다. 양파와 따뜻한 햄의 달콤한 냄새가 튀긴 생선과 야채 냄새와 뒤섞여 사다리 아래쪽에서 그를 맞이했다. 그에게 식비에 대해 알려주었던 승무원이 기름기 흐르는 웃음을 띠며 다가와서 말했다.

"뭘 드시겠어요?"

"여기서 나가게 해줘요."

그는 힘없는 목소리로 대답했다.

그러자 그들은 그를 재빨리 올려주고 바람이 불어가는 방향에 그를 세워놓고는 가버렸다.

그 후 나흘 동안, 그는 얇은 선장의 비스킷(내 말은 그러니까, 비스킷이 얇았다는 거다, 선장이 아니고)과 소다수만 먹으면서 소박하고 죄

없는 삶을 살았다. 그러나 토요일이 되면서는 정신이 약간 해이해졌는지 묽은 차를 마시고 버터 바르지 않은 빵을 먹었다. 그리고 월요일에는 닭고기 수프를 실컷 먹었다. 그는 화요일에 배에서 내렸는데, 배가 부둣가에서 멀어져가자 그 모습을 슬픈 표정으로 바라보며 말했다.

"저렇게 가고 마는군, 저렇게 가고 말아. 음식을 2파운드어치 싣고 가네. 내 것이었는데, 나는 먹지도 못하고."

그는 그들이 하루만 더 주었다면, 어쨌거나 상황을 공정하게 해결할 수 있었을 거라고 했다.

이것이 내가 바다 여행에 고개를 돌려버린 이유다. 이미 설명했듯이, 이건 나 자신을 위해서가 아니었다. 나는 한번도 뱃멀미를 한 적이 없다. 하지만 조지가 걱정이 되었다. 조지는, 자신은 괜찮을 거고 오히려 바다 여행을 좋아하게 될 테지만, 해리스와 내가 골골거릴 것이 틀림없으니, 우리더러 바다 여행 같은 건 생각도 하지 말라고 했다. 해리스는 혼잣말처럼, 사람들이 바다에서 병이 나는 건 참으로 미스터리가 아닐 수 없다고 했다. 관심을 끌려고 일부러 그러는 게 틀림없다고도 했다. 그러면서, 자기도 그래봤으면 좋겠다는 생각을 했지만 한번도 아파지지가 않았다고 했다.

그러더니 우리에게 자신이 영국 해협을 건널 때의 일화를 얘기해주었다. 파도가 어찌나 셌던지 승객들은 선실에 꼼짝없이 갇혀 있어야 했는데, 배에 있는 사람들 중 아프지 않고 멀쩡한 영혼의 소유자는 자신과 선장, 둘뿐이었노라고 했다. 제정신인 사람이 자신과 2등 항해사였던 적도 있지만, 암튼 대개는 자신과 다른 사람이었다고 했다. 자신과 다른 사람이 아닐 때는, 자기 혼자뿐인 경우도 있었다고 했다.

재미있는 사실은, 육지에 발을 딛는 순간, 뱃멀미를 경험한 사람들은 싹 사라져버린다는 것이다. 바다에서는 정신없이 비틀거리는 사람들을 아주 많이, 그러니까 한배 가득 만나게 되는데, 육지에 내리기만 하면, 뱃멀미가 뭔지 아는 사람을 만나볼 수가 없다. 배마다 비실대면서 바글거리던 그 많은 탑승객들은 육지에 발을 디딘 다음에는 다 어디로 숨어버리는 걸까? 참으로 미스터리가 아닐 수 없다.

만약 그들 대부분이 내가 언젠가 야머스호에서 만난 적이 있는 친구와 같다면, 나는 그 수수께끼를 충분히 쉽게 설명할 수 있을 것이다. 아마도 사우스엔드 잔교 근처였던 것 같다. 그는 현창 가운데 하나에 아주 위험한 자세로 기대 있었다. 나는 그에게 다가갔다.

"이봐요! 안쪽으로 들어와요!"

나는 그의 어깨를 잡고 흔들면서 말했다.

"물에 떨어진다니까요!"

"오, 제발! 그럴 수 있다면 좋겠어요!"

이것이 내가 들은 유일한 대답이었다. 내버려두는 수밖에 달리 방법이 없었다.

삼 주 후 바스의 한 호텔 커피숍에서 그를 다시 만났다. 그는 자신의 여행에 대해 말하며, 아주 열정적으로, 자기가 바다를 얼마나 사랑하는지 설명하는 중이었다.

"진정한 뱃사람이지요!"

그는 어떤 유순해 보이는 청년의 질투심 섞인 질문에 대한 대답으로 이렇게 말했다.

"하지만 솔직히 고백하자면, 속이 안 좋았던 적이 한번 있기는 했어요. 케이프 혼 근처였죠. 다음 날 아침 배는 난파했어요."

내가 말했다.

"사우스엔드 잔교 근처에서도 약간 문제가 있지 않았나요? 물속으로 뛰어들고 싶은 심정이었던 걸로 아는데?"

"사우스엔드 잔교라고요?"

그가 당황한 안색으로 대답했다.

"네. 삼 주 전 금요일에, 야머스로 가는 중이었죠."

"아, 아, 네, 맞아요."

그가 표정을 환하게 바꾸며 말했다.

"이제 기억이 나네요. 그날 오후에는 두통이 좀 있었어요. 아시다시피 피클이 문제였죠. 그 정도 배라면 그런 피클을 내놓아선 안 되는 거였는데. 정말 한심한 수준이었어요. 괜찮으셨나요?"

나로 말하자면, 뱃멀미를 예방할 수 있는 효과적인 비책을 하나 개발했다. 우선 갑판 중앙에 선다. 그리고 배가 오르락내리락할 때마다, 몸이 계속 똑바로 펴진 상태를 유지할 수 있도록 몸을 움직인다. 배 앞쪽이 올라가면 상체를 앞으로 구부린다. 갑판이 거의 코에 닿을 때까지. 그리고 배의 후미 쪽이 올라가면, 몸을 뒤쪽으로 젖힌다. 이 방법은 한두 시간은 효과가 만점이다. 하지만 일주일 내내 균형을 유지할 방법으로는 적당치 않다.

조지가 말했다.

"강을 따라 올라가보자."

그는 우리에게 신선한 공기, 운동, 그리고 마음의 평화가 필요하다고 했다. 계속해서 변하는 경치가 우리의 마음(해리스의 마음속 생각도 포함해서)을 사로잡을 것이고 힘든 여정이 식욕을 북돋아주고 잠도 잘 오게 할 거라고 했다.

해리스는 조지에게 그건 좀 위험하지 않겠느냐고 했다. 힘든 여행을 하면 잠이 더 잘 올 텐데, 조지에게 그런 상황이 벌어지면 그건 좀 곤란하다는 말이었다. 그러면서, 하긴 여름이나 겨울이나 하루에는 이십사 시간밖에 없으니, 어떻게 해도 조지가 지금보다 더 잘 수는 없을 거라고 했다. 하지만 만약 조지가 지금보다 정말로 더 잘 수 있다면, 그것은 그가 죽은 것이나 마찬가지일 테니 어쩌면 숙식비를 절약할 수 있을지도 모른다고 했다.

하지만 해리스는 강 여행이 자신에게는 T하게* 맞을 거라고 했다. 나는 T가 뭔지 모른다(아는 거라곤 6펜스짜리뿐인데, 토스트와 즉석에서 구워내는 케이크가 곁들여져 나온다. 식사를 하지 않으면 가격이 싸다). 하지만 T는 모든 사람을 만족시키는 듯하다. 이건 대단히 기특한 일이다.

나 역시 강 여행이 T하게 맘에 들었다. 해리스와 나는 둘 다 조지에게서 멋진 아이디어가 나왔다고 말했다. 그리고 우리의 어조는 많든 적든, 조지에게 그런 판단력이 있다는 것을 알고 놀랐음을 암시하는 뉘앙스를 띠었다.

제안과 관련해서 깊은 감명을 받지 못한 것은 몽모렌시뿐이었

---

* to a 'T'. 우리 말로는 '정확히, 꼭 들어맞게, 완전히'라는 뜻이다. T의 발음이 'tea(차)'와 같기 때문에 재미난 말장난이 이어지고 있다. 19세기는 영국의 차 문화가 매우 발달했던 시기다.

다. 그는 강을 좋아한 적이 한번도 없었다. 몽모렌시는 그랬다.

"니들한테는 좋겠지."

그가 말했다.

"그럴 거야. 하지만 난 아니야. 난 할 일도 없잖아. 풍경이야 내 전공도 아니고, 난 담배도 안 피워. 쥐가 보인다고 멈춰주겠어? 그나마 잠이라도 들면, 니들끼리 엉망으로 보트를 몰다가 나를 물속에 자빠뜨릴 테지. 내게 의견을 묻는다면, 난 바보 같은 생각이라고 대답하겠어."

하지만 우리는 셋이었고 그는 하나였다. 동의안은 가결됐다.

2

우리는 지도를 꺼내어 계획을 논의했다. 그리고 돌아오는 토요일에 킹스턴에서 출발하기로 일정을 잡았다. 해리스와 내가 아침에 내려가서 보트를 타고 올라온 후에 처트시에서 조지가 합류하기로 했다. 조지는 오후가 되기 전에는 시내에서 나올 수 없는 처지였다(조지는 매일 열 시부터 네 시까지 은행에 잠을 자러 갔는데, 토요일은 예외여서 두 시면 직원들이 그를 깨워서 밖으로 내보낸다).

'야영'을 할 것인가, 여인숙에 묵을 것인가.

조지와 나는 야영을 하자는 쪽이었다. 뭔가 야생의 냄새가 풍기고 거칠 것이 없는 듯 느껴지기 때문이었다. 꼭 족장이 된 것 같은 기분일 것이다.

서서히 스러지는 태양의 황금빛 기억이 차갑고 슬픈 구름의 심장으로부터 희미해진다. 비탄에 빠진 아이처럼 침묵에 잠긴 새들은 노래를 멈추고, 다만 붉은뇌조의 구슬픈 울음소리와 흰눈썹뜸

부기의 목쉰 소리만이 저물어가는 하루가 마지막 숨을 토해내는 수면의 침상 위, 외경에 사로잡힌 고요함을 흔든다.

양쪽 강둑에 있는 숲에서는 유령 같은 밤의 군대, 회색 그림자들이 발소리도 없이 기어나와 아직 남아 있는 빛의 후위를 쫓으며, 소리도 없고 보이지도 않는 발로 너울대는 강풀 위를 지나 한숨 쉬는 골풀들 속으로 사라진다. 어둠침침한 관을 쓴 밤의 여왕은 그림자를 드리운 세상 위로 검은 날개를 펼치고, 창백한 별들이 흩뿌리는 빛을 받으며, 침묵 속에 유령 성을 지배한다.

그러면 우리는 우리의 작은 보트를 이끌고 어느 조용하고 후미진 곳으로 간다. 천막을 치고, 간소한 저녁을 차린다. 커다란 파이프에 담배를 채우고 불을 붙이고, 도란도란 유쾌한 이야기꽃을 피운다. 이야기가 잠시 멎는 순간이 오면, 보트를 흔들며 놀던 강물이 이상한 옛날이야기와 비밀들을 재잘거리고, 몇천 년 전부터 불렸던(목소리가 쉬고 노래에 감흥이 없어지기 전까지는 앞으로도 몇천 년 동안 부를) 노래를 낮게 웅얼거린다. 강의 변화무쌍한 얼굴을 사랑하라고 배운 우리는, 강의 보드라운 품속에 아늑히 잠기곤 하는 우리는, 비록 우리 귓가에 들리는 내용을 여러분에게 단순히 말로 설명해줄 수는 없지만, 어쨌든 그 노래를 이해한다고 생각한다.

그렇게 우리가 강가에 앉아 있는 동안, 강을 사랑하는 달이 허리를 숙여 자매에게 하듯 키스를 하고, 팔을 뻗어 그녀의 은빛 나래로 강물 위를 휘감는다. 우리는 강이 흘러가는 모습을 본다. 강은 노래하고 속삭이며 흐르고 흘러, 자신의 왕인 바다를 만난다. 이쯤 되면 우리의 목소리는 침묵 속으로 사그라지고, 파이프의 불은 꺼진다. 일상다반사 같은 우리, 평범하기 이를 데 없는 젊은 애송이들은 이상하게도 머릿속에 슬프거나 혹은 달콤한 생각이 차오르는 것을 느낀다. 우리는 입을 다물고 말을 아낀다. 우리는 웃으며 일어나, 다 타버린 파이프에서 재를 털어낸다. 그리고 "잘 자" 하고 말한다. 찰랑대는 물소리와 바람에 스치는 나뭇잎 소리를 자장가 삼아, 우리는 위대하고 고요한 별빛 아래 잠이 든다. 그리고 아름다운 여인의 모습이었던 세상이 다시 젊어지는 꿈을 꾼다. 초조와 염려의 시간들이 그녀의 아름다운 얼굴에 이랑을 내기 전, 아이들의 죄와 어리석음이 사랑으로 가득 찬 그녀의 가슴을 노쇠하게 만들기 전, 싱싱하고 달콤하고 젊은 그녀가 우리를 보살피고 아이들은 그녀의 깊은 가슴속에 잠들곤 했던 지나간 시절, 세상은 얼마나 달콤했던가. 공허한 문명의 농간이 우리를 꾀어내어 그녀의 다정했던 품안에서 멀어지게 하고, 독이 섞인 냉소라고 할 수 있는 인공적인 것들은 그녀와 함께 영위했던 단순한 삶과, 인류가 몇천 년 전 태어난 검소하고 당당한 보금자리를 부끄럽게 여기도록 만들었다.

그때 해리스가 말했다.
"그런데 비가 오면 어떡하지?"
해리스에게 시적 감흥을 기대해선 안 된다. 그에게선 시적인 구석이라곤 찾아보려야 찾을 수가 없다. 그는 가질 수 없는 것을 향한 미칠 듯한 그리움 같은 것을 알지 못하는 친구다. 해리스는 절대로 '울지 않으니, 스스로도 그 이유를 알 수 없어라.' 만약 해리스의 눈이 눈물로 가득 찬다면, 그것은 단연코 해리스가 생양파를 썹어 먹었기 때문이거나 고기에다 우스터소스를 너무 많이 쳤기 때문일 것이다.

만약 당신이 해리스와 함께 밤에 바닷가에 서 있다가 다음과 같이 말을 한다고 치자.

"들어봐요, 저 소리 들려요? 흔들리는 수면 깊은 곳에서 들려오는 인어의 소리일까요? 아니면 해초에 붙잡혀 있는 창백한 시신들을 애도하는 슬픈 정령들의 노래일까요?"

그러면 해리스는 당신의 팔을 잡고 이렇게 대답할 것이다.

"이런, 친구. 몸을 떨고 있군요. 자, 저랑 함께 가시죠. 이쪽 모퉁이에 아는 곳이 하나 있는데, 거기 가면 진짜 끝내주는 스카치위스키를 마실 수 있어요. 당장에 제정신이 돌아올 겁니다."

해리스는 늘 그쪽 분야에선 끝내주는 것들을 마실 수 있는, 모퉁이에 있는 곳을 알고 있다. 만약 당신이 해리스를 천국에서 만난다고 해도 (만약에 그런 일이 가능하다면) 그는 그 즉시 이렇게 말할 것이다.

"이런, 친구. 여기서 만나다니 반갑군요. 여기 모퉁이에 괜찮은 곳이 하나 있는데, 거기 가면 진짜 괜찮은 일등급 넥타르*를 맛볼 수 있어요."

하지만 이야기가 오가는 상황에선, 그러니까 야영하는 문제와 관련해서는, 문제를 바라보는 그의 현실적인 관점이 매우 시의적절한 암시로 다가왔다. 비가 오는 날씨에 밖에서 야영을 하는 것은 유쾌한 일이 아니다.

저녁이 다 되었다. 당신은 푹 젖은 상태고, 보트에는 2인치는 족히 될 만큼 물이 고여 있고, 축축하지 않은 것이라곤 없다. 강둑에

---

* 그리스 신화에 나오는 신들의 음료

서 그다지 많은 물이 고이지 않은 장소를 한 군데 발견한 당신은 보트에서 내려 텐트를 펼치고 다른 일행 하나와 함께 텐트를 고정하는 작업에 들어간다.

하지만 텐트 역시 흠뻑 젖은 상태여서 무겁기가 철근 같고, 이리저리 제멋대로 퍼덕거리더니 당신 위로 철퍼덕 내려앉아 머리에 착 달라붙는다. 당신은 미칠 지경이 된다. 비는 쉼 없이 계속해서 쏟아붓는다. 맑은 날에도 텐트를 치는 것은 어려운 일이다. 비가 오고 있으니 그 일을 하려면 헤라클레스라도 초빙해야 할 것만 같다. 상황이 이러한데도, 같이 텐트를 치는 친구는 당신을 도와주기는커녕 바보 같은 짓거리만 하는 것 같다. 당신이 당신 쪽을 잘 펴서 고정해놓으면 그 친구가 휙 잡아당겨 모든 것을 망쳐버린다. 그러면 당신은 소리를 지른다.

"야! 뭐 하는 거야?"

그가 응수한다.

"그런 너는 뭐 하는데?"

"그쪽 좀 놔봐!"

"잡아당기지 마! 너 때문에 다 엉망이 돼버리잖아, 이 멍청아!"

"너나 잘하세요!"

"너 때문에 다 망치고 있다니까!"

당신은 잡히기만 해봐라 하는 심정이 되어 고래고래 소리를 지른다. 그리고 친구 쪽에 있는 텐트용 말뚝들이 모두 뽑힐 정도로 힘껏 로프를 잡아당긴다.

"이런 바보 같으니!"

당신은 그가 중얼거리는 소리를 듣는다. 그리고 그가 우악스럽게 로프를 잡아당기면 이번에는 당신 편 텐트가 쑥 빨려간다. 당신은 나무메를 자리에 내려놓고 텐트를 돌아 걸어가며 그에게 전체 작업 상황에 대한 당신의 의견을 개진한다. 그런데 동시에 그 친구 역시 같은 방향으로 돌며 자신의 의견을 당신에게 설명한다. 그러면 당신들 둘은 서로의 등에다 대고 욕을 퍼부으며 상대방의 뒤를 쫓게 되는데, 결국 텐트 더미는 무너지고, 당신들 둘은 그 잔해 위로 서로의 얼굴을 마주하게 된다. 그리고 동시에 악다구니를 써댄다.

"그것 봐, 내가 뭐라고 했어!"

한편 세 번째 친구는 배에서 물을 퍼내다가 소매를 다 적시는 바람에 십여 분 동안 계속해서 자신을 저주하며 욕지거리를 퍼부어대고 있었는데, 당신들의 꼬락서니가 어찌 된 영문인지 알고 싶어 한다. 그리고 그 빌어먹을 텐트가 아직 처지지 않은 이유에 대해서도.

결국에는 어찌어찌해서 텐트는 일어서고 당신은 물건들을 내린다. 불을 피운다는 건 가망 없는 시도라서 알코올 스토브를 켜고, 그 주위로 기어든다.

빗물이야말로 저녁 식사의 메인 메뉴다. 빵은 삼분의 이가 젖었고, 비프스테이크 파이에는 물이 줄줄 흐른다. 잼과 버터, 소금과 커피에 빗물이 한데 어우러져 수프가 되어버리고 만다.

저녁을 먹은 뒤, 당신은 담배가 홀랑 젖어버렸다는 것을 알게 된다. 당신은 담배도 피우지 못한다. 운이 좋았는지, 적당량만 마시면 기분도 좋게 하고 알딸딸한 상태로 만들어주는 내용물이 든 병이 하나 있어서 이것 때문에 당신은 삶에 대한 충분한 관심을 회복하고, 서서히 잠자리에 들고 싶다는 유혹을 느낀다.

당신은 코끼리 한 마리가 갑자기 당신 가슴 위로 쿵 내려앉는 꿈을 꾼다. 화산이 폭발하고 당신은 바다 한가운데 가라앉는다. 그런 와중에도 코끼리는 여전히 당신 가슴 위에서 평화롭게 잠을 잔다. 당신은 잠에서 깨어 끔찍한 일이 정말로 사실로 벌어졌음을 알게 된다. 당신은 처음에 지상의 종말이 왔다는 생각을 한다. 하지만 그런 일은 있을 수 없고, 도둑이나 강도 아니면 불이 났다고 생각하여, 대개 하는 방법으로 당신의 의견을 표현한다. 하지만 구원의 손길은 나타날 생각을 않고, 당신이 아는 것이라곤, 몇천 명의 사람들이 당신을 발로 차는 듯하고 당신은 질식할 것 같다는 느낌뿐이다.

다른 누군가도 곤란한 지경에 처한 것처럼 보인다. 당신은 당신의 잠자리 아래에서 들려오는 희미한 신음을 들을 수 있다. 그와 우여곡절이 있긴 했지만 그래도 숭고하게 그를 위해 목숨을 바치리라 결심하고, 당신은 팔다리를 사방으로 내뻗으며 미친 듯이 몸부림치고 목청껏 소리 지른다. 그러다 마침내 뭔가가 물러나고 당신은 당신의 머리가 신선한 공기를 쐬게 되었음을 알게 된다. 2피트쯤 떨어진 곳에, 반쯤 벌거벗은 악당 하나가 당신을 죽이려고 기다린다. 당신은 그와 사생결단을 할 각오를 다진다. 그런데 그 악당이 바로 짐이라는 사실을 서서히 깨닫게 된다.

"너야? 너지, 응?"

동시에 당신을 알아본 그가 말한다.

"그래."

당신은 눈을 비비며 대답한다.

"무슨 일이야?"

"이놈의 텐트가 쓰러진 거지 뭐. 빌은 어디 있어?"

그가 말한다.

당신은 목소리를 높여 "빌!" 하고 외친다. 그때 당신 밑에서 뭔가 꿈틀거리며 솟아오르고, 조금 전에 당신 귀에 들려왔던, 뭔가에 막힌 듯 희미한 목소리가 텐트 더미 속에서 다시 들려온다.

"머리에서 좀 내려올래?"

그리고 빌이 기어나온다. 그는 진흙투성이에다 부서진 난파선 같은 꼴을 하고 있고 슬쩍 건드리기라도 하면 폭발할 듯한 분위기다. 그는 모든 일이 고의로 벌어졌다는 확고한 믿음을 가지고 있다.

아침에 당신들 셋은 모두 말이 없다. 밤사이 지독한 감기에 걸린 것이다. 당신 역시 누가 건드리기만 해봐 하는 기분이다. 아침 먹는 내내 서로에게 거친 언사로 대거리가 오간다.

그래서 우리는 날이 좋은 날에만 밖에서 자기로 했다. 그리고 비가 오거나 기분 전환이 필요할 때면, 정신이 제대로 박힌 다른 사람들처럼, 호텔에 들거나 여관에 들거나 선술집에 들기로 결정을 했다.

몽모렌시는 좋아라 하며 이 타결안을 환영했다. 그는 낭만적인 고독을 즐기는 타입이 아니다. 그에게는 뭔가 시끌벅적한 일이 제격이다. 하찮은 일일수록 더욱더 즐거워한다. 몽모렌시를 보면, 당신은 그가 인간은 알지 못하는 어떤 이유 때문에 지구에 내려온, 작은 폭스테리어 형상을 한 천사라는 생각을 하게 된다. 몽모렌시에게는 '오, 이 세상은 얼마나 사악한 곳인가, 내가 이곳을 선량하고 존귀한 곳으로 만들 수 있다면'이라고 말하는 듯한 표정이 있어, 독실한 노부인이나 노신사들의 눈에 눈물이 맺히게 할 수 있는 것으로 알려져 있었다.

내 돈을 들여가며 그가 처음 나와 함께 살게 되었을 때, 나는 그가 나와 함께 오랫동안 머무를 수 있으리라고는 생각하지 못했다. 그가 깔개에 앉아 나를 올려다볼 때, 나는 자리에 앉아 그를 바라보며 이런 생각을 하곤 했다.

'저 개는 이 세상에서 살지 못할 거야. 누군가 하늘에서 내려와 꽃수레에 그를 싣고 빛나는 하늘로 그를 데리고 가버릴 거야. 그에게는 그런 일이 일어날 거야.'

하지만 그가 죽인 닭 열두 마리 값을 지불할 때, 백열네 번이나 벌어진 길거리 싸움의 현장에서 으르렁거리며 발길질을 해대는 그의 목 가죽을 잡고 끌어낼 때, 나를 살인자라고 부르는 성난 여성이 죽은 고양이 한 마리를 내 앞으로 날라왔을 때, 마구잡이로 풀어놓은 사나운 개 때문에 문밖으로 나올 수가 없어서 추운 밤 두 시간 동안 자기 집 공구실에 갇혀 있었다며 이웃집 남자가 나를 법정에 소환했을 때, 나도 모르게 정원사가 정해진 시간 안에 그가 쥐를 잡아 죽일 수 있다는 데 돈을 걸어 30실링을 땄을 때, 나는 아마도 그들이 더 오래 그를 지구에 남겨두기로 결정했구나 하고 생각했다.

마구간 주위를 어슬렁거리고, 마을에서 가장 질이 나쁜 개들을 한데 모아 그들을 이끌고 슬럼가로 몰려가 다른 평판 안 좋은 개들과 싸움을 벌이는 것, 이것이 몽모렌시가 생각하는 '삶'이었다. 어쨌든 몽모렌시는, 전에도 그러했던 것처럼, 호텔과 선술집과 여관에 관한 제안에 단호하게 찬성 의사를 밝혔다.

그렇게 해서 잠자리 건은 우리 넷 모두가 만족스러운 해결을 보왔고, 이제 무엇을 가지고 가느냐 하는 문제가 남았다. 막 논의를 시작했을 때, 해리스가 하룻밤 양으로는 충분한 논의가 오가지 않았나며, 밖으로 나가 즐거운 시간을 보내는 게 어떻겠냐고 제안했다. 그는 광장 근처에서 진짜 괜찮은 아일랜드 술을 마실 수 있는 곳을 한 군데 발견했다고 했다.

조지는 목이 마르다고 했다(조지가 안 그럴 때가 있는지는 모르겠다). 레몬 한 조각을 곁들인 따뜻한 위스키 한 잔이 나의 불평불만에 도움이 될 수 있을 거라는 육감이 들었고, 서로의 동의하에, 논의는 다음 날 밤으로 연기되었다. 그리고 일행은 각자의 모자를 쓰고 밖으로 나갔다.

3

다음 날 저녁, 우리는 계획을 논의하고 일정을 잡으려고 다시 뭉
쳤다. 해리스가 말했다.

"자, 우선 무엇을 가지고 갈지부터 해결하자. J., 종이 좀 가져다
가 적어. 그리고 조지, 너는 식료품 목록 좀 가져와봐. 그리고 누가
펜 좀 줄래? 그럼 내가 리스트를 만들게."

해리스답다. 자기 혼자 모든 일을 다 할 듯하다가 결국에는 다른
사람 등에 올려놓기.

그를 보면 언제나 포저 삼촌이 떠오른다. 포저 삼촌은 무슨 일을
할 때마다 온 집안을 들었다 놓는다. 웬만해선 평생 가야 목격하기
힘든 소란을 떨어댄다. 액자 가게에 맡긴 그림 한 점이 도착해 거실
에 있다고 치자. 벽에 걸어야 하므로, 숙모는 삼촌에게 어떻게 할지

물으실 것이다. 그때 삼촌이 하실 말씀.

"아아, 내게 맡겨. 당신도, 거기 너희도 걱정할 필요 없어. 내가 알아서 다 할 테니까."

삼촌은 코트를 벗고 작업을 시작한다. 우선 못 6펜스어치를 사오라고 딸아이 하나에게 시킨다. 그리고 사이즈 말하는 것을 잊었다며 사내 녀석 하나가 뒤따라가게 한다. 그러고 나서 이제 본격적으로 작업에 착수한다. 그때부터 온 집안에 난리법석이 펼쳐진다.

"윌, 너는 가서 망치 좀 가져와라. 자 좀 줄래, 톰? 사다리하고 부엌 의자도 하나 있으면 좋겠다. 그리고 짐! 너는 얼른 고글 씨네로 가서, 아빠가 안부를 전했다고 하고 다리 다친 데는 나으셨는지 여쭤보고 수준기* 좀 빌려오겠니? 그리고 마리아, 당신은 아무 데도 가선 안 돼. 불을 들고 있어줄 사람이 필요하니까. 못 사러 간 녀석이 돌아오면 그림 걸 때 쓸 끈을 사러 다시 보내야겠군. 그리고 톰! 어딨니, 톰? 톰, 너는 이리 와서 그림 좀 올려줘야지."

이제 삼촌이 그림을 들어올릴 차례다. 하지만 삼촌은 그림을 들어올리다 떨어뜨린다. 액자는 망가지고 삼촌은 유리 조각들을 그러모으다가 손을 베인다. 삼촌은 손수건을 찾느라 방 안을 뛰어다니지만, 손수건은 벗어둔 코트 주머니에 있고, 삼촌은 자신이 코트를 어디다 벗어뒀는지 모르기 때문에, 손수건은 찾지 못한다. 각자 도구 하나씩을 할당받았던 가족들은 이제 한마음이 되어 그의 코트를 찾느라 동분서주한다. 이때 이리저리 뛰어다니는 삼촌 역할은? 가족들 행로를 파악해 길 방해하기.

---

* 水準器. 표면이 평평한지 측정하는 도구

"집안에 식구가 몇인데 코트 하나를 찾지 못해? 내 평생 이런 집 안은 본 적이 없어, 참 나, 정말 맹세코 본 적이 없다, 이거야 원. 다 해서 여섯이나 되면서, 내가 오 분 전에 놓아둔 코트 하나를 못 찾고 이 난리야? 이게 말이……."

순간 일어서며 자기가 코트를 깔고 앉아 있었다는 사실을 깨닫는다. 그때 삼촌이 하시는 말씀.

"됐어, 찾지들 마! 내가 직접 찾았으니까. 이 집안 식구들에게 뭘 찾으라고 하느니, 고양이에게 시키는 게 낫겠다."

손가락을 싸매는 데 소요되는 시간은 삼십 분. 새 유리를 끼운 후, 각종 도구와 사다리, 의자, 촛불이 다 준비되면, 삼촌은 다시 한 번 거사를 감행한다. 딸아이와 일하는 여자까지 동원된 온 가족이 반원 형태로 서서 그를 도울 태세를 갖춘다. 두 사람은 의자를 잡아야 하고, 세 번째 사람은 그가 의자에 올라서고 또 그 위에 서 있는 것을 도와줘야 하며, 네 번째 사람은 그에게 못을 건네줘야 하고, 다섯 번째 사람은 그에게 망치를 넘겨주어야 하는데, 삼촌은 못을 잡고 있다가 그것을 떨어뜨린다.

그때 삼촌이 기분 상한 듯한 투로 하시는 말씀

"이런, 이번엔 못이 문제로군!"

그러면 옆에 있던 사람들은 무릎을 꿇고 앉아 못을 찾아야 하고, 그러는 동안 그는 의자 위에 서서 저녁 나절 내내 이렇게 서 있어야 되는 거냐고 구시렁거린다.

마침내 못을 찾는다 해도 문제가 해결되는 것은 아니다. 삼촌이 망치를 잃어버렸기 때문이다.

"망치는 도대체 어디로 간 거야? 내가 망치로 뭘 한 거지? 일곱 명이나 되는 식구가 멍하니 서서 도대체 뭘 한 거야? 내가 망치를 어떻게 했는지 아무도 모른다는 게 말이나 돼!"

우리는 그를 위해 망치를 찾아야 한다. 그러는 사이 삼촌은 못을 박으려고 벽에 표시해놓았던 위치가 어딘지 잊어버린다. 그러면 우리는 차례차례 의자로 올라가 그의 옆에 서서 표시를 찾아봐야 하는데, 각자가 다른 위치를 가리키기 때문에, 삼촌은 차례차례 우리를 바보라고 부르면서 내려가라고 한다. 그는 자를 집어 들고 다시 치수를 잰다. 그리고 자신이 코너에서 31의 2분의 1과 8분의 3 지점을 원했다는 것을 기억해내고 머릿속에서 다시 계산을 하지만 제대로 될 리가 만무하다.

우리도 다 같이 머릿속으로 계산을 하는데 모두 다른 결과가 나온다. 우리는 서로 한심하다는 듯이 웃는다. 그리고 자연스러운 수순에 따라, 본래 수치는 잊히고 포저 삼촌은 재측정을 시도한다.

이번에 삼촌이 선택한 것은 끈이다. 그런데 중요한 순간에, 그러니까 그가 의자 위에서 45도 각도로 기울어져, 가능한 지점보다 3인치 조금 더 되는 지점에 닿으려고 안간힘을 쓸 때, 끈이 스르르 미끄러지고 그는 피아노 위로 쓰러진다. 삼촌의 몸과 머리가 동시에 모든 건반을 두드리는 갑작스런 충격으로 인해 너무나 정교한 음악적 효과음이 생겨난다.

마리아 숙모는 아이들이 그 근처에 서 있다가 또다시 그런 소리를 듣게 하는 일은 일어나지 않게 만들 거라고 말한다.

마침내 포저 삼촌은 다시 못 박을 위치를 확정한다. 그리고 왼손으로 못을 잡아 벽에 고정하고 오른손으로 망치를 집어 든다. 그리고 첫 번째 망치질에서 엄지손가락을 가격한 후, 비명을 지르며, 누군가의 발가락 위로 망치를 떨어뜨린다.

마리아 숙모는 침착하게, 또다시 벽에 못을 박을 일이 생기면 미리 알려달라고 말한다. 작업이 끝날 때까지 친정에 가서 한 일주일 머물다 오겠다고.

"하여튼 여자들이란! 뭘 하든 야단법석을 떤다니까."

포저 삼촌은 몸을 곧추세우며 말한다.

"난 이런 자잘한 작업을 하는 게 좋아!"

그리고 다시 한번 쾅. 두 번째 망치질에서는 못이 벽 속으로 완전히 들어가버리는데 망치도 반쯤 들어가버린 터라, 삼촌 역시 벽에 '쿵' 하고 부딪혀 코가 납작할 지경이 된다.

우리는 자와 끈을 찾아야 하고, 다시 새로운 위치를 선정하는 작업이 시작된다. 그림이 벽에 걸리는 것은 자정 무렵이다. 비뚤어지고 불안정해 보이는 모습, 근처 벽지는 마치 갈고리로 훑어놓은 듯이 우둘투둘하고 모두가 녹초가 되어 있다. 이때 포저 삼촌이 하시는 말씀.

"오케이."

그는 의자에서 '끙' 하고 내려오며 일하는 여자의 티눈 위를 밟아준다. 그리고 자신이 만들어놓은 난장판을 흐뭇하게 바라본다.

"어떤 집에서는 이 정도 일을 하는 데도 사람을 불러야 할 거야."

나이가 들면 해리스는 딱 삼촌 같은 타입의 사람이 될 것이다. 분명하다. 나는 그에게 혼자 모든 일을 맡아서 하도록 내버려둘 수는 없다고 말했다.

"안 돼. 네가 종이, 연필, 식료품 목록을 가져와. 조지가 받아 적고, 내가 다 할게."

우리가 처음 만든 리스트는 폐기 처분되어야 했다. 템스강 상류에서는 우리가 꼭 필요하다고 적어놓은 물건들을 모두 수용할 수 있을 만큼 충분히 큰 보트로 항해하기가 어려울 것이다. 그래서 우리는 리스트를 찢어버리고 서로의 얼굴을 쳐다보았다.

조지가 말했다.

"우리 모두 다 같이 바보 같은 생각을 하고 있었다는 걸 알겠지? 이런 게 있으면 좋겠어 하는 물품들이 아니라 이게 없으면 안 되지 하는 물품들을 생각해봐야 한다고."

조지는 가끔씩 이상하게 말이 되는 소리를 할 때가 있다. 사람을 아주 깜짝깜짝 놀라게 한다. 나는 이것을 아주 솔직한 지혜라고 생각한다. 단지 이 경우뿐만이 아니고 강 상류를 향해 떠나는 우리의 여행 전반과 관련해서 말이다. 그런 여행을 하는 사람들 중에, 여행의 즐거움과 안락함에 필수라고 생각하는 온갖 어리석은 물건들을 가득 싣는 바람에 배를 침몰 위기에 빠뜨리는 사람들이 몇이나 되겠는가. 그런 물건들은 알고 보면 아무 짝에도 쓸모없는 것들일 뿐이다.

작고 평범한 탈것에다가 비단옷과 고래 등 같은 짐들을 돛대 높이까지 그득 싣다니 도무지 말이 되지 않는다. 하인들이며, 그편에서는 이쪽을 2펜스만큼도 좋아하지 않고, 이편에서 역시 3펜스만큼도 좋아하지 않는 잘 차려입은 친구들 무리가 무슨 소용이란 말인가. 아무도 즐기지 않는 비싼 향연, 그럴듯해 보이는 의식과 유행하는 양식, 있어 보이는 겉치레와 과시하는 모양새, (그리고 그중 가장 무겁고 정신 나간 잡동사니라고 할 수 있는) 이웃 사람들이 뭐라고 생각할까 하는 두려움, 지겨운 사치품들, 지루한 오락, 옛적 범죄자들

머리에 씌우던 철관처럼, 그것을 쓴 고통스런 머리가 피를 흘리게 만들고 그것을 쓴 사람을 졸도하게 만드는 공허한 쇼가, 다 무슨 소용이란 말인가!

인간이여, 그것은 잡동사니다. 모든 것이 다 잡동사니일 뿐! 배 밖으로 내던져라. 노를 젓는 데 방해만 될 것이다. 그것을 싣고 가다가는 노를 젓다가 기절할지도 모른다. 그것은 당신을 성가시게 만들고 위험에 빠뜨릴 것이다. 당신은 불안과 걱정 때문에 한순간도 자유를 누리지 못할 것이며, 꿈을 꾸는 듯한 나른함 때문에 한순간도 쉬지 못할 것이나. 바람 소리를 내며 어울 위를 부드럽게 스쳐 지나는 그림자도, 갈대숲을 흔드는 반짝이는 햇살도, 강가에 비친 자신들의 모습을 바라보고 서 있는 큰 나무들도, 초록빛 혹은 황금빛 숲도, 하얗고 노란 백합들도, 그늘 아래 흔들리는 골풀도, 사초(莎草)도, 연보랏빛 난초도, 푸른 물망초도 보지 못할 것이다.

인간이여, 잡동사니를 버려라! 당신의 보트 인생을 가볍게 하라, 필요한 것만으로 채우라. 소박한 집과 꾸밈없는 오락거리, 이름값을 하는 친구 한두 명, 당신이 사랑하고 당신을 사랑해주는 사람, 고양이 한 마리, 개 한 마리, 그리고 파이프 한두 개, 간소한 먹을거리와 입을 거리, 그리고 조금 풍족한 마실 거리. 갈증은 위험한 증상이니까.

이제 노 젓는 일이 훨씬 쉬워질 것이다. 보트가 뒤집힐 가능성도 줄어들 것이다. 뒤집힌다 해도 그리 큰 문제가 되지 않을 것이다. 질 좋고 소박한 제품들은 물에도 끄떡없을 것이다. 일하는 시간 말고도 생각할 시간을 가지게 될 것이다. 생의 햇살을 들이마실 수 있는 시간, 인간의 심금을 연주하는 바람의 신이 들려주는 풍성한 음악에 귀 기울일 시간…….

허허, 이렇게 죄송할 데가. 깜빡했다.

다시 얘기로 돌아와서, 우리는 조지에게 리스트를 넘겼고 그는 리스트를 다시 작성했다.

"텐트는 가져가지 말자."

조지가 제안했다.

"대신 보트에다 덮개를 씌우는 거야. 훨씬 간편할 테고, 분위기도 근사할 거야."

좋은 생각인 것 같았고, 우리는 그의 제안을 받아들였다. 당신이 내가 말하는 그것을 본 적이 있는지 모르겠다. 우선은 보트에다가 철로 된 버팀대를 고정시킨 다음 그 위에 커다란 천을 펴서 배 전체를 덮을 수 있도록 빳빳하게 사방으로 내린다. 그러면 보트는 일종의 작은 집처럼 변하고, 환상적으로 아늑한 공간이 연출된다. 약간 통풍이 안 되긴 하지만, 장모는 돌아가셨는데 여기저기서 사람들이 득달같이 달려들어 장례비를 요구했을 때 어떤 녀석이 한 말처럼, 무릇 삼라만상에 대가 없는 영화(榮華)가 어디 있겠는가.

조지는 그럴 경우 우리가 다음과 같은 것들을 가져가야 한다고 했다. 각자의 무릎 덮개, 램프 하나, 비누, 솔과 빗(공용), 칫솔(개인용), 세숫대야 한 개, 가루 치약, 일정 정도의 면도 도구(마치 프랑스어 단어 연습하는 것 같군), 그리고 수영 타월 두 장. 유심히 살펴보면 사람들은 물가 근처로 갈 때 준비를 어마어마하게 한다. 하지만 막상 가면 생각만큼 자주 물에 들어가지는 않는다.

바닷가로 갈 때도 마찬가지다. 나는 항상 결심한다(런던에서 생각할 때 말이다). 날마다 아침 일찍 일어나서 아침 먹기 전에 수영을 해야지. 그리고 무슨 의식을 치르듯, 수영 팬츠 두 벌과 타월 한 장을 챙긴다. 나는 항상 붉은색 수영 팬츠를 산다. 그리고 붉은색 팬츠를 입은 내 모습을 그려본다. 붉은색은 내 피부색과도 잘 어울린다. 하지만 바닷가에 도착하고 나면, 도시에 있을 때 마음먹은 것과는 달리, 뭐 이렇게까지 아침 일찍 일어나서 굳이 수영을 해야 하나 하는 생각이 든다.

오히려, 허락된 마지막 순간까지 침대에 누워 꼼지락거리다가 아래로 내려가 아침을 먹고 싶은 마음이 간절해진다. 한두 번 정도는 결심을 실행에 옮기아 한다는 마음이 승리를 기두는 바람에, 아침 여섯 시에 일어나 옷을 반쯤 챙겨 입고 수영 팬츠와 타월을 집어 들고는 쓸쓸하게 비틀비틀 걸어나간 적이 있다. 하지만 도무지 즐겁지가 않았다. 아침 일찍 수영을 하러 가면, 바다가 나를 위해 특별히 준비해놓은 듯한 살을 에는 동쪽 바람이 기다린다. 바다는 세상의 삼각형 모양 돌들을 모두 골라내어 지표면에 올려놓는다. 바다는 바위를 갈아 날카롭게 만든 후 그 끝을 모래로 덮어 내가 보지 못하도록 위장한다. 바다의 정령들이 바닷물을 끌고 2마일 밖으로 가버리기 때문에, 나는 팔짱을 끼고 몸을 웅크린 채 벌벌 떨면서 6인치 정도 되는 물속을 헤치며 첨벙첨벙 뛰어가야 한다. 그렇게 해서 수영할 수 있는 깊이에 도달한다고 해도 바닷물은 거칠고 아주 모욕적이다.

거대한 파도가 나를 덮쳐 내던지고 나는 물속에 앉아 있는 포즈로 그 어느 때보다 세찬 파도에 밀려, 나를 위해 그곳에 생겨난 듯 보이는 바위 위로 내몰린다. 그리고 "아아~악" 소리를 외치고 무엇이 없어졌는지를 알아채기도 전에, 파도가 다시 밀려와 나를 바나 한가운데로 몰아간다. 나는 미친 듯이 허우적대며 해변에 닿으려고 안간힘을 쓴다. 불현듯 집으로 돌아가 다시 친구들을 만날 수 있을까 하는 생각이 든다. 사내아이였을 때 여동생에게 좀 잘해줄 걸(물론 내가 사내아이였을 때를 말하는 거다) 하는 후회가 밀려온다. 그런데 내가 모든 희망을 포기한 바로 그 순간 파도가 물러나고, 나는 모래사장에 달라붙은 불가사리처럼 대자로 뻗어 있다. 나는 일어나 뒤를 돌아다본다. 내가 목숨 걸고 수영하던 곳의 깊이는 2피트다. 나는 다시 깡충깡충 뛰어 돌아와 옷을 입고 집으로 기어온다. 그리고 재미있게 수영한 척한다.

  그 순간에도, 우리는 너 나 할 것 없이 마치 매일 아침 오랫동안 수영을 할 것처럼 이야기하고 있었다. 조지는, 상쾌한 아침 보트에서 잠을 깬 후 맑은 강으로 뛰어드는 것은 너무나 행복한 일이라고 했다. 해리스는, 식욕을 돋우는 데는 아침 먹기 전 수영만 한 것이 없다고 했다. 그는 그렇게 해서 식욕이 생겨나지 않았던 때가 없었다고 했다. 조지는, 만약 그렇게 해서 해리스가 평상시 먹는 것보다 더 먹게 된다면 자신은 해리스가 수영하는 것을 필사적으로 반대하겠다고 했다.
  그는 지금 이대로의 상황으로도, 해리스가 먹을 양을 싣고 강을 거슬러 오르려면 충분히 힘든 상황이 예상된다고 했다.
  나는 조지에게, 식량을 얼마만큼 더 싣는다고 해도 해리스가 보트 안을 깨끗하고 산뜻하게 만들어준다면 우리의 환경이 쾌적해지지 않겠느냐고 했다. 그는 내 견해를 지지하며 그 제안을 고려하더니 해리스가 수영하는 것에 반대하던 태도를 철회했다.

드디어, 수영 타월은 '세' 개를 가지고 가야 한다는 결론이 났다. 누구 하나라도 기다리지 않게 하기 위해서였다.

옷에 관해서, 조지는 더러워지면 강에서 직접 빨면 되니까 플란넬 슈트 두 벌이면 충분할 거라고 했다. 우리는 그에게 강에서 플란넬 슈트를 빨아본 적이 있냐고 물었고 그는 대답했다.

"아니, 정확히 말하면 '그'가 직접 해보지는 않았지. 하지만 '그'가 경험이 있는 친구들을 몇 명 아는데, 아주 쉽다더라고."

해리스와 나는 우유부단해서 그가 자신이 무슨 말을 하는지 알고 있을 거라고 여겼다. 그렇게 해서, 그럴듯한 지위나 영향력도 없고 세탁 경험도 전무한 점잖은 세 청년은 실제로 템스강에서 비누로 자신들의 셔츠와 바지를 빨 수 있으리라 생각하게 되었다.

하지만 결국 나중에, 이미 때가 늦어서야 알게 되었다. 조지는 그 문제에 관해서 아는 것이라곤 눈곱만큼도 없는 형편없는 사기꾼이었다는 것을. 만약 당신이 후에 이 옷들을 보게 된다면…… 선정적인 싸구려 소설들에 적혀 있듯이, 미리 경고했음을 알려두는 바다.

조지는 우리에게 갈아입을 속옷과 양말을 넉넉하게 챙겨야 한다고 강조했다. 기분이 나쁘거나 기분 전환해야 할 때를 대비해서라고 했다. 손수건도 많이 필요하다고 했는데, 뭘 닦을 때 유용할 거라고 했다. 배에 탈 때 신는 신발 말고 가죽 부츠도 가져가야 한다고 했는데, 기분이 나쁠 때 신고 싶어지리라는 게 그의 의견이었다.

4

그 다음 우리는 먹을거리에 관해 논의했다.

조지가 말했다.

"우선 아침부터 정하자." (조지는 현실적이다.) "아침에는 프라이 팬이 있어야 돼." (해리스는 프라이팬은 소화시킬 수 없다고 했다. 우리는 짜증난다고 했다. 조지가 말을 이었다.) "찻주전자 한 개, 조금 큰 주전자 한 개, 알코올 스토브도 필요해."

조지가 이번에는 심각한 표정으로 말했다.

"오일 스토브는 안 돼."

해리스와 나는 동의했다.

언젠가 한번 오일 스토브를 실은 적이 있다. 하지만 그때가 '결단코' 마지막이었다. 그 주 내내 기름 가게에 사는 것 같은 기분이었다. 기름이 샜기 때문이다. 등유가 사방에 줄줄 흐르는 것처럼 끔찍한 광경은 지금껏 보지 못했다. 우리는 오일 스토브를 뱃머리 부분에 두었는데, 거기서 새어나온 기름이 배의 키까지 흘러들었고, 결국에는 보트 전체에 스며들어 기름이 흘러간 자리는 남아나는 곳이 없었다. 기름은 강물까지 흘러가기에 이르렀고, 풍경은 기름에 잠기고 공기는 기름에 절어버렸다. 간간이 서쪽에서 기름기 느껴지는 바람이 불었고, 또 이따금은 동쪽에서 불기도 했다. 북쪽에서 불어오는 바람에도 기름기가 느글느글 흘렀고, 남쪽에서 불어오는 바람도 예외는 아닌 것 같았다. 눈 쌓인 북극에서 불어오건 사막의 모래언덕에서 날아오건, 모든 바람에는 능유 냄새가 납재뇌어 있었다.

그리고 기름은 흐르고 흘러 노을까지 망쳐놓았다. 심지어 달빛에서도 기름 냄새가 났다.

우리는 말로를 지나갈 때 탈출을 시도했다. 다리 근처에 보트를 놔두고 걸어서 마을을 지난 것이다. 하지만 냄새는 계속 우리를 따라왔다. 마을 전체에 기름이 꽉 찬 것 같았다. 교회 근처 묘지를 지났는데, 마치 사람들이 기름에 묻혀 있는 것 같았다. 큰 거리에도 기름 냄새가 진동했다. 어떻게 이런 곳에서 살 수 있지 하는 생각이 들었다. 우리는 몇 마일을 계속 걷고 걸어서 버밍엄 거리에 접어들었다. 하지만 아무 소용이 없었다. 기름 냄새가 푹 배어 있기는 그곳도 마찬가지였다.

그 여행이 끝나고, 우리는 자정 무렵 어느 황량한 들판, 벼락 맞은 떡갈나무 아래 모였다. 그리고 진중한 맹세를 했다. (일주일 내내 평범한 중산층 남자들만의 방식으로 그 문제에 관련해서 계속 맹세를 하긴 했다. 하지만 이번엔 그것과는 차원이 달랐다.) 다시는 보트 여행을 할 때 등유를 싣지 않으리라. 물론 예외는 있었다. 아플 때.

그래서 그 순간에 우리는 변성알코올 스토브만 가져가기로 했다. 하지만 그것도 좋지 않기는 마찬가지다. 알코올 냄새가 밴 파이와 케이크를 먹어야 하기 때문이다. 하지만 많은 양이 몸속에 흡수되었을 때 변성알코올은 등유보다 몸에 덜 해롭다.

아침과 연관된 다른 부분과 관련하여, 조지는 요리하기 쉬운 달걀과 베이컨, 냉육*, 차, 버터 바른 빵, 잼을 제안했다. 점심으로는, 비스킷, 냉육, 버터 바른 빵, 잼이 괜찮을 거 같다고 했다. 하지만 치즈는 안 된다고 했다. 치즈는 기름처럼, 자체 성격이 너무 강하다. 치즈는 혼자서 보트 전체를 독차지하려고 한다. 다른 것들이 꼼짝하지 못하도록 만들어놓고는 그것들에게 자신의 향내가 배게 한다. 사과 파이를 먹는 건지 독일식 소시지를 먹는 건지, 아니면 딸기와 생크림을 먹는 건지 분간이 안 갈 정도다. 모든 것이 다 치즈 같아지는 것이다. 치즈 향은 너무 강하다.

친구 하나가 리버풀에서 치즈 두 덩이를 샀다. 잘 숙성되어 감칠맛이 나는 좋은 제품이었는데, 3마일 정도까지는 충분히 퍼지고도 남고, 200야드 밖에 있는 사람 하나 정도는 거뜬히 쓰러뜨릴 수 있을 것 같은, 200마력짜리 향을 풍겼다. 내가 그때 리버풀에 있었기 때문에, 친구는 괜찮다면 나더러 그것을 런던까지 대신 좀 가져가줄 수 없겠냐고 했다. 자기는 하루 이틀 정도 늦게 도착할 것 같은데, 치즈를 그렇게 오래 두면 안 될 것 같다고 했다.

"그래? 그러지 뭐."

---

* 冷肉. 쇠고기를 오븐에 구운 다음 식혀서 먹는 음식

나는 대답했다.

"문제없어."

나는 치즈를 건네받은 후 마차에 올라탔다. 마차는 금방이라도 쓰러질 것 같은 외양을 하고 있었다. 안짱다리에다 헉헉거리며, 꿈을 꾸는 듯 정신이 몽롱해 보이는 녀석이 하나 앞에 서 있었는데, 주인은 흥분의 힘을 빌려 나에게 그것을 말이라고 소개했다. 나는 맨 위쪽에 치즈를 올려두었고, 우리는 최신식 증기롤러의 면목을 세워줄 만한 속도로 배슬배슬 출발했다. 코너를 돌기 전까지는 모든 것이 장례식 종소리처럼 나른하고 흥겨운 분위기였다. 그때 바람이 불었다. 바람은 우리의 말님에게 치즈 냄새를 훅 풍기고야 말았다. 말님은 잠에서 깨어났고, 놀란 콧숨을 몰아쉬며 시간당 3마일의 속도로 내달리기 시작했다. 바람은 계속해서 그의 뒤에서 불어왔고, 거리 끝에 다다르기 전 우리의 말님은 시간당 거의 4마일에 육박하는 속도를 선보였다. 병자나 건장한 노인네들은 따라오지도 못할 속도였다*.

역에 도착했을 때는 짐꾼 둘과 마부 하나가 달라붙어 말을 진정시켰다. 하지만 그것이 가능했던 이유도, 그들 중 하나가 마음을 굳게 먹고 손수건으로 코를 막은 다음 갈색 포장지를 마차에서 내렸기 때문이다. 안 그랬다면 그게 과연 가능한 일이었을지 나는 자못 의심스럽다.

---

* 말의 평균 속도는 시속 48~50킬로미터다. 1마일이 대략 1.6킬로미터라는 점을 감안할 때 최고 시속 6, 7킬로미터로 달리는 이 말의 정체가 궁금하지 않을 수 없다.

나는 티켓을 끊고 치즈와 함께 당당하게 플랫폼으로 걸어 들어 갔다. 사람들은 존경의 눈빛으로 나를 바라보면서 양옆으로 갈라 지며 길을 내주었다. 기차는 만원이었다. 그리고 나는 이미 다른 손 님이 일곱 명이나 앉아 있는 객차에 들어야 했다. 어떤 까다로운 노 신사 하나가 거부했지만 나는 꿋꿋이 들어갔고, 치즈를 선반에 올 려놓은 후 멋진 웃음을 씩 날리며 날씨가 참 좋다고 했다. 잠시 후 조금 전 그 노신사가 안절부절못하기 시작했다.

"너무 심하군."

그가 말했다.

"정말 공격적입니다."

그 옆에 앉은 남자가 말했다.

그러더니 둘 다 코를 킁킁거렸고, 세 번째 킁킁거림을 통해 그 냄 새를 단박에 눈치 채는가 싶더니, 무슨 말인가를 중얼거리고는 나가 버렸다. 뒤이어 한 건장한 숙녀가 자리에서 일어나, 품위 있는 기혼 여성이 이런 식으로 괴롭힘을 당하는 것은 정말로 온당치 못한 일이 라며 가방 하나와 짐 꾸러미 여덟 개를 들고 사라졌다. 남은 승객은 이제 네 명이었다. 사단의 주인공은 코너 쪽에 앉아 있던 남자였다. 옷차림이나 전체적인 모양새로 봐서 장의사 계통의 일을 하는 것처 럼 보이는 근엄한 표정의 그 남자는, 객실 냄새를 맡으니 죽은 아기 가 떠오른다고 했다. 그러자 다른 세 승객들이 득달같이 출구로 갔 다. 그리고 서로 먼저 나가겠다고 아우성을 쳤다.

나는 그 검은 옷 신사에게 웃어 보이며, 이제 객실 안에는 우리 만 있을 것 같다고 말했다. 그 역시 유쾌하게 웃으며, 어떤 사람들 은 사소한 일에도 난리법석을 떤다고 말했다. 하지만 그런 그도 기차가 출발하고 얼마 지나자 이상하게 기분이 처지는 것처럼 보였고, 그래서 나는 가서 한잔 하지 않겠느냐고 물었다. 그는 받아들였고, 우리는 사람들 사이를 헤치고 열차 식당으로 들어갔다. 그리고 소리를 지르고, 발을 구르고, 우산을 흔들어대기를 십오 분, 마침내 젊은 아가씨가 주문을 받으러 왔다.

"무엇으로 하시겠습니까?"

나는 친구에게 고개를 돌리며 물었다.

"전 반 크라운짜리 브랜디를 마시죠. 물은 타지 마십시오, 아가씨."

그가 대답했다.

그리고 그는 그것을 마신 후 조용히 사라져 다른 객실로 가버렸다. 나는 참 치사한 인간이라고 생각했다.

크루에서부터 나는, 비록 기차 자체는 만원이었지만 혼자 객실을 독차지했다. 역에 설 때마다 사람들은 내 쪽 객차가 빈 것을 보고 몰려들었다. 그들은 "이쪽이야, 마리아. 여기 자리가 아주 많아!" "톰, 우리 여기로 타요!"라고 외치며 무거운 가방을 들고 내달려 와서는, 먼저 타려고 아가힘을 썼다. 하지만 결국 누군가 문을 열고 계단에 올라서면 비틀거리며 뒤쪽 남자의 팔에 쓰러져버렸다. 그러면 그들은 모두 올라와서 코를 킁킁거렸고, 그리고 나서는 계단을 내려가 다른 객차 안으로 비집고 들어갔다. 아니면 삯을 치르고 일등석으로 옮겼다.

유스톤 역에서 내린 나는 치즈를 가지고 내 친구의 집으로 갔다. 친구 부인이 방으로 들어와서는 잠시 주위 냄새를 맡았다. 그리고 말했다.

"이게 무슨 냄새죠? 최악의 경우를 말해보세요."

나는 말했다.

"치즈예요. 톰이 리버풀에서 샀는데 저더러 대신 가져가달라고 부탁하더군요."

그리고 나는 그 냄새와 내가 아무런 연관이 없다는 것을 그녀가 알아줬으면 좋겠다고 덧붙였다. 그녀는 당연히 알지만, 그래도 남편이 돌아오면 냄새에 관해서는 말하겠노라고 했다.

내 친구는 예상보다 훨씬 오래 리버풀에 발이 묶여 있었다. 사흘 후에도 남편이 집으로 돌아오지 않자, 그의 부인이 나를 찾아왔다. 그녀는 말했다.

"톰이 치즈에 대해 전하라고 한 말은 없었나요?"

나는 서늘한 장소에 치즈를 보관할 것을 당부했다고 대답했다. 그리고 아무도 만지지 말라는 말도 했다고 했다.

그녀는 말했다.

"아무도 만지지 않을 거예요. 남편이 치즈 냄새는 맡아봤나요?"

나는 그랬을 거라 생각했고, 그가 치즈에 큰 애착을 가진 거 같더라고 대답했다.

"만약에 말이에요."

그녀가 나에게 물었다.

"제가 누굴 시켜서 치즈를 가지고 가서 묻어버리라고 하면 그이가 기분 나빠 할까요?"

나는 만약 그렇게 한다면, 그는 다시는 웃지 않을 거라고 대답했다. 그때 그녀는 무슨 생각이 떠오른 모양인지 이렇게 말했다.

"괜찮으시면 보관해주시겠어요? 보내드릴게요."

"부인."

나는 대답했다.

"개인적으로 저는 치즈 냄새를 좋아합니다. 그리고 리버풀에서부터 치즈와 함께한 지난 여행 역시 즐거운 휴가의 해피 엔딩이었다고 생각할 수 있습니다. 하지만 이 세상에 사는 한 우리는 다른 사람들을 고려하지 않을 수 없습니다. 제가 명예롭게도 거주를 허락받은 집의 주인은 미망인입니다. 그리고 제가 알기로는 아마도 고아일 겁니다. 이분은 소위 '이용'당하는 것에 대해 강한, 그러니까 아주 확고한 거부 반응을 보이시는 분입니다. 만약 남쪽 분의 치즈를 그녀의 집에 보관한다면, 제가 직감하건대, 그분은 그것을 '이용' 행위로 여길 겁니다. 제가 미망인이자 고아인 분을 이용했다는 소리를 들으면 안 되지 않겠습니까?"

"좋아요."

친구의 부인이 일어서며 말했다.

"그럼 제가 할 수 있는 얘기는, 치즈들이 다 없어질 때까지 애들을 데리고 호텔에 머무르겠다는 말밖에 없군요. 더는 치즈가 있는 집에서 살 수는 없어요."

그녀는 자기가 내뱉은 말을 이행했다. 집은 일하는 여자 혼자 맡게 되었는데, 그 여자는 냄새를 참을 수 있겠냐는 질문에 "무슨 냄새요?"라고 대답했고, 치즈 가까이로 데리고 가서 냄새를 잘 좀 맡아보라고 하자 옅은 멜론 냄새가 난다고 대답했다. 이로 인해 치즈 냄새는 그 여자에게 해를 입힐 확률이 거의 없다는 결론이 내려졌고, 여자는 남겨졌다.

호텔비는 15기니가 나왔다. 내 친구가 모든 상황을 종합해본 결과, 치즈가 그에게 입힌 손실은 1파운드 6펜스 8실링이었다. 그는 자신이 치즈를 아주 많이 좋아하긴 하지만 손실 액수가 자신이 감당할 수 있는 한계를 넘어섰다고 말했다. 그래서 그는 치즈를 없애기로 결심했다. 처음에는 운하에 버렸는데, 사공들이 불평을 해대는 바람에 다시 낚아 올려야 했다. 그들은 치즈 냄새 때문에 기절할 지경이라고 했다. 그러자 그는 어느 어두운 밤을 택해 구빈구(救貧區)로 갔고 그곳 시체안치소에 치즈를 두고 왔다. 하지만 검시관이 그것을 발견했고 정말 끔찍한 난리가 벌어졌다.

그는 그 사건이, 시체들을 깨워 자신의 목숨을 빼앗고자 하는 음모라고 주장했다.

결국 내 친구는 바닷가 마을로 가서 모래사장에 파묻은 다음에야 그것들을 제거할 수 있었다. 그것 때문에 그 장소는 아주 유명해졌다. 그곳을 찾은 사람들은 전에는 공기가 그렇게 강렬하지 않았다고들 했고, 머지않아 몇 년 동안 그곳에는 흉부가 약하거나 폐병으로 고생하는 사람들이 모여들었다.

그런 이유로, 나는 치즈를 좋아하긴 했지만, 조지의 말에 반대하지 않았다.

"차도 안 돼."

조지가 말했다. (그러자 해리스의 안색이 어두워졌다.)

"하지만 일곱 시에는 훌륭하고 제대로 된 떡 벌어진 한 상을 먹게 될 거야. 저녁 식사에 차에 만찬에."

해리스의 안색이 점점 밝아졌다. 조지는 육류와 과일파이, 냉육, 토마토, 과일, 샐러드 종류를 제안했다. 마실 것으로는 물과 섞은 후 레모네이드라고 부르는, 해리스식으로 엄격하게 조제되는 맛이

기막힌 음료와 다량의 차, 그리고 조지의 말처럼 기분이 나빠질지도 모를 경우에 대비해서 위스키 한 병을 선택했다.

내 생각에 조지는 기분이 나빠질지도 모른다는 말을 너무 여러 번 반복하는 것 같았다. 여행을 떠나는 마당에 안 좋은 기분이 들었다. 하지만 위스키를 가져갈 수 있어서 좋았다.

우리는 맥주나 와인은 선택하지 않았다. 강에서 마시기엔 좋지 않은 음료들이다. 마시면 졸리고 멍해지기 때문이다. 저녁에 마을 주변을 어슬렁거리면서 여자들을 바라볼 때는 한잔 하는 것도 괜찮다. 하지만 머리 위에 태양이 불날 때, 할 일이 많을 때는 마셔선 안 된다.

그날 저녁 헤어지기 전 우리는 가져갈 물건들의 리스트를 작성했다. 리스트는 꽤 길었다. 다음 날, 그날은 금요일이었는데, 우리는 그것들을 준비하고 저녁에 짐을 싸려고 만났다. 옷을 담으려고 양쪽으로 열리는 직사각형 여행가방을 준비했고, 식료품과 주방용품들은 광주리 두 개에 나눠 담을 생각이었다. 우리는 테이블을 창문 쪽으로 옮기고 마룻바닥 가운데 모든 걸 쌓아놓은 후, 자리에 앉아 그것들을 바라보았다. 나는 내가 짐을 싸겠다고 했다.

나는 짐을 싸는 일에 자부심을 가지고 있다. 그 일은 내가 다른 누구보다 더 잘 안다고 생각하는 많은 일들 가운데 하나다. (가끔은 그런 일들이 너무 많아 나 자신도 놀라곤 한다.) 나는 해리스와 조지에게 그 사실을 강조했고, 그 문제는 나에게 전적으로 일임하는 편이 좋을 거라고 말했다. 그들은 기다렸다는 듯이 그 제안을 받아들였는데 뭔가 이상했다. 조지는 파이프를 입에 물고 안락의자에 늘어졌고 해리스는 테이블에 다리를 올리고 시가에 불을 붙였다.

이건 내가 의도한 바가 아니었다. 나는 그러니까, 당연히, 내가 이 일을 주도하는 책임자가 될 거고 해리스와 조지는 내 지시를 잘 따라야 한다는 의미였다. 그들을 슬쩍 옆쪽으로 밀치면서 "그게 아니라니까!" "자, 이렇게 하란 말이야!" "이제, 잘하네. 그것 봐, 간단하다고 했잖아?"라고 말하겠다는 거였다. 다른 말로 하면 가르치겠다는 거였지. 그런데 그들이 그런 식으로 반응을 보이니 속이 편할 리가 있나. 자신은 일을 하면서 손 놓고 앉아 있는 사람들의 꼴을 보는 것처럼 화가 나는 일도 없다.

나는 그런 식으로 나를 미치게 만드는 사람과 산 적이 있다. 그는 소파에 털썩 기대 앉은 채, 내가 가는 곳마다 눈으로 나를 좇으며 시간 단위로 내가 하는 행동을 지켜보았다. 그는 그렇게 함으로써 자신이, 인생은 그저 입을 벌리고 멍하니 앉아 하품이나 하는 게으른 꿈이 아니라, 의무와 고된 노동이 가득한 신성한 과제라는 것을 느끼게 해준다고 했다. 그는 종종, 나를 만나 일하는 사람의 모습을 바라보기 전에 자신이 어떻게 살 수 있었는지가 궁금하다고 했다.

하지만 나는 그렇지 않다. 나는 가만히 앉아서 다른 사람이 뼈 빠지게 일하는 모습을 구경만 하고 있을 수 없다. 나는 일어나서 감독하고, 손을 주머니에 넣은 채 돌아다니며 그에게 할 일을 말해준다. 나는 이런 일에 강하다. 그것은 나의 본능이다.

그러나 나는 아무 말도 하지 않고, 짐을 쌌다. 생각보다 꽤 오랜 시간이 걸리는 작업이 될 것 같았다. 하지만 결국 나는 일을 끝마쳤고, 그 위에 앉아 고리를 묶었다.

"부츠는 안 넣을 거야?"

해리스가 물었다.

나는 주위를 둘러보았다. 그리고 내가 그것들을 빠뜨렸다는 것을 알게 되었다. 해리스는 늘 그런 식이다. 그는 짐을 다 싸고 고리를 묶을 때까지 한마디도 하지 않았다. 조지는 웃었다. 그는 그렇게 짜증스럽게 굴고, 눈치 없고, 생각은 당연히 없고, 이상한 웃음을 흘릴 때가 있다. 난 정말 미칠 것만 같다.

나는 가방을 열고 부츠를 안에 넣었다. 그런데 막 가방을 닫으려는데 끔찍한 생각이 들었다. '내 칫솔은 넣었나?' 도대체 이유가 뭘까? 칫솔을 챙겼는지 챙기지 않았는지 알 수 있었던 때는 한번도 없었다.

칫솔은 여행할 때마다 나를 위협하며 내 삶을 비참하게 만드는 물건이다. 나는 내가 그것을 챙기지 않는 꿈을 꾸고 식은땀을 흘리며 잠에서 깬다. 그리고 침대에서 빠져나와 그것을 찾는다. 아침에 나는 칫솔을 사용하기 전에 우선 짐 속에 챙겨 넣었다가 양치질을 하려고 다시 짐을 푼다. 그것은 내가 절대로 가방에서 쫓아내지 않을 물건이기 때문이다. 그러면서도 짐을 다시 싸면서는 칫솔을 잊어버리고, 마지막 순간에 그것을 찾으려고 계단을 뛰어오르고, 손수건으로 잘 싼 칫솔을 들고 철도역으로 달려야 한다.

물론 그 순간 나는 모든 것을 다시 꺼내봐야 했고, 물론 칫솔은 찾을 수 없었다. 내가 온갖 것들을 다 헤쳐놓는 바람에 짐은 세상이 창조되기 전, 카오스가 권세를 쥐고 있었을 때 꼭 그랬을 것 같은 꼴이 되어버리고 말았다. 조지와 해리스 것은 열여덟 번도 넘게 찾았는데 내 것만 찾을 수 없었다. 나는 다시 차례차례 물건들을 꺼내놓고 하나하나 들고서 흔들어보았다. 그리고 부츠 안에 있는 칫솔을 찾아냈다. 나는 다시 한번 짐을 쌌다.

일을 다 끝마쳤을 때 조지가 비누는 넣었냐고 물었다. 나는 비누를 넣었건 안 넣었건 나 알 바 아니라고 했다. 그리고 가방을 쾅 닫고 고리를 묶었는데, 내가 그 안에 내 담배쌈지를 넣어버렸다는 것을 알게 되었고 다시 가방을 열어야 했다. 마침내 가방 문이 닫힌 것은 밤 열 시 오 분이었고, 아직 광주리 짐이 남아 있었다. 해리스는 우리가 출발하기를 원하는 시간이 열두 시간도 채 안 남았다며, 자신과 조지가 나머지 일을 하는 게 낫겠다고 말했다. 나는 그러라고 하고 자리에 앉았고 그들이 작업에 착수했다.

그들은 가벼운 마음으로 일을 시작했다. 하지만 일은 이렇게 하는 거야, 라는 식의 의도도 느껴졌다. 나는 아무 말도 하지 않고 그냥 기다렸다. 조지가 교수형에 처해지고 나면, 해리스는 이 세상에서 가장 짐을 못 싸는 인간이 될 것이다. 나는 쌓여 있는 접시와 컵, 주전자, 병, 단지, 파이, 스토브, 케이크, 토마토 등을 바라보며, 얼마 지나지 않아 신나는 일이 벌어지겠군, 하는 생각을 했다.

그리고 그랬다. 그들은 컵을 깨뜨리는 일부터 시작했다. 그것이 그들이 한 첫 번째 일이었다. 그들이 그렇게 한 이유는 자신들이 과연 '무엇을 할 수 있는가'를 당신에게 보여주고 당신의 관심을 이끌어내기 위해서였다.

그러고 나서 해리스는 토마토 위에 딸기잼을 올려놓고 그것을 꾹 눌러버렸고 그들은 찻숟갈로 토마토를 긁어내야 했다.

조지도 질세라, 버터를 덥석 밟았다. 나는 아무 말도 하지 않았지만 테이블 가장자리에 앉아 그들을 지켜보았다. 백 마디 말보다 그게 훨씬 효과가 좋았다. 나는 그 사실을 느낄 수 있었다. 내가 그러고 있으니 그들은 긴장하고 흥분했다. 이것저것 밟는 건 예사였고, 물건들을 여기저기 두는 바람에 필요할 때 제대로 찾지도 못했다. 파이는 맨 아래에 놓고, 무거운 것들을 그 위에다 놓아 뭉그러뜨렸다.

그들은 사방팔방에 소금을 흘렸다. 그리고 버터 문제만 해도 그렇다! 2펜스 1실링짜리 버터를 가지고 남자 둘이서 그렇게 많은 일을 할 수 있다니, 내 평생 다시는 보지 못할 광경이었다. 조지가 자신의 슬리퍼에서 버터를 꺼낸 후, 둘은 그것을 주전자에 넣으려고 했다. 버터는 잘 들어가지 않았는데 문제는 들어간 것은 나오려고도 하지 않았다는 것이다. 둘은 결국 버터를 녹여내야 했고 그것을 의자에 놓아두었는데, 해리스가 그 위에 앉았고 버터가 그에게 달라붙는 바람에, 그걸 찾아 온 방 안을 돌아다녀야 했다.

"진짜 맹세하건대 내가 저 의자 위에 두었다니까."

조지가 빈 의자를 바라보며 말했다.

"나도 봤어. 일 분도 채 지나지 않았지."

해리스가 말했다.

그러더니 둘은 다시 그것을 찾아 방 안을 돌아다녔다. 그들은 중앙 지점에서 만나 서로를 바라보았다.

"진짜 괴상하지 않아?"

조지가 말했다.

"귀신이 곡할 노릇이군."

해리스가 말했다.

그때 조지가 해리스의 등 쪽으로 돌아가 버터를 보았다.

"뭐야, 여기 계속 있었잖아!"

그는 화난 목소리로 외쳤다.

"어디!"

해리스가 빙빙 돌며 외쳤다.

"가만히 좀 있을래?"

조지가 이렇게 외치며 그의 뒤를 따랐다.

그렇게 그들은 그것을 손에 넣었고, 찻주전자에 담아 짐을 쌌다.

몽모렌시 역시 내내 같이 있었다. 몽모렌시가 삶에서 추구하는 야망은 훼방을 놓고 욕을 얻어먹는 것이었다. 만약 자신을 원하지 않는 장소에서 옴죽거리다가 완벽하게 성가신 존재가 될 수 있다면, 그래서 사람들이 화가 머리끝까지 치밀어 그의 대가리에 아무것이나 막 집어던지게 만들 수만 있다면, 그는 자신의 하루가 결코 헛되지 않았다고 느낄 것이다.

누군가 그에게 걸려 넘어지고 그것 때문에 한 시간 동안 계속해서 저주를 퍼붓게 만드는 것, 그거야말로 몽모렌시의 가장 높은 목표이자 목적이다. 그리고 자신이 이것을 달성해냈을 때, 그가 내비치는 자부심은 정말 눈 뜨고 보기 힘들 정도다.

그는 방 안으로 들어오더니 짐 가방에 들어가기를 기다리는 물건들을 깔고 앉았다. 그리고 해리스나 조지가 뭘 집으려고 손을 뻗을 때마다, 그들이 원하는 것은 자신의 차갑고 축축한 코라는 확고한 믿음을 가지고 작업에 임했다. 그는 잼에 다리를 넣고, 찻숟갈을 물고 흔들고, 레몬이 쥐인 것처럼 광주리로 들어가, 해리스가 프라이팬으로 가격하기 전에 세 마리를 잡아 죽였다.

해리스는 내가 그 녀석 기를 살려놓았다고 했다. 나는 그러지 않았다. 그런 개는 내가 해주는 격려 따윈 원하지도 않을 것이다. 그 녀석이 그런 행동을 하도록 만드는 것은, 녀석이 가지고 태어난 원죄일 뿐이다.

짐 싸기가 끝난 것은 자정을 오십 분 넘긴 시각이었다. 해리스는 커다란 광주리에 앉아, 깨진 게 없었으면 좋겠다고 했다. 조지는 깨진 건 깨진 거지 뭐, 라고 했고, 그런 생각이 그에게 위로가 되는 것 같았다. 그는 자신이 침대로 갈 준비가 되었다고 했다. 우리 모두 그랬다. 해리스는 그날 밤 우리와 함께 잘 예정이었고, 우리는 이층으로 올라갔다.

우리는 잠자리를 준비했고, 해리스는 나와 함께 자야 했다. 그가 말했다.

"J., 너는 어느 쪽이 더 좋아? 안쪽? 아니면 바깥쪽?"

나는 침대 안쪽이 낫다고 했다. 해리스는 이상하다고 했다.

조지가 말했다.

"내일 몇 시에 일어날 거야?"

해리스가 말했다.

"일곱 시."

나는 말했다.

"안 돼, 여섯 시."

편지를 좀 써야 했기 때문이다.

해리스와 나는 그 문제로 옥신각신하다가 결국 서로의 차이를 인정하고 여섯 시 삼십 분으로 합의를 봤다.

"조지, 여섯 시 삼십 분이야."

우리는 말했다.

조지는 대답하지 않았고, 우리가 옥신각신하는 사이 그가 잠들어버렸다는 사실을 알게 되었다. 우리 역시, 아침에 그가 침대 밖으

로 나올 때 굴러 떨어질 수 있을 만한 위치로 욕조를 옮겨놓고, 잠
자리에 들었다.

5

포피츠 부인이 한 일 ─ 일기예보를 믿어야 하나 ─
짐을 싸고 보니 ─ 어린 소년의 타락 ─ 우리만 보는 사람들 ─
요란한 출발, 위털루 도착 ─ 이 아무것도 모르는
관계자들을 보라고 ─ 드디어 물 위로

다음 날 아침 나를 깨운 것은 포피츠 부인이었다. 그녀가 말했다.

"아홉 시가 다 됐는데, 아시나?"

"아홉, 뭐라고요?"

나는 몸을 일으키며 외쳤다.

"아홉 시!"

그녀는 열쇠구멍을 통해 대답했다.

"늦잠을 자는 것 같아서 말이우."

나는 해리스를 깨웠다. 그가 말했다.

"여섯 시에 일어난다고 했잖아."

나는 물었다.

"그랬지. 왜 안 깨운 거야?"

"네가 나를 안 깨우는데 내가 너를 어떻게 깨워?"

그가 화난 목소리로 덧붙였다.

"이제 열두 시가 지나서야 배에 탈 수 있을 거야. 도대체 일어날 생각이 있기는 했던 거야?"

"음, 그게 말이지."

나는 대답했다.

"내가 그럴 생각이 있었다는 걸 행운으로 받아들여야 할 거야. 내가 널 깨우지 않았다면, 너는 이 주 내내 거기 곯아떨어져 있을 녀석이니까."

우리는 이런 식의 화법을 구사하며 몇 분 동안 서로에게 으르렁거렸다. 그때 거만하게 코 고는 소리가 들려왔다. 잠에서 깨어 처음으로, 우리는 조지의 존재를 떠올렸다. 그는 등을 침대 바닥에 대고 입을 벌린 채 무릎이 툭 튀어나온 모양새로 누워 있었다. 몇 시에 일어나야 하는지를 알고 싶어 하던 장본인께서.

이유는 모르겠다. 정말이다. 하지만 나는 일어났는데 다른 사람이 침대에 아직 누워 있다면, 그 모습을 보는 것은 고통스럽다. 나는 정말 미칠 지경이 된다. 누군가의 인생에서 소중한 시간들이 단지 야만적인 잠으로 낭비되는 모습을 보는 것은 정말이지 나에게는 충격이 아닐 수 없다. 다시는 되돌아올 수 없는 시간이 아닌가.

그렇게 조지가 누워 있었다. 시간이라는 소중한 선물을 끔찍한 나태 속으로 던져버리면서. 귀중한 삶, 장차 그가 책임져야 할 순간들을 아무런 의미 없이 흘려 보내면서. 그렇게 대자로 뻗어 영혼을 정체시키는 망각에 빠져 있는 대신, 일어나 달걀과 베이컨으로 배를 채우고 있었으면 어땠을까, 개의 부아를 돋우며 장난을 치고 있었으면 어땠을까, 하숙집 하녀와 시시덕거리고 있었으면 어땠

66

을까.

그것도 그다지 권장할 만하진 않다. 해리스와 나는 동시에 그런 생각을 한 것 같았다. 우리는 그를 구해내기로 결심하고, 존엄한 결의하에, 우리가 벌이던 논의는 잊기로 했다. 우리는 냉큼 그에게 다가가 옷을 벗겨 올렸다. 해리스는 슬리퍼로 그를 한 대 쳤고, 나는 그의 귀에다 대고 소리를 질렀다. 그랬더니 그가 깨어났다.

"뭐야?"

그가 일어나 앉으며 잠에서 덜 깬 목소리로 말했다.

"일어나, 덩어리 씨! 십오 분 전 열 시란 말이야!"

해리스가 고함을 질렀다.

"뭐라고!"

그는 침대에서 욕조로 뛰어들며 꽥 소리를 질렀다.

"이건 대체 누가 갖다놓은 거야?"

우리는, 욕조가 있는 것도 보지 못하다니 바보 아니냐고 말했다.

우리는 옷을 입었다. 그리고 나머지 준비를 하려는데, 칫솔과 머리빗과 솔을 짐에 다 싸버렸다는 사실을 기억해냈다. (내 칫솔은 분명히 나를 괴롭힐 것이다.) 우리는 아래층으로 내려가 가방에서 그것들을 일일이 다 찾아 꺼냈다. 그런데 상황이 다 종료가 된 시점에 조지가 와서 면도 도구 얘기를 꺼냈다. 우리는 조지에게, 그를 위해서건 그를 닮은 어느 누구를 위해서건 다시 가방을 푸는 일은 없을 테니, 오늘 아침은 면도를 하지 말라고 했다.

그가 말했다.

"말도 안 되는 소리들 하고 있네. 이 꼴을 하고서 런던 시내로 나가란 말이야?"

시내에 나가기엔 좀 그렇긴 했다. 하지만 우리가 굳이 그들이 당할 괴로움에 신경 써야 할 이유는 없다. 해리스가 예의 그 서민적이고 통속적인 투로 말했듯이, 런던 시내가 그것을 참으면 될 일이었다.

우리는 아침을 먹으려고 아래층으로 내려갔다. 몽모렌시는 자기를 배웅해달라고 개 두 마리를 초대해놓았고, 그들은 현관문 밖에서 서로 싸우면서 시간을 보냈다. 우리는 우산으로 그들을 조용하게 만든 뒤, 찹스테이크와 냉육으로 차린 테이블 앞에 앉았다.

해리스가 말했다.

"훌륭한 아침을 만드는 일은 위대해."

그리고 냉육은 조금 있다가 먹어도 되니, 뜨거울 때 찹스테이크부터 먹겠다면서 먹기 시작했다.

조지는 신문을 집어 들더니 우리에게 보트 시설 이용에 관한 내용을 알려주고 일기예보를 읽어주었다. "흐리고 비 오다 갬." (나 원참, 날씨 하고는.) "이따금 국지적인 뇌우가 있겠고 동풍이 예상됨. 중부 지방(런던과 영국 해협)에는 전반적으로 저기압이 형성되겠음."

"기압은 떨어지는 중."

나는 우리를 괴롭히는 모든 어리석고 짜증나고 바보 같은 짓들 중에서 으뜸인 것이 바로 이 '일기예보'라고 생각한다. 그들은 예보랍시고 어제 혹은 그 전날 발생한 상황을 '예보'하는가 하면, 오늘 발생할 상황을 정반대로 '예보'한다.

나에게는 늦가을에 벌어진 일에 대한 안 좋은 추억이 있다. 우리는 신문 일기예보를 주시한 탓에 휴일을 완전히 망쳐버리고 말았다. "천둥을 동반한 폭우가 예상됨." 월요일이었는데, 그 기사를 읽은 우리는 피크닉을 포기하고 하루 종일 방 안에만 틀어박혀 비가 오기를 기다렸다. 밖으로는 마차를 탄 사람들이 더없이 즐겁고 유쾌한 모습으로 집 앞을 지나갔고, 태양은 빛났으며 구름 한 점 보이지 않았다.

하지만 우리는 창문으로 그들을 바라보면서, "비 맞은 생쥐 꼴을 하고 돌아오겠지?"라고 말했다.

비에 홀딱 젖어 돌아와서는, 불을 피우고, 우리 책을 읽고, 우리가 해초와 조가비로 만들어놓은 표본들을 정리하겠지 하는 생각을 하면 킥킥 웃음만 나왔다. 열두 시경, 햇빛이 방으로 쏟아져 들어왔고 그 열기는 가히 공격적이라고 할 정도가 되었다. 우리는 그 폭우란 것이 도대체 언제 쏟아지고 천둥은 또 언제 친다는 건지가 궁금해졌다.

"오후에 그러려나 보지 뭐."

우리는 서로에게 말했다.

"그 사람들 모두 홀딱 젖겠지? 꼴좋겠다."

한 시가 되자 하숙집 주인이 와서 날씨가 너무 좋은데, 외출할 생각이 없냐고 물었다.

"아뇨, 없습니다."

우리는 뭔가를 알고 있다는 듯이 키득대면서 말했다.

"저흰 그럴 생각이 없습니다. 비를 맞아 홀딱 젖긴 싫거든요. 암요, 그렇고말고요."

오후가 거의 다 지나서도 비가 올 기미는 보이지 않았다. 우리는 놀러 나간 사람들이 집으로 돌아올 때쯤 비가 한꺼번에 왕창 쏟아질 거라고 생각하며, 어디 마땅히 피할 곳도 없을 테니까 더 홀딱 젖겠지 하는 생각을 하며 스스로를 위안했다. 하지만 비는 한 방울도 떨어지지 않은 채 좋기만 하던 낮 시간이 지나갔고, 뒤이어 아름다운 밤이 이어졌다.

다음 날 아침 우리는 신문에서 "따뜻하고 맑고 쾌청한 날씨가 이어지겠음. 다소 더운 기운"이라는 일기예보를 읽었고, 해서 옷을 얇게 입고 밖으로 나갔다. 그런데 출발한 지 삼십 분이 지나자 비가 쏟아졌고, 세찬 바람이 부는가 싶더니 하루 종일 계속해서 비바람이 이어졌다. 감기에 걸린 데다 욱신거리기까지 하는 몸을 이끌고 집으로 돌아온 우리는 곧바로 침대로 들어갔다.

날씨라는 것은 도대체가 내 능력 밖의 일이다. 나는 날씨를 이해할 수가 없다. 청우계(晴雨計)도 아무런 쓸모가 없다. 그것 역시 신문 일기예보 기사처럼 믿을 만한 것이 못 되기는 마찬가지다.

지난봄에 머물렀던 옥스퍼드의 한 호텔에 청우계가 하나 걸려 있었다. 호텔에 도착했을 때 청우계 바늘은 '쾌청'을 가리켰다. 하지만 밖에는 비가 내렸다. 그것도 하루 종일. 나는 도대체 뭐가 뭔지 알 수가 없었다. 나는 청우계를 가볍게 두드려보았다. 그랬더니 청우계 바늘이 휙 점프를 하며 '매우 건조'를 가리켰다. 구두닦이가 지나가다가 멈춰 서더니 그건 내일 날씨가 아니겠냐고 말했다. 혹시 이 기계가 지난주 생각을 하는 건 아닐까 물었더니, 그는 그건 아닌 것 같다고 대답했다.

나는 다음 날 아침 청우계를 다시 한번 두드려보았고, 그러자 이번에는 더 높이 올라갔다. 비는 더욱 세차게 내렸다. 수요일에 나는 다시 한번 청우계로 가서 이번에는 좀 세게 쳤다. 그러자 바늘이 원을 그리며 '쾌청' '매우 건조'를 지나 '찜통 더위' 상태를 가리켰다. 하지만 내부 장치에 걸려 더는 진행되지 못했다. 청우계는 최선을 다했다. 하지만 그 기계는 정해놓은 것 이상의 날씨를 예견할 수 없도록 만들어졌다. 청우계 자신도 자신의 능력이 그 이상이었으면 할 것이다. 그래서 외풍, 물 기근, 일사병, 아라비아 사막의 모래폭풍 같은 것들을 예측하고 싶었을 것이다. 하지만 내부 장치가 그것을 방해했고, 다만 평범하게 '매우 건조'한 상태를 가리킬 수밖에 없었다.

한편 비는 계속해서 퍼부었고, 강이 범람해서 시내 저지대는 물에 잠겨 있었다.

구두닦이는 '머지않아' 그동안 지연되어왔던 환상적인 날씨가 이어질 것이 분명하다고 하면서, 구둣방 꼭대기에 새겨져 있다는 시를 한 편 읽어주었다.

긴 예언은 오래도록 지속되고
짧은 통지는 후딱후딱 지나간다.

그해 여름, 맑은 날씨는 찾아오지 않았다 나는 그 기계가 다음해 봄에 대해 말하고 있다고 생각했다.

새로운 스타일의 청우계는 수직으로 긴 모양이었다. 도무지 이해가 안 가는 녀석이다. 어제 오전 열 시 상황이 있고, 오늘 오전 열 시 상황이 있다. 하지만 당신도 잘 알다시피 딱 오전 열 시에 어떤 곳에 간다는 게 쉬운 일이 아니지 않은가. 그것의 눈금은 올라가거나 내려가며 맑음이나 비, 다소 바람을 가리킨다. 한쪽은 'Nly'라는 코드 표시가 되어 있고, 다른 한쪽에는 'Ely' 표시(도시 이름, 일리하고는 무슨 상관이 있지?)가 되어 있다. 손으로 톡톡 두드려도 아무것도 말해주지 않는다. 게다가 해수면 고도로 맞춰야 하고 화씨 온도로 보정해야 한다. 그렇게 한다고 해도 정답을 알 수는 없다.

그런데 날씨를 미리 듣고 싶어하는 사람이 있기는 한 걸까. 자신에게 재난이 닥친다는 소리를 미리 듣지 않는다 해도, 막상 일이 닥치면 그것은 충분히 재난이 된다. 우리가 좋아하는 예언자는, 특별히 오늘은 날씨가 좋았으면 하고 바라는데 하필이면 유난히도 우중충한 어느 날 아침에, 특별히 뭔가를 아는 눈빛으로 지평선 근처를 둘러보며 이런 말을 하는 노인이다.

"청년, 안개는 걷힐 것이오. 틀림없이 날씨가 좋아질 것이오."

"역시 그는 뭔가를 아는 사람이야."

우리는 이렇게 말하며 그에게 좋은 아침을 기원하는 인사를 건네고 출발한다.

"나이 드신 분들은 정말 말하는 법을 제대로 아신다니까."

우리는 그 사람에게 애정을 느낀다. 이것은 날씨가 좋아지기는 커녕 하루 종일 계속 비가 내리는 상황에서도 달라지지 않는 감정이다.

우리는 그가 '최선을 다했다'고 생각한다.

반면 악천후를 예견하는 사람에게, 우리는 증오심과 복수심만을 갖게 된다.

"날씨가 좋아지겠죠?"

우리는 지나가면서 명랑하게 외친다. 그는 고개를 저으며 대답한다.

"아뇨, 그럴 것 같지 않구려. 유감스럽게도 하루 종일 안개가 낄

거요."

우리는 중얼거린다.

"바보 같은 노인네가 뭘 알겠어?"

그리고 만약 그의 말이 사실로 드러나면 우리는 그에게 더욱 화가 난다. 왠지 어떤 식으로든 그 사람이 날씨와 무슨 연관성이 있을 것 같은 묘한 느낌이 든다.

조지는 우리의 기분을 저조하게 만들려고 일기예보 기사를 소름 끼치게 읽었다. "기압 하강." "남부 유럽을 사선으로 통과하는 대기 요란." 하지만 그 특별한 날 아침의 날씨는 너무나 밝고 화창했다. 괜히 시간만 허비하고 작전이 실패로 돌아갔다는 것을 깨달은 조지는 내가 조심스럽게 말아둔 담배를 훔쳐 밖으로 나가버렸다.

해리스와 나는 아침을 마저 먹은 후, 현관 밖으로 짐을 옮기고 마차를 기다렸다.

다 모아놓으니 짐이 꽤 되어 보였다. 여행 가방 하나, 작은 손가방, 광주리 두 개, 담요 말아놓은 것 몇 개, 오버코트와 방수외투 네댓 벌, 우산 몇 개, 너무 커서 어디에도 들어가지 못한 멜론을 담은 가방 하나, 포도를 담은 또 다른 가방, 일본식 종이우산, 너무 길어 광주리에 들어가지 못한 관계로 갈색 종이로 둘둘 말아놓은 프라이팬 한 개. 정말 많아 보여서, 정확히 왜 그랬는지 이유는 알 수 없지만, 해리스와 나는 조금 창피해졌다. 마차는 오지 않고 거리의 아이들만 모여들었다. 보나마나 구경거리에 관심이 동했을 것이다.

맨 처음 어슬렁거린 것은 빅스 씨네 사내아이였다. 빅스 씨는 청과 상인이다. 하지만 그가 수완을 발휘하는 분야는 뭐니 뭐니 해도,

장차는 몰라도 그때까지는 문명이 생산해낸 가장 불량하고 제멋대로인 심부름꾼 사내아이들의 보증을 서주는 일이었다. 만약 그맘때의 사내아이들이 저지르는 불량한 행동 이상의 어떤 일이 이웃에서 벌어지면, 우리는 그것이 빅스 씨네 아이들과 연관되어 있다고 생각했다.

그레이트 코람 거리 살인 사건이 터졌을 때만 해도, 동네 사람들은 순식간에 사건의 기저 인물이 그 집 아이라는 결론을 내렸다. 사건이 일어난 다음 날 아침 주문받은 물품 때문에 그곳에 들렀다가, (그때 마침 우연히 계단에 있었던 No. 21의 도움으로) No. 19에게 딱 걸리는 바람에 받게 된 철두철미한 심문에 완벽한 '알리바이'를 댈 수 없었다면, 그 아이가 어떻게 됐을지는 아무도 모른다고 했다. 나는 그때는 그 아이를 알지 못했다. 하지만 그 아이를 본 후로는 나 역시 그 '알리바이'라는 것에 그다지 많은 중요성을 부여할 수가 없었다.

코너에서 모습을 드러낸 것이 바로 그 아이였다. 서두르는 기색이 역력한 그는 상황을 파악했다. 그러나 해리스와 나, 그리고 몽모렌시와 물건들을 보고 나자, 마음을 느긋하게 먹는가 싶더니 우리를 응시했다. 해리스와 나는 그에게 인상을 썼다. 다소 민감한 천성의 소유자라면 분명히 상처가 되었을 테지만, 빅스 씨네 아이들은 대체로 과민하지가 않다. 그는 현관문에서 1야드쯤 떨어진 곳에 멈춰 서더니 울타리에 기대어 짚 한 오라기를 빼어 씹으면서 우리에게 시선을 고정했다. 상황이 다 끝날 때까지 지키고 서 있겠다는 심사임이 분명했다.

조금 후 또 다른 청과상집 사내아이 하나가 거리 반대편에서 지나가는 모습이 보였다. 빅스 씨네 사내아이가 큰 소리로 그를 불렀다.

"야! 42번지 1층이 움직이기 시작했어!"

청과상집 사내아이가 길을 건너오더니 다른 편 계단 쪽에 자리를 잡았다. 그러자 이번에는 부츠 가게에서 나온 젊은 신사가 멈춰서서 빅스 씨네 사내아이 옆에 섰다. 그 사이 '파란 우체국'에서 나온 머리가 빈 국장도 장외에 독립적인 자리를 차지했다.

"굶어 죽진 않겠죠?"

부츠 가게의 젊은 신사가 말했다.

"작은 보트로 대서양을 건너려면, 뭘 좀 가져가야지."

'파란 우체국'이 응수했다.

"대서양을 건너려는 게 아니에요. 스탠리를 찾으러 가는 거라고요!"

빅스 씨네 사내아이가 끼어들었다.

이때쯤 되자 작은 무리가 형성되었고 사람들은 웅성대며 서로서로 무슨 일이냐고 물었다. 한쪽(젊고 한껏 들뜬 무리들)에서는 결혼식이라며 해리스를 신랑으로 지목했다. 생각이 좀 있다 싶은 나이든 사람들은 장례식이 있을 거라며 내가 망자의 동생 아니겠냐고 했다.

마침내 빈 마차가 나타났다. (거리에선 왜 그런 현상이 일어나는지 모르겠다. 대체로 그렇기도 하고 마차 탈 일이 없을 때마다 그렇기도 한데, 빈 마차들이 일 분에 석 대꼴로 지나가고, 멈춰 서 있고, 지나가는 사람들 길을 방해한다.) 짐을 싣고 우리도 타고, 그에게 충성을 바치겠노라고 맹세한 몽모렌시의 친구들을 "쉬" 하고 쫓아낸 후, 우리는 군중의 환호를 받으며 마차를 몰았다. 빅스 씨네 사내아이는 우리 뒤로 당근 하나를 내던지며 행운을 빌어주었다.

우리는 열한 시에 워털루에 도착했고, 열한 시 오 분 기차가 어디서 출발하는지 물었다. 당연히 아무도 알지 못했다. 워털루 역에 있는 사람들 중 기차가 어디서 출발하는지 아니면 출발하는 기차가 어디로 가는지 내용을 아는 이는 하나도 없었다. 짐을 나르던 짐꾼이 2번 플랫폼 같다고 했다. 그와 그 문제에 관해 의논하던 다른 짐꾼은 1번이라는 소문을 들은 것 같다나. 반면 역장은 그것이 구내에서 출발할 거라고 확신했다.

문제를 종식하려고, 우리는 위층으로 올라가서 교통관리국장에게 물었다. 그는 자기가 방금 어떤 남자를 만났는데, 그 기차를 3번 플랫폼에서 봤다는 말을 하더라고 했다. 우리는 3번 플랫폼으로 갔다. 하지만 그곳에 있는 관계자들은, 그 남자가 봤다는 그 기차는 사우샘프턴 익스프레스나 윈저 루프 같은데, 왜 확신이 드는지 이유는 알 수 없지만, 그것들은 킹스턴으로 가는 기차가 아니라고 했다.

그때 우리 짐꾼이 말하기를, 그 기차를 위쪽 플랫폼에서 본 것 같다고 했다. 그래서 우리는 위쪽 플랫폼으로 갔다. 갔더니 마침 기관사가 보여서 우리는 그에게 킹스턴까지 가냐고 물었다. 그는 물론, 확실히는 말할 수 없지만 그럴 수도 있다고 대답했다. 그는, 자기가 모는 기차가 열한 시 오 분 킹스턴행은 아니지만, 자신이 꽤 확신하건대 아홉 시 삼십이 분 버지니아 워터행이 될 수도 있고, 오전 열 시에 와이트 섬이나 아니면 그쪽 방향으로 떠날 수도 있다고 했다. 그리고 도착 시간을 알아야 한다고 했다. 우리는 그의 손에 반 크라운을 슬쩍 집어주며 열한 시 오 분 킹스턴행이 되어주십사 간청했다.

"이 기차가 몇 시에 어디로 가는지 아무도 모를 겁니다. 방법을 아시잖아요. 조용히 빠져나가서 킹스턴으로 가주세요."

"이거야 원, 어찌해야 좋을지."

그 고매한 친구가 대답했다.

"하지만 어쨌든 누군가는 킹스턴으로 가야 하니, 제가 가도록 하지요. 반 크라운은 이리 주시구려."

그렇게 해서 우리는 런던 앤드 사우스웨스턴 철도를 이용해 킹스턴에 도착할 수 있었다.

나중에 알았는데 우리가 타고 온 것은 엑세터 우편열차였다. 사람들은 워털루 역에서 그 열차를 찾아 몇 시간을 헤매고 다녔지만 무슨 일이 일어났는지 아는 사람은 아무도 없었다.

우리가 타고 갈 보트는 다리 바로 아래서 우리를 기다리고 있었다. 우리는 보트 쪽으로 다가가, 보트 둘레에 짐을 싣고, 보트 안으로 올라탔다.

"준비되셨습니까?"

보트를 맡고 있던 남자가 물었다.

"네."

우리는 대답했다.

해리스는 노를, 나는 진로를 맡았다. 불길하고 수상쩍은 몽모렌시를 뱃머리에 앉힌 채, 우리는 앞으로 이 주일 동안 우리의 집이 될 강으로 힘차게 나아갔다.

6

풀과 나뭇잎들의 섬세한 광휘가 진한 녹색으로 물들어가는 영광스런 아침이었다. 늦봄이든 초여름이든, 그거야 좋을 대로 생각하시면 되겠다. 시절은 마치, 이제 막 여자가 되면서 이상하게 요동치는 맥박 때문에 떨고 있는, 아름다운 젊은 아가씨와 같았다.

강의 가장자리까지 내려와 있는 고풍스런 매력을 간직한 킹스턴의 뒷골목은 쏟아지는 햇빛과 짐배들을 흔드는 반짝이는 강물, 나무가 우거진 토우패스*, 반대편으로 늘어서 있는 잘 다듬은 교외 주택들, 주황색 코트를 입고 노에 관해 투덜투덜 불평을 늘어놓는 해리스, 멀리 보이는 튜더 왕가의 오래된 회색 궁전 속에서 가히 그림같이 보였다. 모든 것이 어우러져 화사한 그림을 만들었다. 매우 밝

---

* towpath. 운하나 강변을 낀 길로, 말들이 보트를 끌고 갈 때 이용했다.

으면서도 또한 차분하고, 생명력이 넘치면서도 한편 너무나 평화로운 그림이었기 때문에, 이른 아침이었는데도 나는 마치 꿈을 꾸는 듯 명상 속으로 빠져드는 것을 느꼈다.

나는 킹스턴(Kingston), 또는 색슨 왕들(kinges)이 대관식을 치렀던 시절에는 키닝거스툰(Kyninggestun)이라고 불렸던 곳에 관해 생각에 잠겼다. 줄리어스 카이사르가 이곳의 강을 건넜고, 로마 군단은 이곳 비탈진 고지에서 야영을 했다. 카이사르는 마치 이후의 엘리자베스 여왕처럼, 멈추지 않은 곳이 없는 것 같다. 다만 그가 그녀보다는 보기에 좀 덜 흉했다. 선술집에서 숙박하지는 않았으니까.

엘리자베스는 선술집에 미쳐 있었고, 영국의 처녀 여왕이었다. 런던 안쪽으로 10마일 이내에는 그녀가 가서 보거나, 들르거나, 잠을 자보지 않은 유명 선술집은 거의 없을 정도였다. 문득 이런 생각이 든다. 만약 해리스가 마음을 고쳐 먹어 착하고 훌륭한 사람이 된 후 수상 자리에 올랐다가 죽는 거다. 그럼 해리스가 후원했던 선술집 주인들은 가게에다 이런 팻말을 달아놓을까? '해리스가 쓴 맥주 한 잔을 마신 가게' '해리스가 1888년 여름 차가운 스카치 두 잔을 마신 곳' '1886년 12월부터 해리스가 다니지 않은 곳'.

안 되겠다, 너무 많으면 그것도 곤란한 노릇이니까! 오히려 그가 한번도 들어가지 않은 가게가 유명해질 것이다. '사우스 런던 지역에서 해리스가 술 한잔 마시지 않은 유일한 가게!' 사람들은 그 가게에 도대체 무슨 문제가 있는 걸까 하고 벌떼같이 몰려들 것이다.

마음이 유약했던 에드위 왕은 키닝거스툰을 싫어했을 것이다!

대관식 축하연은 그에게 너무 큰 부담이었다. 단것들이 꽉 들어찬 멧돼지 머리도 내키지 않았다. (나도 그건 싫다.) 색주(酒)와 벌꿀 술에도 질렸다. 그래서 그는 시끄러운 주연에서 슬쩍 빠져나와 사랑하는 엘지바와 함께 조용한 달빛 아래에서의 시간을 즐겼다.

아마도 창가에서, 서로의 손을 잡고, 멀리 떨어진 홀에서 이따금 벌어지는 야단법석 흥청망청 떠들썩한 소리를 들으며, 강물에 비친 잔잔한 달빛을 바라보았으리라.

그때 잔인한 오도와 세인트 던스턴이 조용한 방에 무례하게 쳐들어와 사랑스러운 여왕의 얼굴에 거칠고 모욕적인 언사를 퍼붓고, 불쌍한 에드위를 술 취한 목소리들이 시끌벅적하게 오가는 난장판으로 끌고 간다.

후에, 요란한 전투 음악에 맞추어, 색슨 왕들과 색슨의 흥청거림은 나란히 매장되었고, 킹스턴의 위대함은 잠시 사라졌다. 그러다 햄프턴 코트가 튜더와 스튜어트 왕가의 왕궁이 되면서 되살아나, 강둑에는 궁궐 소속 바지선들이 정박했고, 산뜻한 망토를 입은 상류층 신사들이 거들먹거리며 계단을 내려가며 외쳤다.

"허어, 무슨 선착장이 이래! 앗, 제기랄!"

근처의 오래된 많은 집들은 증언한다. 킹스턴이 왕족의 도시였고, 귀족들과 조신들이 왕에게서 가까운 그곳에 살았으며, 왕궁 문에 이르는 기나긴 길이 철꺽철꺽 소리를 내는 강철들과 딸깍딸깍 지나가는 말들과 싸르락싸르락 스치는 실크 벨벳과 아름다운 얼굴들로 즐거웠던 그 시절을. 밖으로 여는 격자 모양 창문과 커다란 벽난로와 박공이 있는 지붕을 갖춘 크고 널따란 집들은 말해준다. 남자들은 호즈*를 신고, 더블릿**을 입던, 여자들은 진주 장식 스터머커***가 달린 옷을 입었으며 복잡한 서약을 하던 시절을. 그것들은 '사람들이 집을 짓는 법을 알고 있던' 시절에 지어졌다. 단단한 붉은 벽돌은 시간이 지나면서 더욱 견고하게 자리를 잡고, 당신이 조심조심 밟고 내려가는 오크 계단은 삐걱거리나 우는 소리를 내지 않는다.

오크 하니 떠오르는 게 있다. 킹스턴의 어떤 집에 웅장하게 조각된 오크 계단이 있다. 지금은 시장에 있는 가게지만, 예전에는 어떤 유녕한 인물이 살던 저택이있다. 킹스틴에 사는 내 친구 하나가 이느 날 그곳에 모자를 사러 가게 되었는데, 다른 것에는 아무 관심 없다는 듯 주머니에 손을 넣어 바로 그 자리에서 값을 치렀다.

가게 주인은 (그는 내 친구를 안다) 처음에는 약간 당황했으나 곧 정신을 차렸고, 이런 인간을 자극하려면 뭔가 조치를 해야 한다고 느끼며, 우리의 주인공에게 훌륭한 조각을 새긴 오래된 오크를 보지 않겠냐고 물었다. 내 친구는 그러겠노라고 했다. 그러자 가게 주인은 그를 데리고 가게를 통과해 그 집 계단을 올라갔다. 난간동자는 정말 장인의 작품이라 할 만했고, 올라가는 계단 주위의 벽판은 모두 왕궁에나 어울릴 만한 조각을 새긴 오크였다. 계단을 올라간 그들은 웅접실로 들어갔다. 다소 놀랍지만 기분을 좋게 해주는 파란 바탕 벽지를 바른 크고 밝은 방이었다. 하지만 그다지 특징적인

---

*   타이츠 모양의 양말
**   14~17세기 서유럽에서 남자가 착용한 짧은 웃옷
***   15~16세기에 유행한 삼각형 가슴 장식

구석은 없었고, 내 친구는 집주인이 왜 자신을 그곳으로 데려왔는지가 궁금했다. 주인은 벽 쪽으로 다가가 그 벽을 톡톡 두드렸다. 나무 소리가 났다.

"오크 재목이지요."

그가 설명했다.

"천장까지 모두 다요. 아까 계단에서도 보셨죠?"

"설마!"

내 친구가 놀라서 말했다.

"파란 벽지로 오크 재목을 모두 발라버렸다는 말씀은 아니시겠죠?"

"맞습니다."

이것이 주인의 대답이었다.

"돈이 꽤 많이 들었어요. 처음에는 전체적으로 판자를 은촉물림 해야 했으니까요. 하지만 해놓고 보니 방이 산뜻하잖아요. 전에는 얼마나 음침했는지 원."

나는 전적으로 그 양반에게 뭐라 할 수 있다고는 생각지 않는다. (좀 안심이 되시려나.) 그의 관점에서 보면 분명 일리가 있다. 그게 또 되도록이면 인생을 가볍게 받아들이고 싶어 하는 평범한 집주인들의 관점이기도 하고. 골동품 가게 마니아의 관점은 또 다르겠지만……. 조각을 새긴 오크 제품은 보기에는 좋다. 소유한 양이 적은 경우에도 마찬가지일 것이다. 하지만 그런 쪽으로 기호가 없는 사람이 그 속에서 살아야 한다면 그건 좀 곤란하지 않겠는가. 교회에서 사는 것 같을 텐데.

하지만 분명히 슬픈 사실이 있다. 어떤 사람들은 조각된 오크를 좋아하니까 그것을 얻으려고 어마어마한 돈을 치른다. 하지만 정작 벽판이 오크로 된 응접실을 가지게 된 것은, 그런 재목을 좋아하지 않는 그 사람이었다. 그것이 이 세상의 규칙인 것 같다. 사람들은 누구나 원하지 않는 것을 가져야 한다. 원하는 것을 가지고 있는 사람은 많지 않다.

결혼한 사람에게는 아내가 있지만 그들이 아내를 원할까? 총각들은 나에게도 아내가 있었으면 좋겠다, 라고 외친다. 자기 한 몸 건사하기도 바쁜 가난한 사람들에게는 건강한 자식들이 여덟이나 있다. 부유한 노부부는 유산을 남길 자식 하나 없이 죽는다.

연인이 있는 아가씨들도 마찬가지다. 그들은 연인을 원하지 않는다. 지금 그 사람이 없었으면 좋겠다며 귀찮아한다. 애인도 없고 평범하게 생기고 나이도 많은 스미스 양이나 브라운 양도 있으니 가서 그들하고나 잘되었으면 좋겠다고 한다. 연인이 있는 아가씨들은 정작 연인을 원하지 않는다. 그들은 애초부터 결혼할 심사도 아니다.

이런 생각을 너무 깊이 하는 것은 좋지 않다. 그럼 슬퍼지니까.

우리 학교에 어떤 남자아이가 있었다. 우리는 그를 스탠포드 앤 머튼이라고 불렀다. 그의 진짜 이름은 스티빙즈였다. 그는 내가 만난 친구들 중 가장 독특한 녀석이었다. 공부를 진짜 좋아했으니까. 그는 밤새며 공부를 했고 그리스어를 읽었다. 프랑스어의 불규칙 동사도 늘 손에서 놓지 않았다. 부모의 자랑, 학교의 명예가 되어야 한다는 괴상하고 특이한 생각으로 가득 차 있던 친구였다. 그는 상에 목말라했고, 얼른 자라 똑똑한 사람이 되고 싶어 했다. 그러면서도 심약하기가 이를 데 없었다. 정말 이상한 친구였다. 하지만 아직 태어나지 않은 아기처럼, 누구에게도 해를 끼치지 않았다.

그 친구는 일주일에 두 번씩 아파서 학교에 나오지 못했다. 어떻게 하면 그렇게 아플 수가 있는 걸까. 병이라는 이름이 붙은 것이 일단 10마일 이내로 접근해오면, 그는 단박에 그 병에 걸렸다. 그것도 아주 지독하게. 삼복에는 기관지염에 걸렸고 크리스마스에는 건초열을 앓았다. 육 주 동안 가뭄이 지속되고 나면, 그는 류머티즘 열로 앓아누웠다. 11월 안개 속에 나갔다가도 일사병에 걸려서 돌아왔다.

어느 해인가는 사람들이 그 아이에게 웃음 가스를 마시게 하고 이빨을 몽땅 뽑은 후에 의치를 심어주었다. 극심한 치통에 시달렸기 때문이다. 그랬더니 신경통과 귀앓이가 뒤를 이어 문제를 일으켰다. 감기가 떨어진 적은 한번도 없었는데, 딱 한 번 예외는 구 주 동안 성홍열을 앓을 때였다. 동상도 달고 다녔다. 1871년 콜레라 공포 때도 우리 이웃은 이상하게 아무 문제가 없었다. 전체 교구에서 유일하게 명성을 얻은 케이스가 있었으니, 그것이 바로 어린 스티빙즈였다.

그는 아프면 침대에 드러누운 채 닭고기와 커스터드와 온실 재배한 포도를 먹어야 했다. 그런 뒤 침대에 누워 훌쩍거렸는데, 사람들이 그가 라틴어 공부를 하지 못하게 하고 독일어 문법책도 가져가버리기 때문이었다.

우린 뭐였을까. 열 학기나 지나 봐야 하루 정도 아플까 말까 하고, 어떻게 하면 부모에게서 벗어날 수 있을까 하는 궁리밖에 안 하던 우리는 목이 뻣뻣해지는 일조차 드물었다. 외풍이 들어오는 곳을 택해서 놀다 보면 기분이 상쾌해졌다. 이걸 먹으면 몸이 안 좋아지겠지 하고 뭘 먹으면 살이 올랐고, 살이 오르면 또 식욕이 좋아졌다. 우리 머리로는 도저히 병이 날 방법을 찾을 수가 없었다. 그러다 방학이 오면 상황이 역전됐다. 딱 방학식을 하는 날이면, 감기에 백일해에 온갖 종류의 병이 우리를 찾아들었다. 그리고 개학날이 되면 싹 나았다. 온갖 술책을 써봐도, 몸은 갑자기 회복되고 건강은 더 좋아지기만 했다.

그것이 인생이다. 우린 다만 베어진 후 오븐에 들어가 구워지는 풀잎 같은 존재들일 뿐이다.

다시 조각된 오크 얘기로 돌아가서, 우리의 증조할아버지의 증조할아버지들은 아름다움과 예술에 상당한 조예가 있었음에 틀림없다. 오늘날 우리가 귀중한 예술품으로 여기는 것들은 삼사백 년 전에 일상적으로 사용되던 물품들이었다. 다만 우리가 그것들을 파내었을 뿐이다. 문득 우리가 그토록 자랑스럽게 여기는 오래된 수프 접시와 맥주 조끼, 그리고 촛불 끄는 도구에 정말 본질적인 아름다움이 있는지가 궁금해진다. 혹은 그것은 단지 우리 눈을 향해 매력을 발산하면서 그런 제품들 주위에서 반짝이는 세월의 후광은 아닐까? 우리가 장식품으로 벽에 걸어두는 '파란 접시'는 몇 세기 전만 해도 흔하디흔한 가정용품이었다. 친구들도 같은 소문을 들었을 거란 가정하에, 자랑하려고 장식해놓는 분홍색 양치기 소년상과 노란색 양치기 소녀상들은, 18세기의 어머니들이 아기가 울 때 입에 물리던 평범한 벽난로 장식이었다.

이런 일이 과연 미래에도 가능할까? 오늘날 가치 있는 보물들은 예전에는 모두 싸고 하찮은 것들이었을까? 갈대 문양을 새긴 만찬 접시들이 이천 몇 년에는 벽난로 앞면 위쪽을 장식하게 될까? 우리의 사라 제인즈가 순진하고 가벼운 마음으로 깨뜨리는, 가장자리에는 금테를 두르고 안쪽에는 아름다운 금빛 꽃들을 새긴 하얀 컵들 (아직 알려진 종류는 아니지만)이 조심스럽게 수리가 되고 선반에 올려져, 오직 안주인만 먼지를 털 수 있는 물건이 될 수 있을까?

내가 하숙하는 방의 침실에 장식품으로 놓아둔 도자기 개. 그놈은 하얀색 개다. 눈은 파랗다. 코는 검은색 점들이 있는 아름다운 붉은색이다. 머리는 고통스러울 정도로 꼿꼿이 쳐들고 있고, 아무 생각이 없다 싶을 정도로 온순한 표정이다. 나는 이걸 좋아하지 않는다. 예술 작품으로 여기려고 하지만, 보고 있으면 짜증이 난다. 생각 없는 친구들조차 별로라고 하고, 하숙집 주인도 별다른 애착이 없다. 단지 자기 숙모에게 받은 거라서 그냥 그곳에 있는 것을 참아달라고 할 뿐이다.

하지만 200년 후에 그 개가 다리 한쪽이 없고 꼬리는 떨어져 나간 상태로 어딘가에서 발굴된 후, 오래된 도자기 제품으로 팔려나가 유리 장식장에 놓일 확률은 비교적 높은 편이다. 사람들은 대대손손 물려주며 그것을 귀하게 여길 것이다. 환상적인 깊이감이 있는 코 색깔에 빠져들 테고, 없어진 꼬리 색이 얼마나 아름다웠을까를 상상해볼 것이다.

지금의 우리는 그 개의 아름다움을 보지 못한다. 너무 익숙하기 때문이다. 그것은 마치 저녁놀이나 별을 보는 것과도 같다. 우리 눈에 너무 일상적으로 보이기 때문에, 우리는 그것들의 아름다움에 감탄하지 않는다. 도자기 개의 경우도 그렇다. 2288년이 되면 사람들은 그것을 자랑해 마지않을 것이다. 그런 도자기를 만들 수 있었던 것은 잃어버린 장인의 솜씨가 될 것이다. 우리의 후손들은 우리가 어떻게 그것을 만들 수 있었는지 궁금히 여기며 우리가 얼마나 똑똑한지 말할 것이다. 사랑스럽게도 그들은 우리를 "19세기를 화려하게 수놓으며, 이런 도자기 개를 만들어내던 위대한 예술가들"이라고 부를 것이다.

여자아이들이 학교에서 만든 '편물 견본품'은 '빅토리아 시대 태피스트리'로 불리며 값을 논할 수 없을 정도가 될 것이다. 길거리 술집에서 쓰는 청백색 머그컵 역시, 금이 갔건 이가 빠졌건 없어서 난리인지라 금값에 팔릴 것이다. 돈 많은 사람들은 그 머그컵들을 사다가 포도주잔으로 사용할 것이다. 일본인 관광객들은 부서지지 않고 남은 '램즈게이트의 선물'과 '마게이트 기념품'을 살 것이다. 그리고 오래되고 희귀한 영국제라며 고향으로 가져갈 것이다.

이때 해리스가 노를 내팽개치고 일어나 자기 자리를 떴다. 그러더니 드러누워서 공중으로 다리를 올렸다. 몽모렌시가 울부짖으며 공중제비를 도는 바람에 짐들이 철렁 뛰어올랐다가 모든 것이 다 쏟아졌다.

나는 다소 놀랐지만 이성을 잃지는 않았다. 나는 충분히 상냥한 음성으로 말했다.

"이봐! 왜 그래?"

"왜 그래? 왜 그러냐면 말이지……."

아니다. 두 번 생각한 결과 나는 해리스가 한 말을 반복하지 않기로 했다. 내게 잘못이 있었는지도 모른다. 인정한다. 하지만 그 무엇도 언어폭력과 상스런 표현에 대한 변명이 될 수는 없다. 특히 해리스처럼 가정교육을 잘 받고 자란 남성의 경우에는 그렇다. 나는 딴생각을 하고 있었다. 그리고 누구라도 쉽게 이해해주겠지만 내가 진로를 잡고 있다는 것을 잊었다. 결과적으로 우리는 토우패스와 상당 부분 얽혀버렸다. 한동안은 어떤 것이 우리고 어떤 것이 미들섹스 강둑인지 분간하기가 힘들었다. 하지만 잠시 후 제 길을 찾았고 토우패스와 우리는 분리되었다.

그러나 해리스는, 자기는 할 만큼 했다면서 내가 노를 저어야 한다고 주장했다. 나는 보트에서 내려 견인용 밧줄을 잡고, 햄프턴 코트를 따라 보트를 끌었다. 강을 따라 이어진 오래된 벽돌담은 정말좋다! 보기만 해도 기분이 좋아진다. 오래되어 부드럽고 매끈거리는 데다 밝고 매혹적이다. 한쪽에서 벽을 타고 올라가는 지의류, 다른 쪽에서 돋아나는 이끼, 꼭대기 쪽에서 분주한 강변을 슬쩍 엿보는 수줍은 포도덩굴, 떼를 지어 아래로 향하는 소박한 담쟁이덩굴이 만들어내는 그림은 얼마나 매력적인지. 10야드마다 오십 개의 명암과 농담과 색조가 있다. 만약 내가 스케치를 할 수 있다면, 물감으로 그림 그리는 법을 안다면, 나는 분명히 그 아름다운 벽돌담을 그릴 것이다. 나는 햄프턴 코트에 살았으면 하는 생각을 종종 했다. 너무 평화롭고 조용해 보이기 때문이다. 그곳은 사람들이 주위에 많아지기 전, 이른 아침에 산책을 하기에도 더없이 훌륭한 장소다.

하지만 정말로 살게 된다면 실제로 좋아할 수 있을 것 같지는 않다. 램프 빛이 벽판을 댄 벽에 기묘한 그림자를 드리우고, 멀리서 들려오는 발소리의 메아리가 차가운 돌로 만든 복도를 따라 가까워졌다가 다시 멀어지는가 하면, 자신의 심장 박동 소리를 제외하곤 모든 것이 죽음과 같은 침묵에 사로잡히는 저녁이 되면, 그곳은 소름이 끼칠 만큼 단조롭고 울적한 곳이 될 것이다.

우리는 태양의 창조물이다. 우리는 빛과 생명을 사랑한다. 바로 그러한 이유 때문에, 사람들은 도시로 모이고 매년 버려지는 시골이 많다. 햇빛 속에서, 그러니까 자연이 우리 주위에 살아 있고 바삐 움직이는 낮 시간 동안에, 우리는 드넓은 산허리와 깊은 숲을 사랑한다. 하지만 밤이 오면, 우리의 어머니 대지는 잠을 자러 가고 우리는 깬 채로 남게 된다. 오, 그리 되면 세상은 너무나 외로운 곳이 되고 우리는 아무도 없는 집에 있는 아이들처럼 겁에 질린다. 우리는 훌쩍거리며 앉아 불빛 비치는 거리와 사람의 목소리와 생명을 반증하는 심장 박동 소리를 그리워한다. 어두운 나무들이 밤바람 속에서 흔들리는 거대한 고요를 맞이하며 우리는 무력해지고 작아진다. 주위에선 유령들이 출몰하고, 그들이 내쉬는 침묵의 한숨은 우리를 슬프게 한다. 큰 도시에 다 같이 모이자. 백만 개 가스등의 불꽃을 살리자. 소리 지르고 노래 부르자. 두려워하지 말자.

해리스가 나에게 햄프턴 코트의 미로에 가봤냐고 물었다. 그러면서 자기는 다른 사람에게 길을 안내해주려고 한번 가봤다고 했다. 그는 지도를 통해 그곳을 면밀히 연구했는데, 아주 간단해서 이게 무슨 미로야 하다가 입장료 2펜스가 무색할 정도라는 생각까지 들었다고 했다. 한편 그 지도가 아무 소용이 없었고 오히려 혼란만 야기했기 때문에, 누군가 사람들을 골탕 먹일 작정으로 일부런 꾸민 농간이 분명하다고 덧붙였다. 해리스가 데리고 간 사람은 시골에서 올라온 사촌이었다. 그가 말했다.

"그냥 안으로 들어가는 거야. 그럼 미로에 들어가본 적이 있다고 말할 수 있는 거지. 너무 간단해서 미로라고 부르는 게 우스워. 오른쪽으로 돈 다음에 계속 가는 거야. 십 분쯤 걷게 될 거야. 그리고는 나와서 점심을 먹는 거지.”

　안으로 들어간 직후 그들은 몇몇 사람을 만났다. 그들은 그곳에 사십오 분 동안 있었고, 이제 지긋지긋하다고 했다. 해리스는 그들에게, 괜찮다면 자기를 따라오라고 했다. 방금 들어왔는데 이제 쭉 돌아서 나갈 거라고 했다. 그들은 너무 친절하다며 그의 뒤를 따라갔다.

　그들은 가다가 미로에서 나가고 싶어 하는 다른 사람들을 만났고, 그렇게 사람들이 흡수되면서 미로에 있는 모든 사람이 규합돼 버렸다. 다시 들어오는 것이든 나가는 것이든 희망이란 희망은 남은 게 없고 이제 집과 친구를 다신 볼 수 없겠구나 여겼던 사람들이 해리스와 그 무리를 보자 용기백배하여, 축복의 말을 건네며 합류했다. 해리스는 사람들이 다 해서 스무 명쯤 되었을 거라고 했다. 아기를 데리고 아침 나절 내내 그곳에 있어야 했던 어떤 여자는 그를 놓칠까 봐 집요하게 그의 팔을 잡았다.

　해리스는 계속해서 돌았다. 그런데 이상하게 미로가 너무 길어 보였다. 사촌이 미로가 아주 큰가 보다고 말했다.

　“그럼. 유럽에서 가장 큰 미로 중 하나야.”

　해리스가 말했다.

　“맞아, 진짜 그런 거 같아.”

　사촌이 대답했다.

　“벌써 2마일은 족히 걸었으니까.”

　해리스는 약간 이상한 느낌이 들었지만 계속 걸었다. 그러다가 마침내, 해리스의 사촌이 말하기를, 자기네 일행이 방금 땅에 떨어진 1페니짜리 빵 반쪽을 지나쳤는데, 맹세하건대 자기가 칠 분 전에 거기서 그것을 봤다고 했다. 해리스가 말했다.

"그럴 리가 없어!"

하지만 아기를 안고 있던 여자가 역시나 "그럴 리가!"라고 외치며, 해리스를 만나기 직전에 자기가 아이에게서 그것을 빼앗아 땅에 던졌다고 말했다. 그녀는 또한 해리스를 만나지 말았어야 했다고 덧붙이면서, 그를 사기꾼이라고 했다. 그러자 열받은 해리스는 지도를 꺼내어 자신의 이론을 설명했다.

"지도가 쓸모가 있을지도 모르지요."

무리 중 하나가 말했다.

"한데 우리가 지금 어디에 있는지를 알아야 말이지요."

해리스는 알지 못했고, 입구로 돌아가 처음부터 다시 시작하는 게 제일 낫겠다는 제안을 했다. 다시 시작한다는 것에 관해서는 그다지 많은 호응이 없었다. 하지만 입구로 돌아간다는 제안에 대해서는 만장일치로 의견이 모아졌다. 그래서 그들은, 반대 방향으로, 다시 해리스를 따라갔다. 십 분이 지난 후 그들은 자신들이 미로의 중앙에 있다는 것을 알게 되었다.

해리스는 처음에는 그것이 본래 자신의 목표였다는 듯이 시치미를 떼려고 생각했지만, 아무래도 사람들 표정이 험악해 보여서, 그냥 우연히 일어난 사고로 처리해야겠다고 결심했다.

아무튼 어찌어찌해서 그들은 다시 시작할 기회를 갖게 되었다. 그들은 자신들의 위치를 알았고, 다시 한번 지도를 보았다. 이번에는 더 간단하게 보였고, 그들은 세 번째 출발을 거행했다.

삼 분 후 그들은 다시 중앙으로 돌아왔다.

그 후 그들은 쉽게 다른 곳으로 갈 수 없게 되었다. 어느 쪽으로 돌든지 간에 미로의 중앙이 나왔다. 너무나 규칙적이어서, 몇몇 사람들은 그곳에 멈춰 서서, 다른 사람들이 한 바퀴 돌아서 다시 그들에게 올 때까지 기다리기도 했다. 잠시 후 해리스는 다시 지도를 꺼냈다. 하지만 그쯤 되자 사람들은 이제 지도를 보기만 해도 진저리를 쳤다. 그러면서 해리스더러, 가서 그걸로 머리나 말라고 했다. 해리스는 자신의 인기가 다소 하락했음을 느꼈다.

결국 더 참을 수 없는 지경에 이르자 사람들은 목놓아 수위를 불렀고, 그가 밖에서 사다리를 타고 올라와 그들에게 방향을 알려주었다. 하지만 그즈음 사람들 머리는 너무나 뒤죽박죽이 된 터라 누구 하나 머리를 쓸 수가 없는 상황이었다. 그러자 수위가 그들에게 움직이지 말고 가만히 제자리에 있으라며 자기가 가겠다고 했다. 사람들은 한데 모여 기다렸고, 수위는 사다리를 타고 내려가 미로 안으로 들어왔다.

운이라는 것이 좋아봤자 늘 그렇듯이, 그는 젊은 수위였고 그래서 아직 초짜였다. 안으로 들어오긴 했지만, 그는 사람들을 찾지 못하고 헤매기만 했다. 그러다 길을 잃었다. 그들은 경계 벽 반대편에서 뛰어다니는 그의 모습을 종종 보았다. 그는 그들을 발견하고 그들을 향해서 발걸음을 재촉했다. 사람들은 약 오 분 정도 제자리에 멈춰 서서 가만히 기다렸다. 그러면 그가 정확히 같은 지점에 다시 나타나 도대체 어디에들 있었느냐고 했다.

그들은 나이 든 수위 하나가 저녁을 먹고 돌아온 후에야 밖으로 나올 수 있었다.

해리스는 자신의 판단에 의하면, 그곳은 굉장히 정교한 미로라고 했다. 우리는 돌아오는 길에, 조지를 들여보내자는 데 합의했다.

7

일요일 의상으로 갈아입은 강 ─ 뱃놀이용 의상은 말이죠 ─
남자들에게도 기회 ─ 해리스에게 취향이란 없다 ─
조지의 블레이저코트 ─ 그녀들과의 하루 ─ 토머스 부인의 무덤 ─
무덤과 관과 해골을 사랑하지 않는 남자 ─
미쳐버린 해리스 ─ 조지와 은행과 레모네이드에 대한
그의 견해 ─ 해리스의 진기명기

해리스가 내게 미로에서의 경험에 대해 얘기해준 것은 우리가
물지(Moulsey) 록*을 통과할 때였다. 보트는 우리 것밖에 없었는데
갑문이 컸기 때문에 통과하는 데 시간이 꽤 걸렸다. 물지 록에 보트
가 한 대밖에 없는 것을 본 적이 있었는지는 모르겠다. 그러니 강에
서 가장 바쁜 갑문인 불터 록**이야 어련할까.

그곳을 바라보노라면, 가끔씩 강물은 하나도 보이지 않고, 번쩍
번쩍하는 블레이저코트들, 화려한 모자들, 다채로운 빛깔의 양산

---

*   갑문(閘門)
**   1850년 사우스햄프턴에서 태어나, 증기선 회사 소속의 화가로 일했던 에드워드
     J. 그레고리라는 화가가 그린 그림 중에 〈일요일 오후의 불터 록〉이라는 작품이
     있다. 그림을 보면 보트를 타고 갑문을 빠져나가려는 사람들의 모습을 상상하는
     데 도움이 될 듯하다.

늘, 실크 덮개들, 망토들, 나부끼는 리본들, 그리고 진미(珍味)들이 마구 뒤섞인 휘황찬란한 모습만 보일 때도 있었다. 부두에서 갑문 쪽을 내려다보면, 마치 커다란 상자 안에 온갖 색조와 명암을 가진 꽃들이 난잡하게 던져진 채, 무지개 산 모양으로 꽉 들어차 있는 것 같다는 생각이 든다.

날 좋은 일요일에는 거의 하루 종일 이런 광경이 펼쳐지기도 한다. 강 상류와 하류에, 순서를 기다리면서, 갑문 밖에서, 수많은 보트 행렬이 줄을 선다. 수문으로 다가가는 보트들, 그곳을 지나는 보트들로 인해, 햇빛이 반짝이는 강물에는 왕궁에서부터 햄프턴 교회까지, 노란색·파란색·주홍색·흰색·붉은색·분홍색 장식이 점점이 박힌다. 햄프턴과 물지에 사는 사람들 역시 뱃놀이 의상으로 차려입고 나와서, 데리고 온 개들과 함께 갑문 주위를 어슬렁거리며 시시덕거리고 담배 피우고 보트 구경을 한다. 그러면 남자들의 모자와 재킷, 여자들의 형형색색 드레스, 흥분한 개들, 움직이는 보트들, 하얀 돛대들, 기분 좋은 풍경, 빛이 춤을 추는 강물이 한데 모여 이 지루하고 오래된 런던이라는 도시 근처에서 가장 재미있는 광경을 펼쳐놓는다.

강은 단장하기에 그저 그만인 기회를 제공한다. 다른 경우는 몰라도 이 경우만큼은, 우리 남자들도 색깔에 대한 '우리의' 취향을 보여줄 수 있다. 뭐랄까, 말하자면 우리도 말쑥하게 차려입을 수 있다는 거다. 나 같은 경우, 무엇이든 약간 붉은색이 도는 게 좋다. 붉은색과 검은색. 알다시피 내 머리카락은 금빛이 도는 갈색인데(사람들이 괜찮은 색조라고 하더라), 그래서 약간 어두운 붉은색이 썩 잘 어울린다. 내 생각엔 연한 파란색 넥타이도 잘 받는 것 같다. 러시

아 가죽 신발을 신고 허리에 붉은색 실크 손수건을 매도 괜찮다. 벨트보다는 손수건이 더 낫다.

해리스는 주홍색과 노란색, 혹은 그 둘이 섞인 색조를 고수하는데, 내가 보기에 그리 현명한 선택인 것 같지는 않다. 피부 톤이 너무 어두워서 노란색은 좀 무리가 있다. 노란색이 그에게 어울리지 않는다는 것은 의심의 여지가 없는 사실이다. 바탕은 파란색으로 하고 하얀색이나 크림색으로 포인트를 주는 것이 어떨까 싶다. 하지만 오호통재라! 취향이 좀 별로인 사람들이 고집은 또 센 편이다. 정말 안된 일이다. 그래가지곤 그다시 좋은 꼴 못 당할 텐데. 모자를 썼을 때 한두 가지 색깔을 잘 택하면, 그렇게 이상해 보이지 않을 것을.

조지는 이번 여행을 위해서 몇 가지 것들을 새로 장만했다. 어찌나 난처하던지. 그 블레이저코트는 좀 심했다. 내가 이런 생각을 한다는 걸 조지가 알면 곤란하다. 하지만 달리 표현할 만한 단어가 없다. 그는 목요일 저녁에 그 코트를 집으로 가지고 와서 우리에게 보여주었다. 그 옷 색깔이 도대체 무슨 색깔이냐고 물었더니 자기도 모르겠다고 대답했다. 그는 색깔에 무슨 이름 같은 것이 있다고 생각하지 않는 위이다. 그냥 파는 사람이 오리엔탈 디자인이라고 했다고 한다. 조지는 그 옷을 입어 보이며 우리의 의견을 물었다. 해리스는, 이른 봄 꽃밭에 앉은 새들을 덮쳐 날려 보내기 위한 물건이라면, 대환영이라고 했다. 하지만 어떤 인간의 의상 품목 가운데 하나라는 용도로 사용된다면, 남아프리카 마게이트 지방의 흑인*

---

* 영국은 18세기 말 북미 대륙에서 식민지를 확장하고 해상 세력이 성장하면서 중요한 노예무역 국가로 등장한다.

이 아닌 이상, 기분 나빠질 것 같다고 했다. 조지는 심하게 열받았다. 하지만 해리스도 그렇게 말하긴 했는데, 물으니까 대답한 것뿐이다.

그 문제와 관련해서, 나와 해리스가 걱정한 것은 사람들 이목이 우리 쪽 보트에 집중되지 않을까 하는 점이었다.

적절하게 갖춰 입기만 하면, 여자들도 보트에선 괜찮게 보인다. 내 생각에, 감각적으로 차려입은 뱃놀이 의상만큼 매력적인 것은 없으니까. 하지만 모든 숙녀 분들께서는 '뱃놀이 의상'은 유리 진열장 안이 아니라, 배에서 입을 수 있는 의상이어야 한다는 점을 이해해주시면 안 될까. 내내 드레스만 신경 쓰는 사람이 한 보트 안에 같이 있으면, 뱃놀이 소풍의 즐거움을 완전히 망치게 된다. 나도 이런 부류의 숙녀 두 분과 함께 뱃놀이 소풍을 하는 불운을 겪은 적이 있다. 정말 난처한 경험이었다.

그녀들은 모두 아름답게 차려입고 있었다. 레이스에, 실크에, 꽃에, 리본에, 모양 낸 신발에, 하늘거리는 장갑까지. 하지만 그건 뱃놀이가 아니라 촬영 스튜디오에서나 입을 만한 의상이었다. 프랑스 패션 잡지에서나 봄 직한 '뱃놀이 의상'이었다. 진짜 땅과 진짜 공기와 진짜 물이 있는 곳에 그런 옷을 입고 나타난다는 건 우스꽝스러운 짓이다.

그녀들은 다짜고짜 보트가 깨끗하지 못하다고 생각했다. 우리는 그녀들을 위해서 자리의 먼지를 털어낸 후 깨끗하다는 점을 확인시켰지만, 그녀들은 우리를 믿지 않았다. 그녀들 가운데 하나가 장갑 낀 집게손가락으로 쿠션을 문지르더니 나머지 한 명에게 결과를 보여주었고, 둘은 한숨을 쉬더니 자리에 앉았다. 절체절명의 위기에 내몰린 상태지만 마음을 편안히 먹어야겠다고 애쓰는 초기 기독교 순교자들 같은 분위기를 풍기면서 말이다. 노를 젓다 보면 조금씩 물이 튀기 십상인데, 물 한 방울이 그 의상들을 다 망쳐놓는 것처럼 보인다. 얼룩은 절대로 빠지지 않고, 드레스에 영원히 남게 된다.

나는 뒤쪽 조수(漕手)를 맡았다. 나는 최선을 다했다. 2피트 높이에서 수평으로 저었고, 한 번 저을 때마다 멈추어 노깃에서 물방울이 떨어진 다음에야 다시 처음 자세로 돌아갔다. 그리고 다시 물속으로 노를 넣을 때에도, 매번 물이 잔잔해지기를 기다렸다가 했다. (잠시 후, 뱃머리 쪽을 맡은 친구가 말하기를, 자신은 나와 함께 노를 저을 만큼 충분히 숙달된 인력이 아닌 듯하지만, 만약 내가 허락한다면, 가만히 앉아서 내가 노 젓는 방식을 연구해보고 싶다고 했다. 흥미롭다고.) 하지만 이 모든 것과는 상관없이, 내가 할 수 있는 것은 다 했건만, 가끔씩 그녀들의 드레스에 물이 튀는 것을 막을 수는 없었다.

그녀들은 불평하지 않았으나, 서로 옆에 꼭 붙어 앉아서는 입술을 꽉 다물고, 물방울이 튈 때마다 질겁하며 움츠러들었다. 아무 말 없이 고생하는 그녀들의 모습은 숭고한 장면을 연출했지만, 또한 나를 완전한 절망에 빠져들게 했다. 나는 아주 예민한 사람이다. 조심하면 조심할수록 나의 노 젓기는 점점 더 거칠고 변덕스러워져, 점점 더 많은 물이 튀고 말았다.

결국 나는 포기해버리고 말았다. 나는 뱃머리 쪽을 맡겠다고 했다. 뱃머리를 맡고 있던 친구 역시 그게 낫겠다고 했고 우리는 자리를 바꿨다. 내가 앞쪽으로 가는 모습을 본 숙녀 분들이 자기들도 모르게 안도의 한숨을 내쉬며 순간적으로 환한 표정이 되었다. 그러나 인생사 그리 마음대로 되지 않는 일. 나와 자리를 바꾼 그 친구는, 세상사 아무 근심 걱정 없고, 마음 편하고, 머리 회전이 그다지 빠르지 못한 타입이었다. 감수성이 있다고 해봐야 뉴펀들랜드종 강아지 정도랄까.

한 시간 동안 노려보아도 눈치 채지 못할 테고, 혹시 눈치 챈다 해도 신경 쓰지 않을 것이다. 그는 흥겹고 위세당당하게 열심히 노를 저었고, 보트 여기저기로 마치 분수처럼 물을 흩뿌렸으며, 사람들을 자리에서 벌떡 일어나게 만들었다. 숙녀 분들의 드레스 중 하나에 1파인트 정도 되는 물을 퍼부은 후, 그가 호탕하게 웃으면서 말했다.

"죄송합니다, 진심이에요."

그리고 닦으라며 자기 손수건을 내밀었다.

"괘…… 괜찮아요."

불쌍한 숙녀 분들은 이렇게 대답한 후, 슬그머니 담요와 코트를 꺼내어 덮고, 레이스 달린 양산으로 스스로를 보호했다.

점심시간도 곤혹스럽긴 마찬가지였다. 일행은 숙녀 분들을 풀밭에 앉히고 싶었지만 풀밭은 진흙투성이였다. 그리고 기대어 앉으라며 권한 나무 그루터기에는 몇 주 동안 쌓인 먼지가 수북했다. 그래서 그들은 손수건을 땅에 펴고 그 위에 들어갈 만한 자세로 앉았다. 비프스테이크 파이 접시를 들고 걸어가던 어떤 사람이 나무뿌리에 채여 넘어지는 바람에 파이가 날아갔다. 다행히 숙녀 분들에게 떨어지지는 않았지만, 그 사건 때문에 그녀들은 예기치 못한 위험이 도사리고 있음을 깨닫고 불안해하기 시작했다. 그래서 누가 주변을 난장판으로 만들어버릴 만한 뭔가를 손에 들고 움직이기 시작하면, 그녀들은 그 사람이 다시 자리에 앉을 때까지 어찌할 바를 모르는 시선으로 그의 움직임을 주시했다.

"자, 숙녀 여러분. 이제 씻어야겠지요?"

상황이 좀 진정 국면에 이르자, 우리의 친구인 뱃머리 담당이 명랑한 목소리로 말했다.

"저를 따라오십시오."

숙녀 분들은 처음에 그의 말을 이해하지 못했다. 무슨 뜻인지 감을 잡은 후에는, 그릇 씻는 법을 몰라서 무섭다고 했다.

"아, 제가 알려드리겠습니다."

그가 큰 소리로 말했다.

"상당히 재미있을 겁니다! 배를 깔고, 아 그러니까 제 말은 강둑에 기대어서 말이죠, 물속으로다가 그것들을 기울이는 겁니다."

숙녀 분들 중 언니 되시는 분이 말하기를, 자신들의 복장이 그런 일에 어울리지 않는 것이 아니냐고 했다.

"아, 괜찮을 겁니다."

그가 아무 생각 없이 대답했다.

"걷어 올리세요."

그리고 그는 그 숙녀 분들이 그 일을 하도록 만들었다. 그러면서 "이게 뱃놀이 소풍 재미의 반이거든요"라고 했고, 그녀들은 "그래요? 재미있군요." 하고 말했다.

지금 와서 생각해보면, 그는 우리가 생각하는 것처럼 그렇게 바보 같은 사람이었을까? 아니면 혹시…… 아니다, 그럴 리가 없다. 표정이 얼마나 해맑고 순박했는데.

해리스는 보트에서 내리고 싶다고 했다. 햄프턴 교회로 가서 토머스 부인의 무덤을 보고 싶다고.

"그게 누군데?"

내가 물었다.

"내가 그걸 어떻게 알아?"

해리스가 대답했다.

"무덤이 재미있다고 해서 말이야. 한번 보고 싶어."

나는 반대했다. 내 판단이 잘못된 건지는 모르겠지만, 나는 절대로 묘비 같은 것을 보고 싶지가 않았다. 시골 마을이나 도시 같은 곳에 갔을 때, 교회 묘지로 달려가서 무덤들을 둘러보는 것이 정상이라는 건 안다. 하지만 내가 선호하는 오락거리는 아니었다. 나는 씨근거리는 노인들의 안내를 받으며 음침하고 냉랭한 기운이 감도는 교회 주위를 슬금슬금 걸어다니면서 묘비명을 읽는 일에 아무 관심도 없다. 돌에 새긴 금이 간 놋쇠 빛깔 글자를 보는 것은 내가 진짜 행복이라고 부르는 느낌을 제공하지 못한다.

손에 땀을 쥐게 하는 묘비명 앞에 서서도 꿋꿋이 유지하는 침착함과 현지 명문 가문의 역사에 아무 관심도 보이지 않는 시큰둥함 때문에, 나는 상당한 교회지기들을 충격에 휩싸이게 한다. 어서 빨리 그 자리를 뜨고 싶어 하는 나의 숨길 수 없는 괴로움은 그들의 마음에 상처를 입힌다.

어느 햇살 좋은 날 아침, 나는 작은 마을 교회 앞을 지키는 낮은 돌담에 기대어 담배를 피우며, 달콤하고 평화로운 정경에서 깊고 고요한 기쁨을 들이마시고 있었다. 담쟁이덩굴이 타고 올라가는 회색빛 오래된 교회, 기이하게 조각된 교회의 나무 현관, 키 큰 느릅나무들이 양쪽으로 들어선 언덕을 따라 구불구불 이어진 작은 오솔길, 잘 다듬어진 산울타리를 내려다보는 초가지붕을 얹은 집들, 계곡에서 흐르는 은빛 강물, 나무들이 들어찬 산언덕!

그건 정말 사랑스러운 정경이었고, 여유롭고 시적이고 영감을 주는 분위기였다. 나는 선량하고 고귀해지는 기분이 들었다. 더는 죄를 짓는 삶을 살고 싶지 않았고, 더는 사악해지기 싫었다. 이곳에 와서 살리라, 나쁜 짓은 하지 않으리라, 깨끗하고 아름다운 삶을 살리라, 은발의 노인으로 나이 들어가리라.

그 순간 나는, 나의 모든 친구와 친척의 사악함과 잔인함을 용서하고 그들을 축복했다. 그들은 내가 자신들에게 축복을 내렸다는 것을 알지 못했다. 그들은 그 평화로운 마을에서 떨어져 있으면서, 내가 그들을 위해 무엇을 하는지 모르는 채, 자신들의 파렴치한 삶을 이어가고 있었다. 하지만 나는 그들을 축복했다. 그리고 내가 그랬다는 것을 그들이 알아줬으면 하고 바랐다. 그들을 행복하게 해주고 싶었기 때문이다. 나는 이런 원대하고 온화한 생각에 사로잡혀 있었다. 그런데 찢어질 듯 높고 날카로운 목소리 하나가 나의 몽상을 깨뜨리고 말았다.

"가네, 가! 알았어, 알았다고! 서두르지 마시게나."

나는 고개를 들어 목소리가 들려오는 쪽으로 갔다. 그때 머리가 벗겨진 노인 하나가 교회 안마당을 가로질러 나를 향해 절뚝거리며 다가왔다. 손에 열쇠 한 무더기를 쥐고 있었는데, 한 발 한 발 내디딜 때마다 흔들리는 열쇠들이 쩔그렁쩔그렁 소리를 냈다.

나는 아무 말없이 위엄 있는 태도로, 그에게 오지 말라는 신호를 보냈다. 하지만 그는 계속해서 걸어오며 동시에 소리를 질러댔다.

"간다니까! 내가 다리가 좀 이러니 양해를 해주셔야지! 예전만큼 기운도 없고 말이야. 이쪽으로 오시게, 젊은이."

"가서 일 보세요, 노인 양반."

내가 말했다.

"최선을 다해서 온 걸세, 젊은이."

그가 대답했다.

"내 마누라였다면 이렇게 못하지. 자, 따라오시게."

"가시라니까요!"

나는 반복해서 말했다.

"무덤을 보려는 게 아니었나?"

그가 말했다.

"아니라니까요! 나는 그저 이 오래된 사암 벽에 기대 있고 싶은 것뿐이란 말입니다! 지금 난 아름답고 고귀한 생각으로 가득 차 있고 그 생각을 멈추고 싶지 않아요. 내가 착하고 훌륭한 사람인 것처럼 느껴지니까요. 그러니 제발, 묘비니 뭐니 하는 멍청한 말을 하며 내 기분 좋은 느낌들을 망치지 말아달란 말입니다! 내 주위에서 얼쩡거리지 마세요. 돌아버릴 거 같으니까요!"

그는 놀라서 어쩔 줄 몰랐다. 그는 눈을 비비고 나를 뚫어져라 쳐다봤다.

그가 말했다.

"여기 사람이 아니신 것 같은데, 맞수?"

"아닙니다, 아니에요, 아니라니까요!"

"그럼 그렇지. 그럼 무덤을 보고 싶겠구려. 여기 누가 묻혔는지도 알고 싶을 거고. 관도 봐야겠고!"

"거 참 말귀 못 알아듣는 양반이네. 나는 무덤 같은 것은 보고 싶지 않다고! 당신 무덤도 안 보고 싶어! 내가 왜 그것들을 봐야 하나고! 무덤 없는 인간이 어디 있어! 우리 가족도 무덤이 있어. 내 삼촌 이름이 포저인데 그분 묘지는 그 일대 자랑인 켄절 그린 공동묘지에 있어. 바우에 있는 우리 할아버지 납골당엔 한꺼번에 여덟 명이 들어갈 수 있지. 이모할머니 돌무덤은 핀츨리 묘지에 있는데, 묘석에 커피포트 같은 것을 돋을새김 해놨고, 6인치짜리 비싸고 최고 좋은 하얀 돌로 마무리를 했어. 내가 보고 싶은 무덤은 그런 곳이란 말이야. 다른 사람들 무덤에 내가 왜 가냐고. 당신이 묻히면 와서 봐주기는 하지. 그것 말고 다른 건 해줄 수가 없어!"

그는 눈물을 와락 쏟았다. 그러면서 자기네도 돌무덤이 있고, 사람들은 그게 어느 유명한 사람의 묘일지도 모른다는 말을 한다고 했다. 지금껏 아무도 해석하지 못한 글을 새긴 묘석도 있다고 했다.

그러나 내 태도는 변하지 않았다. 그러자 그가 비탄에 잠긴 목소리로 말했다.

"추모의 창은 어떠시우?"

나는 그것도 보지 않겠다고 했다. 그러자 그는 최후의 수단을 썼다. 그는 내 곁에 다가와 쉰 목소리로 속삭였다.

"납골당에 해골 두 개가 있는데 말이우."

그가 말을 이었다.

"가서 그것들을 보십시다. 자자 어서, 모처럼 휴일에 나왔으니 재밌게 놀다 가고 싶지 않겠소? 가서 해골을 봅시다그려!"

나는 몸을 돌리고 잽싸게 뛰었다. 뒤에서 그의 목소리가 들려왔다.

"아니 이런! 가서 해골을 보자니까! 돌아와요, 젊은이! 해골이라니까!"

어쨌든 해리스는 묘석과 무덤과 묘비명과 비문을 즐기는 녀석이었고, 토머스 부인의 무덤을 보지 못하면 미쳐버릴 것 같다고 했다. 그러면서 자기는 이 여행 얘기가 처음 나왔을 때부터 그걸 보러 갈 생각밖에 없었다며, 그 무덤을 볼 생각을 하지 않았으면 여행에 동참하지도 않았을 거라고 했다.

나는 그에게 조지를 생각하라고 했다. 우리는 보트를 끌고 셰퍼톤으로 가서 다섯 시에 그를 만나기로 되어 있었다. 그러자 그는 이번에는 조지를 비난했다. 조지는 왜 하루 종일 빈둥거리는 거냐는 둥, 왜 우리가 그 녀석 만나자고 이 더럽게 무거운 보트를 끌고 강을 거슬러 올라야 하냐는 둥, 조지도 와서 일을 좀 거들어야 하는 거 아니냐는 둥, 일을 하루 쉬고 우리와 같이 움직여야 하지 않았냐는 둥, 은행에 있어봤자 그가 무슨 소용이 되겠냐는 둥.

"가서 봐도, 무슨 일을 하는 것 같지도 않은 녀석이 말이야."

해리스의 말이 이어졌다.

"하루 종일 작은 유리 조각 뒤에 앉아서 뭘 하는 것처럼 보이려고 애나 쓰는 주제에. 유리 뒤에 앉은 녀석이 무슨 쓸모가 있겠어? 난 생계를 위해서 일을 해야 해. 왜 그는 일을 안 하는 거지? 그 녀석은 왜 거기 있는 거야? 은행이라는 게 무슨 쓸모나 있긴 해? 내 돈은 받아놓고 막상 내가 수표를 가져가면 '효력 상실' '발행인에게 문의하시오'라고 지저분하게 쓴 다음에 돌려주는 곳이야, 거기가. 그게 뭐야? 지난주에도 두 번이나 당했어. 더는 참지 않겠어. 가서 거래를 취소해버려야지. 만약 녀석이 여기 있었으면, 우린 무덤을 보러 갈 수 있었어. 나는 그 녀석이 은행에 있다고 절대 생각하지 않아. 어딘가에서 빈둥거릴 게 분명해. 그 녀석 하는 일이 본래 그러니까. 우린 이렇게 고생만 하는데 말이야. 난 내릴 거야, 한잔 해야겠어."

나는 그에게 술집은 이미 아주 멀리 있다는 점을 지적해주었다. 그랬더니 이번에는 강을 비난했다. 도대체 강이라는 게 왜 있냐는 둥, 목말라 죽을 것도 아닌데 왜 다들 강으로 오고 난리냐는 둥.

그가 이런 식으로 나올 땐 그냥 내버려두는 게 상책이다. 그러면 제풀에 지쳐서 조용해지는 때가 온다.

나는 그에게 광주리에 농축 레모네이드가 있고 뱃머리 쪽에 1갤런들이 물 항아리가 있으며, 그 둘은 시원하고 가슴이 후련한 음료를 만들고자 서로 혼합되기를 원한다고 일러주었다.

그랬더니 이번에는 레모네이드와 그가 '주일 학교에서 주는 구정물'이라고 표현한 진저비어와 나무딸기 시럽에 대해 한바탕 퍼부어댔다. 그런 것들은 모두 소화불량을 유발하고, 몸과 더불어 영혼까지 파괴하고, 영국에서 일어나는 범죄 절반의 원인이 된다나.

하지만 무엇이든 마셔야겠다고 말하더니, 자리를 딛고 올라가 허리를 숙였다. 레모네이드는 광주리 맨 밑에 있어서 찾기가 힘든 듯했고, 그는 더욱더 깊숙이 허리를 숙였다. 몸이 거꾸로 된 상태에서 동시에 진로도 잡고 있었기 때문에, 그는 잘못된 줄을 잡아끌었고, 보트를 강둑으로 보내버렸다. 그 충격 때문에 광주리 속으로 머리가 쑥 들어가 거꾸로 서고 말았다. 그는 보트의 측면을 결사적으로 붙든 채, 공중에서 다리를 버둥댔다. 그는 다시 뒤집혀 넘어질까 봐 감히 움직일 생각을 못했고, 내가 그의 다리를 잡고 제자리로 잡아당겨줄 때까지 꼼짝없이 그 자세로 기다려야 했다. 그것이 그를 더욱더 화나게 만들었다.

8

우리는 캠프턴 파크 옆쪽 버드나무 아래 멈추어 점심을 먹었다. 이곳은 아주 작은 공간으로, 옆으로 강물이 흐르고 위로는 버드나무 가지가 드리운 상쾌한 풀밭이었다. 막 세 번째 코스인 잼 바른 빵을 먹는데, 와이셔츠 차림에 짧은 담뱃대를 문 신사 분 하나가 와서는 우리가 남의 땅을 침범하고 있다는 사실을 아느냐고 했다. 우리는, 그 점에 관해서 확실한 결론을 내릴 정도로 충분히 생각해보진 못했지만, 만약 그가 신사로서 우리가 남의 땅을 침범하고 있다고 확언해준다면, 주저하지 않고 그 말을 믿겠다고 대답했다.

그는 우리에게 필요한 확언을 해주었고, 우리는 그에게 감사의 말을 전했다. 하지만 그는 계속 어슬렁거렸고 뭔가 심기가 불편한 듯이 보였기 때문에, 우리는 그에게, 우리가 그를 위해 해줄 수 있는 일이 또 있냐고 물었다. 붙임성 좋은 해리스는 잼 바른 빵을 좀 드시겠냐고 물었다.

그 사람은 아마도 잼 바른 빵은 먹지 않겠다는 서약을 하게 하는 어떤 단체에 소속된 것이 아니었나 싶다. 왜냐하면 그가, 마치 그것에 유혹당하는 것을 참을 수 없다는 듯이 해리스의 제안을 퉁명스럽게 거절하더니, 우리를 딴 데로 보내는 것이 자신의 의무라고 덧붙였기 때문이다.

해리스는 만약 그것이 의무라면 반드시 행해져야 할 텐데, 그것을 수행하기 위한 최고의 방법과 관련하여 무슨 좋은 생각이 있냐고 물었다. 해리스는 이른바 몸집 하난 최고인 친구로, 상당히 다부지고 단단해 보인다. 그는 해리스를 위아래로 훑어보더니, 가서 주인에게 물어본 후에 돌아와서 우리 둘을 강물에 던져버리겠다고 했다.

물론 우리는 그의 모습을 더는 보지 못했고, 그가 원하는 것은 1실링뿐이었다. 여름 동안에는, 이런 식으로 강둑 주위를 어슬렁거리면서 소심한 친구들을 공갈 협박하여 한몫 챙기는 불한당들이 꽤 있다. 그들은 땅 주인이 보냈다는 식으로 자기소개를 한다. 이럴 때는 본래 자신의 이름과 주소를 남기고, 만약 정말 무슨 문제가 있을 경우라면 소유주가 당신을 소환해서, 그 땅에 잠시 동안 앉아 있음으로써 입힌 손해란 것이 무엇인지를 증명하게 하는 것이 정상 절차다. 하지만 상당수의 사람들이 너무나 게으르고 소심한 관계로, 약간의 단호한 태도를 보임으로써 상황을 종식시키는 편보다는, 사기행각에 굴복해버리는 편을 선호한다. 소유주는 정말 할 말이 있다면 직접 나타나야 한다.

강기슭에 땅을 소유한 인간들의 이기심은 해를 거듭할수록 커져만 산다. 그럴 수만 있다면 이들은 템스강을 폐쇄해버릴 것이다. 사실 강의 조그마한 지류와 외따로 떨어진 곳들은 실제로 그렇게들 하고 있다. 강의 하류 지역으로 말뚝을 실어와서 둑에서 둑으로 체인을 드리우고, 나무마다 커다란 공고판을 못으로 박아놓는 것이다. 이런 공고판은 내 안의 모든 악의 본능을 일깨운다. 나는 그것들을 하나하나 떼어내어, 그런 짓을 저질러놓은 사람의 머리 위에다 그 사람이 죽을 때까지 망치로 쾅쾅 두들겨 박아주고, 그의 숨통이 끊어지고 나면 그를 묻은 다음에, 그것을 그의 묘석으로 세우고 싶은 생각이 든다.

나는 내 이런 느낌을 해리스에게 말했다. 그랬더니 그가 말하기를 자신은 더하다고 했다. 공고판을 박아놓은 사람을 죽이고 싶었을 뿐 아니라, 그의 가족과 친구는 물론이고 친척까지 전부 살해한 후 그의 집을 불태워버리고 싶었다는 것이다. 좀 과하다 싶은 생각이 들어서 해리스에게 그렇게 말했더니 그가 이렇게 말했다.

"그렇지 않아. 그 정도 대가는 치르게 해줘야 한다고. 잿더미가 돼버린 집 앞에서 코믹송을 불러야지."

해리스가 이런 살벌한 성격을 계속해서 드러내니 좀 당황스러웠다. 정의를 향한 우리의 본능이 단순한 보복이나 복수로 전락해서는 안 된다. 해리스로 하여금 그 주제에 관해 다소 기독교적인 관점을 갖도록 만드는 데는 꽤 오랜 시간이 걸렸다. 하지만 마침내 나는 성공했고, 그는 어떤 경우든 친구들과 친척들에게 손대지 않을 것이고 잿더미가 된 집 앞에서 코믹송을 흥얼거리지도 않겠다고 약속했다.

여러분은 해리스가 부르는 코믹송을 들어보지 못했을 것이다.

하지만 만약 들어봤다면, 내가 인류를 위해 행한 수고에 대해 이해할 수 있을 것이다. 해리스의 변하지 않는 생각은, 자신이 코믹송을 부를 수 '있다'는 것이었다. 하지만 그가 부르는 노래를 들어본 적이 있는 친구들의 변하지 않는 생각은, 해리스는 코믹송을 부를 수 '없다', 앞으로도 절대 부를 수 없을 것이다, 노력하도록 허락해서도 안 된다 쪽이었다.

파티에서 노래 요청을 받으면, 해리스는 이렇게 말한다.

"알잖아요, 전 코믹송밖에 못 부릅니다."

이렇게 대답하는 그의 어소는, ⊥가 부르는 '그것'을 일단 듣고 나면 그 즉시 죽게 된다는 것을 암시한다. 그런데도 이어지는 안주인의 말.

"아, 그래요? 그거 '좋겠군요.' 한번 불러보세요, 해리스 씨."

그러면 해리스는 자리에서 일어나 피아노 앞으로 다가간다. 그는 마치, 누군가에게 뭔가를 베풀 생각을 하는 마음씨 좋은 사람처럼, 한없이 기쁘고 유쾌한 표정을 하고 있다.

"여러분, 조용히 해주세요."

안주인이 주위를 둘러보며 말한다.

"해리스 씨께서 코믹송을 불러주시겠습니다!"

"재밌겠군!"

사람들은 이렇게 말하며 별채에서 나와, 계단에서 내려와, 집안 여기저기에서 사람들을 이끌고, 응접실로 몰려든다. 그리고 앉아서, 히죽히죽 웃으며 앞으로 벌어질 일을 기대한다.

그리고 해리스는 시작한다.

글쎄, 사람들은 코믹송이란 것에서 목소리를 그다지 중요하게 생각지는 않는다. 정확한 구절법(句節法)이나 발성법을 기대하는 것도 아니다. 음이 너무 높아도 봐줄 수 있고 중간에 뚝 낮아져도 개의치 않는다. 박자도 상관없다. 반주보다 몇 소절 앞서 나가는 바람에 반주자와 맞추려고 중간에 좀 늘어지다가, 반주에 맞춰 다시 처음부터 부른다고 해도 마찬가지다. 하지만 가사는 전달해주기를 바란다.

　사람들은 노래 부르는 사람이 1절 세 번째 소절 중간에서 노래를 멈추고, 코러스가 들어가야 할 타이밍이 될 때까지 계속해서 이 부분을 반복할 거라는 생각은 하지 못한다. 한 소절을 부르다가 중간 부분에서 딱 멈추고 실실 웃으면서 자기가 나머지 부분 가사를 생각해낼 수 있다면 축복일 거라고 말한 후 자기 멋대로 가사를 지어내어 부르던 사람이, 결국 완전히 다른 노래가 되어가는 마당에 다시 그 부분의 가사가 떠올랐는지 아무런 예고도 없이 갑자기 노래를 중단하고 다시 본래 지점으로 되돌아가 노래를 이어갈 줄이야 어느 누가 상상을 할 수 있겠는가. 게다가, 나 원 이거야, 차라리 해리스의 코믹송이란 것이 어떤 것인지 보여주는 편이 낫겠다. 판단은 각자 알아서들 하시도록.

해리스　(피아노 앞에 서서, 기대에 부푼 관객들에게 인사를 한다) "아주 오래된 노래입니다. 여러분 모두 아시리라 생각합니다. 하지만 제가 아는 것도 이것뿐이라서 말입니다. 〈피나포어〉에 나오는 '판사의 노래'입니다. 아니, 아니죠, 〈피나포어〉가 아니고, 아시죠? 제가 무슨 말을 하는지. 자자, 여러분 모두 코러스 부분을 불러주셔야 합니다."

(코러스에 참여해야 한다는 흥분과 즐거움으로 사람들이 웅성 거리는 소리들이 들려온다. 예민한 반주자가 〈배심원의 판결〉 중 '판사의 노래'에 앞서 멋진 전주곡을 연주한다. 해리스가 노래를 부를 순간이 다가온다. 해리스는 알지 못한다. 예민한 반주자가 다시 한번 전주곡을 연주하면, 동시에 해리스가 노래를 시작해 〈피나포어〉에 나오는 '장관의 노래' 중 첫 번째 두 소절을 치고 들어간다. 예민한 반주자는 계속 전주곡을 연주하다가 결국 포기하고 〈배심원의 판결〉 중 '판사의 노래'의 반주를 하며 해리스를 따라가려고 노력해보지만, 그편에서 전혀 응하지 않는다는 것을 깨닫는다. 해리스가 부르는 노래와 그 부분을 기억해보려고 하지만, 마음이 꺾이는 바람에 갑자기 반주를 중단한다.)

해리스 (친절한 목소리로 격려하며) "괜찮습니다. 아주 잘하고 있습니다. 자, 계속해봅시다."

예민한 반주자 "뭔가 실수가 있는 것 같습니다. 지금 무슨 노래를 부르시는 거지요?"

해리스 (재빨리) "〈배심원의 판결〉 중 '판사의 노래'인데요. 모르십니까?"

해리스의 몇몇 친구들 (응접실 뒤쪽에서) "아냐, 이 바보야! 〈피나포어〉에 나오는 '장관의 노래'를 부르잖아!" (해리스와 해리스 친구들 간에 해리스가 부르던 노래가 무엇인지 기나긴 논쟁이 이어진다. 결국 친구들은 해리스가 노래를 다시 불러낼 수만 있다면 그 노래가 무엇이든 상관없다는 주장을 하기에 이르렀고, 해리스는 자기가 부당한 대우를 받았다는 불편한 심기를 드러내며, 반주자에게 다시 한번 연주를 부탁한다. 그러면 반주자는 이번에는 '장관의 노래'의 전주곡을 연주하고, 해리스는 자신이 생각하기에 가장 적절한 시기를 택해 노래를 시작한다.)

해리스 "어려서 나는 법조계에 들어갔지."

(왁자지껄 웃음이 터지고, 해리스는 이것을 칭찬으로 받아들인다. 아내와 가족을 생각해낸 반주자가 자신이 처한 불공정한 상황에서 물러나겠다는 의사를 밝힌다. 그의 자리를 대신 차지한 남자는 좀 대담한 편이다.)

새로운 반주자 (밝고 명랑하게) "자, 선생. 먼저 시작하시면 제가 따라가겠습니다. 전주야 뭐 중요한 게 아니니까요."

해리스 (이제야 상황을 이해했다는 듯, 웃음을 터뜨리며) "하하하! 죄송합니다. 제가 그 두 곡을 혼동하고 있었군요. 젠킨스 때문에 약간 헷갈렸습니다. 자, 그럼 시작할까요?"

해리스 (노래를 부른다. 그의 목소리는 천장에서부터 떨어지는 것 같다. 지진이 다가오고 있음을 알리는 첫 번째 신호가 그와 같을 것이다.) "어렸을 때 나는 한 법률 대리인의 회사에서 잔심부름을 했었지."

(반주자에게) "너무 낮게 음을 잡으셨군요. 괜찮으시다면 다시 한번 갑시다."

(첫 번째 두 소절을 다시 한번 부른다. 이번에는 높은 가성이다. 청중은 깜짝 놀란다. 벽난로 옆에 있던 예민한 노부인이 울기 시작하더니, 결국 자리에서 일어선다.)

(노래를 계속하며) "창문을 닦고 바닥을 쓸고 그리고 나는……"

(혼잣말을 한다.) "아니지, 이게 아니야."

(다시 노래를 부르며) "커다란 현관의 창문을 청소하고……"

(노래를 멈추더니) "아냐 제길! 이런 죄송합니다, 바보같이 굴었군요. 그 소절이 생각이 안 나서요."

(다시 노래를 부르며) "그리고 나는…… 그리고 나는……"

(노래를 멈추고) "우선, 일단은, 코러스 부분부터 가보겠습니다. 그냥 해보는 거죠, 뭐."

(다시 노래를 부르며) "그리고 가만히 가만히 가만히 가만히 가만히 가만히 있었는데, 이제 나는 여왕의 해군을 이끄는 우두머리가 되었네."

(노래를 멈추고) "자, 이번에는 코러스 차례입니다. 마지막 두 소절을 반복하세요."

코러스 "그리고 가만히 가만히 가만히 가만히 가만히 가만히 있었는데, 이제 그는 여왕의 해군을 이끄는 우두머리가 되었네."

(해리스는 자기가 얼마나 난장판을 만들고 있는지, 자신에게 아무런 해도 끼치지 않은 수많은 사람들을 얼마나 괴롭히고 있는지 전혀 알지 못한다. 그는 정말로 자신이 그들에게 선물을 안겨 줬다고 생각하면서, 저녁 식사 후에 한 곡 더 불러드리겠다고 말한다.)

코믹송과 파티에 대해 말하다 보니, 언젠가 내가 도움을 준 적이 있는 다소 신기한 사건 하나가 떠오른다. 인간의 본성에서 작용하는 내적인 심리가 어떤 것인가를 알려주기 때문에, 반드시 이 페이지에 기록해두어야 한다고 생각되는 사건이다.

우리는 호화롭고 대단히 세련된 파티에 참석했다. 제일 좋은 옷을 입고, 점잖게 말했으며, 아주 즐거웠다. 그런데 독일에서 갓 돌아온 두 젊은 친구는 예외였다. 평범한 어린 학생들이었는데, 안절부절못하고 불편해하는 것 같았다. 마치 시간 가는 것이 너무 더디고 재미가 없다는 듯이. 하지만 진실인즉슨, 우리가 그들에 비해 너무 수준이 높았던 것이다. 우리가 나누던 재기발랄하고 세련된 대화, 우리가 갖춘 격조 높은 취향은 그들과 너무 거리가 멀었다. 그들은 우리를 따라오지 못했다. 그곳은 그들이 있어야 할 곳이 아니었다. 나중에는 모든 사람이 이에 공감했다.

우리는 독일 대가들의 작품 중에서 '소품'들을 연주했다. 우리는 철학과 윤리학을 논했다. 우리는 우아하고 품위 있게 이성에게 접근했다. 우리는 아주 고품격인 유머까지 구사했다.

누군가 저녁 식사 후에 프랑스 시를 암송했고 우리는 그것을 아름답다고 했다. 그러자 숙녀 하나가 스페인어로 감상적인 발라드를 한 곡 불렀고, 한둘은 눈물까지 흘렸다. 너무나 애절한 노래였다.

그때 두 젊은이가 자리에서 일어나더니, 위대한 독일식 코믹송을 부르는 슬로센 보셴(그 직전에 그 집에 도착해 있던) 교수님에 대해 들어들 보셨냐고 물었다.

좌중 침묵.

그 젊은이들은 지금껏 씌어진 작품들 중에 그 노래가 가장 재미있는데, 만약 우리만 괜찮다면, 자기네가 잘 아는 사이이니 노래를 한번 부탁하겠다고 했다. 노래가 어찌나 재미있는지 한번은 독일 황제 앞에서 공연을 했는데, 그(독일 황제)가 침대로 실려갈 정도였다고 했다.

그들은 그 노래를 슬로센 보셴만큼 부를 수 있는 사람은 없다고 했다. 노래 부르는 내내 얼마나 진지한 태도를 고수하는지, 마치 무슨 비극 작품을 공연하는 듯이 느껴질지도 모르는데, 그것 때문에 노래가 한층 더 재미있어진다고 했다. 그가 노래를 할 때의 어조나 태도 면에서, 자신이 부르는 노래가 코믹송이라는 암시를 준 경우는 한번도 없다고 했다. 그렇게 되면 작품을 밍치게 되기 때문이다. 참을 수 없을 만큼 재미있는 노래를 만드는 것은, 거의 애수에 가깝다고 할 만큼 심각하고 진지한 그의 분위기라고 했다.

우리는 한바탕 웃어보고 싶으니 꼭 듣고 싶다고 했다. 그러자 그들은 아래층으로 내려가 슬로센 보셴을 데리고 왔다.

당장에 올라와, 다른 말없이 피아노 앞에 앉은 것으로 봐서, 그 자신도 꽤나 노래를 부르고 싶어 하는 것 같았다.

"재미있을 겁니다. 너무 웃지들은 마시고요."

두 젊은이가 방을 가로지르며 속삭였다. 그들은 그 교수의 뒤쪽에서 겸손한 모양새로 자리를 잡았다.

슬로센 보셴은 직접 반주를 했다. 전주로 봐서는 정확히 코믹송이라는 것을 알 수 없었다. 뭔가 기묘하면서도 감동적인 분위기였다. 온몸에 소름이 돋을 정도였다. 하지만 우리는 서로서로 그것이 독일식이라며, 마음껏 즐길 태세를 갖추었다.

나는 독일어를 모른다. 학교에서 배우긴 했지만 졸업하고 이 년이 지나자 다 잊어버렸고, 그 후로 기분도 훨씬 나아졌다. 하지만 나는 거기 같이 있던 사람들이 나의 무식함을 아는 것을 원치 않았다. 그래서 내가 생각해도 괜찮은 아이디어를 하나 생각해냈다. 나는 두 젊은이를 주시하면서 그들을 따라했다. 그들이 킥킥 웃으면 나도 킥킥 웃었고, 그들이 으하하하 웃으면 나도 으하하하 웃었다. 그리고 가끔씩은 다른 사람들은 미처 알아채지 못한 유머를 내가 이해했다는 듯이, 혼자서 실실 웃어주기도 했다. 나로서는 꽤 솜씨가 있었던 것 같다.

노래가 진행됨에 따라, 다른 많은 사람들 역시 그 젊은이들을 예의 주시한다는 사실을 깨달았다. 그들도 두 젊은이가 킥킥 웃으면 따라서 킥킥 웃었고, 두 젊은이가 으하하하 웃으면 따라서 으하하하 웃었다. 두 젊은이가 킥킥 웃고 으하하하 웃다가 노래 부르는 내내 끊임없이 웃음을 터뜨려도, 사람들은 따라가는 데 아무런 문제가 없었다.

하지만 그 독일 교수는 행복해 보이지 않았다. 처음에 우리가 웃기 시작하자, 그는 마치 절대로 웃을 줄 몰랐다는 듯이 너무나 놀란 표정을 지었다. 우리는 이것도 아주 재미있다고 생각했다. 그의 태도 자체가 반은 유머인 것 같았다. 그가 먼저 자기가 얼마나 재미있는지 내색을 해버리면, 노래 전체를 망쳐버릴 수 있기 때문이라고 여긴 것이다. 하지만 우리의 웃음이 계속되자 그의 놀람은 짜증과 분노로 변하더니, 죽일 듯이 우리 모두를 노려보았다. (그의 뒤에 앉아 있었기 때문에 보지 못한, 두 젊은이만 빼고.) 그때 우리의 마음속에 확신이 찾아들었다. 우리는 서로를 바라보며 웃겨 죽을 것 같지 않느냐고 말했다. 그가 진지한 척을 하지 않아도, 노랫말만 들어도 웃겨서 참을 수가 없는 지경이라고 했다. 이렇게 웃겨도 되는 거야!

마지막 절에서, 그는 자신의 한계를 뛰어넘는 역량을 발휘했다. 그는 더는 사나워 보일 수 없을 것 같은 성난 얼굴로 우리를 노려보았다. 미리 독일식 코믹송에 대한 경고를 듣지 못했다면, 우리는 상당히 당황했을 것이다. 그리고 만약 그것이 웃기는 노래라는 것을 알지 못했다면 틀림없이 우리로 하여금 눈물을 흘리게 만들었을, 나무랄 데 없이 고뇌에 찬 음조를 그는 들려주었다.

그는 완벽한 웃음바다 속에서 노래를 마쳤다. 우리는 평생 들어보지 못한 가장 재미있는 노래였다고 말했다. 그리고 이렇게 재미있는 노래들이 있는데도 독일인들에게 유머가 없다는 인식이 퍼져 있다니, 정말 이상하다고 했다. 그리고 그 교수에게 그 노래를 영어로 번역해서 더 많은 사람들이 듣고 진짜 코믹송이 뭔가를 알 수 있도록 해주는 것이 좋지 않겠느냐고 물었다.

그러자 슬로센 보셴은 자리에서 일어나더니 무시무시하게 변했다. 그는 우리에게 독일어(내가 판단하기에도 그런 목적을 위해서라면 효과가 만점인 언어다)로 욕을 퍼부었다. 화를 주체할 수 없어 날뛰고 꽉 쥔 주먹을 부들부들 떨면서 자기가 아는 모든 영국인의 이름을 외쳤다. 그리고 평생 그런 모욕은 처음이라고 말했다.

알고 보니 그 노래는 코믹송이 아니었다. 하르츠 산악 지대에 사는 젊은 아가씨가 주인공이었는데, 연인의 영혼을 구하려고 자기 목숨을 포기했다는 내용이었다. 연인은 죽어서 그녀의 정령을 만나게 되었는데, 마지막 절은 그가 그녀의 정령을 배신하고 다른 정령과 함께 가버린다는 내용이었다. 기타 자세한 사항은 확실히 잘 모르겠지만, 아무튼 아주 슬픈 내용이었다. 슬로센 보셴은 예전에 한번 독일 황제 앞에서도 이 노래를 불렀는데, 그(독일 황제)는 어린

아이처럼 흐느껴 울었다고 했다. 그(슬로센 보센)가 부른 노래는, 독일어로 된 가장 비극적이고 애절한 노래들 가운데 하나라고 했다.

우리로서는 아주 괴로운 상황이었다. 아주 괴로웠다. 답이 없는 것 같았다. 우리는 이 모든 상황을 벌어지게 만든 두 젊은이를 찾았다. 하지만 그들은 노래가 끝나자마자 조용히 자리를 떠버린 후였다.

그것이 그 파티의 끝이었다. 나는 그렇게 조용하고 얌전하게 끝나는 파티를 본 적이 없었다. 우리는 서로에게 작별 인사도 하지 않았다. 한꺼번에 아래층으로 내려왔다. 조용조용 걸었고, 떨떠름한 표정들이었다. 우리는 조용한 목소리로 하인들에게 모자와 코트를 달라고 했고 우리 스스로 문을 열어 밖으로 빠져나갔다. 그리고 가능하면 서로서로 피하면서, 재빨리 모퉁이를 돌았다.

그때부터 나는 독일 노래에 관심이 없어졌다.

우리는 세 시 삼십 분 무렵 선베리 록에 도착했다. 게이트 앞에 가기 전까지 강은 너무나 차분해 보인다. 수면 역시 아무런 문제가 없어 보인다. 하지만 노를 저어 물을 거슬러 오르려는 시도는 하지 않는 게 좋다.

나도 한번은 시도를 한 적이 있다. 내가 노를 젓고 있었고, 진로를 잡고 있는 친구들에게 그것이 가능하겠는지를 물었다. 그들은 내가 열심히 노를 젓는다면, 물론 가능할 것 같다고 말했다. 그들이 이렇게 말했을 때, 우리는 두 개의 둑 사이에서 강을 가로질러 서 있는 인도교 바로 밑을 지나고 있었다. 나는 허리를 굽혀 노를 잡고, 준비를 한 다음, 노를 저었다.

내 노 젓기는 환상적이었다. 나는 일정한 속도로 리듬을 타며 움직였다. 내 팔과 다리와 등이 하나가 되어 하나의 노 젓는 자세를 완성하고 있었다. 나는 멋지고 빠르고 신속하게 노를 움직였고, 나의 움직임은 정말 웅장한 스타일을 연출했다. 나의 두 친구는 그런 나를 보는 것이 즐겁다고 했다. 오 분 정도가 지나 이제 둑에 가까워졌겠지 하는 생각으로 고개를 들어 주위를 보았다. 다리 밑이었다. 그것도 노 젓기를 시작했을 때와 정확히 같은 지점이었고, 바보 같은 두 친구는 웃느라 정신이 없었다. 결국 내가 죽을 둥 살 둥 한 짓이라는 게 다리 아래 보트를 잡아매두는 일이었다. 나는 이제 다른 사람들도 게이트 뒤쪽에서 물살을 거슬러 열심히 노를 젓도록 놔둔다.

우리는 왈톤까지 올라갔다. 그곳은 강변치고는 꽤 큰 마을이었다. 강변 마을들의 경우에는, 한 귀퉁이 정도가 강변과 닿아 있기 때문에, 보트에서만 보면 다해봤자 대여섯 가구 정도밖에 없는 곳이라고 생각하게 되는 경우가 많다. 런던과 옥스퍼드 사이에 있는 마을 중에서 강 쪽에서 뭐가 좀 보이는 마을은 윈저와 애빙던뿐이다. 나머지들은 다 구석지게 숨어 있어, 강 하류 쪽으로 거리 하나 정도가 빠끔히 보일 뿐이다. 덕분에 강변에는 숲과 들판과 급수 시설밖에 보이지 않게 되었으니, 나로선 그들의 친절한 배려에 감사할밖에.

강변의 정경을 망치고 훼손하고 끔찍하게 만드는 데 최선의 노력을 다하는 레딩*조차, 그 끔찍한 외관의 많은 부분을 가려줄 정도의 성격은 됐다.

---

* 영국 남동부 템스강 연변 버크셔 주의 주도

카이사르는 물론 왈톤에서도 한 귀퉁이를 차지했었다. 캠프랄까 참호를 구축한 보루랄까, 그런 종류로. 카이사르는 정기적으로 강 상류를 찾는 사람이었다. 엘리자베스 여왕도 마찬가지다. 그녀 역시 그곳에 있었다. 어디를 가든 그 여성에게서 벗어날 수는 없다. 크롬웰과 브래드쇼(철도 안내서를 만든 브래드쇼가 아니라 찰스 1세의 측근이었던 브래드쇼)도 여기에 체류했었다. 다 함께 있었으면 아주 재미있는 그룹이 되었을 텐데.

왈톤 교회에는 '잔소리꾼들을 위한 철재 재갈'이 있다. 예전에는 이것으로 여자들의 혀에 재갈을 물렸다. 지금은 사용하지 않는다. 내 생각엔 철이 진귀해지고 있는 듯하다. 철보다 튼튼한 것은 없을 것이다.

그 교회에는 유명한 무덤도 있다. 해리스가 거길 가겠다고 하지 말아야 할 텐데 하고 생각했는데, 별 말을 안 꺼내서, 우리는 가던 길을 계속 갔다. 다리 위쪽 강물은 굽이지기가 말도 못했다. 마치 그림 같은 풍경이 펼쳐졌다. 하지만 배를 끌거나 노를 젓는 관점에서 본다면, 짜증이 나는 일이 아닐 수 없다. 노를 젓는 사람과 진로를 잡고 있는 사람은 서로 반목하게 마련이다.

이 근처 오른쪽 강둑에는 오트랜드 파크가 있다. 아주 유명하고 유서 깊은 곳이다. 헨리 8세가 누군가에게서 훔친 다음, 누군지는 잊어버렸는데, 아무튼 그곳에서 살았다. 공원 안에는 얼마 정도를 내고 들어가서 볼 수 있는 작은 동굴이 하나 있는데, 사람들이 썩 근사할 거라고 생각하는 곳이다. 하지만 개인적으론 별로다. 오트랜드에 살았던 요크 공작부인이 개들을 무척 좋아해서 그 수가 엄청났다. 개들이 죽었을 때 묻어주려고 특별한 묘지를 만들었는데,

거기에 그 개들이 묻혀 있다. 한 50마리쯤 되는데, 각각 묘석도 있고 묘비명도 다 적혀 있다. 그들에게도 평범한 기독교인들만큼의 자격은 있었던 모양이지.

왈톤 다리 위쪽에 있는 첫 번째 굽이인 '코어웨이 스테이크'는 카이사르와 카시블로오누스(카투베로우니의 벨직족의 왕) 사이에 전투가 벌어졌던 곳이다. 카시블로오누스는 전투에 대비해 강에 말뚝을 가득 박아놓았다. (물론 공고판도 하나 박아놓았고.) 그런데도 카이사르는 강을 건넜다. 그는 그 강을 포기할 위인이 아니었다. 지금 공고판이 들어서 있는 시역에 딱 필요한 인물이다.

할리포드와 셰퍼톤은 둘 다 강에 인접해 있는 아주 작은 지역이다. 이렇다 할 만한 곳은 아니다. 하지만 셰퍼톤 교회에는 묘비가 하나 있고, 거기엔 시 한 편이 적혀 있다. 나는 해리스가 보트에서 내려 그곳에 가겠다고 하지 않을까 조마조마했다. 그런데 그 지역으로 가까이 가고 있을 때 해리스가 부잔교 쪽으로 시선을 고정하는 모습이 보이는 게 아닌가. 나는 교묘하게 몸을 움직여서 그의 모자가 물속으로 떨어지게 만들었고, 그걸 잡느라 매우 부산스럽게 움직이고 나보고 바보 같다며 불같이 화를 내는 데 정신을 쏟는 바람에, 그는 자기가 좋아하는 무덤 같은 것은 까맣게 잊어버리고 말았다.

웨이브리지에서는, 웨이 강(작은 보트들이 길드포드까지 항해해 가는 작은 강인데, 늘 한번 탐험해봐야겠다고 마음만 먹고 정작 실천에 옮기지 못한 곳이다), 보른 강, 베이징스트로크 운하가 모두 한꺼번에 템스강으로 들어온다. 갑문은 마을 정반대 편에 있다. 그것이 시야에 들어오는 순간 우리가 맨 처음 본 것은, 한쪽 게이트에 있는 조지의 블레이저코트였고, 자세히 보니 조지가 코트 안에 들어 있었다.

몽모렌시는 펄펄 뛰며 짖어댔고, 나는 비명을 질러댔고, 해리스는 으르렁댔다. 조지는 모자를 흔들며 고함을 쳤다. 갑문 관리인이 누가 갑문 속에 떨어진 줄 알고 예인망을 쥐고 급하게 뛰어왔다가 아닌 것을 알고 짜증이 난 것 같았다.

조지는 오일실크로 포장한 이상한 물건을 들고 있었다. 한쪽 면이 둥글납작하고, 긴 손잡이가 달린 물건이었다.

"그건 뭐야?"

해리스가 말했다.

"프라이팬인가?"

"아니."

조지가 이상한 눈빛으로 말했다.

"밴조야. 이번 시즌 유행이거든. 강 상류 쪽에선 다들 이걸 가지고 있어."

"밴조를 연주할 줄 아는 줄은 몰랐어!"

해리스와 내가 동시에 외쳤다.

"정확히 연주할 줄 안다고는 할 수 없고."

조지가 대답했다.

"사람들이 아주 쉽다고 하더라고. 연주 교본도 있어!"

9

조지라고 별수 있나 — 밧줄에 스며들어 있는
이교도적인 성향 — 배은망덕한 보트 — 끄는 자와 끌리는 자 —
연인들 — 사라진 노부인 — 급할수록 천천히 — 여자아이들이란 —
사라진 갑문, 주위는 스산하다 — 음악 — 구조되다!

조지가 왔기 때문에 우리는 이제 조지더러 노를 저으라고 했다.
그는 물론 하지 않겠다고 했다. 그럴 수는 없다고 했다. 자기는 런
던에서 아주 힘든 시간을 보냈단다. 천성이 무감각하고 측은지심
이라곤 별로 없는 해리스가 말했다.

"그럼 이번에는 기분 전환 겸 강에서 힘든 시간을 보내는 거야.
가끔은 건강을 위해서 기분 전환도 해줘야 하거든. 자, 나가!"

그는 양심상(아무리 조지의 양심이라고 해도) 반대할 수가 없었다.
하지만 그래도 한편으로, 해리스와 내가 배를 대고 자기는 보트에
남아 차를 준비하는 편이 낫지 않겠냐는 주장을 했다. 차를 준비하
는 것은 귀찮은 일이고, 해리스와 내가 피곤해 보이기 때문이라고
했다. 우리는 묵묵히 그에게 견인용 밧줄을 내밀었다. 그리고 그는
그것을 받아 들고 보트 밖으로 내렸다.

견인용 밧줄에는 아주 이상하고 설명하기 곤란한 뭔가 있다. 새로 산 바지를 접을 때만큼 주의와 인내력을 발휘하여 잘 말아놓아도, 오 분 정도가 지나서 다시 집어 들려고 하면, 영혼까지 메스껍게 만들 정도로 소름 끼치게 마구 뒤엉켜 있다.

나는 무례하게 굴고 싶지는 않다. 하지만 만약 당신이 들판 한가운데를 가로질러서 평범한 보통 견인용 밧줄을 잘 펴놓았다고 치자. 30초 동안 등을 돌리고 있다가 다시 돌아봤을 때, 당신이 발견하게 되는 것은 들판 한가운데 더미를 이루고 있는 밧줄의 모습이다. 나는 정말 그렇게 생각한다. 밧줄은 어느새 꼬여 있고, 어느새 매듭이 져 있고, 어느새 시작점과 끝점이 보이지 않고, 어느새 고리가 되어 있다. 풀밭에 앉아 구시렁거리며 그걸 다시 풀려면 족히 삼십 분은 걸린다.

이것이 견인용 밧줄에 대한 내 견해다. 물론 정직한 예외도 있다. 없다고 말하는 게 아니다. 자기 분야에서 자랑거리가 되는, 양심적이고 행실이 바른 밧줄도 있다. 이런 밧줄들은 자기네 할 일이 뜨개질이라는 생각은 하지 않으며, 자기들끼리 남겨졌을 때 자신들 몸을 이용해 의자 등받이용 덮개를 짜려고 노력하지도 않는다. 그런 밧줄들도 있을 것이다. 정말 있을 거라 믿고 싶다. 하지만 난 그런 밧줄들을 만나본 적이 없다.

갑문에 도착하기 직전에 그 견인용 밧줄이란 것을 잡아 쥔 것은 나였다. 해리스는 덤벙대기 때문에 녀석은 손도 못 대게 했다. 나는 천천히 그리고 조심스럽게 고리를 만든 다음, 중간을 묶고 두 부분을 잘 접은 후, 보트 바닥에 살짝 내려놓았다. 해리스가 정확히 그 모양대로 들어올려, 조지의 손에 놓아주었다. 조지는 그것을 단단히 잡아 쥔 후 몸에서 멀리 떨어뜨린 후, 갓난아기의 배내옷을 벗기는 것처럼 밧줄을 풀기 시작했다. 그러나 12야드도 풀리기 전에, 밧줄은 마치 현관 앞에 놓인 엉성한 구두 흙털개 같은 꼴이 되고 말았다.

견인용 밧줄과 관련된 일은 늘 이런 식이고, 이 비슷한 일도 부지기수다. 강둑에서 밧줄을 푸는 사람은 그것을 감아놓은 사람의 실책을 생각하며 툴툴거린다.

"이걸로 도대체 뭘 하려는 생각이었던 거야? 고기 잡을 그물이라도 만들려고 했니 보지? 이 꼴 좀 보라지. 잘도 해놨다. 좀 제대로 감아놓으면 어디가 덧나, 이 바보 멍청이 같은 자식아!"

그는 불평을 툭툭 내뱉으면서 신경질적으로 밧줄을 다룬다. 그리고 토우패스에 밧줄을 내려놓고 끝 지점을 찾으려고 이리저리 뛰어다닌다.

한편 밧줄을 감아놓은 사람은, 이런 난삽한 혼란을 야기한 모든 원인이 그것을 풀려고 애쓰고 있는 사람에게 있다고 생각한다.

"내가 줄 때는 괜찮았어!"

그는 성난 목소리로 외친다.

"도대체 뭘 하는 거야? 그렇게 무턱대고 일을 하면 어쩌자는 거야? 이 발판까지 뒤엉키게 만들 녀석아!"

그렇게 되면 그 둘은 상대에게 너무나 화가 나는 바람에 그 문제시되는 밧줄로 서로의 목을 매달아버리고 싶은 지경이다. 십 분이 지나면, 밧줄을 풀던 남자가 고함을 지르고 미칠 지경으로 변해 밧줄 위에서 춤을 춘다. 그러면서 그의 손에 들어온 부분을 잡고 그것을 잡아당기면서 밧줄을 곧게 펴려고 안간힘을 쓴다. 물론 이렇게 힌다고 해도 밧줄은 짐짐 더 꼬일 뿐이다. 그러면 두 번째 사람이 그를 도와주려고 보트에서 내린다. 그러고는 서로 방해하며 일을 복잡하게 만든다. 둘은 밧줄의 같은 부분을 잡고 서로 다른 방향으로 잡아당기면서 도대체 어디서 꼬인 건지 모르겠다고 한다. 결국 어렵사리 상황을 해결하고 뒤를 돌아보는데, 보트가 떠내려가고 있다. 정확히 댐을 향해서.

내 경험상 이건 정말로 있었던 일이다. 어느 바람 부는 아침, 보브니 근처였다. 우리는 하류 쪽으로 내려가고 있었다. 그리고 굽이 쪽에 다다랐을 때, 우리는 강둑에 있는 두 사람을 보게 되었다. 그들은 그 이전에도 그 이후로도 인간의 얼굴에서는 목격하지 못했던, 얼떨떨하고 어찌해볼 수 없을 만큼 비참한 표정으로 서로를 바라보고 있었다. 그들은 긴 밧줄을 들고 있었다. 무슨 일이 있는 것이 분명했기 때문에, 우리는 천천히 속도를 늦추며 무슨 문제가 있느냐고 물어보았다.

"세상에, 보트가 떠내려가버렸지 뭡니까!"

그들이 화가 난 목소리로 대답했다.

"이제야 밧줄을 다 풀었는데, 뒤를 돌아보니까 가버렸어요!"

그들은, 자신들 생각에는 분명히 보트 쪽에서 저지른 치사하고 배은망덕한 행위인 그 상황 때문에 상처를 입은 것 같았다.

우리는 1마일 정도 내려간 곳에서 골풀에 걸려 있는 그 등교 거부 아동을 발견하고, 그들에게 끌어다 주었다. 확신하건대 그들은 그 보트에게 일주일 동안 잘못을 만회할 기회를 주지 않았을 것이다. 나는 견인용 밧줄을 든 채 보트를 찾아 강둑을 왔다 갔다 하는 두 사람의 모습을 잊을 수가 없다.

견인용 밧줄로 보트를 끄는 것과 관련해서 상류에서는 별의별 사건이 다 일어난다. 가장 흔하게 보게 되는 것은, 보트를 끄는 사람 둘이서 활발한 토론을 벌이며 서둘러 발걸음을 옮기는 모습이다. 그들 뒤로 100야드 정도 떨어진 보트 안에 있는 사람은 그들에게 멈추라고 소리를 지르면서, 노를 휘두르며 자신의 고통스런 상황을 극렬하게 표시하지만, 아무런 소용이 없다. 뭔가 잘못된 것이다. 방향키가 빠졌거나 보트를 잡아당기는 갈고리 장대가 물속으로 미끄러져버렸을지도 모르고, 모자가 강물로 떨어져 빠르게 휩쓸려가는 중일 수도 있다. 그는 처음에는 아주 부드럽고 예의 바른 목소리다.

"이것 봐, 잠깐만 멈춰볼래?"

그는 기분 좋게 외친다.

"모자를 물속에 빠뜨렸어."

그 다음에는 "이것 봐, 톰! 딕! 내 말 안 들려?"라고 외친다.

이번에는 그다지 사근사근하지 않다.

그 다음에는 "이것 봐, 이 망할 자식들아! 멈추라고, 이 멍청이들 같으니!"

그는 펄쩍 뛰며 난리를 치다가 얼굴을 붉으락푸르락하며 자기가 아는 모든 것에 저주를 퍼붓는다. 그러면 강둑에 있던 소년들이 멈춰 서 그에게 야유를 퍼부으며, 시간당 4마일의 속도로 끌려가고 있어서 보트 밖으로 나갈 수도 없는 그에게 돌을 던진다.

이 같은 유의 문제는, 견인을 하는 사람이 자신들이 견인을 하고 있다는 점을 기억하고, 보트에 있는 동료가 어떤 상태인지 확인해보려고 자주 뒤돌아보기만 하면 대부분 해결될 수 있다. 견인은 한 사람만 하는 것이 가장 좋다. 두 명이 붙으면 잡담을 하다가 잊어버리게 된다. 그리고 사실 보트 자체는 아무런 저항도 할 수가 없기 때문에, 그들에게 그 사실을 상기시키는 수고를 해줄 수가 없다.

두 명이 견인을 할 때 그들이 얼마나 자신들이 하는 일을 염두에 두지 않는지에 관한 예로써, 조지가 늦은 저녁 무렵 저녁을 먹은 뒤 그 주제를 가지고 토론할 때, 아주 흥미로운 경우를 얘기해줬다.

조지와 또 다른 세 명이 어느 날 저녁 굉장히 많은 짐을 실은 보트를 저으며 메이든헤드에서 오고 있었다. 그리고 쿡햄 록 약간 위쪽에서 어떤 녀석 하나와 아가씨가 토우패스를 따라 걷고 있는 모습을 보았다. 둘은 아주 재미있고 흥미로운 대화에 푹 빠진 모양이었다. 그들은 갈고리 장대를 나르고 있었는데, 견인용 밧줄이 거기 매달려서 끝은 물속에 있고 그들 뒤를 따라가고 있었다. 근처에 보트는 없었다. 보트라곤 보이지도 않았다. 한때 보트가 그 밧줄과 연결되어 있긴 했을 것이다. 그것만은 확실했다. 하지만 보트가 어찌 된 일인지, 어떤 운명의 장난이 그것을 가져가버렸는지, 보트에 타고 있던 사람은 어떻게 되었는지는 미스터리에 묻혀 있었다. 하지만 어떤 사고가 있었던 간에, 그 사실은 배를 견인하던 젊은 처녀 총각의 마음에 아무런 반응을 불러일으키지 못했다. 그들에게는 장대가 있었고 밧줄이 있었으며, 자신들의 작업에서 꼭 신경 써야 할 부분은 그것밖에 없는 듯 보였다.

조지는 소리를 질러 그들이 정신을 차리게 할 생각이었다. 하지만 그 순간 더 좋은 아이디어가 떠올랐기 때문에 그는 그렇게 하지 않았다. 대신 그는 배를 멈추고, 손을 뻗어 견인용 밧줄을 잡아당겼다. 그리고 그것으로 고리를 만들어 돛대에 씌운 후, 노를 정리하고 배 뒤쪽으로 가서 앉아 파이프에 불을 붙였다.

그렇게 해서 젊은 처녀 총각은 건장한 총각 네 명과 무거운 보트 하나를 말로까지 끌고 갔다.

그 젊은 커플은 갑문에서, 2마일 동안 자신들이 다른 보트를 끌고 왔다는 것을 알게 되었고, 조지가 한번 힐긋 보니 정말 많은 생각이 오가는 슬픈 표정이 되더라고 했다. 조지는, 만약 옆에 아리따운 아가씨가 있어서 제어를 해주지 않았다면, 그 청년은 폭력적인 언사를 터뜨렸을 것이라고 생각했다.

충격에서 먼저 회복된 것은 아가씨 쪽이었고, 회복되자 그녀는 손깍지를 끼며 격렬하게 말했다.

"오, 헨리, 그럼 숙모는 어떻게 된 걸까요?"

"노부인은 구출된 거야?"

해리스가 물었다. 조지는 모른다고 대답했다.

끌고 가는 사람과 끌려가는 사람 사이의 공감대가 형성되지 못하는 위험한 상황에 대한 또 다른 사건을 목격한 것은 조지와 나로, 왈톤 근처였다. 토우패스가 완만하게 강 쪽으로 뻗어 있는 곳이었는데, 우리는 반대편 강둑에서 야영을 하며, 이것저것 구경하고 있었다. 이윽고 작은 보트가 시야에 들어왔다. 꼬마 녀석이 올라탄 힘센 말 하나가 엄청난 속도로 물살을 가로지르며 배를 끌고 있었다. 보트 여기저기에는 몽롱하고 나른한 자세로 다섯 명이 널브러져 있었고, 진로를 잡고 있던 친구가 특히 제일 마음 편해 보였다.

"저 친구가 줄을 잘못 잡아당기면 좋겠군."

그들이 지나갈 때 조지가 중얼거렸다. 그리고 바로 그 순간 그 친구가 그렇게 했고, 보트는 리넨 시트 4만 개가 찢어지는 것 같은 소리를 내며 강둑 쪽으로 돌진했다. 남자 두 명과 광주리 하나, 노 세 개가 동시에 보트 좌현 쪽에서 미끄러져 강둑에 누워버렸고, 뒤이어 다른 두 남자는 우현에서 상륙하게 되어, 갈고리 장대와 돛과 여행용 가방과 병 들 사이에 풀썩 주저앉았다. 마지막 남자는 20야드를 더 날아가서, 머리를 쿵 박았다.

덕분에 보트가 좀 가벼워진 것처럼 보였고, 훨씬 쉽게 움직였다. 꼬마는 목청껏 소리치면서 말의 속도에 박차를 가했다. 보트 밖으로 내던져진 친구들은 자리에 앉아 서로를 쳐다보았다. 얼마가 지나서야 그들은 자신들이 처한 상황을 이해했고, 상황을 이해하자 소년을 보고 멈추라고 고래고래 소리를 질렀다. 하지만 소년은 말을 모는 일에 너무 정신을 쏟고 있어서 그들의 목소리를 들을 수 없었고, 우리는 그들이 시야에서 사라질 때까지 소년의 뒤를 쫓아 뛰어가는 모습을 지켜보았다.

내가 그들의 사고를 유감스러워했다고는 말할 수 없다. 사실 나는 자신들의 보트를 그런 식으로 견인되도록 하는 바보 같은 사람들(정말 많다)이 그 비슷한 불행을 겪기를 바랄 뿐이다. 자기들만 위험한 것이 아니라, 그런 사람들은 지나가는 다른 배에게도 위험하고 짜증나는 존재들이다. 그런 속도로 가면, 그들이 다른 보트의 행로 밖으로 나가는 것이 불가능해지거나 다른 보트가 그들의 행로 밖으로 나가는 것이 불가능해진다. 그리하여 그들의 밧줄이 당신의 돛대 주위를 휘감고 배를 전복시키거나, 밧줄이 보트에 있는 누군가를 잡고 그를 물속으로 던져버리거나 얼굴에 상처를 낸다. 잘 보고 있다가 돛대 밑동을 이용해서 그것들이 덮쳐오는 상황을 피할 준비를 해야 한다.

130

배를 견인하는 것과 관련된 모든 경험 중에서도 가장 재미있는 것은 여자들이 끌어주는 경우다. 그것은 어느 누구도 놓치면 후회할 명장면이다. 여자아이들이 견인할 때는 항상 세 명이 한다. 두 명은 밧줄을 잡고 나머지 한 명은 둥글게 뛰면서 깔깔 웃는다. 일반적으로는 자신들의 몸이 밧줄에 감기도록 하는 것부터 시작한다. 다리 주위에 밧줄이 걸리면 자리에 앉아 서로 풀어주는데, 그 다음에는 밧줄이 목을 감아서 거의 목이 졸릴 지경이 된다. 하지만 결국 상황을 잘 마무리한 후, 아주 위험한 속도로 보트를 끌면서 달리기를 시작한다. 100야드쯤 가면 결국 숨을 돌아쉬면서 갑자기 멈추고 모두 풀밭에 주저앉아 웃어댄다. 그러면 무슨 일이 일어났는지 당신이 알게 되거나 혹은 당신이 노를 잡기 전에, 보트는 중류를 향해 떠내려가 빙글빙글 돌기 시작한다. 그러면 그들은 화들짝 놀라며 자리에서 일어난다.

"저것 봐!"

그들은 말한다.

"보트가 딱 중류 쪽으로 가버렸네."

이런 사건이 있은 다음 얼마 동안은 아주 안정적으로 보트를 끌고 간다. 그러다가 갑자기 그들 중 하나가 드레스를 핀으로 고정해야 하는 상황이 발생하고, 그들은 그 때문에 속도를 늦춘다. 그리고 보트는 좌초된다.

당신은 펄쩍 뛰어올라 보트를 기슭에서 밀어내며 그들에게 멈추지 말라고 소리친다.

"네? 뭐라고요?"

그들이 되받아 외친다.

"멈추지 마!"

당신이 외친다.

"뭘 하지 말라고요?"

"멈추지 마, 계속 가, 계속 가라고!"

"에밀리! 가서 그들이 뭐라는지 알아보고 와."

그러면 에밀리가 우리 쪽으로 온다.

"뭘 원하세요?"

그녀가 말한다.

"무슨 일이라도 있나요?"

"아뇨."

당신이 대답한다.

"괜찮아요. 그냥 가기만 해요. 멈추지만 말라고요."

"왜요?"

"왜라니, 계속 멈추면 방향을 조절할 수가 없잖아요. 보트가 진행되도록 해야 돼요."

"보트가 뭐요?"

"진행! 계속 움직이게 해야 한다고요!"

"아, 알겠어요. 그렇게 전할게요. 저희가 잘하고 있나요?"

"그래, 그래. 아주 잘하고 있으니까, 멈추지만 말아요."

"쉽네요, 뭐. 어려운 일인 줄 알았는데."

"그래요, 아주 쉬운 일이죠. 그냥 안정적으로 계속 가기만 하면 되는 거예요. 그러면 되는 거죠."

"알겠어요. 제 빨간 숄 좀 주세요. 쿠션 아래 있어요."

당신은 숄을 찾아 건네준다. 이때 다른 여자가 와서는 자기 것도 달라고 한다. 그들은 혹시 몰라서 메리 것도 챙겨가는데 메리는 필요 없다고 해서 다시 와서 돌려준 후, 대신 작은 빗을 가지고 간다. 다시 출발하는 데는 약 이십 분이 소요되고, 출발해서 코너를 돌려는데 소가 보여서, 당신은 보트에서 내려 소를 길에서 몰아내야 한다.

여자들이 배를 끌고 갈 때, 지루한 순간이란 없다.

조지는 잠시 후 밧줄을 잡고, 펜톤 후크까지 안정적으로 배를 끌었다. 그곳에서 우리는 야영이라는 중요한 문제를 논의했다. 우리는 그날 밤 보트에서 그냥 자기로 결정했기 때문에, 그냥 거기에 보트를 대든지 아니면 스테인스를 통과하든지 해야 했다. 아직 해가 하늘에 있는데 벌써 멈추는 것은 좀 이른 감이 있는 것 같아서, 우리는 그냥 3.5마일 정도 떨어진 러니미드까지 가기로 합의를 봤다. 그곳은 강변에 위치한 조용한 숲인데, 괜찮은 쉼터가 있었다.

하지만 얼마 안 가 우리 모두는 그냥 펜톤 후크에서 멈출 걸 하는 생각을 했다. 상류 쪽으로 3, 4마일을 간다는 것은, 아침에는 별일 아닐지 몰라도, 긴 하루가 끝나갈 무렵이 되면 아주 피곤하고 지겨운 일이 되어버린다. 이런 순간이 오면 풍경 같은 것에는 아무런 관심도 생기지 않는다. 농담도 하지 않고 웃지도 않는다. 반 마일만 가도 1마일은 오지 않았나 하는 생각이 든다. 왜 아무런 진척이 없는 거지 하는 생각이 들고, 지도에 문제가 있는 게 분명하다는 확신이 들기까지 한다. 적어도 10마일은 족히 되는 것 같은 길을 간신히 힘들게 왔는데도 여전히 갑문이 보이지 않으면, 누가 그것을 훔쳐 달아난 것은 아닐까 하고 심각한 두려움에 빠지기도 한다.

나 역시 한때 상류 쪽에서 당황스러운 상황에 처했던 기억이 있다. (비유적인 의미로 하는 말이다.) 나는 젊은 숙녀 분(외가 쪽으로 사촌)과 함께였고, 우리는 노를 저으며 고링 쪽으로 내려갔다. 좀 늦은 시각이었기 때문에 어서 빨리 가서 실내로 들어가야겠다는 생각뿐이었다. 적어도 그녀 편에선 그랬다. 우리가 벤슨 록에 도착한 것은 여섯 시 삼십 분이었고 땅거미가 지고 있었기 때문에, 그녀는 흥분하기 시작했다. 그녀는 반드시 실내에서 저녁 식사를 해야겠다고 말했다. 나는 나 역시 그러고 싶다고 했다. 목적지까지 정확히 얼마나 남았는지를 알아보려고, 가지고 있던 지도를 꺼냈다. 다음 갑문인 월링포드까지는 1.5마일, 거기서 클리브까지는 5마일이 남아 있었다.

"됐습니다!"

나는 말했다.

"일곱 시 전까지는 다음 갑문을 통과할 수 있을 거고, 그러고 나서 하나만 더 지나면 되니까요."

나는 자리에 앉아 열심히 노를 저었다.

우리는 다리를 지났다. 곧이어 나는 그녀에게 갑문이 보이는지 물었다. 그녀는 아니라고, 갑문은 보이지 않는다고 했다. 나는 "오!"라고 말하고 다시 노를 저었다. 오 분쯤 지나서 나는 그녀에게 다시 한번 보라고 했다.

"안 보여요."

그녀가 말했다.

"갑문은 나타날 기미도 안 보이는 걸요."

"당신, 그러니까 갑문이 뭔지는 아는 거죠?"

나는 조급한 마음에 이렇게 물었다. 그녀의 심기를 상하게 할 요량은 아니었다.

하지만 결과적으로는 그렇게 됐고 그녀는 나보고 직접 보라고 했다. 그래서 나는 노를 내려놓고 주위를 둘러보았다. 황혼에 잠긴 강물이 우리 앞에 1마일 정도 쭉 펼쳐져 있었고, 갑문의 그림자도 보이지 않았다.

"길을 잃었다고 생각하시는 것은 아니죠, 설마?"

그녀가 물었다.

나는 어떻게 그런 일이 가능한지 알 수 없었다. 하지만 그녀에게 넌지시 암시한 바와 같이, 우리는 어쩌면 길을 잘못 들어 폭포 쪽으로 가고 있을지도 몰랐다.

이런 생각은 그녀에게 아무런 위로가 되지 못했고, 그녀는 울기 시작했다. 그녀는 우리 둘 다 익사할 거라고 했고, 그것은 그녀가 나와 함께 외출한 벌이라고 했다.

나는 벌치고는 너무 심하다고 생각했지만 사촌은 그렇게 생각하지 않았고, 어서 빨리 모든 일이 끝나기만을 바랐다.

나는 그녀를 안심시키고 모든 상황을 대수롭지 않게 여기려고 애썼다. 나는 그녀에게, 사실 나는 내가 생각한 것보다 그렇게 빨리 노를 저은 게 아니었으며, 그러니 갑문은 조금 있다 나타날 거라고 말했다. 그리고 열심히 노를 저었다.

그러다가 나 자신도 조바심이 나기 시작했다. 나는 다시 한번 지도를 보았다. 벤슨 록 아래쪽 1.5마일 지점에, 월링포드 록이 분명하게 표시되어 있었다. 지도는 믿을 만한 것이었다. 나는 그 갑문의 모습을 회상해보았다. 두 번 정도 지나간 기억도 났다. 우린 도대체 어디 있는 거지? 도대체 무슨 일이 일어난 거야? 차츰 이 모든 게 꿈일지도 모른다는 생각이 들었다. 나는 지금 침대에서 잠을 자고 있고, 금방 잠이 깰 테고, 열 시가 지났다는 소리를 듣게 되겠지 하는 생각을 했다.

나는 사촌에게 이것이 꿈일 수 있다고 생각하는지 물었다. 그녀는 자기도 나에게 똑같은 질문을 하려는 참이었다고 대답했다. 그러고 나자 우리는, 우리 둘 다 잠을 자고 있는 건지가 궁금해졌다. 만약 그렇다면 꿈을 꾸는 것은 누구며, 꿈속에 있는 것은 누구일까 하는 점이 굉장히 흥미롭게 여겨졌다.

하지만 나는 여전히 노를 젓고 있었고, 갑문은 여전히 보이지 않았으며, 밤의 그림자가 모여듦에 따라 강은 점점 더 음울하고 알 수 없게 변해갔다. 주위의 사물들 역시 이상하고 기묘하게 느껴졌다. 꼬마 요정, 여자 요정, 도깨비불, 밤새 바위에 앉아 사람들을 소용돌이 속으로 유혹한다는 사악한 소녀들이 머릿속에 떠올랐다. 더 선량하게 살걸, 찬송가를 더 많이 알아둘걸 하는 생각이 들었다. 바로 그때, 엉성하게 연주되는 콘서티나*의 축복받은 선율로 〈모든 것이 그분의 뜻〉이 들려왔고, 우리는 우리가 구조되었다는 것을 알았다.

나는 콘서티나의 음조를 숭앙하는 편이 아니다. 하지만 오! 그때 그 음악은 우리 둘 다에게 얼마나 아름다웠던지! 오르페우스의 목소리도 아폴로의 류트도, 아니 그 무엇도 그것보다 아름다울 수는 없었다. 그 당시의 우리 마음에, 천상의 멜로디는 오히려 고통만 가

---

* 아코디언 모양의 육각형 손풍금

중시켰을 것이다. 정확하게 연주된, 영혼을 움직이는 하모니는 우리에게 모든 희망을 포기하라는 경고의 메시지밖에 되지 않았을 것이다. 하지만 씨근거리는 아코디언이, 비자발적인 변주와 함께 간헐적으로 찢어질 듯 내지르는 〈모든 것이 그분의 뜻〉의 선율에는 오직 인간적이라고 할 수 있는, 우리의 마음을 위로하는 뭔가가 있었다.

그 달콤한 소리가 점점 더 가까이 다가왔고, 그 소리가 흘러나오는 보트가 우리 옆으로 몸체를 붙이며 섰다.

보트에는 달빛 항해를 하려고 나온 그 지역 토박이들이 타고 있었다. (달은 없었지만 그건 그 사람들 책임이 아니었다.) 나는 평생 그렇게 매력적이고 사랑스러운 사람들을 본 적이 없었다. 나는 그들에게 소리를 질렀고, 월링포드 록까지 가는 길을 가르쳐달라고 했다. 그리고 두 시간 동안 찾고 있다는 설명도 덧붙였다.

"월링포드 록이라구요!"

그들이 대답했다.

"세상에, 벌써 일 년 전에 없어졌는 걸요? 이제 월링포드 록은 없습니다. 선생은 지금 클리브에 가까이 가고 있고요. 이것 보라고, 빌! 내가 월링포드 록을 찾는 신사 분이 분명히 있을 거라고 장담했지!"

그런 생각은 못하고 있었다. 나는 그들 모두의 목이라도 잡고 축복해주고 싶었다. 하지만 물살이 너무 세서 그럴 수는 없었고, 그냥 평범한 감사의 말을 건네는 것으로 만족할 수밖에 없었다.

우리는 계속해서 감사의 말을 되풀이했고, 아름다운 밤이라며 그들의 순항을 기원했다. 그리고 생각해보니, 일주일 정도 같이 지내자며 그들 모두를 초대했고, 내 사촌 역시 그녀의 어머니도 그들을 보고 싶어 하실 거라고 말했다. 그렇게 우리는 〈파우스트〉에 나오는 '병사들의 합창'*을 부르며 저녁 시간에 맞춰 집으로 돌아올 수 있었다.

10

해리스와 나는 벨 웨어 록도 그런 식으로 없어져버린 게 아닌가 생각하기 시작했다. 조지는 스테인스까지 배를 끌었고, 거기서부터는 우리가 보트를 맡았는데, 마치 50톤이나 되는 보트를 40마일이나 끌고 가는 것 같은 기분이었다. 벨 웨어 록을 통과한 것은 일곱 시 하고도 삼십 분이 지난 시각이었다. 우리는 모두 배에 타고 배를 댈 만한 곳이 없을까 두리번거리며 왼쪽 강둑으로 노를 저어 갔다.

본래는 조용한 초록빛 계곡이 굽이굽이 펼쳐진, 강변 쪽에 있는 기가 막히게 아름다운 마그나 카르타 섬까지 가서, 풍광 좋고 후미진 곳에 닻을 내릴 요량이었다. 하지만 어쩌다 보니 낮에 원했던 것만큼 그렇게 간절하게 풍광 좋은 장소를 원하지 않게 됐다. 그날 밤은 석탄 배와 가스 공장 사이라도 충분할 듯했다. 경치 같은 건 아무래도 좋았다. 저녁을 먹고 자고 싶다는 생각뿐이었다. 하지만 우리는 '피크닉 포인트'라고 불리는 갑(岬)까지 노를 저었고, 커다란 느티나무 아래 있는 괜찮은 곳으로 찾아든 후 사방으로 뻗어 있는 나무뿌리에다 보트를 맸다.

그리고 이제 저녁을 먹을 수 있겠구나(우리는 시간을 아끼려고 차도 안 마시고 있었다) 했는데, 조지가 안 된다고 했다. 조지는 우선 너무 어두워지기 전에, 우리가 뭘 하는지 볼 수 있을 때에 천막을 치는 게 좋겠다고 했다. 일을 다 하고 나면 편안히 앉아 먹을 수 있을 거라고 했다.

천막을 치는 일이 그렇게 어려우리라고는 우리 중 누구도 예상하지 못했다. 이론적으로는 아주 간단해 보였다. 크로케*를 할 때 세워놓는 커다란 활 모양 문처럼 생긴 철제 후프를 다섯 개 준비한 후, 그것을 보트에 고정시킨다. 그 위로 모포를 펼치고 고정시킨다. 생각대로라면 십 분이면 충분한 일이었다.

하지만 천만의 말씀, 만만의 말씀.

우리는 후프 다섯 개를 준비하고 그것이 본래 들어가야 마땅한 구멍에 끼우기 시작했다. 누가 이것을 위험한 일이라고 생각하겠는가. 하지만 돌이켜보면 우리가 살아서 말을 하고 있다는 게 신기할 지경이다. 그것들은 후프가 아니라 악마들이었다. 우선 녀석들은 구멍에 들어가려고 하질 않았다. 그래서 우리는 그것들을 내리누르며 점프를 하고, 발로 차고, 갈고리 장대로 후려쳐야 했다. 그런데 그렇게 해서 간신히 넣어놨더니만, 알고 보니 그 구멍에 들어

---

* 야외에서 나무 망치와 나무 공을 이용해서 하는 구기 종목

갈 후프가 아니어서 다시 빼냈다.

하지만 이번에는 빠져나오려고 하지를 않아서, 두 명이 달라붙어 오 분 동안 씨름을 해야 했다. 그런데 녀석들이 갑자기 튕겨나오는 바람에 우리는 물속으로 풍덩 빠지고 말았다. 중간에는 경첩같이 생긴 부분이 있었는데, 우리가 보지 않을 때면 이걸 이용해서 우리 몸의 연약한 부분들을 꼬집기도 했다. 후프 한쪽을 잡고 고군분투를 하며 그것이 제 의무를 다할 수 있도록 신경 쓰다 보면, 어느새 다른 쪽 녀석이 비겁하게 뒤로 와서는 우리 머리를 후려치기도 했다.

우여곡절 끝에 그것들을 나 고정시켰다. 이제 남은 일은 그 위로 모포를 덮는 것밖에 없었다. 조지가 모포를 펼치더니 보트 앞머리 쪽에 있는 한쪽에다 고정시켰다. 해리스는 중간 지점에 서서 조지가 펼친 부분을 받아서 내 쪽으로 밀어주는 일을 맡았고, 나는 그것을 받으려고 뒤쪽에 있었다. 나까지 오는 데는 아주 오랜 시간이 걸렸다. 조지는 제 일을 알아서 잘했는데, 그런 일에 서툰 해리스가 일을 망쳐버리고 말았다.

정확히 어떻게 된 일인지는 나도 모르고 해리스도 모른다. 다만 어떤 알 수 없는 과정이 얽히고설켜서, 초인적으로 노력한 지 십 분이 흐른 후, 해리스가 천막과 함께 구르고 말았다. 완전히 휘감긴 데다 안으로 푹 들어가 접혔기 때문에 밖으로 빠져나온다는 것은 불가능했다. 당연히 그는 자유(모든 영국인의 타고난 권리 아닌가)를 찾고자 미친 듯이 발버둥쳤고, 그렇게 함으로써(나는 나중에야 이 사실을 알게 되었는데) 조지를 넘어뜨리고 말았다. 그러자 조지는 해리스에게 악다구니를 써대며 발버둥을 쳤고, 결국 그 역시 모포 속으로 말려들어가 휘감기고 말았다.

나는 그때 당시에는 이런 상황에 대해 아무것도 알지 못했다. 내가 해야 할 일도 감을 잘 잡지 못한 상태였기 때문에, 나는 그저 들은 대로 내가 있어야 할 자리에 가만히 서서, 모포가 내게 올 때까지 기다렸다. 몽모렌시와 나는 더없이 착하고 얌전했다. 모포가 이리 푹 저리 푹 꺼지는 것도 보였고 아주 야단스런 모양새로 움직이는 것도 보였지만, 그것도 다 천막을 치는 과정의 일부라고 생각하고 개입하지 않았다.

아래쪽에서 누군가 숨이 막혀 칵칵대는 소리가 들렸지만, '일이 생각보다 어렵나 보네'라고만 생각했을 뿐, 상황이 좀 나아지고 나서 개입하는 게 좋겠다는 게 우리의 결론이었다.

우리는 기다렸다. 하지만 상황은 점점 더 복잡해지는 것 같았고, 결국 해리스의 손이 보트 한쪽으로 꿈틀거리며 나오더니 목소리를 높였다.

그것이 말했다.

"여길 좀 도와달란 말야, 이 멍청한 놈아! 거기 미라같이 멀뚱멀뚱 서서 도대체 뭐 하는 거야? 우리 숨 막혀 죽는 꼴 보려고 그러는 거야!"

나는 그런 구조 요청을 도저히 모른 척할 수 없는 사람이었기 때문에, 곧장 거기로 가서 그들을 풀어주었다. 하지만 해리스의 얼굴은 거의 새까맣게 변해 있었다.

그런 일이 있은 후 삼십여 분의 중노동을 거치고 나서야, 우리는 제대로 천막을 치고 갑판을 청소하고 저녁을 먹을 수 있었다. 우리는 뱃머리 쪽에다 찻주전자가 끓도록 준비를 해두고 뒤쪽으로 옮겨가, 다른 일에만 신경 쓰고 찻주전자에는 아무런 관심도 없는 척했다.

그렇게 하지 않으면 찻주전자는 물을 끓일 생각을 하지 않는다. 만약 초조하게 물이 끓기를 기다린다는 걸 알면, 녀석은 절대 일을 하지 않는다. 절대적으로 멀리 떨어져서 마치 차 따위는 마시지도 않겠다는 듯 일단 음식을 먹어야 한다. 돌아봐서도 안 된다. 그럼 곧 녀석이 차를 만들고 싶어 안달복달을 하며, 뚜껑을 달그락거리는 소리를 듣게 될 것이다.

아주 급하다면, 차 같은 것은 필요도 없고 마실 생각도 없다고 크게 떠드는 것도 좋은 방법이다. 주전자 가까이에 앉으면 그것이 당신 하는 말을 엿들을 것이다. "난 차 안 마실 거야. 조지 너는?" 그러면 조지가 대답한다. "나도 안 마실 생각이야. 차는 별로야. 대신 레모네이드를 마시자고. 차는 소화에도 안 좋으니 말야." 이제 남은 것은 찻주전자가 끓기 시작할 때, 스토브를 끄는 일뿐이다.

우리는 이 무해한 술책을 사용했고, 다른 모든 것이 준비가 되었을 즈음 차를 마실 수 있었다. 우리는 랜턴을 밝히고 저녁을 먹으려고 쪼그리고 앉았다.

우리는 바로 그런 저녁을 원했다.

오 분 삼십 초 동안 배의 동서남북 어느 쪽에서도 아무 소리도 들려오지 않았다. 다만 나이프와 포크와 스푼과 그릇 들이 달그락거렸고, 음식물을 씹으려고 규칙적으로 부딪히는 네 세트의 잇소리가 들릴 뿐이었다. 오 분 삼십 초가 지나자 해리스가 말했다. "아!" 그리고 왼쪽 다리를 펴더니 오른쪽 다리와 위치를 바꿨다.

다시 오 분이 지나자 이번에는 해리스가 말했다. 이번에도 역시 "아!"였다. 그러더니 접시를 강둑에 던졌다. 삼 분이 지나자, 여행을 시작한 이래 처음으로 몽모렌시가 만족감을 드러내며 드러눕더니 다리를 쭉 폈다. 나 역시 "아!"라고 말하면서 고개를 뒤로 젖혔는데 후프 하나에 머리를 박고 말았다. 하지만 상관없었다. 나는 욕도 하지 않았다.

배가 부르면 만사가 오케이다. 우리 자신에 대해서도 만족스럽고 세상에 대해서도 별 불만이 없다. 경험이 있는 사람들은, 나에게 양심에 꺼릴 게 없으면 마음이 행복하고 만족스럽다고 말한다. 하지만 배가 부르면 그런 상태가 되는 게 훨씬 수월해진다. 돈도 덜 드는 데다 무엇보다 쉽다. 충분한 양을 소화도 잘되게 먹고 나면, 사람은 웬만한 일은 다 용서를 하게 되고 포용력도 한층 넓어진다. 마음이 우아하고 친절한 사람이 된다.

소화기관이 이토록 우리의 지성을 지배한다는 것은 참으로 이상한 일이 아닐 수 없다. 소화기관이 일하지 않으면, 우리는 일을 할 수도 생각을 할 수도 없다. 우리의 감정과 열정을 지배하는 것도 다 우리의 소화기관이다. 달걀과 베이컨이 들어가면 그것이 명령을 내린다. "일해!" 비프스테이크와 흑맥주가 들어가면 "가서 자!"라고 말한다. 차 한 잔(한 잔당 두 스푼 정도, 삼 분 이상 우려내지 않는 게 좋다)을 마시고 나면 그것이 뇌에게 말한다.

"이제 깨어나서 너희 힘을 보여줘. 감동이 있어야 해. 깊고 온화하고 분명한 시선으로 자연과 인생을 들여다보는 거야. 파르르 떨고 있는 너의 사상의 흰 날개를 펼치고, 신을 닮은 너의 영혼 아래 소용돌이치는 세상 위로 날아오르는 거야. 불꽃 일렁이는 별들의 긴 행로를 지나 영원을 향해 열린 문으로!"

따뜻한 머핀이 들어가면 그것은 말한다.

"머리야 둔해져라, 들판의 야수처럼 축 늘어져라. 맥 풀린 눈을 게슴츠레하게 뜬 뇌 없는 동물처럼, 상상의 빛, 희망의 빛, 두려움의 빛, 사랑의 빛, 인생의 빛도 알지 못할지니."

브랜디가 충분히 들어가면 그것은 말한다.

"웃어라, 굴러라, 동료들이 웃을 수 있게. 바보 같은 소리를 지껄여라, 말도 안 되는 소리를 내뱉어라. 재치와 의지가 나란히 양옆에 서서, 마치 새끼고양이들처럼, 반 인치 알코올에 빠져버렸을 때, 사람이 얼마나 한심해지는지를 보여주어라."

우리는 참으로 애처롭기 그지없는, 위장의 노예일 뿐이다. 도덕성과 정당성을 쫓지 말게나, 친구여! 방심하시 말고 위장을 살피시고, 주의 깊은 판단력으로 소화를 시키게나. 그리하면 덕과 만족이 따라와 그대의 심장을 지배하리니, 그대 자신의 노력은 아무런 필요가 없을 것이로다. 그대는 훌륭한 시민이 되고 사랑스런 남편이 되며 자애로운 아버지가 될지니, 그대 존귀하고 충실한 인간으로 살 것이다.

저녁을 들기 전만 해도, 해리스와 조지와 나는 아옹다옹 티격태격 여차하면 서로에게 달려들 기세였다. 저녁을 먹은 후 자리에 앉은 우리에게서는 밝은 웃음이 번져 나왔다. 우리는 서로를 보고 해맑게 웃었으며 개에게도 빛을 쏘아주는 것을 잊지 않았다. 우리는 서로를 사랑했고 또한 모두를 사랑했다. 해리스가 움직이다가 조지의 발을 밟았다. 저녁 전이었다면, 조지는 이 세상과 다음 세상에서의 해리스의 운명에 관한, 생각 있는 사람이라면 진저리를 치지 않을 수 없는 자신의 바람을 표현했을 것이다.

하지만 그는 말했다.

"조심해야지, 친구!"

그리고 해리스는, 자기 발이 그렇게 큰 줄 알았다면 이런 보통 크기의 보트에는 탈 생각을 말아야 하는 게 아니냐고, 그렇게 발이 커서야 앉아 있는 곳 반경 10야드 안에 있는 사람이라면 누구라도 움직일 때 네 발을 밟을 수밖에 없으니 보트 옆쪽으로 발을 좀 걸쳐놓는 게 도리라고 불유쾌한 목소리로 막무가내로 주장하는 대신, 저녁을 먹은 후였기 때문에 이렇게 말했다.

"정말 미안하다, 친구. 내가 조심했어야 하는데."

그러자 조지는 괜찮다며 자기 실수였다고 했고, 해리스 역시 아니라며 자기가 잘못했다고 했다.

정말 듣기에 너무 좋았다.

우리는 파이프에 불을 붙이고 앉아 조용한 밤하늘을 바라보며 이야기꽃을 피웠다.

조지는 늘 지금만 같으면 좋겠다고 했다. 죄악과 유혹이 있는 세상에서 멀어져, 맑고 평화롭게 선행을 베풀면서 살고 싶다고 했다. 나는 나 역시 종종 그런 것을 바란다고 했다. 우리는 네 명이 다, 어디 가깝고 적당한 무인도에 가서 그곳 숲속에서 살아보는 것은 어떨지 논의했다.

해리스는 자기가 들은 바로, 무인도의 가장 큰 문제점은 너무 축축하다는 데 있다고 했다. 조지는 배수가 제대로 안 되면 자기는 싫다고 했다.

그 다음 우리는 한 잔씩 하게 됐고, 그것이 조지로 하여금 자기 아버지에게 있었던 재미있는 사건을 떠올리게 해주었다. 그의 아버지는 친구 분과 함께 웨일스 지방을 여행하고 있었는데, 어느 날 밤 작은 여인숙에 묵게 됐다. 그곳에는 다른 사람들도 묵고 있었기 때문에, 그들은 사람들과 어울리며 같이 저녁을 보냈다.

　그들은 매우 즐거운 시간을 보냈고, 늦게까지 잠자리에 들지 않았다. 잠자리에 들어야 할 시간이 왔을 때도 그들은(조지의 아버지가 매우 젊었을 때의 일이다) 여전히 즐거운 상태였다. 그들(조지의 아버지와 친구 분)은 같은 방 다른 침대에서 자기로 되어 있었다. 둘은 촛불을 들고 위층으로 올라갔다. 그런데 방으로 들어가려는데 몸이 비틀거리는 바람에 촛불이 벽에 부딪혀 꺼지고 말았다. 그래서 그들은 어둠 속에서 옷을 벗고 침대 속으로 들어갔다. 상황은 순조로웠다. 하지만 자신들 생각처럼 다른 침대 속으로 들어간 것이 아니라, 서로 알지 못한 채 같은 침대로 기어들어가게 됐다. 한 명은 머리를 침대 머리맡에 두고, 다른 한 명은 침대 발치에 둔 상태로 베개에 발을 올려놓은 것이다.

　잠시 동안 침묵이 흐른 후 조지의 아버지가 말했다.

　"조!"

　"왜, 톰?"

　조의 목소리가 침대 발치에서 들려왔다.

　"내 침대에 다른 사람이 있어."

　조지의 아버지가 말했다.

　"내 베개에 그 사람 발이 있어."

　"이상한 일이네, 내 침대에도 그렇거든."

　친구 분이 대답했다.

　"어떡할 생각이야?"

　조지의 아버지가 물었다.

　"녀석을 쫓아내야지."

조가 대답했다.

"나도 그럴 생각이야."

조지의 아버지가 씩씩하게 말했다.

순식간에 몸싸움이 벌어지고, 건장한 청년 둘이 바닥으로 떨어졌다. 다소 서글픈 듯한 목소리가 말했다.

"톰!"

"왜?"

"어떻게 됐어?"

"사실대로 말하면, 그 녀석이 나를 밀쳐냈어."

"이 녀석도 그래. 이 여인숙 별로인 것 같지 않아?"

"그 여인숙 이름이 뭐였다고?"

해리스가 말했다.

"피그 앤드 휘슬."

조지가 말했다.

"왜?"

"같은 데는 아니군."

해리스가 말했다.

"무슨 소리야?"

조지가 물었다.

"궁금해서 말이야."

해리스가 중얼거렸다.

"예전에 시골 여인숙에서 우리 아버지도 똑같은 일을 경험하셨거든. 나한테 자주 말씀하셨어. 그래서 같은 여인숙일지도 모른다고 생각한 거지."

우리는 그날 밤 열 시에 잠자리에 들었다. 나는 피곤했기 때문에 잠이 잘 올 거라고 생각했지만 그렇지 않았다. 본래 나는 옷을 벗은 후 베개에 머리를 댔는가 하면, 누군가 문을 두드리면서 여덟 시 삼십 분이라고 말하는 걸 듣게 되는 타입이다. 하지만 그날 밤은 모든 것이 순조롭지 않았다. 낯선 환경, 딱딱한 보트 바닥, 불편한 자세(나는 한쪽 좌석에 머리를, 다른 한쪽에 발을 올려놓고 누워 있었다), 보트 주위에서 들려오는 물소리, 나무 사이를 흔드는 바람 소리가 나를 잠 못 이루게 했다.

간신히 몇 시간을 잤을까. 밤새 자란 것처럼 생각되는(왜냐하면 분명히 출발할 때는 거기에 없었고, 아침에도 보이지 않았기 때문이다) 보트의 어떤 부분이 계속해서 내 등을 찔렀다. 나는 잠시 동안 깨지 않고 꿈을 꾸었다. 꿈에서 나는 금화를 하나 삼켰는데 그래서 그들이 그것을 빼내려고 송곳으로 내 등에 구멍을 뚫고 있었다. 나는 그것이 너무나 불친절한 행위라는 생각이 들었고, 그들에게 돈을 빌렸으니 말일에 갚겠다고 했다. 하지만 그들은 들으려고 하지 않고 당장 갚는 게 좋겠다면서, 그렇지 않으면 그만큼 이자가 붙을 거라고 했다. 나는 성질이 나서 그들에게 내가 그들을 어떻게 생각하는지 말했다. 그러자 그들이 송곳으로 너무나 세게 고통을 주는 바람에, 나는 잠에서 깨어났다.

보트 안은 답답했고 머리가 지끈거렸다. 나는 시원한 밤공기를 좀 쐬어야겠다고 생각했다. 나는 주위에 있는 옷들(어떤 것은 내 것이고 어떤 것들은 조지나 해리스의 것이었다) 중에서 아무 거나 대충 걸쳐 입고, 모포 밖으로 나와 강둑으로 갔다.

정말 장려한 밤이었다. 달은 사라지고 남은 것은 반짝이는 별과 조용한 대지뿐이었다. 마치 대지의 아이들인 우리가 잠들어 있는 동안, 침묵과 고요 속에서 어머니 대지가 그녀의 자매들인 별과 이야기하는 것 같았다. 어리석은 인간의 귀로는 들을 수 없는 광대하고 깊은 목소리로 오가는 존엄한 신비에 관한 대화.

너무나 차갑고 너무나 깨끗한 이 기이한 별들은 우리를 두렵게 한다. 우리는 희미한 빛이 비치는 신의 사원 안으로 길 잃은 작은 발을 내디딘 아이들과 같다. 우리는 신의 사원을 섬기라는 가르침을 받았으나 방법을 알지 못한다. 다만 메아리가 울려퍼지는 둥근 천장이 어렴풋한 빛을 길게 드리우는 곳에 서서, 시선을 위로 하고, 두려움과 희망에 쌓인 채 그곳에서 맴도는 경이로운 비전을 기다린다. 밤은 위안과 힘으로 충만하다. 그 위대한 존재 앞에, 우리의 작은 비애는 부끄러워 몸을 삼가며 사라진다. 불안과 고뇌로 가득했던 낮 동안 우리의 마음을 채우는 것은 사악하고 쓰린 생각들이며, 세상은 힘들고 불공정한 곳으로 비쳐질 뿐이다. 그러나 밤은, 사랑이 가득한 위대한 어머니처럼, 우리의 더운 머리에 그녀의 손을 부드럽게 얹고, 눈물로 얼룩진 우리의 작은 얼굴에 그녀의 얼굴을 기대며 웃어준다. 비록 아무 말 하지 않아도 우리는 그녀의 말을 이해하며, 그녀의 가슴에 우리의 달아오른 뺨을 묻는다. 그리하여 비로소 우리의 고통은 사라진다.

때론 우리의 고통이 너무나 깊고 깊어 우리는 그녀 앞에 침묵한 채 설 뿐이다. 말로 표현될 수 없는 우리의 고통은 다만 신음 소리로 새어나올 뿐이다. 밤, 그녀의 가슴에는 우리를 향한 애처로움이 가득하다. 그녀는 우리의 고통을 달래줄 수 없다. 다만 우리의 손을 잡아줄 뿐이다. 그러면 어지러운 세상은 작아져 우리에게서 멀어지며, 그녀의 검은 날개에 휘감긴 우리는 더 위대한 존재에게 인도된다. 그 위대한 존재의 놀라운 빛 속에 들면, 모든 인간의 삶은 우리 앞에 놓인 하나의 책과 같아지고, 우리는 고통과 슬픔이 다만 신의 천사였음을 알게 된다.

오직 고통의 왕관을 써본 자만이 그 위대한 빛을 볼 수 있다. 돌아온 그들은 빛에 대해 말할 수 없다. 자신들이 아는 신비에 대해 말해서는 안 된다.

옛날 옛적, 말을 탄 선량한 기사들이 이상한 지역을 통과하고 있었다. 그들은 헝클어진 찔레 덤불이 빽빽하고 억세게 자라나 그곳에서 길을 잃은 자들의 육신에 생채기를 내는, 깊은 숲길을 달리고 있었다. 그 숲에서 자라는 나뭇잎들은 색이 짙고 무성해, 어떤 빛도 나뭇가지들 사이를 통과해 그곳에 드리운 어둠과 슬픔을 밝혀줄 수 없었다.

그 어두운 숲을 지나던 기사 하나가 동료들을 놓치고 길을 잃었고, 그는 그곳에서 방황할 뿐 동료들에게 돌아가지 못했다. 일행은 다만 애처롭게 눈물을 흘리고, 숲에 남은 그를 죽은 것으로 애도하며 그가 없는 상태로 말을 몰았다.

목표로 삼았던 아름다운 성에 도착하자, 그들은 많은 날을 그곳에서 지내며 슬픔을 잊어버렸다. 그러던 어느 날, 그들이 커다란 홀에서 타오르는 장작불 주위에 즐겁게 둘러앉아 맘껏 들이켜고 있을 때, 사라졌던 동료가 찾아와 인사를 건넸다. 옷은 거지처럼 갈가리 찢겼고 아름다웠던 육체는 슬픈 상처투성이였지만, 그의 얼굴에는 지극한 기쁨을 말해주는 신비로운 빛이 드리워 있었다.

그들은 물었다. 무슨 일이 있었던 거냐고. 그가 대답했다. 어두운 숲에서 길을 잃은 채 상처투성이가 된 몸으로 피를 흘리며 수많은 밤과 낮을 헤매었노라고. 그리고 죽음을 기다리며 몸을 뉘었노라고.

그가 죽음에 가까이 다가갈 무렵, 거친 어둠을 뚫고 다가와 그의 손을 잡은 이가 있었으니, 기품 있는 그 여인은 인간에게 알려지지 않은 구불구불한 길을 지나 숲의 어둠으로 그를 안내했다. 햇빛 앞에 놓인 작은 램프 같다고나 할까, 그 숲에 드리운 빛은 너무나 희미했고, 그 기묘한 빛 속에서, 길 잃은 우리의 기사는 마치 꿈인 것처럼 하나의 비전, 너무나 영광되고 아름다운 비전을 보며, 피 흐르는 상처 따윈 잊은 채로, 다만 마법에 걸린 사람처럼 서 있었다. 그 누구도 깊이를 말할 수 없는 바다처럼, 그 순간의 기쁨은 한없이 깊고 깊었다.

그리고 비전은 사라졌다. 기사는 땅 위에 무릎을 꿇고 앉은 채, 슬픈 숲으로 자신의 발걸음을 이끌어 자신으로 하여금 그곳에 감춰진 비전을 보게 하신 선량한 성인에게 감사 기도를 드렸다.

그 어두운 숲의 이름은 '슬픔'이었다. 하지만 그 선량한 기사가 그곳에서 본 비전에 대해, 우리는 그것이 무엇인지 알 수도 말할 수도 없으리라.

11

옛날 옛적 조지가 아침 일찍 일어난 사연 —
조지, 해리스, 몽모렌시는 차가운 물을 좋아하지 않는다 —
J.의 영웅주의와 결심 — 조지의 셔츠 이야기에는 교훈이 있다 —
요리사 해리스 — 역사 공부(학교에서 사용할 수 있도록 특별히 추가했음)

나는 다음 날 아침 여섯 시에 잠에서 깼다. 보니까 조지도 깨어 있
었다. 우리는 둘 다 몸을 뒤치며 다시 잠을 자려고 노력했다. 그런
데 그럴 수가 없었다. 만약 다시 잠이 드는 것 대신에 그때 바로 일
어나 옷을 입어야 할 특별한 이유가 있었다면, 시계를 바라보는 사
이에 곯아떨어져 열 시까지 잤을지도 모르는 일이다. 하지만 최소
두 시간 동안은 일어나야 할 이유가 아무것도 없었기 때문에, 그 시
간에 일어난 것은 정말 너무나 부조리한 일이었다. 심사 고약한 자
연의 어떤 기운에 순응하여, 웬일인지 우린 둘 다 오 분 이상 더 누
워 있으면 죽은 거나 마찬가지일 거라는 느낌이 들었다.

조지는 똑같은 일이, 더 안 좋은 모양새로, 18개월 전 기핑즈 부
인인가 하는 사람의 집에 혼자 하숙을 들어 있을 때 일어났다고 했
다. 어느 날 저녁, 시계가 고장이 나서 여덟 시 십오 분에 멈췄다. 하

지만 당시에는 이 사실을 알지 못했는데, 이러저러한 이유로 잠자리에 들 때 태엽 감는 것을 잊어버렸고(조지에게 이런 일은 흔한 일이 아니다), 그냥 그 상태로 베개 위에 걸어놓고 잠이 들어버렸다.

때는 겨울이었고, 낮이 가장 짧은 동지에 가까운 시점이었으며, 게다가 안개 주간이었다. 그래서 조지가 아침에 깼을 때 주위가 어둡다는 사실은 시간에 관한 정확한 정보를 줄 수 없었다. 그는 몸을 일으켜 시계를 당겨왔다. 여덟 시 십오 분이었다.

"오, 신이시여!"

조지가 외쳤다.

"아홉 시까지 런던 시내로 나가야 하는데, 왜 아무도 날 안 깨운 거야? 정말 너무하다, 너무해!"

그는 시계를 내던져두고 침대 밖으로 튀어나와 차가운 물로 샤워를 하고 세수를 하고 옷을 입고, 물이 따뜻해지기를 기다릴 시간이 없었기 때문에 면도도 차가운 물로 하고, 뛰어가 다시 한번 시계를 봤다.

침대에 내던져지면서 받은 충격 때문이었는지 어쨌는지는 몰라도, 아무튼 확실한 것은 시계바늘이 움직이기 시작해 여덟 시 사십 분을 가리키고 있었다는 점이다.

조지는 시계를 홱 집어 들고 황급히 아래층으로 내려갔다. 거실은 어둡고 조용했다. 불도 지피지 않았고 아침도 차려놓지 않았다. 조지는 그 모든 것이 기빙즈 부인의 사악한 행실 탓이라 생각하고, 저녁에 돌아와서 한마디 해줘야겠다고 결심을 했다. 그러고 나서 코트를 입고 모자를 쓰고 우산을 들고 현관으로 갔다. 현관문은 열리지도 않은 상태였다. 조지는 이런 게으른 노인네 같으니 하면서 기빙즈 부인을 저주하였고, 사람들이 남부끄럽지 않은 정상적인 시각에 일어나 자물쇠를 열고 빗장을 벗기고 밖으로 뛰어나가지 않는 것이 이상하다고 생각했다.

그는 400미터 정도를 열심히 뛰었다. 그런데 400미터가 끝나갈 즈음, 주위에 사람이 거의 없고 문을 연 가게도 없다는 것이 이상하고 흥미롭다는 생각을 하게 됐다. 분명 아주 어둡고 안개가 많이 낀 아침이긴 했다. 하지만 그렇다고 해서 모든 업무를 중단하는 것은 비정상적인 일이 아닌가. 하지만 그는 자신만큼은 일터로 나가리라 생각했다. 어둡고 안개가 끼었다는 이유만으로 나른 사람들처럼 침대에 머물러 있을 수는 없다는 게 그의 소신이었다.

마침내 그는 홀본에 도착했다. 셔터가 열린 곳이 한 군데도 없었다. 버스* 한 대 지나다니지 않았다! 시야에 세 사람이 들어왔고 그 중 한 명이 경찰이었다. 양배추를 가득 실은 시장 손수레와 금방이라도 주저앉을 것 같은 마차 한 대가 보였다. 조지는 시계를 꺼내어 들여다봤다. 오 분 전 아홉 시였다! 그는 제자리에 선 채 맥박이 뛰고 있는지 확인했다. 허리를 숙여 자기 다리가 제대로 붙어 있는지도 봤다. 그러고 나서 손에 여전히 시계를 든 채 경찰에게 가서 시간을 물었다.

"몇 시냐고요?"

남자가 별 이상한 놈 다 보겠다는 듯이 조지를 위아래로 훑으며

---

* 버스는 1825년경 영국에서 처음 운행되었다. 이때의 버스는 18인승 증기 엔진 버스로, 실내에 여섯 명, 지붕에 열두 명이 탈 수 있는 2층 버스였으며, 무게가 18톤, 최고 속도는 시속 20킬로미터였다.

말했다.

"종 치는 소리를 들어보시면 될 거 아뇨?"

조지는 귀를 기울였다. 가까이 있는 시계탑이 호의를 베풀어주었다.

"하지만 세 번밖에 안 치지 않습니까?"

더는 종소리가 들려오지 않자 조지가 처량한 목소리로 말했다.

"그래, 선생은 몇 번이나 치기를 원하는 게요?"

경찰이 물었다.

"아홉 번이오."

조지가 자기 시계를 보여주며 말했다.

"사는 곳은 기억하고 계시오?"

공중 질서의 수호자가 심각하게 물었다. 조지는 잠시 생각하다 주소를 댔다.

"아! 거기요?"

그 남자가 대답했다.

"자, 그럼 내 충고할 테니 그곳으로 조용히 돌아가시구려. 더는 그 시계를 참고하지 않는 게 좋겠군요. 우리가 무슨 해를 당할지 모르니."

그래서 조지는 다시 집으로 돌아왔다. 돌아오는 길에 콧노래를 흥얼거려보았다.

방으로 들어왔을 때, 처음에는 옷을 벗고 다시 침대로 들어갈 작정이었다. 하지만 다시 옷을 입고 세수를 하고 샤워를 할 생각을 하니 그건 별로 좋은 생각 같지 않았다. 그래서 그냥 안락의자에 앉은 채로 눈을 붙여야겠다고 마음먹었다.

그런데 잠이 오지 않았다. 그때처럼 정신이 말똥말똥하기는 생전 처음이었다. 그래서 램프에 불을 붙이고 체스판을 꺼내어 혼자 체스를 했다. 하지만 그것도 그다지 활력을 불어넣어주지 못했다. 왠지 모르게 흐느적거리는 느낌이 들었다. 그래서 체스를 관두고 책을 읽어보기로 했다. 하지만 책 읽기에도 아무런 흥미가 생기지 않았다. 그래서 다시 코트를 입고 산책을 나갔다.

거리는 끔찍할 만큼 적적하고 침울했다. 마주치는 경찰관마다 열이면 열 모두 노골적인 의심의 눈초리를 보냈다. 그들은 랜턴을 들이대며 조지의 뒤를 쫓아왔다. 결국 이린 상황들이 어떤 영향력을 행사하게 되어 그는 마치 자기가 진짜 무슨 일을 저지른 것처럼 느끼기 시작했고, 급기야 경찰들의 발소리가 들릴 때마다 조심스레 뒷골목으로 발걸음을 옮기고 어두운 현관에 몸을 숨기기에 이르렀다.

물론 이런 행동은 그에 대한 불신을 더욱 가중시키는 결과를 낳았고, 경찰들이 그를 쫓아와 떠들썩한 소리로 여기서 무슨 짓을 하느냐고 물었다. 그가 "아무것도 안 합니다"라며 그저 산책 중이라고 하자(새벽 네 시에) 그들은 믿을 수 없다는 표정을 지었고, 사복경찰 두 명은 그가 자신이 산다고 말하는 곳에 정말 사는지를 확인하려고 집까지 그와 동행했다. 그들은 그가 열쇠로 문을 열고 안으로 들어가는 모습까지 지켜본 후, 맞은편에 위치를 정하고 그 집을 관찰했다.

그는 안으로 들어가면 불을 피우고 아침거리를 준비하며 시간을 보내야겠다고 생각했다. 하지만 막상 일을 하려고 하니, 석탄통을 나르는 일이든 찻숟가락을 준비하는 일이든 떨어뜨리거나 엎어지는 소란 없이 해낼 수 있을 것 같지가 않았다. 분명히 야단법석을 떨게 될 테고, 그럼 그 시끄러운 소리가 기빙즈 부인을 깨울 테고, 도둑이 들었다고 생각한 부인은 문을 열고 "경찰 양반들!" 하고 부를 테고, 그럼 그 두 경찰이 달려들어 그에게 수갑을 채운 후 경찰 법정으로 끌고 갈 게 분명했다. 생각만 해도 끔찍했다.

그는 거의 병적인 신경쇠약 상태로 재판을 상상했다. 배심원들에게 상황을 설명해보지만 아무도 믿어주지 않는다. 그에게는 20년형이 선고되고 그의 어머니는 낙담하여 돌아가시고 만다.

그래서 그는 아침 준비를 포기한 채, 코트로 몸을 휘감고 안락의자에 앉아 일곱 시 반이 되어 기빙즈 부인이 내려올 때까지 기다리고 있었다.

조지는 그때부터 아침 일찍 일어나는 짓은 절대 하지 않았다고 했다. 경고의 메시지가 크긴 했던 모양이다.

조지가 나에게 이 실화를 들려주는 동안 우리는 담요로 몸을 감싼 채 앉아 있었다. 조지가 이야기를 마치자 나는 노 한 개로 해리스를 깨우는 일에 착수했다. 반응을 보인 것은 세 번째 찔렀을 때였다. 그는 다른 쪽으로 몸을 돌리면서 일 분만 있다 내려가겠다며, 자기는 끈 부츠를 신겠다고 했다. 하지만 우리는 즉시 갈고리 밧줄의 도움을 얻어 그가 있는 곳에 대한 정확한 정보를 일러주었고, 그는 벌떡 일어나 앉았다. 하지만 그 바람에 엎드려 곤히 잠들어 있던 몽모렌시가 보트 위에 큰대자로 나가떨어지고 말았다.

모포를 걷은 후 우리 넷은 일제히 오른쪽으로 머리를 빼꼼히 내밀고 물 아래쪽을 보았다. 그리고 부르르 몸을 떨었다. 전날 밤만 해도, 아침 일찍 일어나 담요와 숄은 던져버리고 모포를 휙 잡아당긴 후, 기분 좋게 소리 지르며 강물로 풍덩 뛰어들어 오래오래 근사한 수영을 만끽할 생각이었다. 그런데 막상 아침이 오고 보니, 어쩐지 그렇게 한다는 것이 별로 매력적이지 않았다. 강물은 축축하고 차가워 보였고, 바람은 시리게 느껴졌다.

"누가 첫 번째로 들어갈래?"

마침내 해리스가 입을 열었다.

우선권을 획득하려는 움직임은 없었다. 조지는 보트 안쪽으로 들어가서 양말을 신으며, 자신에 관한 한 암묵적으로 자신의 의사를 밝혔다. 몽모렌시는 마치 생각만 해도 몸이 부들부들 떨린다는 듯 컹컹 짖어댐으로써 내키지 않는다는 의사표시를 했다. 해리스는 다시 보트에 타려면 꽤 힘들 것 같다며 안으로 들어가 바지를 정리했다.

포기하고 싶지 않았지만 나라고 그리 내키는 것도 아니었다. 가라앉은 나무가 있을지도 모르고 어쩌면 수초 같은 것에 걸릴지도 모르는 일 아닌가. 나는 물가까지 내려가서 그냥 약간 물을 지치는 것 정도로 타협할 생각이었다. 그래서 타월을 가지고 강둑으로 기어나가 물속까지 뻗어 있는 어떤 나뭇가지까지 천천히 걸어갔다.

너무 추웠다. 바람이 마치 칼날 같았다. 그래서 물을 지치는 일도 할 수 없을 것 같다는 생각이 들었다. 그냥 돌아가서 옷을 입어야지 생각하고 뒤를 돌았다. 그런데 그 순간 그 바보 같은 나뭇가지가 뚝 꺾이는 바람에 나와 타월이 함께 엄청난 소리를 내며 풍덩 물속으로 빠져들어갔고, 나는 무슨 일이 일어났는지 알기도 전에 1갤런은 족히 될 템스강 강물을 마시며 강 한가운데서 허우적대고 있었다.

"세상에! J.가 들어갔나 봐."

고개를 내밀고 숨을 내쉬는데 해리스의 목소리가 들렸다.

"녀석에게 저런 용기가 있는 줄은 몰랐는데 말야. 넌 알았어?"

"괜찮아?"

조지가 외쳤다.

"물론이지, 얼마나 좋은데!"

나는 서둘러 대답했다.

"안 들어오면 후회할걸? 나라면 이런 기회를 놓치지 않을 거라고! 자, 어서 들어와! 눈 한번 질끈 감으면 끝이야!"

하지만 그들은 설득당하지 않았다.

그건 그렇고 그날 아침 옷을 입는데 재미있는 사건이 발생했다. 보트로 다시 돌아왔을 때 너무 추워서 나는 한시라도 빨리 셔츠를 입어야겠다는 생각밖에 없었다. 그런데 허둥대다 보니 옷을 물속에 빠뜨리고 말았다. 그것 때문에도 짜증이 확 치미는데, 거기다 조지가 한바탕 웃음을 터뜨리는 게 아닌가. 나는 뭐가 우스운 일인지 알 수 없었고 조지에게도 그렇게 말했다. 그런데도 그는 뭐가 그리 좋은지 더더욱 큰 소리로 웃었다. 그렇게 심하게 웃어대는 사람은 일찍이 본 적이 없을 정도였다. 나는 결국 이성을 잃고 그가 얼마나 철없고 정신 나간 바보 천치 얼간이인지를 각인시켜 주었다. 그러나 그의 웃음소리는 멈추지 않았다. 바로 그때, 셔츠를 끌어올리던 나는 그것이 내 셔츠가 아니라, 내 것으로 착각한 조지 것이라는 사실을 알게 됐다. 조지의 젖은 셔츠와 조지를 번갈아 바라보면서 나는 점점 더 기분이 좋아졌고 그래서 실컷 웃었다. 너무 웃다가 셔츠를 다시 물속에 빠뜨리기까지 했으니 말 다한 거다.

"건질 생각이 있는 거야, 없는 거야?"

조지가 낄낄대는 중간 중간 짬을 내어 말했다.

나 역시 웃느라 한동안 대답도 못했다. 하지만 웃는 타임 중간 중간 짬을 내어 그것을 건져 올릴 수 있었다.

"내 셔츠가 아니야, 네 거야!"

그전에는 인간의 얼굴이라는 것이 그렇게 갑자기 변할 수 있다는 사실을 알지 못했다. 한창 신이 나 있던 조지의 얼굴에 시름이 드리웠다.

"뭐야?"

그는 벌떡 일어서며 소리를 질렀다.

"이런 멍청이 같으니라고! 뭘 할 때는 조심이란 걸 좀 하란 말이야! 강둑으로 가서 옷을 입었어야지, 이 바보 같은 녀석아! 너 같은 인간은 보트를 탈 자격이 없어!"

나는 그가 상황의 재미있는 측면을 볼 수 있도록 해보려고 했지만 그는 그러지 못했다. 조지는 가끔 그런 쪽으로 머리가 안 돌아갈 때가 있다.

해리스는 아침으로 스크램블드에그를 먹자고 제안했다. 그러면서 자기가 요리를 하겠다고 했다. 그 방면으로 좀 솜씨가 있다나. 소풍을 가거나 요트를 타고 나갈 때 자주 만들었고 스크램블드에그 만드는 것으로 꽤나 유명하다고 했다. 어쨌든 그가 한 말에 따르면, 일단 자기가 만든 스크램블드에그를 맛본 사람은 그 후로 다른 음식은 거들떠보지도 않게 되고, 자기가 만든 스크램블드에그를 먹을 수 없으면 그것을 애타게 그리워하다가 죽어간다고 했다. 그 말을 듣고 있자니 입가에 침이 가득 고였다. 그래서 우리는 그에게 스토브와 프라이팬과, 깨져서 광주리에 있는 모든 것들을 덮는 사태를 만들지 않고 남아 있는 계란을 몽땅 넘겨주며 어서 빨리 시작해달라고 부탁했다.

그가 계란을 깨는 데는 약간의 문제가 있었다. 아니 정확히 말하면 계란을 깨는 데 문제가 있었다기보다 깨진 계란을 프라이팬 안으로 들어가게 하는 데 문제가 있었다는 게 맞는 표현일 것 같다. 그러니까 바지에 흘리지 않고, 소맷자락을 적시지 않고 말이다. 하지만 결국 대여섯 개 정도를 프라이팬 안에 안착시키는 데 성공했고, 스토브 옆에 쪼그리고 앉더니 포크를 가지고 그것들을 괴롭히며 귀찮게 했다.

조지와 내가 판단하기에 그 일은 무척이나 괴로운 것이었다. 해리스는 프라이팬 근처에 가기만 하면 여기저기 데기 일쑤였고, 그때마다 이것저것 떨어뜨리며 스토브 옆에서 난리법석을 떨었다. 손가락으로 물건들을 튕기며 구시렁거리기도 했다. 사실 조지와 내가 볼 때마다 이런 곡예가 펼쳐졌기 때문에, 처음에는 그것 역시 요리를 하는 데 꼭 필요한 무슨 준비 과정이겠거니 생각했다.

우리는 스크램블드에그가 뭔지 알지 못했다. 그저 제대로 완성을 하려면 무엇보다 춤과 주문이 필수인, 레드 인디언*이나 샌드위치 제도** 풍의 요리일 거라는 상상을 해볼 뿐이었다. 몽모렌시는 스토브 근처에 가서 코를 킁킁거리다가 그만 기름이 튀어 데고 말

---

*   red indian. 유럽인들이 북미 대륙에 도착했을 때 그곳에 애초부터 살고 있던 아메리카 원주민을 레드 인디언이라고 불렀다.

**   하와이 제도의 옛 명칭

왔다. 그러자 이번에는 녀석이 춤을 추고 뭔가를 중얼거렸다. 그 모든 것이 어우러진 모습이야말로, 내가 목격한 최고로 재미있고 흥미진진한 의식 가운데 하나였다. 의식이 끝나자 조지와 나는 많이 아쉬웠다.

결과는 해리스가 예상했던 성공과 전적으로 일치하지는 않았다. 과정을 뒷받침해줄 만큼 보람이 없었다고나 할까. 달걀 여섯 개가 프라이팬 안으로 들어갔는데, 나온 것은 찻숟가락 하나 정도 되는, 맛없어 보이는 바싹 탄 정체불명의 음식이었다.

해리스는 프라이팬에 문제가 있다고 했다. 그리고 타원형 냄비와 가스 스토브만 있으면 더 잘할 수 있다고 했다. 그래서 우린 우리 살림살이에 그런 보조기구들이 생길 때까지는 이 요리를 하지 않기로 결정했다.

아침을 먹고 나니 햇살이 따듯해지고 있었다. 바람도 멈추었고, 모두가 바랄 것 같은 아름다운 아침의 모습이 되었다. 우리 앞에 19세기가 떠오르게 하는 것은 아무것도 없었다. 아침 햇살을 받으며 강가를 바라보노라니, 마치 그 유명한 1215년 6월* 아침과 우리 사이에 놓여 있던 시간의 간극이 서서히 줄어드는 듯한 느낌이 들

---

* 1215년 6월 15일은 마그나카르타(대헌장)의 날이다. 리처드 1세의 뒤를 이어 왕이 된 영국의 존 왕은 거듭되는 실정으로 대륙에 있던 영토를 프랑스에 빼앗겼으며, 세금을 지나치게 매기는 등의 행위로 봉신들의 반발을 사게 된다. 봉신들은 자신들의 권리를 요구하는 문서(Articles of Barons)를 작성하기에 이르고, 이 문서를 원본으로 러닝미드(윈저와 스테인스 사이)에서 최종적인 대헌장이 기초되어 1215년 6월 15일 존 왕의 날인을 받게 된다. 대헌장은 전문 63조항으로 되어 있으며, 왕권의 견제와 봉신들의 특권 존중, 국왕도 법 아래 예속된다는 원칙의 확립 등을 담고 있다.

었다. 손으로 짠 천으로 만든 옷을 입고 허리에 단검을 찬 우리, 영국 기마 의용병의 후예들은 그곳에 서서 역사의 위대한 페이지가 씌어지는 광경을 목격할 준비를 하고 있었다. 그 페이지의 의의는 그 후 약 사백 몇 년이 흐른 뒤, 그것을 깊이 연구한 올리버 크롬웰이라는 사람에 의해 일반 대중에게 알려졌다.

때는 어느 여름의 아침. 햇살이 좋고 바람은 선선하고 주위는 고요하다. 하지만 공기 중에는 앞으로 닥쳐올 두려운 소란의 기운이 흐른다. 존 왕은 던크로프트 홀에서 자고 있다. 그 전날 스테인스라는 작은 마을에는 갑옷과 무기들이 부딪치며 내는 쩌렁쩌렁한 소리와 울퉁불퉁한 돌길을 걷는 말발굽 소리와 우두머리들의 고함 소리가 울려퍼졌다. 수염이 텁수룩한 궁수들, 갖가지 모양의 창을 다루는 창병들, 알아들을 수 없는 말을 하는 외국 용병들의 엄격한 맹세와 퉁명스런 비웃음도 그 위에 더해졌다.

길을 떠나오느라 지저분한 먼지투성이가 된, 회색 망토를 입은 기사와 향사* 들이 말을 타고 마을로 들어왔다. 저녁 내내 소심한 마을 사람들의 대문은 재빨리 열려, 거친 군사들을 안으로 들여야 했다. 사람들은 그들을 위해서 음식과 잠자리를 마련해야 했다. 둘 다 최고로 준비가 되지 않으면, 그 집과 그 안에 있는 모든 이들에게 재앙이 닥칠지도 몰랐다. 광포한 시기에는 무력이야말로 판사요 배심원이요 원고요 사형집행인이다. 무력은, 그것이 원한다면, 탈취의 피해자들에게는 해를 끼치지 않음으로써 탈취한 것에 대한 대가를 치른다.

---

* squire. 기사(knight)와 젠틀맨(gentleman) 사이의 계급

저녁이 지나고 밤이 깊어지면서, 시장에 있는 모닥불 주위로 봉신(封臣)들의 군대가 몰려들었다. 그들은 먹고 마시며 야단스러운 노래를 불러대고, 노름을 하고 싸움을 한다. 모닥불 불빛은 그들이 쌓아놓은 무기들과 그들의 거친 형체 위로 기묘한 그림자를 드리운다. 마을 아이들은 교묘히 숨어 그들을 살핀다. 근골이 억센 시골 하녀들은 웃으면서 다가가, 기세등등 허풍을 떠는 기병들과 더불어 선술집에서나 오갈 듯싶은 농을 주고받는다. 꿔다놓은 보릿자루가 되어버린 마을 청년들은 뒤쪽으로 저만치 물러나 서서는, 뻔히 이쪽을 바라보고 있는 얼굴에 덧없는 쓴웃음을 짓는다. 이쪽엔 귀족들을 따르는 자들이 소집되어 누워 있고 저쪽엔 실정(失政) 왕인 존의 프랑스 용병들이 거처 없이 어슬렁대는 늑대처럼 웅크리고 있다. 들판 너머 멀리에서 진영의 희미한 불빛이 반짝인다.

그리하여, 어두운 거리마다 파수병이 서 있고 고지마다 신호용 횃불이 타오르던 밤이 지나고, 옛날 옛적 템스강의 이 아름다운 계곡 위로, 아직 닥쳐오지 않은 시대의 운명과 격전을 벌일 위대한 날의 아침이 밝았다.

잿빛 새벽이 오고, 우리가 서 있는 곳 바로 위쪽에 있는, 두 개의 섬 중 아래쪽 섬에서 소란스러운 웅성거림이 인다. 어제저녁 그곳에 옮겨다놓은 대형 관람석이 세워지고 목공들은 층층마다 좌석에 못을 박느라고 여념이 없다. 런던에서 온 도제들은 색색의 재료들과, 실크와, 금실과 은실이 섞인 천을 매만진다.

그리고 드디어 오! 스테인스에서 강둑을 따라 굽이굽이 이어진 길 아래로, 우리 쪽을 향해, 목구멍에서 울리는 깊은 저음으로 얘기하고 웃으며, 미늘창*을 든 건장한 창병들(이들은 봉신들의 사람들이다) 열 명이 모습을 드러낸다. 그들은 반대편 둑, 우리 위쪽으로 100야드쯤 되는 곳에 멈춘 후, 무기에 기대어 선 채 기다린다.

그리고 시시각각, 무장한 사람들의 무리가 길을 따라 행진해 온다. 그들의 투구와 흉갑들이 길고 낮게 드리운 아침 햇살을 반사한다. 눈이 가 닿는 끝까지, 길은 번쩍이는 철과 달리는 말로 가득 메워져 있는 듯하다. 소리 지르는 기수(騎手)들이 이 무리에서 저 무리로 질주를 하고, 작은 깃발들이 따뜻한 미풍에 살랑살랑 흔들린다. 양편으로 줄지은 병사들은 길을 가며 웅성웅성 소란을 만들어내고, 군마를 타고 주위에 향사를 거느린 봉신이 농노와 부하 들 앞에 서서 지나간다.

맞은편 쿠퍼스 힐의 비탈 위로는, 스테인스에서 도망쳐나온 마을 사람들이 궁금해하며 호기심 가득한 시선으로 모여 있다. 이 모든 소동이 무엇을 뜻하는지 아는 사람은 아무도 없다. 다만 자신들이 목도하게 될 커다란 사건에 대해 제각기 다른 상상을 하고 있을 뿐. 누군가는 이날 벌어질 일로 모든 사람에게 좋은 결과가 있을 거라고 하지만, 나이 든 사람들은 고개를 젓는다. 전에도 그런 얘기는 수도 없이 들었다고.

스테인스로 이어진 강물에는 온갖 작은 배들이 점점이 박혀 있다. 최근에는 거의 찾는 사람이 없어 가난한 백성들만 사용하는 것들이다. 몇 년 후면 산뜻한 벨 웨어 록이 들어설 여울목 위로, 백성들은 억센 노잡이들에 의해 강제로 또는 억지로 끌려가곤 했으나

---

* 끝이 나뭇가지처럼 두세 가닥으로 갈라진 창

지금은 그들 스스로 덮개를 드리운 바지선 가까이 대담하게 모여들고 있다. 운명적인 헌장이 그의 날인을 기다리는 곳으로 존 왕을 데려갈 배였다.

정오가 된다. 우리와 모든 사람은 벌써 몇 시간째 끈기 있게 기다리고 있다. 교활한 존 왕이 다시 봉신들의 손아귀에서 벗어나 그의 뒤를 따르는 용병들과 함께 도망을 쳤고, 백성들에게 자유를 보장해줄 헌장에 날인을 하는 것이 아니라 다른 일을 할 거라는 소문이 돌기 시작한다.

그러나 이번만큼은 아니다! 이번엔 강철처럼 단단한 것이 그를 붙잡고 있다. 도망치려고 몸부림을 쳐봐야 아무 소용이 없다. 길 아래쪽으로 작은 먼지가 피어오르더니 점점 더 가까워지며 더욱더 커다란 먼지구름이 된다. 또드락또드락 말발굽 소리가 점점 더 커지고, 정렬해 있던 무리를 뚫고 들어와 사방팔방으로 흐트러뜨리며, 회색 옷을 입은 귀족들과 기사들의 행렬이 지난다. 앞뒤 옆쪽으로 봉신들의 기마 호위병들이 서 있고, 그 가운데 말을 탄 존 왕의 모습이 보인다.

그는 바지선들이 준비하고 정박해 있는 곳으로 간다. 그를 만나려고 봉신들이 행렬 앞으로 나선다. 그는 미소와 웃음으로 그들을 맞이하고 기분 좋고 달콤한 말을 건넨다. 마치 그를 위해 마련된 만찬에 초대를 받기라도 한 것처럼. 하지만 말에서 내리려고 일어서며, 그는 뒤쪽에 사열해 있는 자신의 프랑스 용병들로부터 자신을 에워싼, 봉신들의 사람들로 이루어진 험상궂은 표정을 한 행렬까지 백 개의 시선을 스윽 던진다.

너무 늦은 걸까? 그의 옆에 있던 의심 없는 기수를 단 한 번 세차게 치기만 했다면, 프랑스 군대에게 단 한 번 외칠 수 있었다면, 그의 앞에 서 있던 준비되지 않은 행렬들을 향해 단 한 번 세차게 문책을 했다면, 이 모반의 봉신들은 감히 그의 뜻을 거스르려 했던 것을 후회했을지도 모른다. 대범한 사람이었다면 그 순간 그 게임을 무승부로 만들어버릴 수 있었을 것이다. 리처드* 같은 사람이 있었다면! 자유의 컵은 영국의 입술을 스치고 지나쳐, 백성들은 그 후로도 백 년 동안 자유의 맛을 보지 못했을 것이다.

그러나 영국 병사들의 강인한 얼굴을 마주한 존 왕의 심장은 덜컥 내려앉았고, 존 왕의 팔은 주춤주춤 고삐로 향할 뿐이었다. 그는 말에서 내려 맨 앞에 정박해 있는 바지선으로 발을 내디딘다. 장갑 낀 손을 칼자루에 얹고 봉신들이 따라 들어간다. 출발하라는 명령이 떨어진다.

천천히, 산뜻하게 장식된 육중한 바지선들이 러닝미드의 강기슭을 떠난다. 천천히, 세찬 물살을 가르며, 둔중하게 움직인다. 그리고 마침내 낮게 웅얼거리는 소리와 함께, 그날 이후로 마그나카르타 섬이라고 불리게 될 작은 섬의 둑에 닿아 삐걱거린다. 존 왕은 강가에 내리고 우리는 숨을 죽인 채 기다린다. 커다란 외침이 허공을 가르고, 영국의 자유의 사원에서 위대한 주춧돌이 확고히 세워질 때까지.

---

* 문맥상 사자왕이라 불렸던 리처드 1세(1157~1199)를 가리키는 듯하다. 헨리 2세의 셋째 아들인 리처드 1세는 존 왕의 형으로, 전투에서 영웅적인 행위를 보여 중세 기사의 전형이라는 평가를 받았다.

12

나는 이런 광경을 그리며 강둑에 앉아 있었다. 그때 조지가 나보고 충분히 쉬었으니 그릇 씻는 것을 도와준다고 해서 그리 큰 부담이 되지는 않을 거라고 했다. 그렇게 해서 영광스런 과거의 시간에서 온갖 곤궁과 죄가 가득한 지루하기 이를 데 없는 현재로 되돌아와야 했던 나는 보트 안으로 들어갔다. 그리고 나뭇가지 하나와 풀뭉치로 프라이팬을 닦아낸 후, 마지막으로 조지의 젖은 셔츠를 가지고 반짝반짝 윤을 냈다.

우리는 마그나카르타 섬으로 가서 그곳 오두막집에 서 있는 돌을 보았다. 그 돌 위에서 대헌장에 날인이 이루어졌다고 한다. 실제로 날인이 이루어진 장소가 그곳인지, 아니면 어떤 사람들이 하는 말처럼, 러닝미드의 다른 편 강둑인지에 대해선 확실한 언급을 사양하겠다. 하지만 개인적으로는 유명한 섬 이론에 조금 더 무게를 두는 편이다.

확언하건대, 만약 그 당시 내가 봉신들 가운데 하나였다면, 나는 내 동료들에게 요리조리 잘 빠져나가는 존 왕 같은 고객을 섬에 들이는 것이 얼마나 현명한 일인지를 아주 강하게 역설했을 것이다. 섬에서는 놀라운 일을 만들거나 술책을 쓸 만한 기회가 거의 없다고 볼 수 있기 때문이다.

앵커위크 하우스 근처에, 피크닉 포인트에서 가까운 오래된 소(小)수도원의 잔해가 남아 있다. 헨리 8세가 앤 불린*을 기다렸다가 만나곤 했던 곳이 바로 그 수도원의 뜰이라고 한다. 그는 또한 켄트에 있는 히버 성과 세인트 올반스 근처 어디에서도 그녀를 만났다. 당시 영국 사람들이 이 생각 없는 젊은 연인이 사랑을 나누지 않은 장소를 발견하기란 무척 어려웠을 것임에 틀림없다.

연애 중인 연인과 같은 집에 살아본 적이 있는지 모르겠다. 그것처럼 괴로운 일이 또 있을까. 당신은 거실에 앉을 요량으로 그곳까지 걸어간다. 문을 여는데, 마치 누군가 갑자기 뭔가를 기억해냈을 때 내는 것 같은 소리가 들린다. 안으로 들어가면, 에밀리는 창가에 기대어 길 반대편을 유심히 바라보고 있고, 당신의 친구 존 에드

---

* Anne Boleyn, 1507~1536. 헨리 8세의 두 번째 왕비. 헨리는 아들을 낳지 못하는 캐서린 왕비와 이혼하고 그녀의 시녀였던 앤과 결혼하려는 심산으로 교황에게 캐서린과의 결혼 무효를 신청한다. 교황이 이를 인정하지 않음으로써 왕과 교황이 대립하여 영국 종교개혁의 발단이 되었다. 결국 헨리 8세는 1533년 비밀리에 앤과 결혼식을 올렸고 부활절에 이 사실을 공포한다. 그들 사이에 태어난 공주가 바로 엘리자베스 1세이다. 하지만 아들을 낳지 못한 앤 왕비는 왕자를 열망하고 갈망했던 헨리에 의해 간통 등의 혐의로 처형을 당한다.

워드는 방 한쪽 끝에서 다른 사람들의 친척 사진에 온 정신을 쏟고 있다.

"이런!"

당신은 문가에 멈춰 서서 말한다.

"여기 다른 사람이 있는 줄은 몰랐어."

"아, 그랬어?"

에밀리가 냉담하게 말한다. 당신을 믿지 못하겠다는 어조다.

잠시 우물쭈물하다가 당신이 말한다.

"되게 이둡네. 가스등을 켤까?"

존 에드워드가 말한다.

"아, 그렇군!"

그는 여태껏 주위가 어둡다는 사실도 눈치 채지 못한 것이다. 에밀리는 아버지가 밤도 되기 전에 불 켜는 것을 좋아하지 않는다고 말한다.

당신은 그들에게 한두 가지 뉴스를 말하고, 아일랜드 문제에 관한 당신의 견해와 의견을 들려준다. 하지만 그들은 관심이 없어 보인다. 주제가 뭐가 됐든지 간에 그들이 하는 말이라곤, "아!" "그래?" "그가 그랬대?" "그렇구나!" "그럴 리가 없어!" 따위일 뿐이다. 그런 식으로 십 분 정도 대화가 지속되고 나면 당신은 슬슬 문쪽으로 움직여 슬쩍 빠져나온다. 놀랍게도 그 즉시 당신 등 뒤에서 문이 쾅 닫힌다. 당신은 문에 손 하나 대지 않았는데.

삼십 분 정도 있다가 당신은 별채에 가서 담배를 한 대 피워야겠다고 생각한다. 하지만 그곳에 있는 유일한 의자는 이미 에밀리가 차지하고 있다. 존 에드워드는, 옷의 상태로 본다면, 분명히 바닥에 앉아 있다. 그들은 아무 말도 하지 않는다. 하지만 그들의 표정은 품위 있는 집단에서 할 만한 말이란 말은 다 하고 있다. 당신은 화들짝 물러나 등 뒤에서 문을 닫는다.

이쯤 되면 집 안에 있는 방이란 방에 코를 들이밀기가 거북해질 수밖에 없다. 그래서 잠시 계단을 오르락내리락하다가 당신 침실로 들어가 앉는다. 하지만 이것도 곧 지루해지고, 당신은 모자를 쓰고 뜰로 나간다. 길을 걷고 있는데 작은 정자가 보이기에 안을 힐끗 들여다본다. 그런데 그곳에 그놈의 젊은 연인이 있는 것이 아닌가. 한쪽 구석에 한덩어리가 되어서는…… 그들은 당신을 바라본다. 당신이 어떤 사악한 의도를 가지고 자신들을 쫓아다닌다는 생각을 하는 게 틀림없다.

"이런 짓을 하고 다니려면 사람들이 모르는 스페셜 룸을 하나 만들어야 되는 거 아냐?"

당신은 이렇게 중얼거리며, 홀로 뛰어들어와서는 우산을 들고 밖으로 나간다.

어리석은 헨리 8세가 앤과 연애를 할 때도 분명히 상황은 이와 같았을 것이다. 버킹엄셔 사람들은 윈저와 래이스베리 근처에서 시간을 보내다가 예상치 못하게 그들과 맞부딪쳤을 것이고 그럼 "세상에, 여기 계실 줄은!"이라고 외쳤을 것이다. 헨리는 얼굴을 붉히며 "여기 있었다. 누굴 좀 만나려고 방금 왔다"고 말했을 것이고, 앤은 "어머, 여기서 만나 뵙다니 반갑네요. 그런데 재밌지 않아요? 길에서 헨리 8세를 만났지 뭐예요. 저하고 같은 방향으로 가고 있더라고요, 글쎄"라고 말했을 것이다.

사람들은 그 자리에서 물러나 이렇게 말했을 것이다.

"이런! 여기서 달콤한 사랑의 속삭임이 진행되고 있으니 이곳에 있기는 틀려버렸군. 켄트로 내려가자고."

그리고 그들은 켄트로 갈 것이다. 하지만 그들이 켄트에 도착해서 첫 번째로 보게 되는 것은 히버 성 근처에서 시시덕거리는 헨리와 앤이었을 것이다.

"빌어먹을!"

그들의 입에서는 이런 소리가 터져나왔을 것이다.

"여기서 사라지는 게 좋겠어. 더는 이곳에 있고 싶지 않으니까. 세인트 올반스로 가자. 거긴 조용하고 좀 괜찮겠지."

그리고 그들이 세인트 올반스에 도착했을 때, 그곳에는 여지없이 대성당 벽에 기대어 키스를 주고받는 그 야비한 연인이 있었을 것이다. 이들은 그들의 결혼 관계가 끝날 때까지 어디 가서 해적으로 살았으리라.

피크닉 포인트에서 올드 윈저 록으로 이어지는 강변은 아주 매력적이다. 이곳저곳에 오두막들이 점점이 흩어져 있는 그늘진 길 하나가 강둑을 따라 '우즐리의 종소리'까지 이어지는데, 그곳은 상류에 있는 여인숙들이 대개 그렇듯이 그림처럼 아름다운 곳으로, 그곳에 가면 아주 괜찮은 에일 맥주를 마실 수 있다. 이 말은 해리스의 입에서 나온 소리다. 이 분야에 관해선 그를 믿어도 좋다. 올드 윈저는 꽤 유명한 장소다. 참회왕 에드워드*의 거처가 있었고, 그의 동생이 죽은 문제와 관련해 그것을 해결하려는 시대의 정의

---

* Edward the Confessor, 1042~1066. 웨스트민스터 사원을 건설하는 등 신앙심이
　 두터웠기 때문에 참회왕이라는 별칭을 얻었다.

가 고드윈 백작의 유죄를 입증한 것도 그곳이었다. 고드윈 백작은 빵 한 조각을 뜯어 그것을 손에 들고 말했다.

"만약 내가 유죄라면, 이 빵이 내 목구멍을 막아 질식시킬 것이다!"

그는 빵을 입에 넣고 삼켰다. 빵 조각은 그를 질식시켰고, 그는 죽었다.

올드 윈저를 지나고 나면 강변은 다소 지루해져, 보브니 근처로 들어설 때까지는 제대로 된 모습을 보여주지 않는다. 조지와 나는, 오른쪽 강둑을 따라 앨버트에서 빅토리아 브리지까지 펼쳐진 홈 파크를 지날 때까지 보트를 끌었다. 다쳇을 지나는데, 조지가 나에게 첫 번째 보트 여행을 기억하냐고, 그때 밤 열 시에 다쳇에 도착했을 때 잠을 잘 수 있는 장소가 얼마나 그리웠는지 생각나냐고 물었다.

나는 물론 기억한다고 대답했다. 잊어버리려면 앞으로도 꽤나 시간이 걸릴 것이다.

때는 쉬는 날로 정해진 8월의 첫 번째 월요일이 시작되기 전 토요일이었다. 우리는 지치고 배가 고팠다. 멤버는 지금처럼 똑같은 세 명이었다. 다쳇에 도착했을 때 우리는 광주리와 가방 두 개, 담요와 코트 같은 것들을 꺼내 들고 묵을 곳을 찾아 나섰다. 우리는 현관 위로 클레마티스와 덩굴 식물이 뻗어 있는 아주 작고 예쁜 호텔을 지났다. 하지만 인동 덩굴이 보이지 않았고, 이러저러한 이유로 인동 덩굴에 집착하던 내가 말했다.

"저긴 들어가지 말자! 더 찾아보는 게 좋겠어. 현관에 인동 덩굴이 있는 곳이 있을지 모르잖아."

그래서 우리는 계속 길을 갔고 다른 호텔을 하나 더 발견했다. 그곳 역시 괜찮은 곳이었고, 옆쪽으로 인동 덩굴도 있었다. 하지만 해리스가 정문에 기대어 서 있던 남자의 표정이 맘에 안 든다고 했다. 해리스가 말하기를 그는 좋은 사람처럼 보이지 않으며, 신은 부츠도 볼썽사납다고 했다. 그래서 우리는 다시 길을 갔다. 꽤 멀리 걸었는데 더는 호텔이 나오지 않았다. 그때 한 남자를 만났다. 우리는 그에게 호텔 몇 군데를 알려줄 수 있는지 물었다.

그가 말했다.

"이런, 지나오셨군요. 오른쪽으로 돌아서 다시 돌아가십시오. 그럼 스테그가 보일 겁니다."

우리는 말했다.

"아, 거긴 갔었습니다만 별로 맘에 들지 않아서요. 인동 덩굴이 없더라고요."

"그러시다면 매너 하우스가 있지요. 바로 맞은편입니다. 거긴 가보셨습니까?"

해리스가 그곳에 들고 싶지 않다고 대답했다. (거기 있는 어떤 남자의 표정이 맘에 들지 않는다고. 그의 머리 색깔도 싫고, 부츠도 영 이상하다고.)

"음, 그렇다면 달리 무슨 수가 있을지 잘 모르겠군요."

우리의 정보 제공자가 말했다.

"왜냐면 이곳에 있는 숙소는 그 두 군데뿐이거든요."

"다른 숙소가 없다고요!"

해리스가 외쳤다

"네."

"어떻게 하지?"

이번에도 해리스였다.

그러자 조지가 입을 열었다. 해리스와 나에게는 나름대로 사정이 있으니 우리를 위한 호텔을 하나 짓고 사람들을 그곳에 들이라고 했다. 자기는 스테그로 돌아가겠다고.

위대한 사람들은 어떤 문제에서도 그들의 이상을 실현하지 못한다. 해리스와 나는 모든 세속적인 욕망의 공허함에 한숨을 내쉬고 조지를 따랐다.

우리는 짐 보따리를 들고 스테그 안으로 들어가 홀에 그것들을 내려놓았다. 주인이 와서 말했다.

"어서 오십시오."

조지가 말했다.

"안녕하세요? 침대 세 개짜리 방이 있나요."

주인이 말했다.

"죄송합니다. 침대 세 개짜리 방은 없는데요."

"아, 괜찮습니다."

조지는 우리 쪽을 돌아보며 말을 이었다.

"그럼 두 개짜리 방으로 주세요. 두 사람은 한 침대에서 자면 됩니다. 어이 친구들, 괜찮지?"

해리스가 말했다.

"물론이지."

그는 조지와 내가 한 침대에서 잘 수 있을 거라고 아주 쉽게 생각했다.

"죄송합니다."

주인이 다시 한번 같은 말을 반복했다.

"유감스럽게도 지금 빈방이 없어서요. 사실 지금도 두 분 내지 세 분을 한꺼번에 침대 하나에 들이는 형편이라."

이 말을 듣자 우리는 적잖이 당황했고 다리가 비틀거렸다.

하지만 오랜 여행가인 해리스가 수완을 발휘하여, 유쾌하게 웃으며 말했다.

"아, 그렇다면 할 수 없지요. 참는 수밖에. 당구장에 임시 침대를 만들어주시지요."

"죄송합니다. 당구대 위에서 이미 세 분이 주무시는 터라. 커피 룸에도 두 분이 계시고요. 오늘 밤은 손님들을 받을 수가 없습니다."

우리는 짐을 들고 매너 하우스로 갔다. 아주 작은 곳이었다. 나는 그곳이 훨씬 마음에 든다고 말했다. 그러자 해리스가 말했다.

"물론이지."

그러면서 빨간 머리 남자야 쳐다보지 않으면 될 거고, 게다가 그 불쌍한 친구도 자기가 원해서 그런 색깔 머리를 갖게 된 것은 아닐 거라고 했다.

해리스는 그 문제에 관해 아주 친절하고 분별력 있게 굴었다.

매너 하우스 측에서는 우리 말을 들으려고 하지도 않았다. 현관 앞 계단에서 우리를 만난 호텔 여주인은, 우리가 자신이 지난 한 시간 삼십 분 동안 들이지 못한 네 번째 손님들이라고 했다. 마구간이나 당구장, 지하 석탄고 같은 곳을 슬쩍 제안해봤지만, 그녀는 코웃음을 칠 뿐이었다. 후미진 곳들도 오래전에 찼다고 했다.

우리가 밤을 보낼 만한 장소가 그 마을 어디에라도 있는지 알고 싶었다.

"글쎄요, 불편해도 괜찮으시다면(그녀는 추천을 하는 게 아니었다), 이튼 로(路) 아래로 반 마일 정도 가면 작은 맥주 가게가 하나 있긴……"

우리는 더 듣고 있지 않았다. 당장에 광주리와 가방 두 개와 무릎 덮개와 코트와 작은 짐 꾸러미들을 챙겨 달려나갔다. 들은 바와 달리 1마일 정도를 간 것 같긴 해도 어쨌든 그곳에 도착했고, 우리는 숨을 헐떡거리며 바 안으로 들어갔다.

거기 사람들은 거칠었다. 그들은 우리를 비웃기만 했다. 그곳에는 침대가 다 해봐야 세 개뿐이었는데, 그나마도 신사 일곱 명과 결혼한 두 커플이 차지하고 있었다. 그런데 우연히 바에 있던 친절한 바지선 사공이 스테그 옆에 있는 식품점에 한번 가보라고 했다. 우리는 다시 되돌아갔다.

그곳 역시 만원이었다. 가게에서 어떤 노부인을 만났는데, 자기 친구 중에 가끔 신사들에게 방을 내주는 이가 있다면서 자기가 같이 가주겠다고 했다.

그곳까지는 400미터 정도 되는 거리였는데, 노부인은 걸음이 아주 느려서, 그녀의 친구 집에 도착하는 데는 이십 분이 걸렸다. 그녀는 옆에서 졸졸 따라가는 우리에게 자기 등에 나타나는 여러 가지 고통스런 증상을 묘사함으로써, 그 시간을 활기차게 만들어주었다.

노부인 친구의 방은 셋방이었다. 그곳에서 우리더러 27호로 가라고 했다. 27호는 만원이었다. 이번에는 32호로 보냈다. 32호 역시 만원이었다.

우리는 다시 대로변 신세가 됐다. 해리스는 광주리에 앉아 더는 못 가겠다고 했다. 앉은 그곳이 조용한 장소인 것처럼 보이니, 그냥 거기서 죽고 싶다고 했다. 자기를 대신해 어머니에게 키스를 부탁한다고 했다. 친척들에게는 그가 그들을 용서했으며 행복하게 죽었노라고 전해달라고 했다.

그 순간 천사 하나가 한 손에 맥주 캔을 든 작은 소년의 모습으로 나타났다. (천사가 할 수 있는 변장 중에 이것보다 효과적인 게 있을까.) 다른 한 손에는 끝에 뭔가 달린 줄을 들었는데, 소년은 납작한 돌이 보일 때마다 아래로 휘둘렀다가 다시 위로 잡아당기곤 했다. 이렇게 할 때마다, 고통이 연상되는 기묘하게 듣기 싫은 소리가 났다.

우리는 이 천상의 메신저(얘기를 듣다 보면 알게 될 것이다)에게 힘이 없는 사람들(노부인이나 불수가 된 노인 선호)이 자기들끼리만 살고 있는 외딴집을 아느냐고 물었다. 절망에 빠진 세 남자가 밤을 보낼 수 있도록, 쉽게 위협에 굴복하여 자신들의 침대를 내어줄 만한 집이어야 한다고 했다. 그런 곳을 알지 못한다면, 빈 돼지우리나 사용하지 않는 석회가마 같은 곳을 추천해도 좋다고 했다. 그는 그런 곳들에 대해 전혀 아는 바가 없었다. 적어도 당장 소용이 닿을 만한 곳은 떠오르지 않는다고 했다. 하지만 만약 우리가 자기를 따라온다면, 엄마에게 남는 방이 하나 있으니 거기서 밤을 보낼 수 있을 거라고 했다.

우리는 달빛 속에서 그의 목을 덮쳤다. 그리고 그를 축복했다. 소년은 우리의 감정에 제압당하는 바람에 자신을 지탱하지 못하고 정신을 잃은 채 자리에 주저앉았고, 그 바람에 우리는 그를 내리누르며 와르르 무너졌다. 그러지만 않았다면 정말 그림 같은 풍경이 될 수 있었을 텐데. 해리스는 소년이 정신을 잃었다는 사실을 너무나 기뻐하며 소년의 맥주 캔을 잡았고, 소년이 정신을 차리기 전까지 반 정도를 비웠다. 그러고 나서 걷기 시작했다. 짐은 조지와 나에게 맡겼다.

소년이 사는 곳은 방 네 개짜리 작은 오두막이었다. 그의 어머니(선량한 영혼!)는 우리에게 저녁으로 뜨거운 베이컨을 내주었다. 우리는 주는 대로 몽땅(5파운드) 다 받아먹은 후에, 잼을 넣은 파이에 차 두 주전자까지 마시고 방으로 갔다. 침대는 두 개였다. 하나는 너비 2피트 6인치짜리 바퀴 달린 침대였는데, 시트 하나로 서로의 몸을 붙들어 맨 채 조지와 내가 거기서 잤다. 다른 하나는 아이용 침대였는데, 해리스가 혼자 차지했다. 아침에 일어나 보니 침대 아래쪽에 2피트 길이의 맨 다리가 툭 튀어나와 있어서, 조지와 나는 목욕을 하는 동안 거기에 수건을 걸어두었다.

다음번에 다챗에 갔을 때 우리는 어떤 호텔에 머무를 것인가 하는 문제에 대해서 그다지 건방지게 굴지 않았다.

자, 다시 현재의 여행 얘기로 돌아오자면, 재미있는 사건이 하나도 발생하지 않았다. 우리는 천천히 원숭이 섬 약간 아래쪽으로 가, 그곳에서 점심을 먹었다. 점심으로 냉육을 꺼내놨는데 겨자를 잊어버리고 가져오지 않았다는 사실을 알게 됐다. 그전에도 그 후로도 내 평생 그렇게 간절하게 겨자를 원했던 적은 없을 것이다. 나는 겨자를 좋아하는 편은 아니다. 겨자를 치는 경우도 아주 드물다. 그런데 그때만큼은 세상을 다 주고서라도 겨자를 얻어내고 싶었다.

우주에 얼마나 많은 세상이 있는지는 모르겠다. 하지만 정확히 그 순간에는 누가 겨자 한 스푼을 줄 테니 세상 모두를 달라고 했다 해도 아무런 주저 없이 그렇게 했을 것이다. 무언가를 간절히 원하는데 그것을 얻을 수 없을 때, 나는 그렇게 무모해진다.

해리스도 겨자를 위해서라면 세상을 줄 거라고 했다. 그때 누구라도 겨자 캔 하나를 들고 그 장소에 나타났더라면 정말 운수가 트였을 것을. 그랬다면 세상을 얻었을 테니 말이다.

그러나 과연 그랬을까!

감히 말하건대 해리스와 나는 일단 겨자를 얻은 후에는 그 거래를 없었던 일로 만들려고 노력했을 것이다. 사람들은 흥분을 하면 이런 주제 모르는 제안을 한다. 하지만 당연히 생각이라는 걸 할 줄 아는 사람이라면, 얻은 것의 가치를 따져보고 자기가 얼마나 기우는 거래를 했는지 알아차린다. 스위스에 있는 산에 올라가면서 맥주 한 잔만 주면 세상을 주겠다는 말을 했다는 어떤 사람에 대해 들은 적이 있다. 하지만 조그만 선술집에 도착했을 때 그는 엄청난 난리법석을 일으켰는데, 이유가 배스 맥주 한 병에 5프랑을 받았기 때문이었다나. 그는 그런 괘씸한 사기극이 없다며,《타임스》지에 그 내용을 써서 보냈다.

겨자가 없다는 사실은 보트 위로 음울한 그림자를 드리웠다. 우리는 침묵에 쌓인 채 고기를 먹었다. 존재한다는 것이 덧없고 지루하게 여겨졌다. 우리는 행복했던 어린 시절을 기억하며 한숨을 내쉬었다. 하지만 애플파이를 먹고 조금 기운을 냈으며, 조지가 광주리 바닥 쪽에 있던 파인애플 통조림을 꺼내 그것을 보트 한가운데로 굴렸을 때는, 인생이 결국 살 만한 것이 아니겠느냐는 생각을 했다.

우리는 파인애플을 아주 좋아한다. 셋 다 그렇다. 조지가 통조림의 그림을 보았다. 우리는 달콤한 국물을 생각했다. 우리는 서로를 보며 웃었고 해리스는 이미 스푼을 들고 있었다.

그러고 나서 우리는 통조림 따개를 찾았다. 광주리에 있는 내용물들을 모두 다 끄집어냈다. 가방도 다 헤집어놨다. 보트 바닥에 깔린 판자도 다 끌어올렸다. 우리는 모든 것을 강둑으로 가지고 와서 흔들었다. 하지만 통조림 따개는 어디에서도 찾을 수 없었다.

그러자 해리스가 포켓나이프로 통조림을 따려고 했다. 그러다 나이프가 부러져 손을 심하게 벴다. 조지는 가위로 해보려고 했는데, 가위가 휙 날아가는 바람에 눈알이 빠질 뻔했다. 그들이 상처를 치료하는 동안, 나는 갈고리의 뾰족한 끝을 이용해서 구멍을 뚫으려고 해보았다. 그러다 미끄러지는 바람에 보트와 강둑 사이에 있는 2피트 깊이의 진흙탕 속으로 빠졌고, 통조림은 아무런 해도 입지 않은 채 구르고 굴러 찻잔을 깨뜨렸다.

그때부터 우리는 모두 미쳐버렸다. 우리는 그 통조림 깡통을 들고 강둑으로 나왔다. 해리스는 들판으로 가서 커다란 뾰족 돌멩이를 가지고 왔고 나는 보트에서 돛대를 들고 나왔다. 조지가 깡통을 잡았고, 해리스는 날카로운 돌멩이 끝을 깡통 위에다 댔고, 나는 돛대를 공중으로 들어 올렸다. 그리고 온 힘을 모아 내리쳤다.

그날 조지의 목숨을 구한 것은 그의 밀짚모자였다. 그는 (살아남은) 그 모자를 지금도 간직하고 있다. 파이프에 불이 붙고 남자들이 모여 자신들이 겪은 위험한 순간에 대해 너스레를 떠는 겨울 저녁 시간이 오면, 조지는 그것을 꺼내 와서 주위에 보여주고, 들을 때마다 새로워지는 과장을 덧붙여가며 그 시끌벅적한 이야기를 들려주곤 한다.

해리스는 단지 몸에 상처를 입는 것으로 끝이 났다.

그 후 해리스가 손으로 그것을 잡고 있는 동안, 나는 맥이 풀리고 심장에 통증이 느껴질 때까지 돛대로 그 깡통에 망치질을 했다.

우리는 그것을 납작해질 때까지 쳤다. 우리는 그것을 네모지게 될 때까지 쳤다. 치고 또 쳐서 기하학적으로 알려진 모양이란 모양은 다 나왔다. 하지만 그것에 구멍을 뚫지는 못했다. 다음으로는 조지가 나섰다. 그가 통조림 깡통을 후려치자 너무나 이상하고 기이하고, 이 세상에 속한다고는 할 수 없는 끔찍한 모양이 되고 말았다. 조지는 겁을 먹고 돛대를 휙 내던져버렸다. 우리 셋은 앉아 풀밭에 놓인 통조림 깡통을 물끄러미 바라보았다.

위쪽에 옴폭 들어간 곳이 있었는데 꼭 우리를 비웃는 것 같은 모양새였다. 그것이 다시 우리를 미치게 했다. 해리스는 냅다 깡통으로 달려가 그것을 강물 한가운데 던져버렸다. 그것이 가라앉는 모습을 보며 우리는 저주를 퍼부었다. 우리는 보트를 타고 노를 저어 그곳을 빠져나왔고, 메이든헤드에 도착할 때까지 한번도 멈추지 않았다.

메이든헤드는 너무나 고상한 체해서 그다지 유쾌하지 않은 곳이다. 강가의 신사들과 요란하게 차려입은 여성 동반자가 어찌나 자주 나타나는지 원. 주로 잘 차려입은 멋쟁이들과 발레리나들이 드나드는 화려한 호텔도 많은 도시다. 그곳은 마녀의 부엌과 같아서 그곳에서부터 강의 악마들(증기 기동선들 말이다)이 출발한다. '런던 저널' 공작은 늘 메이든헤드에 '소소한 장소'가 있고, 세 권짜리 소설의 여주인공은 다른 여자의 남편과 함께 신나게 마시고 놀러 나가면 항상 그곳에서 저녁을 먹는다.

우리는 재빨리 메이든헤드를 지난 후 속도를 늦추고 불터 록과 쿡햄 록 위쪽에 있는 그 거대한 유역을 여유롭게 즐겼다. 클리브덴

숲은 여전히 하늘거리는 봄옷을 입었으나, 강가부터 조금씩 아름다운 초록색이 어우러진 색조로 물들어갔다. 변하지 않는 그 아름다움 덕분에 이곳은 아마도 템스강변에서 가장 매혹적인 구간이라할 것이다. 우리는 아쉬움을 뒤로한 채 천천히 그 깊은 평화에서 멀어져갔다.

우리는 쿡햄 바로 아래쪽에 배를 대고 차를 마셨다. 갑문을 지난것은 저녁 무렵이었다. 제법 강한 미풍이 일었다. 오, 놀라워라! 그것도 뒤쪽에서! 강에서는 어느 쪽이든 가려고만 하면 바람이 딱 반대 방향으로 바뀌는 게 예사다. 아침에 출발하려고 보면 바람이 앞쪽에서 불어온다. 돌아올 때는 돛을 올릴 수 있겠군 하면서 열심히노를 저어 먼 길을 가도, 차를 마시고 나면 바람은 방향을 바꾸어버리기 일쑤다. 당신은 맞바람을 맞으며 열심히 노를 저어 돌아와야한다.

당신이 돛을 올리는 것을 잊어버리고 있으면 바람은 항상 당신이 가려는 방향으로 분다. 하지만 명심하시라! 이 세상은 오직 견습을 위한 곳일 뿐, 불꽃은 하늘로 올라가게 마련이고 인간은 다만수고하기 위해 태어났다는 것을.

그러나 그날 저녁 뭔가 착오가 생겼는지 불꽃들은 하늘로 올라가지 않은 게 틀림없었다. 우리 얼굴 쪽이 아니라 우리 등 쪽으로바람을 밀어주었으니까. 우리는 그 문제에 대해서 서로 쉬쉬하며그들이 사실을 알아차리기 전에 재빨리 돛을 올린 후, 생각에 잠긴태도로 보트 주위에 흩어져 앉았다. 돛이 부풀어 오르더니 팽팽하게 잡아당겨지며 돛대를 향해 으르렁거리는 소리를 냈다. 그리고보트는 날아가듯 움직였다.

내가 진로를 잡았다.

내가 알기로는 순풍을 받고 돛단배를 타는 것보다 더 스릴 넘치는 일은 없다. 이것은 인간이 아직 경험해보지 못한 비행과 거의 비슷할 것이다. (꿈에서는 예외로 치고.) 격한 바람의 날개는 당신을 앞으로 밀어주는 것처럼 보인다. 당신은 어디쯤 가고 있는지 알지 못한다. 당신은 이제 땅 위를 구불구불 기어다니고 터벅터벅 걸어다니는 천하고 보잘것없는 진흙이 아니다. 당신은 창조주 자연의 일부다! 당신의 심장은 그녀를 향해 고동친다! 그녀의 영광된 팔이 당신을 감싸 안아 그녀의 가슴 가까이 들어 올린다! 당신의 영혼은 그녀와 하나가 된다! 당신의 사지는 가벼워진다! 정령의 목소리들이 당신을 위해 노래를 부른다. 지구는 저 멀리 작게 보인다. 당신 머리 아주 가까운 곳에 있는 구름은 형제들이다. 당신은 그들에게 팔을 뻗는다.

강에는 한동안 우리뿐이었다. 그러다 저 멀리 중류에 정박한 너벅선 한 채가 보였다. 낚시꾼 세 명이 앉아 있었다. 우리는 물 위를 미끄러지듯 나아가 수목이 우거진 강둑을 지났다. 아무도 말을 하지 않았다.

내가 진로를 잡고 있었다.

가까이 다가감에 따라, 낚시꾼들이 나이 많은 사람들이고 진지한 표정을 하고 있다는 것을 알 수 있었다. 그들은 너벅선에 있는 세 개의 의자에 앉아, 신중하게 자신들의 낚싯대를 바라보았다. 붉은 노을이 강물 위로 신비스런 빛을 드리우자, 장대한 숲에서는 불이 타오르는 듯했다. 뭉게뭉게 피어오르는 구름은 황금빛 장관을 만들었다. 그것은 희망과 간절함 속에 넋을 잃고 마는 황홀경의 시간이었다. 자줏빛 하늘을 향해 치솟은 작은 돛대, 주위에 내려앉은 황혼, 무지갯빛 색조가 세상을 감쌌다. 우리 뒤로 밤이 스멀스멀 기어왔다.

우리는 마치, 해가 지는 위대한 땅으로 가려고 신비로운 호수를 가로질러 알 수 없는 황혼의 영역으로 들어가는, 어느 오래된 전설에 나오는 기사들과도 같았다.

그러나 우리는 정작 황혼의 영역으로 들어가지 못하고, 세 노인이 낚시를 하던 그 너벅선 정면으로 가고 말았다. 돛이 시야를 가렸기 때문에 처음에는 무슨 일이 일어났는지 알지 못했다. 그러나 저녁 공기를 차고 오르는 언어의 성격으로 미루어보아, 우리는 우리가 인간의 주변으로 오게 되었다는 것과 그 인간들이 성이 나고 기분 나쁜 상태라는 것을 짐작할 수 있었다.

해리스가 돛을 내리자, 상황 파악이 됐다. 우리가 너벅선을 박는 바람에, 세 노신사가 의자에서 넘어져 보트 바닥에 한덩어리로 엉켜 있었다. 그들은 무척이나 힘이 드는지 끙끙 소리를 냈고, 몸에 척 붙어버린 물고기들을 떼어내며 주섬주섬 몸을 일으켰다. 그들은 우리를 저주했다. 마구 내뱉는 일반적인 저주가 아니라, 길고 오랫동안 생각한 포괄적인 저주로서, 우리의 이력 전체를 아우르고 먼 미래까지 내다본 데다 가족 친지들은 물론이고 우리와 관계되어 있는 모든 것을 포함하는, 내용이 풍부하고 품질이 고급스런 저주였다.

해리스는 그들에게 하루 종일 낚싯대를 드리운 채 앉아만 있었으니 우리가 기분 전환이 될 만한 약간의 소동을 일으켜준 것을 고맙게 생각해야 하지 않겠냐고 했다. 그리고 나이도 웬만큼 들어 보이는데 침착하게 대처하지 못하고 그렇게 울화통을 터뜨리는 모습을 보니 충격일 뿐 아니라 슬프기까지 하다고 했다.

하지만 이 말은 아무런 도움이 되지 못했다.

그 후, 조지는 자기가 진로를 잡겠다고 했다. 그러면서 나 같은 인간이 보트의 진로를 잡는 데 정신을 집중할 거라고 기대해서는 안 된다고 했다. 다소 평범한 인간이 보트를 돌보게 하는 게 낫다고, 그렇지 않으면 물에 다 빠뜨리는 바람에 보트에 남아나는 물건이 하나도 없을 게 분명하다고. 그러면서 그가 줄을 잡았고 우리를 말로까지 데리고 갔다.

우리는 다리 근처에 보트를 댔다. 그리고 밤을 지내려고 크라운에 들었다.

13

말로 ― 비샴 대성당 ― 메드멘헴의 수도사들 ―
몽모렌시, 늙은 수고양이를 죽일 수 있을 거라고 생각 ―
하지만 결국 살려두기로 결심 ― 공공장소에서 폭스테리어 한 마리가
저지른 부끄러운 행동 ― 말로에서의 출발 ― 이목을 끌었던 행렬 ―
증기 기동선을 괴롭히고 행로를 방해하는 유용한 방법들 ―
강물은 마시지 않기로 하다 ― 평화로운 개 한 마리 ―
리스와 파이는 어떻게 사라지게 되었는가에 관해

말로는 매우 기분 좋은 강변 마을 가운데 하나다. 이곳은 부산하고 활기가 넘친다. 전체적으로 보았을 때 그림처럼 아름다운 마을은 아니지만, 구석진 곳에 흥미로운 것들이 많이 있다. 우리의 상상력은 부서진 세월의 다리에 서 있는 아치들 위를 지나서 정복왕 윌리엄*이 그곳을 차지하여 마틸다 여왕에게 주기 전, 워릭의 백작들

---

*　영국 노르만 왕조의 초대 왕인 윌리엄 1세(William I, 1066~1087). 1066년 참회왕이 죽은 뒤 그 처남인 웨섹스 백작 해럴드 2세가 왕위에 오르자 노르망디 공작이었던 윌리엄은 자신이 참회왕의 먼 혈연이 된다는 것, 참회왕에게 왕위 계승 약속을 받았고, 과거에 해럴드가 자신에게 신종(臣從)의 맹세를 한 사실 등을 이유로 왕위를 요구하며 잉글랜드에 상륙했다. 그는 노르만 기병대로 헤이스팅스 전투에서 해럴드 2세를 패사시킨 뒤, 런던에 입성하여 왕위에 올라 노르만 왕조를 열었다. 이것은 노르만인에 의한 잉글랜드 정복으로서, 영국의 중세에 일대 전환기를 이룬다. 이에 잉글랜드는 이민족인 노르만 왕의 지배하에 들어갔으며,

에게 혹은 연이은 네 명의 군주들의 고문관 역할을 했던 처세에 능한 패짓 경에게 그곳이 넘어가기 전, 색슨족의 알가가 말로 장원을 소유하던 시절로 돌아간다.

만일 뱃놀이 후에 산책하는 것을 좋아한다면, 강도 최상의 상태로 매력적이지만, 근처 아름다운 시골 지역도 좋다. 쿡햄 아래로 코리 숲과 초원을 지나면 아름다운 지역이 펼쳐진다. 오, 사랑스런 코리 숲이여! 너의 좁고 가파른 길들, 작은 빈 터들, 이맘때의 너는 햇살 좋은 여름날의 기억으로 얼마나 향기로운지! 잎사귀들의 그늘이 드리운 너의 품 안에서 웃는 얼굴을 한 유령들이 뛰어다닌다. 숲의 잎사귀들은 얼마나 부드럽게 오래전 목소리를 속삭이며 떨어지는지!

말로에서 소닝까지는 더더욱 아름답다. 오른쪽 기슭에는 말로 브리지 위로 딱 반 마일쯤 떨어진 곳에 오래된 비샴 대성당이 있다. 템플기사단*의 외침이 그곳 돌담에 울려퍼졌고, 한때는 클레브의

지배 계급도 종래의 앵글로색슨계 귀족에서 윌리엄을 따라 들어온 노르만의 귀족 기사들로 바뀌었다. 윌리엄은 노르만 귀족을 각지에 봉해 대륙의 군사적 봉건 제도를 도입함과 아울러, 1086년 8월에는 솔즈베리에서 귀족들에게 충성 서약 (Oath of Salisbury)을 받는 등 집권적 통치를 실행했다. 또 전국적으로 토지를 점검하여 1086년 말에 《둠즈데이 북(*Domesday Book*)》이라는 토지대장을 편찬했다.

* 중세 십자군 시대 3대 종교 기사단 중 하나. 1118년 샹파뉴 기사인 위드 드 파양스가 순례 보호를 목적으로 결성하고, 12세기의 정신이라 불리는 시토 수도회 클레르보 수도원 원장인 성 베르나르두스의 후원을 통해 1128년 수도회로서 교황의 승인을 받았다. 예루살렘의 솔로몬 신전 터를 본거지로 삼아 시리아, 팔레스타인 각지에 성을 쌓고 성지 방어의 주력으로 활약했다. 템플 기사수도회와 더불어, 11세기 말 이탈리아 아말피 상인의 순례단구호소를 기원으로 하여 남프랑스의 수도사 제라르가 만든 요하네스 기사수도회와 일명 튜턴기사단이라고

앤*이 살던 곳이었으며 또 한때는 엘리자베스 여왕의 거처이기도 했다. 비샴 대성당에는 멜로드라마에 나옴직한 자산들이 많다. 태피스트리로 장식된 침실과 두꺼운 벽 너머 높은 곳에 숨은 밀실도 있다. 아들을 때려죽인 레이디 홀리의 유령은 유령 같은 대야에 유령 같은 손을 깨끗이 씻으려고 아직도 밤이면 그곳을 걸어다닌다.

헨리 6세와 에드워드 4세의 옹립자인 워릭 백작이, 세속의 왕이나 세속의 왕조 같은 사소한 것에는 아무 신경도 쓰지 않은 채 지금 그곳에 묻혀 있다. 푸이티에에서 훌륭히 봉직한 솔즈베리 백작 역시 마찬가지다. 소닝에 도착하기 직전 오른쪽 강기슭에는 비샴 성당이 있고, 만약 세상에 둘러볼 만한 무덤이 있다면, 그것은 바로 비샴 성당에 있는 무덤과 기념비 들일 것이다. 당시 말로에 살던 (지금도 웨스트 스트리트에 가면 그 집을 볼 수 있다) 셸리**가 〈이슬람의 반란〉을 쓴 것도, 보트를 타고 비샴의 너도밤나무 아래를 지날 때였다.

조금 위쪽에 있는 헐리 웨어(둑) 근처에 오면 나는 종종, 경치의 아름다움을 만끽하면서 시간을 보내지 않아도, 한 달은 충분히 머물 수 있을 거라는 생각을 하곤 한다. 록에서 걸어서 오 분 거리에 있는 헐리 마을은 강둑의 어느 작은 부분만큼 오래된 곳으로, 그 어렴풋한 시절에 사용하던 예스런 표현을 들어 인용하자면, 사실 그

하여 뤼베크 등의 순례병원을 기원으로 하는 독일 기사수도회를 3대 기사수도회라고 부른다.

* 헨리 8세의 네 번째 왕비

** Percy B. Shelley, 1792~1822. 영국의 낭만파 시인. 〈이슬람의 반란〉은 그가 1811년에 지은 꽤 긴 정치 시다.

역사는 '세버트 왕과 오파 왕조의 시기'로 거슬러 올라갈 수 있다. 둑을 조금 지나면 위쪽으로 '데인 인의 들판'이 나온다. 한때 침략했던 데인 인들이 글로스터셔로 진군할 때 그곳에서 야영을 했다. 조금 더 가서 나오는 것은, 시냇물 한 귀퉁이에 쾌적하게 자리한 메드멘햄 대수도원의 잔해다. 유명한 메드멘햄의 수도사들, 혹은 사람들이 흔히 부르는 것처럼 '지옥불 클럽'은 '마음 가는 대로 행하라'라는 모토를 가진 종교 단체였다. 악명 높은 윌크스* 역시 멤버 가운데 하나였으며, 그 모토가 아직 파괴된 수도원 출입구에 남아 있다. 엉뚱한 바보들이 모여든 이 사이비 수도원이 세워지기 진에는 이보다 엄격한 수도원들이 서 있었다. 그 수도사들은 오백 년 후에 그들 뒤를 이어 등장한 흥청망청하는 수도사들과는 다소 성향이 다른 사람들이었다.

13세기에 그곳에 서 있던 시토수도회 수도사들은 거친 튜닉과 고깔 달린 걸옷 말고는 아무런 옷도 걸치지 않았으며, 육류도 어류도 달걀도 먹지 않았다. 그들은 짚 위에서 잠을 잤으며, 한밤중에 일어나 미사를 드렸다. 낮에는 노동과 독서와 기도를 하며 보냈다. 아무도 말을 하지 않았기 때문에 그들의 생활에는 죽음과 같은 정

---

* John Wilkes, 1725~1797. 1757년에 하원의원이 되었으며, 1762년 주간지 〈노스 브리튼(NorthBriton)〉을 창간하여 의회 개혁을 위한 논진을 폈다. 1763년에는 이 주간지 45호를 통해 국왕 조지 3세의 개원식 연설을 신랄하게 비판하여 불경죄로 구금되기도 한다. 석방되기는 하지만 의원에서 제명되어 파리로 망명했다가 1768년 귀국, 미들섹스 주 하원의원이 된다. 하지만 이듬해 또다시 하원에서 제명당했다. 1760년대에 그를 지지했던 광범위한 민중 운동은 영국 급진주의 운동을 성장시키는 모체가 되었다고 한다.

적이 흘렀다.

신이 그리도 화사하게 만들어놓은 그 달콤한 장소에 어두운 삶을 드리운 어두운 형제들! 이상한 일이다. 그들을 둘러싼 창조주 자연의 목소리들, 부드러운 강물 소리, 강풀들의 속삭임, 휘감아 도는 바람의 음악이 그들에게 진실된 삶의 의미를 가르칠 수 없었다니. 그들은 그곳에서 그 긴 나날을 침묵에 둘러싸인 채, 천국에서 들려올 목소리를 기다렸다. 하루 종일, 그리고 엄숙한 밤 내내 그 목소리가 무수한 톤으로 얘기를 건넸건만, 그들은 듣지 못했다.

메드멘햄에서 매력적인 햄블돈 록까지 강은 평화로운 아름다움으로 가득 차 있다. 그러나 내가 읽는 신문의 판매업자의, 뭐랄까 좀 지루해 보이는 강변 저택인 그린랜즈를 지나 헨리의 맞은편에 다다를 때까지가 되면 강은 다소 헐벗고 우중충한 모양새를 내보인다.

우리는 말로에서 월요일 아침에 되도록이면 일찍 일어났고 아침을 먹기 전에 수영을 하러 갔다. 돌아오는 길에 몽모렌시가 엄청나게 바보 같은 짓을 저질렀다. 몽모렌시와 내가 심각한 의견 차이를 보이는 유일한 주제는 고양이다. 나는 고양이를 좋아하고 몽모렌시는 아니다.

길을 가다 고양이가 보이면 나는 "어유, 가엾은 녀석!"이라고 말하면서 자리에 앉아 녀석의 머리를 쓰다듬어준다. 그러면 고양이는 꼿꼿하고 강인한 태도로 꼬리를 치켜세우고 등을 말아 올린 채 내 바지에 코를 비빈다. 이 모든 과정이 온화하고 평화롭다.

몽모렌시가 고양이를 발견하는 경우엔, 거리 전체에 그 사실을 모르는 이가 없게 된다. 점잖은 보통 사람이 조심조심 평생 동안 사용하고도 남을 사악한 언어가 10초 만에 퍼부어진다.

나는 이 개를 탓하지 않는다. (대개는 그 녀석 머리를 주먹으로 치거나 녀석에게 돌멩이를 던지는 것으로 만족한다.) 그건 녀석의 천성이기 때문이다. 폭스테리어들은 다른 개들보다 네 배는 많은 원죄를 지니고 세상에 태어난다. 우리 기독교인들이 폭스테리어의 난폭함을 봐줄 만하게 교화하는 데는 몇 년에 걸친 끈기 있는 노력이 필요하다.

해이마켓 스토어 로비에서 있었던 일이 기억이 난다. 주위에는 온통 안에서 쇼핑하는 주인이 돌아오기를 기다리는 개들뿐이었다. 마스티프도 하나 있었고, 콜리도 한두 마리, 세인트버나드 한 마리, 리트리버종과 뉴펀들랜드종도 몇 마리 정도, 보어 하운드 한 마리, 머리 주위에는 털이 북슬북슬한데 한가운데는 옴이 오른 프렌치 푸들 한 마리, 불도그 한 마리, 크기는 쥐만 하고 로더 아케이드에 있을 것 같은 동물들 몇 마리, 요크셔 타이크 두 마리.

그들은 참을성 있게, 착하게, 사려 깊게 앉아 있었다. 어떤 근엄한 평화가 그곳을 지배하는 것 같았다. 평온한 단념의 기운, 우아한 슬픔의 기운이 그곳을 점령했다.

그때 아름다운 젊은 숙녀가 유순해 보이는 작은 폭스테리어를 앞세우고 들어왔다. 그리고 녀석을 묶어두고 안으로 들어갔다. 불도그와 푸들 사이 자리였다. 녀석은 자리에 앉은 채 일 분 정도 주위를 둘러보았다. 그러더니 시선을 천장으로 던졌다. 표정으로 보아 어미 생각을 하는 듯했다. 그러더니 하품을 했다. 그러고 나서는, 조용하고 위엄 있고 기품 있는 다른 개들을 바라보았다.

그 개는 꿈꾸지 않고 잠들어 있는 오른쪽 불도그를 바라보았다.

그리고 몸을 똑바로 편 채 도도하게 서 있는 왼쪽 푸들을 바라보았다. 그러더니 한마디 경고도 없이, 화가 났다는 어떠한 암시도 없이, 푸들의 앞다리를 냅다 쳤다. 고통의 울부짖음이 조용한 로비의 정적 속으로 울려퍼졌다.

그의 첫 번째 실험의 결과는 아주 만족스러운 듯이 보였다. 그는 상황을 계속 진행해 주위를 생기 있게 만들 결심을 했다. 그는 푸들에게 달려들었고 콜리를 사납게 공격했다. 잠에서 깨어난 콜리는 즉시 푸들에 버금가는 처절하고 시끄러운 소리를 질러댔다. 녀석은 자기 자리로 되돌아와 이번에는 불도그의 귀를 물고 그를 던져버리려고 했다. 그러자 참 흥미롭게도 공명정대한 불도그는 입구를 지키던 문지기를 포함하여 자기가 닿을 수 있는 모든 것을 맹렬하게 공격했고, 그 덕에 우리의 작은 폭스테리어는 아무런 방해도 받지 않고 기꺼이 자발적으로 나서주는 요크셔 타이크와 자기만의 싸움을 즐기는 기회를 얻게 됐다.

이쯤 되면 개들의 성격을 아는 사람이라면, 그곳에 있던 다른 모든 개들이 마치 자신들의 따뜻한 가정의 안전과 존속이 모두 그 난투극에 달린 것처럼 싸우게 됐다는 것은 듣지 않아도 알 것이다. 몸집이 큰 개들은 마구잡이로 아무나하고 싸웠고, 몸집이 작은 개들은 동급끼리 싸우며 남는 시간은 큰 개들의 다리를 무는 것으로 채웠다.

로비 전체가 완벽한 아수라장이었고, 시끄러운 소리가 고막을 찢을 정도였다. 사람들이 헤이마켓 밖에 모여들어 교회 모임이 있냐고 물었다. 아니면 누가 살해된 걸까요? 이유가 뭐래요? 사람들이 막대기와 로프를 가지고 와서 개들을 떼어놓으려고 안간힘을 썼고, 경찰서에도 사람을 보냈다.

그 소란의 와중에 아름다운 젊은 숙녀가 돌아와서 작고 예쁜 자기 개(요크서 타이크를 때려눕혔던 녀석은 이제 갓 태어난 새끼 양 같은 표정을 짓고 있었다)를 낚아채 팔에 안더니 녀석에게 키스를 하면서 누가 괴롭혔냐는 둥, 커다랗고 성질 더러운 못된 개들이 그에게 무슨 짓을 했냐는 둥 꼬치꼬치 물었다. 그러자 녀석은 주인에게 폭 안기며, "주인님이 돌아오셔서 저를 이런 저속한 광경에서 구출해주셔서 얼마나 기쁜지 몰라요!"라고 말하는 듯한 표정으로 그녀의 얼굴을 바라보았다.

그녀는 스토어에 있는 사람들에게는, 그곳에 있던 다른 개늘처럼 야만적인 것들이 점잖은 사람의 개와 함께 있도록 방치할 권리가 없다면서 누군가를 소환하겠다고 말했다.

폭스테리어의 천성이란 바로 이런 것이다. 그러므로 나는 고양이들과 싸움을 벌이는 그의 천성을 탓하지 않는다. 다만 그가 그날 아침처럼 그렇게 망가지지 않기를 바랐을 뿐이다.

앞서 말한 것처럼, 우리는 수영을 한판 해주고 돌아오는 길이었다. 하이 스트리트 위쪽 반 정도 되는 지점에서 고양이 한 마리가 자기 앞에 있는 집들 가운데 하나에서 뛰쳐나오더니 종종걸음으로 길을 건너기 시작했다. 몽모렌시는 기쁨의 환호성을 내지르고(자신의 손에 넘겨진 적을 본 맹렬한 전사의 환호성, 스코틀랜드인들이 언덕 아래로 내려올 때 크롬웰이 내질렀을 것 같은 환호성이었다) 자신의 희생양을 향해 쏜살같이 달려갔다.

그에게 걸려든 것은 커다란 검은 수고양이였다. 나는 그렇게 크고 흉하게 생긴 고양이는 본 적이 없다. 꼬리는 반쪽이 잘려나가고, 눈 한쪽은 상처를 입고, 코도 상당 부분 뭉개져 있었다. 하지만 몸집이 길고 근골이 다부졌으며, 침착하고 여유로운 분위기를 풍겼다.

몽모렌시는 시속 20마일의 속도로 그 가엾은 고양이를 향해 달려갔지만 고양이는 서두르지 않았다. 아니 자신의 목숨이 위험하다는 생각도 하지 못하는 것 같았다. 그는 자신의 암살자가 될지도 모르는 녀석이 1마일 안에 접근할 때까지 조용히 자기 갈 길을 갈 뿐이었다. 그러더니 뒤를 돌아 도로 한가운데 앉아 "이런! 나에게 무슨 볼일이라도?" 하는 표정으로 조용히 몽모렌시를 쳐다보았다.

몽모렌시 배짱도 알아줄 만하다. 하지만 고양이의 표정에는 가장 대담한 개의 심장도 얼어붙게 할 만한 뭔가 있었다. 그는 갑자기 제자리에 멈춰 서서 수고양이를 바라보았다.

아무도 말이 없었다. 하지만 상상할 수 있는 대화의 내용은 분명히 다음과 같았다.

그 고양이 뭘 좀 도와드릴까?

몽모렌시 아, 아니, 됐습니다.

그 고양이 뭐 원하는 게 있으면 주저하지 말고 얘기해보도록 하지.

몽모렌시 (하이 스트리트 뒤로 물러나며) 아, 아니, 그런 거 없습니다. 신경 쓰지 마세요. 호, 혹시, 제가 뭐 실수를 한 건 아니길 바랍니다. 아는 고양이인가 했거든요. 방해가 됐다면 죄송합니다.

그 고양이 그럴 리가 있나. 오히려 반가웠지. 정말 아무것도 원하는 게 없는 게 확실해?

몽모렌시 (여전히 뒤로 물러나며) 네, 아무것도 없다니까요. 감사
합니다. 아무것도 없어요. 정말 친절하시군요. 안녕히
가십시오.

그 고양이 그러지.

그리고 그 고양이는 일어나서 가던 길을 계속 갔다. 몽모렌시는
이른바 꼬리라고 부르는 것을 조심조심 살랑살랑 흔들면서 우리에
게 되돌아오더니 중요하지 않은 뒤쪽에 자리를 잡았다.

당신이 만약 "고양이야!"라고 몽모렌시에게 밀하면, 그는 눈에
확 띄게 몸을 움츠리며 "제발 그러지 마세요"라고 말하는 듯한 애
처로운 표정을 지어 보일 것이다.

우리는 아침을 먹은 후 시장을 보면서 사흘치 물품들을 비축해
나갔다. 조지는 야채를 먹지 않는 것은 건강에 좋지 않다면서 야채
를 사야 한다고 했다. 요리하기도 쉽고 자기가 챙기겠다고 했다. 그
래서 우리는 감자 10파운드, 콩 1부셸, 양배추 약간 등을 샀다. 호텔
에서는 비프스테이크 파이 한 개와 구스베리 타르트 두 개, 양고기
다리 하나를 샀다. 그리고 과일과 케이크, 빵과 버터와 잼, 베이컨
과 달걀, 그리고 그 밖의 것들을 사려고 온 마을을 돌아다녔다.

나는 말로에서의 출발을 우리의 커다란 성공 가운데 하나로 여
긴다. 그것은 화려하지는 않았지만, 인상 깊었고 위엄이 있었다. 우
리는 들르는 가게마다 물건들이 우리와 함께 출발해야 한다고 말
했다. "알겠습니다, 선생님. 당장 보내드리죠. 선생님들이 도착하
시기 전에 저의 가게 아이가 도착해 있을 겁니다!"라는 말만 듣고
부잔교 주위에서 어슬렁거리다가 가게로 다시 돌아가서 그들에게

같은 말을 또 한번 반복해야 하는 상황은 만들지 않았다. 우리는 바구니를 채울 때까지 기다렸다가 소년들을 데리고 함께 출발했다.

우리는 매번 이 원칙을 적용하며 많은 가게에 들렀다. 결과적으로 장을 다 본 시점이 되자, 바구니를 들고 우리 뒤를 따라오는, 마음이 움직일 만큼 훌륭한 소년들의 조합을 가지게 되었고, 강 쪽으로 하이 스트리트를 따라 내려가는 우리의 마지막 행진은 말로가 너무나 오랜 만에 목격하는 장관을 연출했다. 행렬의 순서는 다음과 같았다.

나무 막대 담당 몽모렌시.
흉하게 생긴 잡종 개 두 마리는 몽모렌시의 친구들.
코트와 무릎 덮개를 들고
파이프 담배를 피우는 조지.

편안하고 우아하게 걷고 싶지만
한 손에는 묵직한 여행가방을
다른 한 손에는
라임 주스 병을 든 해리스.
바구니를 든 채소 가게 소년과 빵 가게 소년.
광주리를 나르는 호텔 구두닦이.
바구니를 든 제과점 소년.
바구니를 든 식료품 가게 소년.
털이 긴 개.

바구니를 든 치즈 장수의 심부름꾼.

개 한 마리와 이상한 남자.

주머니에 손을 넣고 짧은 사기 담뱃대를 물고 담배를 태우는

이상한 남자의 단짝 친구

바구니를 든 과일 가게 소년.

모자 세 개와 부츠 한 벌을 들고

그랬구나 하는 표정을 짓는 나.

여섯 명의 소년들과 네 마리의 떠돌이 개들.

부잔교에 도착했을 때 보트 대여 관리인이 말했다.

"선생님들 보트는 증기 기동선입니까? 아니면 숙식 시설을 갖춘 요트입니까?"

두 사람이 노를 젓는 작은 보트라는 정보를 주자 그는 놀라는 눈치였다.

우리는 그날 아침 증기 기동선들 때문에 고생이 이만저만이 아니었다. '헨리*의 주간' 직전이라 많이 몰려들고 있었던 것이다. 자기들끼리 온 사람들도 있었고, 숙식 되는 요트를 끌고 오는 사람들도 있었다. 나는 증기 기동선을 싫어한다. 노 젓는 사람들이라면 누구나 그러리라 본다. 나는 증기 기동선을 참을 수가 없어서, 그것을 강의 한적한 곳으로 유인해서 그곳에서 침묵과 고독 속에 목 조르고 싶다는 생각을 한다.

---

* 영국 옥스퍼드셔 주의 템스강가에 있는 도시

증기 기동선에서는 내 안에 있는 모든 사악한 본능을 일깨우는데 솜씨가 있는 뻔뻔스러운 오만함이 느껴지고, 나는 손도끼와 활과 화살을 가지고 돌아다니면서 그것들에 대해 어떻게 생각하는지 사람들에게 말할 수 있었던 지나간 그리운 시절을 동경한다. 주머니에 손을 넣고 시거를 피우면서 배 뒤쪽에 서 있는 사람의 표정은 그 자체로 평화를 침범한 것에 대해서 용서를 빌어 마땅하다. 그리고 당신에게 길을 비키라고 당당하게 말하는 증기 기동선은, 확신하건대, 강 사람들로 이루어진 어떤 배심원단에게서라도 "정당한 살인" 평결을 보증받을 수 있을 것이다.

"증기 기동선이 온다!" 우리 중 하나가 멀리 보이는 적을 보고 외칠 것이다. 그러면 순간적으로 그것을 맞이할 준비가 갖춰진다. 우리 모두는 배 쪽으로 등을 돌리고 앉아 나는 밧줄을 잡을 것이고 해리스와 조지는 내 옆에 앉을 것이다. 그리고 보트는 조용히 중류로 떠내려갈 것이다.

기동선은 기적을 울리며 다가올 테고 우리는 그저 그것을 향해 떠내려갈 뿐이다. 100야드쯤 떨어진 곳에서 배는 미친 듯이 기적을 울리기 시작할 테고 사람들은 옆쪽에 기대 서서 우리를 보고 고함을 지를 것이다. 그러나 우리는 그들의 소리를 절대로 듣지 못할 것이다! 해리스는 그의 어머니에 대한 일화를 말해주고 있을 것이고 조지와 나는 단어 하나도 놓치려 들지 않을 것이다.

기동선은 이제 기관을 터뜨려버릴 듯한 마지막 기적 소리를 내지르며 엔진을 역회전시키고 증기를 뿜어내며 빙빙 돌아 난관을 헤쳐나가려 할 것이다. 그 배에 탄 사람이 모두 뱃머리에 나와 우리에게 고래고래 소리를 지를 테고 강둑에 있는 사람들도 일어서서 우리에게 고함을 칠 것이며, 지나가는 보트들도 멈춰 서서 합세할 것이다. 강의 상하류에 걸쳐 몇 마일에 이르는 구역은 광란의 소요 상태가 될 것이다. 그러면 해리스가 이야기의 가장 흥미로운 부분에서 말을 멈추고 느릿느릿 놀라며 주위를 둘러보고 조지에게 말할 것이다.

"이런, 증기선이잖아!"

조지는 대답할 것이다.

"그러게 말이지, 아까 무슨 소리를 들은 것 같긴 한데."

이 말을 들은 그는 긴장하고 당황하겠지만 보트를 어디로 움직여야 할지 알 수는 없을 것이며, 증기선에 있는 사람들은 주위로 몰려들어 우리에게 지시를 내릴 것이다.

"오른쪽으로 저어! 당신 말이야, 이 바보 같은 친구야! 후진을 해야지, 아니, 당신 말고, 그래 자네! 밧줄은 놔두라고! 자 이번에는 같이! 아니, 그쪽이 아니라니까! 이런, 이것 봐!"

그러고 나서 그들은 보트를 내리고 우리를 도와주려고 올 것이다. 그리고 이십오 분 정도 애쓴 끝에 우리를 자신들의 행로에서 비켜나게 만든 후 계속 길을 갈 것이다. 우리는 그들에게 너무 많은 신세를 졌다면서 우리를 좀 끌어가달라고 부탁할 것이다. 하지만 절대로 그렇게 해주지는 않겠지.

거만한 증기 기동선의 길을 막고 괴롭히려고 우리가 발견해낸 또 하나의 효과 좋은 방법은 혹시 빈 피스트* 행렬이 아니시냐고 물어보는 것이다. 소스 냄비 좀 빌려달라면서.

---

* bean feast. 1년에 한 번 고용주가 고용인에게 베푸는 잔치

강에 익숙지 않은 노부인들은 언제나 증기 기동선에 대해 심각하게 민감한 반응을 보인다. 언젠가 한번, 그런 노부인들이 셋 포함된 일행과 함께 스테인스에서 윈저(이 괴물 기계가 특히 많은 구간이다)로 올라갈 때였다. 그들은 증기 기동선이 보일 때마다 보트에서 내려 그것들이 시야에서 사라질 때까지 강둑에 앉아 있겠다고 했다. 너무 미안하다고 하면서도 자기 가족들을 위해서 너무 무모하게 굴지 않는 것이 도리라고 했다.

우리는 햄블돈 록에서 물이 떨어진 것을 알게 됐다. 그래서 단지를 들고 물을 좀 얻을까 하고 갑문 관리인에게로 갔다.

조지가 우리의 대변인이었다. 그는 애교스럽게 웃으며 말했다.

"죄송하지만 물 좀 얻어갈 수 있겠습니까?"

"물론일세."

나이 든 신사가 대답했다.

"원하는 만큼 가져가고 나머지는 남기시게."

"감사합니다."

조지가 그의 주위를 살피며 말했다

"그런데…… 어디에 두시는지?"

"늘 그곳에 있지, 젊은이."

관리인의 무덤덤한 대답이 이어졌다.

"자네 뒤쪽에 말이야."

"어디를 말씀하시는 건지?"

조지가 뒤를 돌아보며 말했다.

"이런 젊은이를 봤나! 도대체 눈이 어디 달린 겐가?"

그는 조지의 몸을 돌려 강 위아래를 가리키며 말했다.

"저기 충분히 보이지 않나?"

"아, 그런 뜻이었군요!"

조지가 그제야 이해했다는 듯이 말했다.

"하지만 강물을 마실 수는 없지 않습니까?"

"그렇지, 어디 거나 다 마셔선 안 되지. 하지만 마실 수 있는 것도 있다네."

노인이 말했다.

"지난 십오 년 동안 난 강물을 마셨어."

조지는 그에게, 그런 경험을 하신 노인의 외양은 강물 브랜드를 광고하기에 충분히 효과적으로 보이지는 않는다고, 자기는 펌프로 퍼낸 브랜드를 더 선호한다고 말했다.

우리는 조금 더 위쪽에 있는 오두막집에서 물을 좀 얻었다. 감히 말하건대, 몰라서 그렇지 그것은 다만 강물일 뿐이었다. 하지만 몰랐기 때문에 괜찮았다. 위장은 눈이 보지 않은 것에 대해서는 불편해하지 않는 법이다.

강물을 먹어보려는 시도를 해본 적이 있는데 성공하지는 못했다. 우리는 강을 따라 내려오다가 차를 마시려고 윈저 근처 저수지에 배를 댔다. 단지가 비어 있었기 때문에 방법은 차를 마시지 않거나 강에서 물을 얻는 것뿐이었다. 해리스는 해보자는 쪽이었다. 그는 끓이면 괜찮을 거라고 했다. 물을 끓임으로써 물속에 존재하는 여러 가지 해로운 세균들이 죽을 거라고 했다. 그래서 우리는 템스 강변 저수지의 물로 주전자를 채우고 그 물을 끓였고, 확실하게 끓었는지를 매우 조심스럽게 확인했다.

차를 만든 후에 편안히 자리에 앉아 마시려는 참이었는데, 그때 자기 입술로 컵을 반쯤 가져가던 조지가 갑자기 동작을 멈추고 외쳤다.

"저게 뭐야?"

"무슨 소리야?"

해리스와 내가 물었다.

"대체 저게 뭐냐고?"

조지가 서쪽을 바라보며 말했다.

해리스와 나는 그의 시선을 따라갔고, 거기서 느린 물살 위로 떠내려오는 개 한 마리를 보게 되었다. 여태껏 본 것 중 가장 조용하고 평화로운 개였다. 나는 그렇게 여유 있어 보이는 (그렇게 마음 편해 보이는) 개를 만나보지 못했다. 그것은 꿈을 꾸듯 드러누워 다리 네 개를 모두 공중으로 치켜세운 채 흘러왔다. 뭐랄까, 가슴이 잘 발달된 실한 개라고나 할까. 그는 평온하고 당당하고 침착한 모습으로 다가와 우리 옆에 나란히 있다가, 골풀 사이에서 속도를 늦추더니 저녁 시간을 보내려고 아늑하게 자리를 잡았다.

조지는 차를 마시고 싶지 않다면서 강물 속으로 찻잔을 비워버렸다. 해리스 역시 목이 마르지 않다며 조지를 따라했다. 나는 이미 반쯤 마신 상태였는데 그러지 말걸 하고 생각했다.

나는 조지에게 내가 장티푸스에 걸릴 것 같으냐고 물었다.

그는 "아니"라고 대답했다. 그는 내가 아주 운 좋게 피할 수 있을 거라고 생각한다고 했다. 하지만 내가 운이 좋은지 안 좋은지는 약 이 주 후에 알게 됐다.

우리는 워그레이브로 이어지는 저수지로 올라갔다. 그곳은 마쉬 록에서 반 마일쯤 위쪽에 있는 오른쪽 강둑에서 시작되는 지름 길이다. 거의 반 마일을 절약할 수 있을 뿐만 아니라 아주 예쁘고 그늘 많은 지역이기 때문에 가볼 만한 가치가 있다.

물론 입구는 말뚝과 사슬들이 둘러싸고 있고, 감히 이곳에서 노를 젓는 사람은 온갖 고문과 투옥과 죽음을 각오해야 할 거라고 위협하는 공고판이 가득하다. (이런 무례한 사람들은 그곳 공기의 소유권을 주장하며 그것을 들이마시는 모든 사람들에게 벌금 40실링을 부과하지 않을까.) 하지만 약간의 기술만 있으면 말뚝이나 사슬 같은 것은 쉽세 피할 수 있다. 그리고 공고판에 관한 문제라면, 오 분 정도만 여유가 있고 주위에 아무도 없으면, 그것들 한두 개쯤은 떼내어 강물로 던져버리면 그만이다. 저수지 반쯤 올라가서, 우리는 배에서 내려 점심을 먹었다. 조지와 내가 다소 우리를 시험하는 충격을 받은 것은 이때였다.

해리스 역시 충격을 받았다. 하지만 나는 해리스의 충격이 조지와 내가 그 문제와 관련해서 받은 충격처럼 그렇게 셀 것이라고는 생각지 않는다.

상황은 이랬다. 우리는 물가에서 10야드쯤 떨어진 풀밭에 앉아 있었고, 편안히 앉아 막 먹으려던 찰나였다. 해리스가 자기 무릎 사이에 비프스테이크 파이를 두고서 그것을 잘랐고, 조지와 나는 우리 접시가 준비되기를 기다렸다.

"스푼 있어?"

해리스가 말했다.

"있으면 고깃국물 뜨는 걸 좀 도와주면 좋겠는데."

광주리는 우리 뒤쪽에 있었기 때문에, 조지와 나는 스푼을 하나 꺼내려고 뒤로 돌았다. 오 초도 안 걸린 일이었다. 그런데 다시 뒤를 돌아봤을 때, 해리스와 파이는 사라지고 없었다!

그곳은 넓은 들판이었다. 나무도 산울타리도 없이 몇백 야드가 이어져 있을 뿐이었다. 우리가 물 쪽에 있었기 때문에 그가 강물로 굴러 떨어지는 것은 불가능했다. 그런 일이 가능하려면 먼저 우리를 깔아뭉개고 지나가야 했다.

조지와 나는 주위를 바라보았다. 그러고 나서 곧 서로를 바라보았다.

"하늘에서 채갔을까?"

내가 물었다.

"파이도 가져갔을 리가 없잖아."

조지가 말했다.

이 말이 일리가 있어 보였기 때문에 우리는 하늘 이론을 버렸다.

"내 생각에 진실은 말이야."

조지가 일반적이고 실제적인 영역의 의견을 제시했다.

"지진이 일어났던 거야."

그리고 그는 목소리에 슬픈 어조를 띠고 덧붙였다.

"녀석이 그 파이를 자르고 있지 않았더라면 좋았을걸."

우리는 한숨을 쉬며 다시 한번 해리스와 파이가 마지막으로 땅 위에 존재했던 그 지점을 바라보았다. 그리고 그곳에서, 피가 얼어붙고 머리가 쭈뼛 서는 가운데, 우리는 웃자란 풀들 사이로 똑바로 내밀고 있는, 얼굴은 더없이 붉어진, 엄청난 분노의 표정을 담은 해리스의 머리(머리 밖에 없었다)를 보았다.

조지가 먼저 발견했다.

"말을 해봐!"

그가 외쳤다.

"그리고 살았는지 죽었는지 알려줘. 네 나머지는 어디 있어?"

"웃기시네!"

해리스의 머리가 말했다.

"일부러 그런 거 다 알고 있어."

"뭘?"

조지와 내가 물었다.

"나를 이쪽에 앉힌 거 말이야! 이런 식으로 뒤통수를 칠 줄은 몰랐어! 자, 여기 파이나 받아."

그리고 땅속 한가운데서(우리에게는 그렇게 보였다) 뒤죽박죽 엉망진창이 된 파이가 올라왔다. 그리고 여기저기 더럽고 축축한 것으로 뒤범벅이 된 채 해리스가 그 뒤를 이어 기어 올라왔다.

그는 미처 알지 못하는 사이, 풀이 웃자라 있어서 보이지 않았던 도랑 바로 근처에 앉아 있었다. 그리고 뒤쪽으로 약간 기댔는데, 그때 파이고 뭐고 모든 것이 내던져졌다. 그는 무슨 일이 일어났는지 도무지 알 수 없는 상태에서 자기 자신이 죽어간다는 것을 느꼈을 때처럼 그렇게 놀란 적은 평생 없었다고 했다.

그는 처음에 세상의 종말이 왔다고 생각했다. 해리스는 지금도 조지와 내가 미리 그 모든 일을 꾸몄다고 믿는다. 이렇듯, 불공평한 의심은 가장 결백한 사람들을 따르게 마련이다. 시인이 말한 것처럼, "누가 중상모략을 피할 수 있겠는가!"

과연 누가!

14

워그레이브 — 밀랍 인형들 — 소닝 — 스튜가 만들어진 사연 —
몽모렌시의 빈정거림 — 몽모렌시와 찻주전자의 전투 —
조지의 밴조 연습 — 낙담에 처하다 —
아마추어 음악가가 겪어야 했던 시련 — 백파이프 연주법 —
저녁 먹은 후 슬픈 해리스 — 조지와 나는 산책을 나가고 — 춥고 배고픈 귀환 —
해리스가 이상하다 — 해리스와 백조들,
기막힌 이야기 — 한밤중의 소동

우리는 점심 먹은 후 순풍을 타고 워그레이브와 십레이크를 지
났다. 여름날 오후의 나른한 햇살을 받으며 강이 굽이지는 곳에 자
리한 워그레이브를 지나노라면 눈앞에 펼쳐지는 오래된 그림이 가
히 매혹적인데, 그 모습은 오랫동안 기억의 망막에 남게 된다.

워그레이브에 있는 '조지와 용'은 한 면에는 레슬리 R. A.가, 그리
고 다른 면에는 호지슨이 그린 간판을 자랑한다. 레슬리가 묘사한
격투 장면이자 호지슨이 상상한 바로 그 장면에 제목을 붙인다면
'격투가 끝나고'가 될 터, 작업을 끝낸 조지가 맥주를 들이켜는 모
습*이다.

---

* 이탈리아 화가 라파엘로는 〈용과 격투를 벌이는 성 조지(St. George fighting the
Dragon)〉(1504~1506)라는 작품을 남겼다.

《샌드포드와 머튼》*의 작가인 토마스 데이가 워그레이브에서 살았고, (워그레이브를 더욱더 알리는 계기가 되며) 그곳에서 살해됐다. 교회에는 자신이 남긴 유산으로 매년 1파운드씩 부활절이 돌아올 때마다 소년 두 명과 소녀 두 명에게 나누어주게 했던 사라 힐을 기리는 기념비가 있다. 자격은 '부모에게 불효했던 적이 한번도 없고, 거짓을 말하거나 맹세한 적도 없고, 도둑질을 하거나 창문을 깬 적도 없는' 아이들이어야 했다. 일 년에 5실링을 받으려고 그 모든 것을 포기한다고 상상을 해보라! 바보 같은 짓이지.

ㄱ 마을에는 오래전 한때 이런 일을 한번도 하지 않았다는, 아니 여하튼 그런 일을 저지른 적이 있다고 알려진 경우는 한번도 없다는 소년이 나타나, 명예의 왕관을 거머쥐었다는 소문이 있다. 그는 그 후 삼 주 동안 유리 진열장에 넣어져 마을 회관에 전시되었다고 한다.

그 후로 그 돈이 어떻게 됐는지는 아무도 모른다. 가장 가까운 곳에서 열리는 밀랍 인형 쇼에 늘 기부가 되었다나.

십레이크는 예쁜 마을이지만 언덕에 있기 때문에 강에서는 보이지 않는다. 테니슨**이 십레이크에서 결혼했다.

위쪽에 있는 소닝으로 이어지는 강은 많은 섬들 사이를 굽이치며 흐른다. 이곳은 평온하고 고요하고 인적이 드문 곳이다. 사람들도 거의 다니지 않는데, 다만 황혼 무렵 시골 연인들 한두 쌍이 강

---

* 표제의 이름을 가진 아이들이 등장하는 교훈적인 내용이 담긴 어린이 책으로 총 세 권으로 구성되어 있다.

** Alfred, Lord Tennyson, 1809~1892. 영국의 계관 시인

둑을 거닐 뿐이다. 귀찮고 짜증나는 인간들과 어리석음의 화신이
라 할 만한 자들은 헨리에 남아 있고, 음침하고 더러운 레딩은 아직
멀었다.

우리는 소닝에서 내려 마을 주위를 걸어다녔다. 그곳은 강변 전
체를 통틀어 가장 귀엽고 작고 외딴 곳이다. 벽돌과 회반죽으로 건
설된 마을이라기보다는 연극 무대로 쓰려고 만들어놓은 세트 같아
보인다. 집집마다 장미를 가득 심어놓았는데, 때가 마침 6월 초인
지라 장미 꽃망울들이 구름 떼처럼 방긋방긋 솟아 손대기 아까울
정도로 찬란하게 빛을 내뿜었다. 소닝에 오면 반드시 교회 뒤쪽에
있는 '불(Bull)'에서 묵어야 한다. 그곳은 오래된 시골 여관 그림을
그대로 재현해놓은 것 같은 곳으로 앞쪽에 초록빛 정사각형 안뜰
이 있는데, 저녁이 되면 나무 아래 놓인 의자에 노인들이 하나둘 모
여들어 맥주를 마시고 마을 일에 대해 이런저런 이야기를 하곤 한
다. 천장이 낮은 예스런 방과 격자 창문, 기이한 모양의 계단과 구
불구불한 복도가 있다.

우리는 예쁜 소닝에서 한두 시간 정도 시간을 보내다가, 시간을
너무 지체하는 바람에 서둘러 간다 해도 레딩을 지나기가 힘들 것
같았기 때문에, 십레이크에 있는 섬들 가운데 하나로 되돌아가 그
곳에서 밤을 보내기로 했다. 배를 댔는데도 아직 이른 시간이었기
때문에, 조지는 시간이 충분하니 제대로 된 일류 저녁을 한번 만들
어보지 않겠냐고 했다. 그는 요리라는 방식을 통해 강 상류에서 어
떤 일을 해낼 수 있는지를 보여주겠다며, 야채들과 냉육 남은 것, 그
밖의 이것저것을 가지고 아일랜드식 스튜를 만들자고 제안했다.

멋진 아이디어처럼 보였다. 조지는 나뭇가지를 모아와서 불을

피웠고, 해리스와 나는 감자를 깎았다. 감자 깎는 일이 그렇게 큰 일일 거라고는 예전엔 한번도 생각해보지 않았다. 하지만 그건 내가 참여해본 비슷한 일 가운데 가장 큰 작업인 것으로 드러났다. 우리는 기분 좋게, 혹자는 까분다고 말할 정도로 즐겁게 일을 시작했지만, 첫 번째 감자의 껍질을 다 벗길 때쯤 되니 그런 가벼운 마음은 온데간데없이 사라졌다. 감자는 벗겨도 벗겨도 더 벗길 것들이 남아 있는 것 같았다. 껍질을 모두 벗기고 싹이 난 부분을 모두 도려내고 나니, 감자의 형체가 남아 있질 않았다. (적어도 감자인 줄은 알 수 있어야 할 것 이니냔 말이다.) 조지기 와서 우리가 깎아놓은 감자(크기가 땅콩만 했다)를 보더니 말했다.

"야, 이렇게 하면 안 돼! 살을 다 깎아놓으면 어떡해? 깎지 말고 긁어야지!"

그래서 우리는 감자 껍질을 긁었고 그랬더니 일은 더 힘들어졌다. 감자의 모양이란 것은 정말 얼마나 예측 불가능인지, 어떤 데는 툭 튀어나오고 어떤 데는 움푹 들어갔는가 하면 옹이가 많기도 했다. 우리는 이십오 분 동안 쉬지 않고 일했고 감자를 네 개 완성해냈다. 그러고 나서 파업을 선언했다. 나머지 저녁 시간은 우리 몸을 닦아내는 데 써야 한다고 했다.

감자 껍질 긁어내는 일만큼 사람 꼴을 엉망진창으로 만들어버리는 일은 겪어본 적이 없다. 해리스와 내가, 거의 반쯤 질식할 것처럼 파묻힌 상태로 밟고 서 있는 긁은 감자 껍질들이 고작 감자 네 개의 성공을 이룩해냈을 뿐이라니 정말 믿기가 힘들었다. 그것은 절약하거나 주의하지 않을 때 어떤 사태가 벌어지는지를 여실히 보여주었다.

조지는 감자 네 알을 가지고 아일랜드식 스튜를 만드는 것은 있을 수 없는 일이라고 했다. 그래서 우리는 감자 대여섯 개를 씻은 후 껍질째 그것을 넣어버렸다. 양배추 하나와 완두콩 4쿼트 정도도 넣었다. 조지는 그것을 휘휘 젓더니 여유 공간이 많이 남아 보인다고 했고, 그래서 우리는 광주리 두 개를 모두 뒤져 이것저것 남는 것들을 모두 골라내어 스튜에 집어넣었다. 돼지고기 파이 반통과 삶은 베이컨 식은 것도 조금 남아 있기에 그것도 넣었다. 조지는 반쯤 남은 연어 통조림을 발견하고 그것도 단지 속으로 부어버렸다.

그는 그런 것이야말로 아일랜드식 스튜의 장점이라고 했다. 여러 가지를 한꺼번에 처리할 수 있다나. 내가 깨진 달걀 두 개를 찾아냈고 그것도 넣었다. 조지는 덕분에 국물이 걸쭉해질 거라고 했다.

다른 재료들은 생각이 나지 않지만 분명한 건 낭비한 게 하나도 없었다는 점이다. 그리고 또 하나 기억나는 게 있다. 요리가 거의 끝나갈 무렵 이 모든 과정에 지대한 관심을 표현하던 몽모렌시가 골똘히 생각에 잠긴 듯한 분위기를 풍기며 유유히 사라졌다가, 몇 분 후에 입에 죽은 물쥐를 물고 나타났다. 저녁 식사에 뭐라도 기여하고 싶은 요량으로 그것을 내밀고 있는 게 분명했다. 비아냥거리려고 그랬는지 아니면 정말로 도움을 주려고 그랬는지는 알 수 없다.

우리는 쥐를 넣어야 하느냐 말아야 하느냐를 두고 토론했다. 해리스는 다른 것들하고 같이 섞이면 별문제 없을 거라며, 세상에 쓸모없는 물건이 어디 있겠냐고 했다. 하지만 조지는 관례를 언급했다. 그는 아일랜드식 스튜에 물쥐가 들어간다는 말은 들어본 적이 없으며, 자기는 모험보다는 안전을 택하겠다고 했다.

그러자 해리스가 말했다.

"새로운 시도를 해보지도 않고서 어떻게 결과에 대해 말할 수 있지? 너 같은 사람들 때문에 세상의 진보가 더뎌지는 거야. 맨 처음 독일식 소시지를 먹은 사람을 생각해보라고!"

굉장한 성공이었다. 아일랜드식 스튜 말이다. 그렇게 맛있는 음식은 먹어본 적이 없는 것 같다. 뭔가 굉장히 새롭고 입맛을 돋우는 맛이었다. 우리의 미각은 낡고 진부한 것들에 지쳐 있었다. 그때 새로운 풍미를 지닌, 이 세상 것 같지 않은 맛이 나는 요리를 만난 것이다.

게다가 영양가도 풍부했다. 조지가 말한 것처럼, 질 좋은 재료들을 가득 넣었기 때문이다. 완두콩과 감자가 조금 더 부드러웠으면 했지만, 우리 모두 이가 튼튼했기 때문에 그다지 큰 문제가 되지는 않았다. 그리고 국물에 대해 말하자면, 국물은 정말이지 한 편의 시와도 같았다. 어쩌면 위장이 약한 사람들에게는 너무 진하다고 할 수도 있었지만 영양 하나만큼은 만점이었을 것이다.

우리는 차와 체리 타르트로 마무리를 했다. 몽모렌시는 티타임 동안 찻주전자와 한판 씨름을 벌였고 1등과 큰 차이가 나는 2등이 됐다.

여행을 하는 내내, 그는 찻주전자에 대단한 호기심을 드러내 보였다. 주전자가 끓으면 가만히 앉아서 알 수 없다는 표정으로 관찰하곤 했고, 가끔씩은 어쩌는지 보겠다는 태도로 주전자를 보고 으르렁거리기도 했다. 주전자가 푸푸 소리를 내며 수증기를 내뿜으면, 그는 그것을 하나의 도전으로 받아들이고 주전자와 싸움을 벌일 태세를 갖추었다. 하지만 그가 도전자에게 공격을 개시하려는 찰나, 딱 그 순간에 맞추어 누군가의 손이 홱 다가와 주전자를 낚아 채기가 일쑤였다.

몽모렌시는 그날만큼은 자기가 선수를 치리라 결심한 모양이었다. 주전자에서 첫 번째 소리가 들리자마자 그는 으르렁거리면서 자리에서 일어나 위협적인 태도로 주전자를 향해 다가갔다. 다만 하나의 작은 찻주전자에 지나지 않았지만, 주전자는 담력이 대담했고 기운이 뻗친 상태로 그에게 침을 뱉었다.

"이 자식, 감히 누굴!"

몽모렌시가 이빨을 드러내며 그르렁거렸다.

"근면하고 행실이 바른 개에게 그런 식으로 건방지게 굴다니, 이런 보잘것없고, 코는 기다랗고, 못생긴 불한당 같으니라고! 자 덤벼!"

그리고 그는 그 불쌍한 작은 주전자에게 달려들어 주둥이를 잡았다.

그런 다음 몽모렌시는, 고요한 오후의 정적을 깨뜨리며 소름 끼치는 깨갱 소리를 내지른 후 보트를 떠났다. 그리고 가끔씩은 차가운 진흙에 코를 묻으려고 멈추기도 하면서, 시속 35마일 속도로 섬을 세 바퀴 돌았다. 건강을 위해 가끔씩 운동을 해줘야 한다.

그날부터 몽모렌시는 주전자를 두려움과 의심, 미움이라는 감정을 낳게 한 객체로 여기게 되었다. 주전자를 볼 때마다 으르렁거리며 꼬리를 내리고 재빨리 뒤로 물러났으며, 주전자가 스토브에 올려지는 순간 보트 밖으로 냅다 빠져나가 차를 끓이는 전 과정이 끝날 때까지 강둑에 앉아 있곤 했다.

저녁 먹은 후 조지는 밴조를 꺼냈다. 그는 연주를 하고 싶어 했는데 해리스가 거부했다. 두통이 있다면서 밴조 소리를 참아낼 만한 상태가 아니라고 했다. 조지는 음악이 그에게 도움이 될지도 모른다고 생각했는지, 음악은 때로 신경을 안정시켜주고 두통을 없애준다고 말했다. 그리고 해리스에게 자기가 말한 내용의 신빙성을 입증하려는 단 하나의 목적으로 두세 음조를 '윙' 하고 울려댔다.

해리스는 그냥 머리가 아픈 게 낫겠다고 했다.

조지는 지금까지도 밴조 연주법을 배우지 못했다. 기회가 있을 때마다 그의 배움을 방해하는 것들이 사방에서 달려들었기 때문이다. 여행하는 동안에도 연습을 좀 하려고 저녁에 두세 차례 시도를 해보았지만 한번도 성공하지 못했다. 해리스의 연주는 그 자체로도 사람의 신경을 엇나가게 하기에 충분했지만, 몽모렌시가 옆에 앉아서 연주 내내 계속해서 컹컹 짖어댔다. 가망 없는 시도였다.

"내가 연주를 하는데 저렇게 짖어대는 이유가 도대체 뭘까?"

화가 난 조지는 그에게 장화를 조준한 채 외쳤다.

"녀석이 저렇게 짖어대는데 연주를 계속 해대는 이유는 뭔데?"

장화를 잡으며 해리스가 말했다.

"그냥 두란 말이야. 녀석도 어쩔 수가 없어. 녀석에게도 음악을 들을 줄 아는 귀가 있다고. 네 연주 소리 때문에 녀석이 짖어대는 거 아냐!"

그래서 조지는 집에 도착할 때까지 밴조 연습을 연기하기로 결심했다. 하지만 집에 도착해서도 기회가 그리 많지는 않았다. 포피츠 부인이 올라와 정말 미안하다고 하면서 자기는 괜찮지만, 위층에 사는 숙녀 분이 아주 민감한 상태고 의사 말로는 조지의 연주 소리가 아이에게 해가 될지도 모른다고 했다는 것이다.

그래서 조지는 늦은 밤 시간을 이용해 악기를 들고 광장 근처로 나갔다. 하지만 주변에 사는 사람들이 경찰에 신고를 했고 어느 날 밤 순찰대원에게 딱 걸려 체포되고 말았다. 그의 행각에 대한 증거가 아주 확실했기 때문에 그는 향후 육 개월 동안 주변의 평화를 깨서는 안 된다는 의무를 지게 되었다.

이후 그는 밴조 연주에 흥미를 잃어버린 것처럼 보였다. 육 개월이 지났을 때 그간의 잃어버린 시간을 만회해보려는 경미한 노력을 한두 차례 하긴 했지만, 세상은 여전히 냉담하기만 할 뿐이었다. 세상은 그를 위해 싸워줄 마음이 없었다. 그리고 얼마 후 그는 완전히 절망했고 엄청난 희생을 감수하며 악기를 내놓았다. "소유자는 이제 사용하지 않음." 그리고 대신에 카드 트릭을 배우는 데 전념했다.

악기를 배우는 것은 사람을 낙담하게 만드는 과정임에 틀림없다. 당신은 한 인간이 악기 연주의 기술을 획득하는 데 도움을 줄 수 있다면 인간 사회는 자신이 할 수 있는 최선의 노력을 다할 거라고 생각할지도 모른다. 하지만 어림 반 푼어치도 없는 소리다.

내가 아는 사람 중에 백파이프 연주를 배우던 녀석이 하나 있었다. 그가 얼마나 많은 주위의 반대를 감당해야 했는지를 알게 되면 아마 깜짝 놀랄 것이다. 그는 심지어 자기 가족들에게서도 이른바 격려라고 부를 만한 것을 받아보지 못했다. 그의 아버지는 처음부터 전면적으로 반대를 하고 나왔고, 그 문제에 관한 얘기를 꺼냈다 하면 비판 일색이었다. 내 친구는 아침 일찍 일어나 연습을 하곤 했는데, 여동생 때문에 그것도 포기해야 했다. 그녀는 다소 종교적인 성향이 있는 편이어서, 하루를 그런 식으로 시작하는 것을 끔찍한 일로 여겼기 때문이다.

그래서 그는 밤에 안 자고 있다가 식구들이 모두 잠들고 나면 연주를 했는데, 그것도 별로 오래가지 못했던 것이, 그 집에 대해 안좋은 말들이 떠돌았기 때문이다. 늦게 귀가하던 이웃들이 그가 연주하는 소리를 듣고는 다음날 아침 온 동네에, 어젯밤에 제퍼슨 씨네 집에서 끔찍한 살인 사건이 벌어졌다는 말을 퍼뜨렸다. 그러면서 자기네가 희생자의 비명 소리는 물론이고 자비를 구하는 기도에 이어 살해자의 잔인한 맹세와 저주, 죽어가는 시신의 마지막 경련 소리까지 들었다고 했다.

그래서 가족들은 그로 하여금 낮 시간에 문을 다 닫아놓은 다음 부엌 뒤쪽에서 연습하게 했다. 하지만 이런 모든 예방 조치에도 아랑곳없이 그의 다소 성공적인 악절들은 거실까지 들려왔으며 그 때문에 그의 어머니는 울음을 터뜨릴 지경이 되었다.

그녀는 그 소리가 자신의 불쌍한 아버지(뉴기니 해변에서 수영을 하다가 상어에게 잡아먹혔다)를 떠오르게 한다고 말했다. 아버지와 백파이프 소리 사이에 무슨 연관이 있는지 설명할 수는 없었지만.

그래서 가족들은 이번에는 집에서 400미터 정도 떨어진 곳에 있는 뜰 바닥 아래에 급히 그를 위한 작은 공간을 만들어, 연주를 하고 싶을 때는 악기를 가지고 그 아래로 내려가게 했다. 가끔씩 그 사실에 대해 아무것도 모르는 방문객들이 찾아오곤 했고 가족들은 손님에게 그것에 대해 말해주거나 혹은 주의를 주는 것을 잊어버렸는데, 그러면 손님은 뜰로 나가 산책 겸 거닐다가 아무런 준비도 안 된 상태에서 혹은 상황에 대해 알지도 못하는 상태에서 갑자기 그 백파이프 소리를 듣게 되었다. 정신력이 강한 사람이면 발작 정도로 그쳤고, 그저 평범한 지성의 소유자들이라면 대개 미쳐버리고 말았다.

이쯤 해서 아마추어 백파이프 연주자가 초기에 쏟아붓는 노력이 얼마나 애처로운지를 고백하지 않을 수 없다. 나는 내 친구의 연주를 들으면서 그런 생각을 했다. 백파이프라는 악기는 연주하기가 무척 힘이 드는 악기인 것 같았다. 시작하기에 앞서 곡 전체에 대비하여 충분한 양의 숨을 들이마셔야 한다. 적어도 제퍼슨을 보면서는 그런 생각이 들었다.

그는 처음엔 요란하게, 잠이 확 달아날 정도로 크고 풍부하고 다 덤벼봐 하는 듯한 음조로 시작했다. 하지만 시간이 지날수록 소리는 점점 약해지고 마지막 악절은 대개 중간쯤에서 푹, 쉿, 하며 끝나고 말았다.

백파이프를 연주하려면 아주 건강해야 한다.

우리의 제퍼슨이 배운 백파이프 연주곡은 하나뿐이었다. 하지만 그의 레퍼토리가 단조롭다고 불평하는 소리는 단 한번도 들어보지 못했다. 그는 자신의 연주곡은 〈캠벨 가족이 온다, 만세! 만세!〉라고 했다. 하지만 그의 아버지는 항상 그 곡을 〈스코틀랜드의 블루벨〉이라고 주장했다. 그 곡이 무엇인지 정확히 아는 사람은 아무도 없는 것 같았지만, 제퍼슨의 백파이프가 스코틀랜드 사운드를 낸다는 데는 모두 동의했다.

이방인들에게는 세 번까지 추측이 허용되었는데, 대부분 매번 다른 곡을 댔다.

해리스는 저녁 먹은 후 비위가 상해 있었다. (나는 스튜 때문이었다고 생각한다. 그는 사치스러운 생활에 익숙하지 못하다.) 그래서 조지와 나는 그를 남겨두고 헨리 근처를 돌아다녀볼 생각으로 보트에서 내렸다. 해리스는 위스키를 한 잔 마시고 담배를 한 대 태운 다음

잠잘 준비를 해놓겠다고 했다. 자기는 섬에 가 있다가, 우리가 돌아와서 소리를 지르면 태우러 오겠다고 했다.

"잠들면 안 돼."

우리는 출발하면서 그에게 말했다.

"스튜가 배 속에 남아 있는 동안엔 그럴 일이 없겠지."

그는 투덜거리며 섬으로 노를 저어 갔다.

헨리는 레가타* 준비로 한창 부산했다. 우리는 마을에서 아는 사람을 많이 만났고 그들과 함께 웃고 떠드는 사이 시간이 후딱 지나가 버리고 말았다. 그래서 우리 집(이즈음 우리는 우리의 작은 보드를 이렇게 불렀다)까지 4마일 정도 되는 거리를 걸어가기 시작한 것은 거의 열한 시가 다 되었을 때였다.

가랑비가 내리는 축축하고 차가운 밤이었다. 서로에게 낮은 목소리로 이야기를 건네고 제대로 가는 건지 궁금해하며, 어둡고 조용한 들판을 터벅터벅 걸어가는 동안, 우리는 빳빳하게 잘 드리운 모포 틈새로 밝은 불빛이 흘러나오는 아늑한 보트를 생각했다. 해리스와 몽모렌시, 그리고 위스키 생각도 했다. 그리고 지금 우리도 거기 있었으면 하고 바랐다.

---

* 보트 레이스를 뜻한다. 레가타라는 말은 14세기경 베네치아에서 있었던 곤돌라 레이스를 그렇게 부른 데서 유래했다. 1839년, 영국 왕실 주최로 열린 로열 헨리 레가타(Royal Henley Regatta)는 매년 7월 첫째 주에 사흘 동안, 런던 교외 템스강 상류 헨리에서 개최된다. 조정 경기는 근대적인 스포츠 경기로서 영국 런던의 템스강 기슭에 호화로운 저택을 두고 있던 영국 귀족들에 의해 시작되었는데, 19세기 들어서는 프로가 아닌 아마추어 조정 경기도 활발해졌다고 한다. 케임브리지와 옥스퍼드 양 대학 간 경기가 시작된 것도 이때다.

피곤하고 약간 배가 고픈 상태였던 우리는 보트 안에 있는 우리의 모습을 마음속에 그려보았다. 어두운 강물과 형체 없는 나무들, 그 아래 마치 거대한 반딧불이와도 같은 우리의 사랑스런 낡은 보트, 너무나 아늑하고 따뜻하고 기분 좋은 그곳. 우리는 그곳에서 저녁을 먹는, 냉육을 조금씩 먹으며 서로에게 빵 덩어리를 옮겨주는 우리의 모습을 떠올릴 수 있었다. 그 공간을 채우는가 하면 열린 틈을 통해 밤의 공기 속으로 새어나가는, 나이프 부딪히는 소리와 웃음소리도 들을 수 있었다. 우리는 상상을 현실로 만들려고 서둘러 발걸음을 옮겼다.

마침내 토우패스에 도착했고, 그래서 우리는 행복했다. 토우패스에 도착하기 전에는 우리가 강 쪽으로 제대로 가고 있기는 한 건지, 혹시 강에서 멀어지는 건 아닌지 확실치가 않았기 때문이다. 지치고 어서 빨리 잠자리에 들고 싶을 때는 그런 걱정거리가 생겨나게 마련이다. 시계가 이십오 분 전 열두 시를 가리킬 때 우리는 십레이크를 지났다. 그러자 조지가 생각에 잠긴 듯한 목소리로 말했다.

"혹시 어느 섬이었는지 기억나?"

"아니."

나는 대답했다. 나 역시 생각이 많아지기 시작했다.

"모르겠는데. 섬이 몇 개나 되지?"

"네 개."

조지가 대답했다.

"해리스가 깨어 있다면 아무 문제 없을 거야."

"깨어 있지 않으면?"

내가 물었다. 하지만 우리는 더 생각하지 않기로 했다.

우리는 첫 번째 섬의 반대편에 도착해서 고함을 질러보았다. 하지만 아무런 반응이 없어서 두 번째 섬의 반대편으로 갔고 거기서도 소리를 질러보았는데 결과는 똑같았다.

"아! 이제 기억이 난다."

조지가 말했다.

"세 번째 섬이었어."

우리는 희망에 가득 차 세 번째 섬 쪽으로 달려가 냅다 소리를 질렀다.

대답 없음!

상황이 점점 심각해지고 있었다. 자정을 넘긴 시각이었다. 십레이크와 헨리에 있는 호텔은 다 만원사례일 것이다. 한밤중에 가정집 문을 두드리며 방 한 칸만 내줄 수 있겠냐고 물어볼 수도 없는 노릇이었다. 조지는 헨리로 돌아가서 경찰관 한 명을 폭행한 다음 경찰서에서 하룻밤 지내는 것이 어떻겠냐고 했다. 하지만 그때 이런 생각이 떠올랐다.

"경찰관이 맞은 만큼 때려주고 그냥 쫓아버리면 어떡할 건데?"

경찰관과 싸우면서 하룻밤을 보낼 수도 없는 일이었다. 게다가 도가 지나치면 육 개월을 살아야 할지도 모르는 일이었고.

우리는 절망적인 심경이 되어 어둠 속에서 네 번째 섬으로 보이는 듯한 곳을 향해 소리를 질러보았다. 하지만 이전보다 나은 성공적인 결과를 얻어내지는 못했다. 비는 이제 더욱 세차게 내렸고 멈출 기미라곤 보이지 않았다. 속옷까지 흠뻑 젖어 추운 데다 꼴도 말이 아니었다. 문득 궁금해졌다. 섬이 네 개만 있는 게 맞을까? 더 있는 거 아닐까? 우리가 섬 근처에 있기는 한 걸까? 우리가 있어야 할 곳의 1마일 이내에라도 있기는 한 걸까? 혹시 완전히 다른 편에 있는 건 아닐까? 어둠 속에 서 있으니 모든 것이 이상하고 달라 보였다. 우리는 숲 속에 버려진 아이들의 고통을 이해하기 시작했다.

우리가 모든 희망을 포기했을 때, 그렇다, 나도 안다. 소설이나 이야기에서 꼭 이럴 때 사건이 벌어진다는 것을. 하지만 어쩔 수 없다. 이 책을 쓰면서 나는 모든 것에 대해 정확히 진실만을 말하겠다고 결심했다. 그러니 나는 그렇게 할 것이다. 그렇게 하기 위해서 상투적인 표현을 써야 한다면 나는 쓸 것이다.

정말 그때는 우리가 모든 희망을 포기한 바로 그 시점이었다. 그러니 그렇게 쓸 수밖에 없다. 우리가 모든 희망을 포기했을 때, 나는 갑자기 이상하고 기묘한 미광이, 우리가 있는 곳에서 약간 아래쪽인 반대편 강둑 나무들 사이에서 반짝거리는 모습을 포착했다. 순간 나는 유령이다! 하는 생각을 했다. 그 정도로 음침하고 알 수 없는 빛이었다. 그러나 바로 다음 순간 그것이 우리 보트에서 나오는 불빛이라는 생각이 번뜩 스쳤고, 나는 강 건너편을 보며 밤이 잠자리에서 화들짝 놀라 깨어날 정도로 우렁찬 고함을 내질렀다.

우리는 잠시 숨을 죽이고 기다렸다. 그때 (오, 어둠이 들려주는 성스러운 음악과도 같이) 몽모렌시가 답하듯 짖어대는 소리가 들려왔다. 우리는 7인의 잠든 자*를 깨울 수 있을 만큼(왜 한 사람을 깨울 때보다 일곱 사람을 깨울 때 더 큰 소리를 내야 하는지는 지금도 이해가 안 된

---

* 기독교인이라는 이유로 로마 황제 데시우스에게 박해를 받아 암굴 속에 갇혔던 7인의 귀족. 187년 동안 잠들었다가 깨어나 보니 로마 제국이 기독교를 받아들인 상태였다고 한다.

다) 큰 소리로 화답했다. 그리고 한 시간쯤(사실은 오 분 정도였다고 생각되긴 하지만) 지난 후 칠흑 같은 어둠 속에서 우리의 보트가 서서히 모습을 드러냈고 우리는 어디 있느냐고 물어오는 해리스의 졸린 목소리를 들을 수 있었다.

해리스에게서 설명할 수 없는 이상한 뭔가가 느껴졌다. 단순히 피곤한 것과는 다른 느낌이었다. 그는 우리가 보트로 들어가는 것이 불가능한 지점에 보트를 대더니 즉시 곯아떨어지고 말았다. 그를 다시 깨우고 이성을 약간 불어넣어주려고 우리는 실로 엄청난 양의 고함과 비명을 질러대야 했다. 하지만 우여곡절 끝에 우리는 성공했고 안전하게 배에 탈 수 있었다.

보트에 탔을 때 우리는 해리스의 얼굴에 슬픔이 서려 있다는 것을 알 수 있었다. 마치 온갖 고생을 다 한 인간의 모습 같았다. 우리는 무슨 일이 있었느냐고 물었고 그가 대답했다.

"백조들이!"

말하는 것을 들어보니 우리 보트가 어느 백조의 둥지 근처에 정박을 했는지, 조지와 내가 가버린 후에 백조 암컷이 돌아와 소동을 일으킨 것 같았다. 해리스는 암컷을 쫓아버렸지만 사라졌던 암컷은 수컷과 함께 돌아왔다. 해리스는 자기가 이 백조 두 마리와 심각한 결투를 벌였다고 했다. 그러면서 용기와 기술적인 면에서 자기가 우세했기 때문에 놈들에게서 승리를 얻어냈노라고 했다.

하지만 삼십 분 후 그들은 다른 백조 열여덟 마리와 함께 돌아왔다. 해리스의 설명으로 짐작하건대 끔찍한 전투였을 것임에 틀림없다. 백조들은 보트 밖으로 해리스와 몽모렌시를 끌어내 익사시키려고 했다. 해리스는 네 시간 동안 마치 영웅처럼 자신을 방어했고 백조 떼를 처치했으며 그들 모두는 발버둥치다 죽어갔다.

"백조가 몇 마리였다고?"

조지가 물었다.

"서른두 마리."

해리스가 졸린 목소리로 대답했다.

"조금 전엔 열여덟 마리라고 했잖아."

조지가 말했다.

"내가 언제?"

해리스가 투덜댔다.

"열두 마리라고 했어. 내가 숫자도 못 세는 인간인 줄 알아?"

이 백조 사건에 관한 진실이 무엇인지 우리는 알 수 없었다. 아침에 해리스에게 그 문제에 대해 물었을 때 그는 "무슨 백조?"라고 했고 조지와 내가 꿈을 꾸었다고 생각하는 듯했다.

온갖 시험과 두려움을 뚫고 보트에 안전하게 있을 수 있다는 것이 얼마나 좋았는지! 조지와 나는 배불리 저녁을 먹었고, 만약 위스키를 찾아낼 수 있었다면 식사 후에 토디*를 마셨을 테지만 그러지는 못했다. 위스키를 가지고 무슨 짓을 한 거냐고 해리스를 추궁해봤지만, 그는 우리가 '위스키'라고 말할 때 그것이 무슨 뜻인지 모르는 것 같았고, 도대체 우리가 무슨 소리를 하는 건지도 알지 못하는 듯했다. 몽모렌시는 뭔가를 아는 눈치였지만 아무 말도 하지 않았다.

나는 그날 밤 아주 잘 잤다. 해리스만 아니었으면 더 잘 잤을 것

———————————

* 위스키에 뜨거운 물, 설탕, 레몬을 탄 음료

이다. 해리스 때문에 적어도 여섯 번은 깬 것 같았는데, 해리스는 옷을 찾아야 한다며 랜턴을 들고 보트를 돌아다녔다. 밤새도록 그러는 것 같았다.

해리스는 자기 바지를 깔고 자지는 않는지 확인하려고 조지와 나를 두 번이나 일으켰다. 두 번째는 조지가 화를 버럭 냈다.

"도대체 한밤중에 바지를 찾아서 뭘 하려는 거야?"

그는 붉으락푸르락하며 말했다.

"가서 엎어져서 잠이나 자란 말이야!"

또다시 깨어보니 그는 양말을 찾을 수 없어 난처해하고 있었다. 마지막으로 기억나는 것은 내 옆으로 굴러와서 도대체 우산이 어디로 갔는지 알다가도 모를 일이라면서 구시렁대는 해리스의 목소리였다.

15

다음 날 아침 우리는 느지막이 일어나, 해리스의 간곡한 요청에 따라 '일류 요리' 없이 소박하게 아침을 먹었다. 그리고 깨끗이 청소를 하고 모든 것을 정돈한 후 (이런 끝날 줄 모르는 노동은, 종종 나를 괴롭혔던 질문, 그러니까 하는 일이라곤 오직 한 집안의 가사뿐인 여자들은 남는 시간을 도대체 어떻게 보내는가 하는 문제에 대한 아주 분명한 통찰력을 제공해주었다) 열 시쯤 출발했다.

우리는 그날 아침에는 변화를 좀 주어 밧줄로 끌지 말고 노를 젓자는 데 동의했다. 그리고 해리스는, 조지와 내가 노를 젓고 자기가 진로를 잡는 것을 최고의 역할 분담으로 생각했다. 나는 이 생각에 전혀 동의하지 않았기 때문에, 만약 해리스가 자신과 조지가 일을 하고 나를 좀 쉬게 해주는 제안을 했다면 더욱 훌륭한 인격적 소양을 보여줄 수 있었을 거라고 생각한다고 말했다. 내 관점에선 내가 이번 여행 동안에 정당한 양보다 더 많은 일을 하는 것 같았고 이 문제 때문에 기분이 좀 상했다.

내 생각에 나는 항상 해야 하는 것보다 훨씬 많은 일을 하는 것 같다. 그렇다고 내가 일을 싫어한다는 뜻은 아니다. 오해하지 마시길. 나는 일을 아주 좋아한다. 나는 몇 시간 동안이고 자리에 앉아서 그것을 바라볼 수 있다. 나는 그것을 내 곁에 두고 싶어한다. 누군가 나에게서 그것을 뺏어간다고 생각하면 심장이 터질 것만 같다.

나에게 너무 많은 일이 주어졌다는 것은 있을 수 없는 일이다. 할 일을 축적하는 것이야말로 내가 열정을 바치는 일이다. 내 서재는 일로 가득 차서 더 할애할 공간이 없다. 곧 한쪽 문짝을 버려야 할 판이다.

나는 내 일에 매우 주의를 기울인다. 내 곁에 두는 어떤 일들은 몇 년 동안 내 소유였고 지문 자국 하나 없다. 나는 내 일에 자부심을 가지고 있다. 나는 가끔 그것을 바닥에 내린 후에 먼지를 털어낸다. 어떤 사람도 내가 하는 것보다 더 나은 상태로 일을 보관하지는 않을 것이다.

하지만 내가 일을 끔찍이 좋아한다고는 해도, 나는 공명정대한 것을 원하는 사람이다. 나는 내게 할당되어야 할 정당한 양 이상을 바라는 사람이 아니다.

하지만 일을 얻을 때는 이런 것을 요구하지 못하는데(적어도 나는 그렇게 생각한다) 이 때문에 늘 고민이 많다.

조지는 그 문제에 관해서 생각하느라 사서 고생할 필요는 없다고 했다. 자기 생각에는 내가 내 몫보다 더 많은 일을 한다는 두려움을 느끼는 이유는 지나치게 소심한 내 성격 탓이라면서, 사실 나는 내가 해야 하는 일의 절반 정도밖에 하지 않는다고 했다. 내 생각에 그는 나를 위로하려고 이런 말을 하는 것 같다.

보트를 타면 항상 느끼지만, 보트 팀의 모든 멤버는 한결같이 자기가 모든 일을 다 한다는 생각을 하게 된다. 해리스는 지금껏 일을 한 것은 자기뿐이었으며, 조지와 내가 그에게 그런 의무를 강압적으로 치르게 해왔다고 생각하고 있었다. 반면 조지는 네가 한 것이라곤 먹고 자는 것뿐이었다며 그를 조롱했고, 일이라고 말할 가치가 있는 노동을 한 것은 자기 자신뿐이라는 요지부동의 의견을 내놓았다.

그는 같이 보트 여행을 해본 사람들 중에 해리스와 나처럼 게으른 인간 커플은 없었다고 했다. 해리스가 코웃음을 쳤다.

"우리의 조지 군이 일에 대해 얘기를 하다니! 삼십 분만 일을 시켜도 죽어버리려고 할 거면서 말야. 넌 조지가 일하는 걸 본 적이 있어?"

그가 나에게 고개를 돌리며 물었다.

나는 해리스의 말에 동의하며 본 적이 없다고 했다. (우리가 같이 이번 여행을 시작한 후로는 거의 확실했다.)

"글쎄, 어떤 식으로든 그 문제에 대해서 너 같은 녀석이 그렇게 많이 안다고 할 수 있을까?"

조지가 해리스에게 반박했다.

"여행의 반을 자는 데 보낸 인간이 그럼 안 되지. 너는 밥 먹을 때 말고 해리스가 온전하게 깨어 있는 모습을 본 적이 있어?"

조지가 나를 바라보며 물었다.

진실이 나로 하여금 조지를 지지하도록 강요했다. 해리스는 처음부터, 도움이라는 부분에서 말하자면 보트에서 거의 무용지물인 인간이었다.

"뭐, 어쨌든 조지 녀석보다는 내가 더 많이 했어!"

해리스가 말했다.

"그렇게 생색낼 정도로 뭘 했다고는 할 수 없을 텐데?"

조지가 말했다.

"너는 자기가 승객 자격으로 보트에 탄 줄 아는 녀석이잖아!"

해리스가 말했다.

이것이 그들과 낡아빠진 오래된 보트를 킹스턴에서부터 끌고 오고, 그들을 위해 모든 것을 감독하고 관리하고, 돌봐주고, 그들을 위해 노예처럼 일한 나에 대한 감사의 표시란 말인가. 세상은 이런 곳이다.

우리는 레딩까지는 해리스와 조지가 노를 젓고 거기서부터는 내가 보트를 끄는 것으로 조정함으로써 당면한 난관을 일단락지었다. 급한 물살을 거스르며 노를 젓는 일은 당시의 나에게는 별 매력이 없었다. 오래전에는 힘든 일을 애써 내 것으로 만들곤 했지만, 지금은 어린 친구들에게 기회를 주는 것을 좋아한다.

나는 힘들게 노를 저어야 하는 상황이 발생할 때마다 나이 든 선배들 대부분이 비슷한 방식으로 물러난다는 것을 안다. 배의 뒷전에서 쿠션에 누운 채 자신이 지난 시즌 세운 위대한 공훈들에 관한 일화를 들려주며 노잡이들을 격려하는 사람이 있다면 그는 선배라고 봐도 좋다.

"지금 하는 건 아무것도 아니야!"

그는 만족스럽게 담배 연기를 내뿜으면서, 한 시간 반 동안 쉬지 않고 척척 강을 거슬러 오르며 땀을 흘리는 두 초심자에게 점잖을 빼며 말한다.

"짐 비플즈와 잭, 그리고 나는 지난 시즌에 말로에서 고링까지 반나절 만에 도착했지. 한번도 쉬지 않고서 말야. 기억나, 잭?"

담요와 코트 등을 모을 수 있는 대로 다 모아서 뱃머리에 침대를 만든 후 지난 두 시간 동안 잠을 자던 잭은, 자신에게 그런 질문이 던져지자 비몽사몽간에 잠을 깨고 기억을 더듬다가 자기들이 노를 저어가는 내내 이상하리만치 물살이 강했다는 것을 기억해낸다. 게다가 거센 바람까지.

"약 34마일쯤 되었던 거 같은데."

첫 번째로 말을 꺼낸 사람이 머리 아래에 다른 쿠션을 하나 더 대며 말했다.

"야, 야, 너무 과장하지는 말자, 톰."

잭이 책망하듯 말한다.

"고작해야 33마일이었어."

잠시 후 이런 말을 하느라 너무 기운이 빠진 잭과 톰은 다시 한번 잠에 빠져든다. 그리고 노를 잡고 있던 천진난만한 두 젊은이는 잭과 톰처럼 멋진 노잡이들을 태우고 가도록 허락된 것이 너무나 자랑스러워 더욱더 열심히 노를 젓는다.

젊을 땐 나도 선배들에게 이런 이야기를 듣곤 했다. 그때 나는 이야기들을 곧이곧대로 받아들여 삼킨 후 단어 하나하나를 모두 소화시켰고 더 많은 것들을 듣고 싶어 했다. 하지만 신세대에게는 구시대의 우직한 믿음이 없는 것 같다. 조지와 해리스와 나는 지난 시즌에 '신출내기' 한 명을 같이 태우고 간 적이 있는데, 그때 우리는 그에게 관례에 따라 우리가 그동안 이룩한 위대한 일들에 대해 허풍을 늘어놓았었다.

우리는 보통 말하곤 하는 것들(지난 세월 모든 노잡이들과 함께 강을 오르며 의무를 다한 전통적인 거짓말)을 다 말한 후, 우리가 고안해낸 완전히 독창적인 일곱 가지 이야기를 덧붙였다. 거기에는 어느 정도까지는 진짜 사건, 그러니까 몇 년 전 친구 녀석 하나에게, 약간 내용이 다르긴 하지만 진짜 일어났던 사건을 기초로 해서 만든 진짜 같은 이야기(순진한 아이들이나 내용을 그리 많이 해치지 않은 상태에서 믿어줄 만한 이야기이긴 하지만)도 포함되어 있었다.

그런데 그 신출내기는 그 모든 이야기를 비웃기만 하더니, 우리가 그때 그 자리에서 그런 일들을 다시 한번 재현해보길 원했고, 우리가 그럴 수 없다는 쪽에 9대 1의 승률을 걸었다.

우리는 그날 아침 노 젓기 경험에 대해서 수다를 떨다가, 처음 그 기술을 배울 때 있었던 일화들을 떠올리게 됐다. 내 기억에 나의 첫 경험은 다른 멤버 네 명과 함께였다. 각자 3펜스씩 내고 레전트 파크 호수에 이상한 모양의 작은 배를 띄웠는데, 결과적으로 공원 관리인의 집에서 몸을 말려야 했다.

그 후 강에 취미가 생긴 나는 교외의 여러 벽돌 공장에서 상당히 많은 레프팅 연습을 했다. 이건 상상하는 것보다 훨씬 더 많은 재미와 흥분을 제공하는 운동이다. 못 한가운데 있을 때나, 자기가 타고 있는 기구를 구성하는 재료의 소유주가 손에 커다란 막대기를 들고 갑자기 강둑에 나타났을 때는 더욱 그렇다.

이런 사람들을 보았을 때 당신의 첫인상은 여하튼 동등한 처지에서 대화할 수 있을 것 같지는 않을 테고, 만약 무례하게 보이지 않고 그렇게 할 수 있다 해도 그들을 피하고 싶을 것이다. 그러므로 당신의 목표는 그가 다가오는 못 반대편에 내려, 그를 못 본 척 시치미를 떼면서 조용하고 신속하게 집으로 가는 것이다. 반면 그는 당신을 잡고 말을 하고 싶어 안달일 것이다.

그는 당신 아버지를 아는 것 같고 당신하고도 꽤 친밀하게 알고 지내는 사이인 것처럼 보인다. 하지만 그렇다고 해서 당신이 그에게 다가가는 것은 아니다. 그는 당신에게 자기 판자들을 가져다가 그것으로 뗏목 만드는 법을 가르쳐주겠다고 한다. 하지만 당신은 이미 어떻게 하는 건지 잘 알기 때문에, 두말할 것 없이 친절한 제안이기는 하지만 불필요한 수고를 끼치지 않으려 한다.

그러나 당신을 만나고 싶어 하는 그의 의지는 당신의 냉담한 반응에도 사그라들 줄을 모르며, 뗏목에서 내리는 당신을 맞이하고자 못 위아래를 뒤지는 그의 생기 있고 힘찬 태도는 거의 아부에 가까울 지경이다.

만약 그가 뚱뚱하고 뛸 조금만 해도 금방 숨이 차는 체격의 소유자라면, 당신은 쉽게 그의 충고를 피할 수 있다. 하지만 젊고 다리가 긴 체형이라면, 그와의 만남은 불가피하다. 그러나 인터뷰 시간은 굉장히 짧고, 대화를 이끌어가는 것은 그일 것이며, 당신의 의견이라는 것은 대부분 감탄조 단음절로 이루어지고, 석별의 정을 나누자마자 당신의 눈에서는 눈물이 떨어질 것이다.

나는 약 석 달 정도를 레프팅에 투자했고, 그 분야만큼은 더 연습할 필요가 없을 만큼 충분히 유능해졌기 때문에, 진정한 보트 타기를 하겠다고 결심하고 리 보팅 클럽(Lea Boating Club) 중 하나에 등록했다.

리 강에 보트를 타고 나가는 것은, 특히 토요일 오후가 더욱 그러한데, 솜씨 좋게 배를 다루는 기술을 습득하도록 해준다. 안정적이지 못한 물살이나 바지선 때문에 배가 가라앉는 것을 피하는 기술도 훈련하게 해준다. 또한 지나가는 견인용 밧줄에 걸려 강물 속으로 빠지려는 순간 보트 바닥에 납작하게 엎드리는 가장 신속하고 우아한 방법을 획득하도록 충분한 기회를 제공해준다.

하지만 그렇다고 해도 당신에게 스타일까지 제공해주지는 않는다. 내가 스타일을 가지게 된 것은 템스강에 나오면서부터다. 나의 노 젓기 스타일은 이제 많은 사람들의 존경을 받는다. 사람들은 나의 스타일이 유일무이하다고 말한다.

조지는 열여섯 살이 될 때까지 물가 근처엔 가보지도 않았다. 그러다가 또래 친구 여덟 명과 함께 어느 토요일에, 보트를 하나 대여해 리치몬드까지 노를 저어 갔다가 돌아오겠다는 생각으로 친히 큐*까지 납시었다. 일행 중에 머리가 텁수룩한 조스킨이라는 녀석이 있었는데, 서펀타인**에서 한두 번 보트를 타본 경험이 있는지라 보트 타는 게 무진장 재미있다고 말했던 것이다.

그들이 부잔교에 도착했을 때 아주 급속하게 물이 빠지고 있었고 강물 위로는 세찬 바람이 불었지만, 이것은 그들에게 아무런 문제가 되지 못했고 그들은 보트 고르는 일에 착수했다.

---

*　런던 서남부, 리치몬드 어폰 템스의 한 지구. 왕립 식물원(Kew Gardens)으로 유명하다.

**　런던 하이드 파크에 있는 연못

부잔교에는 노 여덟 개짜리 경주용 아우트리거*가 매어져 있었다. 이것이야말로 그들의 마음을 사로잡을 만한 보트였다. 그들은 그것을 대여하겠다고 간청했다. 보트 대여 관리인은 마침 자리에 없었고 심부름하는 소년이 대신 일을 처리하고 있었다. 소년은 아우트리거를 향한 그들의 열정을 잠재워보려고 노력하면서 가족 나들이 스타일의 매우 편안해 보이는 보트를 두세 척 보여주었지만, 아무 소용이 없었다. 오직 아우트리거만이 그들을 최고로 보이게 만들어줄 수 있는 보트였다.

그래서 소년은 아우트리거를 물에 띄웠고, 그들은 코트를 벗고 자리에 앉을 준비를 했다. 소년은, 그때 이미 동년배들 가운데 체격이 단연 두드러졌던 조지가 4번** 자리에 앉아야 한다고 했다. 조지는 기꺼이 그러겠노라고 말해놓고는 즉시 뱃머리에 발을 들여놓고 등을 고물로 향한 채 자리를 잡고 앉았다. 그들은 그를 제대로 앉혀준 후에 각자 자기 자리를 찾았다.

특히 긴장해 있던 친구는 타수로 임명됐고 조스킨이 그에게 조타의 원리를 설명해주었다. 조스킨 자신은 정조수를 맡았다. 그는 다른 친구들에게 아무 문제 없을 거라면서 자기를 따라하기만 하

---

* 안정성 확보를 위해 보트나 카누 등의 측면에 부착한 부재(部材). 혹은 아우트리거를 부착한 보트나 카누를 이렇게 부른다.

** 조정 경기의 멤버는 노를 젓는 조수와 키를 잡는 타수로 이루어진다. 종목에 따라서는 타수가 없는 경우도 있다. 조수는 8인조에서는 뱃머리(bow)에 가장 가까운 쪽부터 바우, 2번, 3번……7번이라고 하며, 타수에 가장 가까운 조수를 정조수 혹은 스트로크라 한다. 가운데 네 명을 미들포(middle four)라고 하는데, 미들포는 추진력의 주동으로 몸집이 크고 힘이 센 조수를 둔다.

면 된다고 했다.

그들은 준비가 되었다고 말했고, 부잔교에 있던 소년은 갈고리 장대로 배를 밀어냈다.

그 후에 조지에게 무슨 일이 일어났는지를 자세하게 묘사할 수는 없다. 그가 기억하는 내용이 너무 뒤죽박죽이기 때문이다. 그는 출발하자마자 5번의 노 밑동으로 등쪽 허리를 세차게 얻어맞았고, 동시에 자기 자리가 마치 마술처럼 사라져버려 맨바닥에 앉게 되었다고 했다. 그는 또한 참 우습게도, 2번이 그 순간 보트 바닥에 등을 대고 누운 채, 언뜻 보기에는 발작을 일으킨 것 같은 상태로 공중에 다리를 버둥대는 모습을 보았다고 했다.

그들은 배의 옆면이 앞을 본 상태로 큐 브리지 아래를 지났다. 노를 젓는 사람은 조스킨뿐이었다. 자기 자리에 다시 앉은 조지는 그를 도우려고 했지만, 물속에 노를 담근 순간, 너무나 놀랍게도 노가 보트 아래로 사라져버렸고, 조지는 노를 따라 거의 물속에 빠질 뻔했다.

그 순간 '타수'가 방향키 줄을 물속으로 던져버리고 울음을 터뜨렸다.

어떻게 돌아왔는지 조지는 알지 못했지만 어쨌든 돌아오는 데는 사십 분이 걸렸다. 빈틈없이 들어찬 군중이 큐 브리지에서 벌어지는 쇼를 즐겼고, 모든 사람이 그들에게 제각기 다른 지침을 외쳐댔다. 간신히 아치 아래를 통과해 나온 것이 세 번, 다시 그 아래로 휩쓸려간 것이 세 번이었고, '타수'는 위를 쳐다보고 자기 위에 있는 다리를 보게 될 때마다 새로이 눈물을 쏟았다.

조지는 그날 오후에 자신이 보트 타는 일을 좋아하게 될 거라고 생각할 수는 없었다고 했다.

해리스는 강보다는 바다에 익숙한 편이다. 그리고 운동으로 하기에는 그편이 훨씬 낫다고 했다. 내 생각은 다르다. 지난여름 이스트본에서 작은 보트를 타고 나간 적이 있다. 나는 몇 년 전에 바다 노 젓기를 많이 했기에 괜찮을 거라고 생각했다. 하지만 막상 바다에 나갔을 때 나는 내가 그 기술을 완전히 잊어버렸다는 것을 알게 됐다. 노 한쪽이 바닷물 아래 깊숙이 잠겼을 때 다른 쪽 노는 공중에서 제멋대로 휘둘리고 있었을 것이다. 두 개로 동시에 바닷물을 통제하려면 일어서기까지 해야 했다. 해안 근처는 귀족 계급과 그 아래 계급인 젠트리 계층 사람들로 가득했고 나는 이런 우스꽝스러운 모양새로 그들을 지나 노를 저어야 했다. 나는 바닷가에 못 미치는 지점에서 내려, 나를 데려가주는 나이 든 보트 관리인의 서비스를 받았다.

나는 나이 든 사공이 노 젓는 모습을 보는 걸 좋아한다. 특히 시간제로 일하는 사람. 그런 이의 노 젓는 방식에서는 아름다울 정도로 고요하고 평화로운 뭔가가 느껴진다. 날마다 19세기 삶의 파멸 원인이 되어가는, 안달하면서 서두르는 것도 하나 없고 격렬한 분투에서도 자유롭다. 다른 보트들을 앞지르려고 줄곧 긴장된 상태를 유지하지도 않는다. 다른 보트가 앞질러 간다 해도 그 때문에 화를 내는 일은 없다. 사실, 그와 진로가 같은 다른 모든 보트가 그를 따라잡아 앞질러 간다. 이런 것 때문에 고통스러워하고 짜증을 내는 사람도 있을 것이다. 그러나 시험에 놓여서도 변함없는 고용된 사공의 숭고한 태연함은 야망과 거만함을 다시 한번 생각하도록 아름다운 교훈을 일깨워준다.

보트와 호흡을 잘 맞추어 전적으로 실용적인 노 젓기 기술을 습득하는 것은 그리 어려운 일이 아니다. 하지만 노를 저어 여자들 앞을 지날 때도 마음이 불편하지 않을 정도의 경지에 오르려면 많은 연습이 필요하다. 어린 친구에게는 늘 그 '때'라는 것이 문제다. 오 분 동안 스무 번이나 자기 노하고 내 노를 뒤엉키게 만들면서도 그는 "무진장 재밌어요. 혼자 있을 땐 잘해낼 수 있어요!"라고 말한다.

두 신출내기가 서로 박자를 맞추려고 애쓰는 모습을 보는 것도 무척 재미있다. 바우는 스트로크와 속도를 맞춘다는 것이 불가능하다는 것을 알게 된다. 스트로크가 너무나 괴상한 방식으로 노를 젓기 때문이다. 이 말을 들은 스트로크는 대단히 화를 내며, 자기가 지난 십 분 동안 그 고생을 하며 애를 쓴 이유는 바우의 부족한 능력을 보충하려고 자신의 노 젓기 방법에 변형을 약간 시도했기 때문이라고 설명한다. 그러면 그것 때문에 되레 모욕감을 느낀 바우가 스트로크에게 자신 때문에 골머리를 썩이지 말고 어떻게 하면 제대로 된 스트로크를 할 수 있을지에나 신경 쓰라고 한다.

그러면서 자신의 말대로 하면 모든 상황이 제대로 굴러갈 거라는 확고한 생각을 가지고 이렇게 덧붙인다.

"아니면 내가 스트로크를 할까?"

그들은 또 그럭저럭 몇백 야드를 서로에게 물을 튀기면서 간다. 그러다가 자신들에게 문제를 일으킨 모든 비밀이 한줄기 영감처럼 그들의 뇌리를 스쳐 지난다.

"이제야 알겠어. 네가 내 노를 가지고 있었던 거야."

그가 바우에게 몸을 돌리며 외친다.

"네 거 이리 넘겨!"

"이거야 원, 그렇게 이상하더라니까. 왜 이 노로 잘 저어지지 않는지 그러잖아도 궁금하던 참이야."

바우는 한껏 신이 나서 대답한다. 그리고 교환 작업을 아주 적극적으로 돕고 나선다.

"이제 아무 문제 없을 거야."

하지만 이후로도 상황은 마찬가지다. 스트로크는 이제 자신의 노에 닿으려고 거의 팔이 빠질 지경으로 팔을 뻗어야 한다. 한편 바우의 두 팔은 뻗었다 되돌아올 때마다 자기 가슴을 세게 후려치고야 만다. 그들은 보트 관리인이 자신들에게 잘못된 노 세트를 주었다는 결론을 내리며, 다시 한번 노를 교환한다. 서로 보트 관리인을 욕하는 사이 그들은 사뭇 친해지고 서로를 이해하게 된다.

조지는 자신은 종종 기분 전환을 위해서 삿대로 저어보고 싶을 때가 있다고 했다. 삿대로 너벅선을 젓는 것은 보기보다 쉽지 않다. 노를 저을 때처럼 배를 다루는 방법은 금방 배우게 되지만, 위엄은 갖추되 소매에 물을 적시지 않고 해내기까지는 장기 훈련이 필요하다.

내가 아는 한 친구는 처음 너벅선을 타고 나갔을 때 매우 슬픈 사고를 당했다. 별 무리 없이 실력이 향상되고 있었기 때문에 그의 태도는 건방지다 싶을 정도였고, 너벅선 위아래를 오르락내리락하며 과히 볼 만하다 싶을 정도로 아주 부주의하게 삿대를 다루었다. 그는 너벅선 앞쪽으로 당당히 걸어가 삿대를 찔러 넣은 뒤 곧바로 반대편으로 달려오곤 했고 그 모습은 영락없는 늙은 뱃사공의 모습이었다. 오! 정말이지 대단했다.

만약 그가 불행하게도, 풍경을 즐기려고 주위를 두리번거리다가 꼭 필요한 것보다 한 발짝 더 걸어감으로써 너벅선 밖으로 발을 내딛는 상황을 만들지 않았더라면, 그 장대한 모습은 계속 이어졌을 것이다. 삿대는 진흙에 단단히 처박혔고, 너벅선이 저만치 가는 사이 그는 삿대에 매달리게 되었다. 위엄이라곤 일절 찾아볼 수 없는 광경이었다. 강둑에 있던 무례한 소년 하나가 그 모습을 보자마자 뒤떨어져 따라오던 친구들을 소리쳐 불렀다.

"야, 어서 와, 나뭇가지에 매달린 진짜 원숭이가 있어!"

나는 그를 도우러 갈 수 없었다. 공교롭게도, 여분의 삿대를 가져오는 적절한 준비를 미처 하지 못했기 때문이다. 나는 그저 자리에 앉아 그를 바라볼 수밖에 없었다. 삿대가 그와 함께 천천히 가라앉을 때의 그의 표정을 나는 절대로 잊을 수 없을 것이다. 너무나 생각이 많은 그 얼굴.

나는 그가 서서히 물속으로 들어가는 모습을 지켜보았고 그가 흘딱 젖은 애처로운 모습으로 기어나오는 것을 보았다. 정말 우스꽝스러웠기 때문에 나도 모르게 웃음이 나왔다. 나는 한동안 혼자서 킥킥거리다가, 문득 내가 지금 웃을 상황이 아닌데 하는 생각을 했다. 나는 너벅선에 혼자 앉아, 삿대도 없이, 대책 없이 중류로 떠내려가는 중이었다. 아마도 댐을 향해서였을 것이다.

나는 보트 밖으로 발을 내디딘 후 그런 식으로 사라져버린 내 친구에게 화를 냈다. 그는 무슨 일이 있더라도 내게 삿대를 남겨주었어야 했다.

약 400미터쯤 떠내려가니 중류에 멈춰 서 낚시를 하는 너벅선 한 척이 눈에 들어왔다. 너벅선에는 낚시꾼 둘이 앉아 있었다. 그들은 내가 자기들 쪽으로 다가오는 것을 보고 비켜가라고 소리쳤다.

"그럴 수가 없습니다!"

내가 되받아 소리쳤다.

"왜 가만있는 거요?"

그들이 물었다.

나는 그들 곁에 가까이 다가갔을 때 상황을 설명했다. 그랬더니 내 말을 이해하고 나에게 삿대 하나를 빌려주었다. 댐까지는 아래쪽으로 이제 50야드 정도 남은 상태였다. 그들이 거기 있어서 얼마나 다행인지 몰랐다.

내가 처음으로 너벅선을 타고 나간 것은 세 명의 친구와 함께였다. 그들이 나에게 삿대질을 하는 요령을 가르쳐줄 계획이었다. 우리는 한꺼번에 다 같이 움직일 수 없었다. 그래서 나는 내가 먼저 가서 너벅선을 빌리고 그들이 올 때까지 연습을 좀 하겠노라고 했다.

나는 그날 오후 너벅선을 빌릴 수 없었다. 모두 예약이 되어 있었기 때문이다. 그래서 강둑에 앉아 강을 바라보며 친구들이 오기를 기다리는 것밖에는 달리 할 일이 없었다.

하지만 앉은 지 얼마 지나지 않아 내 눈은 너벅선을 탄 한 남자에게 고정되었다. 놀랍게도 나와 똑같은 재킷을 입고 똑같은 모자를 쓰고 있었다. 그는 분명 초보인 듯했고, 그의 삿대질은 정말 흥미로웠다. 그가 삿대를 물속에 넣었을 때 무슨 일이 일어날지 아는 사람은 아무도 없었다. 그 자신도 알 수 없는 일이었다. 가끔은 강 위쪽으로 삿대를 던지기도 했고 가끔은 강 아래쪽으로 삿대를 던지기도 했으며, 그저 빙그르르 돌아서 삿대 위에 올라서기도 했다. 그리고 결과가 나올 때마다 매번 놀라면서 동시에 성질을 부리는 것 같았다.

강 주변에 있던 사람들은 잠시 후 그에게 빠져들었고 다음번 그의 밀기 결과가 어떨지 서로 내기를 했다.

시간이 지나자 내 친구들이 반대편 강둑에 도착했고 그들 역시 멈춰 서서 그의 모습을 지켜보았다. 그는 내 친구들에게 등을 돌린 상태였고 친구들이 볼 수 있는 건 그의 재킷과 모자뿐이었으므로, 그들은 그를 보자마자 어리석은 짓을 해서 웃음거리가 되는 사람이 나, 곧 그들의 사랑하는 동료라는 결론을 내리고야 말았다. 그들의 기쁨은 끝 간 데를 몰랐다. 그들은 무자비하게 그를 놀려댔다.

나는 처음에 그들이 오해한다는 걸 알지 못했고 그래서 '알지도 못하는 사람에게 저렇게 행동하다니 정말 예의 없는 인간들이야!'라고 생각했다. 하지만 그들에게 소리를 서서 책망하기 전에 상황을 이해하게 되었고, 그 순간 나는 잽싸게 나무 뒤로 숨었다.

오! 그들은 그 젊은이를 놀리면서 얼마나 즐거워했는지 모른다. 오 분 동안 그 자리에 서서 그에게 야비한 말들을 외쳐댔고, 그의 노력을 비웃고 그의 모습을 조롱하고 그의 태도를 빈정댔다. 그들은 한물 간 농담을 그에게 퍼붓더니 몇 가지 새로운 것을 만들어내어 쏟아붓기까지 했다. 그리고 우리끼리만 통하는 사적인 내용이기 때문에 그 젊은이로서는 '도대체 무슨 소리들을 지껄이는 거야'라고 생각했을 법한, 되지도 않는 농담을 시시덕거렸다. 그리고 그들의 야만적인 행태와 소리들을 더는 참아줄 수 없었던 그가 그들을 향해 고개를 돌렸고 그들은 그의 얼굴을 목도했다.

그들에게 체면이라는 것이 충분히 남아 있어서 그때 그들의 표정이 만족스러울 만큼 바보 같았다는 것이 얼마나 기뻤는지 모른다. 그들은 그에게 사람을 잘못 보았다고 설명했다. 그가 자기네가 아는 사람인 줄 알았다고, 개인적으로 알고 지내는 친구도 아닌데 아무에게나 그런 모욕적인 언사를 퍼부을 정도로 자신들이 그렇게 형편없는 사람들은 아니라고 했다.

물론 그를 친구로 오인했기에 용서받을 수 있는 사건이었다. 해리스는 언젠가 내게 블로뉴에서 경험한 사건을 얘기해준 적이 있다. 바닷가 근처에서 수영을 하는데 누군가 갑자기 뒤에서 그의 목을 잡고 강제로 물속에 처박았단다. 그는 강력하게 저항했지만 그의 목덜미를 붙잡은 사람은 힘이 거의 헤라클레스 수준인 것 같았고, 그의 손아귀를 빠져나가려는 갖은 노력은 아무 소용이 없었다. 그는 발버둥치기를 포기하고 엄숙한 것들을 생각하려고 노력했다. 그때 그를 잡았던 손이 그를 놓았다.

그는 다시 발로 딛고 서서 자신을 살해했을지도 모르는 이를 찾아 두리번거렸다. 암살자는 너무나 활짝 웃으면서 그의 바로 옆에 서 있었다. 하지만 물 밖으로 솟아 나오는 해리스의 얼굴을 본 순간, 그는 뒤로 흠칫 물러났고 굉장히 근심에 사로잡힌 듯이 보였다.

"정말 죄송합니다."

그는 혼란스럽다는 듯이 더듬더듬 말했다.

"제 친구로 착각하는 바람에!"

해리스는 그가 자신을 친척으로 착각하지 않은 것이 다행이라고 생각했다. 그랬다면 그는 즉시 익사했을지도 모른다고.

돛단배를 타려면 지식과 연습이 필요하다. 어릴 때는 그런 생각을 하지 못했다. 라운더스*나 술래잡기처럼 그냥 몸에 자연스럽게 익는 거라고 생각했다. 나는 이와 비슷한 관점을 가진 친구를 하나 알았다. 어느 바람 부는 날, 우리는 그 스포츠에 도전해보기로 했

---

* 오늘날의 야구 경기와 같은 구기(球技) 종목

다. 우리는 야머스에 있었기 때문에 예어로 올라가보기로 했고, 다리 옆에 있는 대여소에서 돛단배를 하나 빌렸다.

"날씨가 좋지 않군요."

출발을 하려는데 관리인이 말했다.

"굽이를 지날 때는 돛을 줄이고 재빨리 뱃머리를 바람 불어오는 쪽으로 돌리는 게 좋을 겁니다."

우리는 그렇게 하겠다고 말하고 기분 좋게 "굿 모닝"을 외치고 떠나왔다. 하긴 어떻게 뱃머리를 돌리는지, 어디서 돛을 줄이는지, 그러고 나면 무엇을 어떻게 해야 하는지 궁금하긴 했다.

우리는 마을이 시야에서 사라질 때까지는 노를 저었다. 그리고 우리 앞에 방대한 강물이 펼쳐지고, 바람이 강물을 가로질러 허리케인처럼 불어닥치자 우리가 작전을 펼쳐야 할 때가 왔다는 것을 느낄 수 있었다.

헥터(이름이 이게 맞을 거다)는 내가 돛을 펼치는 동안 계속 노를 저었다. 복잡해 보였지만 나는 마침내 성공했다. 그런데 문제가 생겼다. 어느 쪽이 꼭대기 쪽이지?

본능적으로 우리는 지금 상태에서 아래쪽이 꼭대기 쪽일 수밖에 없다는 결론을 내렸고 위아래를 바꾸는 작업에 착수했다. 하지만 어느 쪽으로든 돛을 일으켜 세우는 데는 많은 시간이 걸렸다. 돛에 관해 마음에 남은 인상에 의하면, 우리는 장례식 놀이를 하고 있고, 나는 시체고, 돛은 수의 같아 보였다. 하지만 자기 마음에 들지 않았는지 돛은 활죽*으로 내 머리를 때리고, 꼼짝도 하지 않으려 했다.

---

* 돛을 버텨주는 살

"물에 적셔."

헥터가 말했다.

그는 뱃사람들은 언제나 돛을 올리기 전에 물에 적신다고 했다. 그래서 나는 그것을 물에 적셨다. 하지만 이건 문제를 더 악화시켰다. 다리에 들러붙고 머리 주위에 휘감기는 마른 돛을 상대하는 것도 유쾌한 일은 아니지만, 물에 푹 젖은 돛은 그야말로 처치 곤란이다.

하지만 우리 둘은 어찌어찌해서 마침내 돛을 일으켜 세웠다. 정확히 위아래를 바꾼 건 아니고 좀 옆쪽으로 기울긴 했지만, 우리는 일부러 잘라낸 밧줄로 돛대에 돛을 매달았다.

보트가 뒤집어지지 않았다는 것을 나는 명백한 사실로 진술할 수 있다. 왜 그랬는지 이유를 설명할 순 없다. 그 후로도 계속 생각해봤지만 그 현상에 대해 어떤 만족할 만한 해답을 찾는 데는 성공하지 못했다.

아마도 그런 결과가 나오도록 한 것은 이 세상에 있는 모든 사물에 내재한 완고함이 아니었나 싶다. 그 보트는 어쩌면, 우리의 행동을 스윽 관찰하고 나서, 우리가 그날 아침 자살하려고 나왔다는 결론에 도달했을 테고 그래서 우리를 실망시키기로 결심했을 것이다. 이것이 내가 해낼 수 있는 유일한 추측이다.

뱃전에 결사적으로 달라붙음으로써 우리는 보트 안쪽에 간신히 남을 수 있었으나, 그건 매우 피곤한 일이었다. 헥터는, 해적들을 비롯해 직업적으로 배를 타는 사람들은 키를 이리저리로 마구 흔들고 돌풍이 세차게 부는 동안에는 맨 꼭대기 돛을 끌어당긴다고 하면서, 우리도 뭔가 그 비슷한 일을 해야 한다고 생각했다. 하지만 나는 뱃머리를 바람이 불어오는 쪽으로 두자는 의견이었다.

보트는 내가 그 후로 한번도 항해해본 적이 없고 다시 그렇게 하고 싶지도 않은 속도로 약 1마일 정도를 상류 쪽으로 거슬러 올라갔다. 그때 어떤 굽이에서 돛 반쪽 정도가 물에 닿을 때까지 보트가 한쪽으로 기울었다. 그때 보트가 기적처럼 수평을 찾더니 부드러운 진흙으로 된 길고 긴 강둑으로 내달렸다.

우리를 살린 것은 그 진창이었다. 보트는 강둑 중간으로 돌진해서 푹 박혔다. 처박혀 버려지지 않고, 다시 한번 움직일 수 있다는 것을 알세 된 우리는 기어나와 돛을 넘어뜨렸다.

우리는 충분히 돛단배 항해를 즐겼다. 우리는 도를 지나쳐 식상해지는 것을 원하지 않았다. 우리는 돛을 달고 항해를 했고(훌륭하고 포괄적이고 흥분되고 흥미로운 항해) 그랬으니 이제는 기분 전환 삼아 노를 젓겠다고 생각했다.

우리는 노를 잡았고 진창 밖으로 보트를 저어가려고 노력하다가 노 한 개를 부러뜨렸다. 그래서 우리는 그 후로 매우 조심해서 일을 진행했다. 하지만 우리가 가진 노는 낡고 오래되어서, 두 번째 것은 첫 번째 것보다 훨씬 쉽게 부러져버렸고 우리는 망연자실했다.

진창은 우리 앞에 100야드쯤 펼쳐져 있었고 우리 뒤로는 강이었다. 우리가 할 만한 유일한 일이라곤 그냥 그 자리에 멀뚱멀뚱 앉아서 누군가 다가오기를 기다리는 것뿐이었다.

하지만 그날은 사람들을 강으로 이끌기에 뭐랄까 매력적인 날씨가 아니었고 어떤 사람이 우리 시야에 들어온 것은 그때부터 세 시간이 지나서였다. 나이 든 낚시꾼이었는데 천신만고 끝에 마침내 우리를 구해주었고 우리는 불명예스런 모양새로 보트 대여소까지 견인되어갔다.

우리를 집까지 데려다준 사람에게 사례비를 주고, 깨진 노 값을 치르고, 네 시간 반 동안 보트를 대여한 삯을 셈하고 나니, 돛단배를 타보는 데 몇 주 용돈이 다 들어간 셈이 되었다. 하지만 우리는 경험을 쌓았고, 젊어 고생은 사서도 한다는 말이 있지 않은가.

16

레딩 — 고마운 증기 기동선 —
작은 보트들의 짜증나는 행각 — 어찌나 방해가 되는지 —
조지와 해리스, 다시 책임을 회피하다 —
다소 진부한 이야기 — 스트리틀리와 고링

우리 눈에 레딩이 보인 것은 약 열한 시경이었다. 이곳의 강물은
더럽고 음침하다. 사람들은 레딩 근처에서 머뭇거리지 않는다. 이
곳은 데인 인들이 케넷에 군함 닻을 내리고 레딩에서 시작해 웨섹
스의 모든 영토를 약탈했던 에덜레드 왕의 시절로 거슬러 올라가
는 유명하고 유서 깊은 곳이다. 이곳에서 기도를 담당한 에덜레드
와 전투를 책임진 동생 앨프레드는 데인 인들과 싸워 승리를 거두
었다.

후에 레딩은, 런던 상황이 안 좋을 때마다 들르는 편리한 장소로
여겨진 듯하다. 의회는 웨스트민스터에 전염병이 돌 때마다 서둘
러 레딩으로 내려오곤 했다. 1625년에는 법조계에서도 이들을 따
라해 모든 재판이 레딩에서 열리기도 했다. 법률가들과 의원들을
몰아내려고 런던에 가끔 전염병이 도는 것도 충분히 가치가 있는

일일 것이다.

의회가 분쟁하는 동안 레딩은 에섹스의 백작에게 공격당했고, 이십오 년 후 오렌지 공*은 제임스 왕의 군대를 그곳으로 보냈다.

헨리 1세는 그가 세웠고 아직도 그 잔해를 볼 수 있는 레딩의 베네딕트 수도원에 묻혔다. 같은 수도원에서 존 오브 곤트**가 레이디 블랜치와 결혼했다.

레딩 록에서 우리는 나의 몇몇 친구들 소유인 증기 기동선과 마주치게 되었고, 그들은 우리를 스트리틀리에서 1마일 떨어진 지점까지 견인해주었다. 증기 기동선이 견인을 해주면 아주 편하다. 나

---

* Prince of Orange, William III, 1650~1702. 영국 스튜어트 왕조의 왕(재위 1689~1702) 겸 네덜란드 총독(1672~1702). 네덜란드 빌렘 2세와 영국 찰스 1세의 딸 메리 사이에 태어난 아들이다. 태어나기 일주일 전에 아버지가 죽어, 실권이 반대파인 공화파 J. 위트에게 넘어가는 바람에 고난의 성장기를 보냈다. 1672년 프랑스 루이 14세에 의한 네덜란드 침략이 시작되자, 국민의 기대에 힘입어 육해군 최고사령사관에 취임했고 각 주도 위트파를 물리치고 그를 총독으로 임명했다. 영국 요크 공(후에 제임스 2세)의 딸 메리와 결혼했고, 의회를 중심으로 제임스 2세에 대한 비판이 일자 1688년 토리·휘그 양당의 요청에 따라 군대를 이끌고 영국으로 들어온다. 다음해 의회가 제출한 '권리선언'을 승인하고 메리와 함께 즉위하여 '명예혁명'을 달성했다.

** John of Gaunt, 1340~1399. 영국 국왕 에드워드 3세의 넷째 아들로 두 살 때 리치먼드 백작이 되었다. 1359년까지는 프랑스에 있는 영지를 회복하기 위한 전투에 참가하여 명성을 쌓았다. 1359년 랭커스터 공작 헨리의 딸과 결혼하여 더비 백작이 되었고 1362년에는 랭커스터 공작에 봉해졌다. 1399년 존 오브 곤트가 죽은 뒤 랭커스터 영지를 왕에게 몰수당하자 프랑스에 추방되었던 그의 아들 헨리가 급히 귀국하여 군사를 모아 리처드 2세를 항복시켰다. 헨리는 왕위 계승을 요구했고, 이에 의회가 리처드를 폐위하고 같은 해 9월에 헨리를 추대하였다. 이 것이 '1399년의 혁명'이라는 사건으로, 이를 통해 헨리 4세가 왕위(1367~1463)에 올랐으며 영국 랭커스터 왕조의 초대 왕이 되었다.

는 직접 노를 젓는 것보다 그편을 선호한다. 끊임없이 우리 증기 기동선의 진로를 가로막는 낡고 작은 배 무더기만 아니었어도 주행이 훨씬 즐거웠을 텐데, 그런 치들을 피하려고 계속 속도를 늦추고 멈추고 해야 했다. 노 젓는 이런 보트들이 상류에서 증기 기동선의 앞길을 가로막는 태도란 정말이지 짜증이 난다. 그런 사태를 막으려면 무슨 조치든 해야 할 텐데.

그리고 황당하게도 그런 보트들은 뻔뻔하기가 이루 말할 수 없을 정도다. 그들이 몸을 좀 움직여 서두르도록 만들려면 기관이 거의 터질 정도로 기적을 울려야만 한다. 내 심내로 했다면 그들에게 똑똑히 교훈을 주려고 어쩌다 한두 척은 그냥 받아버렸을지도 모른다.

레딩을 지나면서부터 강은 다시 아름다운 모습을 되찾는다. 타일허스트 근처에서는 철로 때문에 좀 그렇긴 하지만, 메이플더햄에서 스트리틀리까지는 명예롭게 빛난다. 메이플더햄을 지나 약간만 가면 하드윅 하우스가 나오는데, 이곳은 찰스 1세가 볼링을 즐겼던 곳이다. 예스런 여관 '스완'이 서 있는 팽보른 근처는 그곳에 사는 사람들뿐만 아니라 미술전람회를 찾아다니는 '품격 있는 단골 고객'들에게도 낯설지 않은 곳임에 틀림없다.

내 친구들의 증기 기동선은 작은 동굴 바로 아래 우릴 떨어뜨려 놓았다. 그러자 해리스가 이번에는 내가 노를 저을 차례라는 점을 확실히 하고 싶어 했다. 나로서는 도저히 이해할 수 없는 상황이었다. 아침에 합의를 했다시피 나는 레딩 위쪽으로 3마일 정도까지만 노를 젓기로 되어 있었다. 어찌 됐든 우리는 10마일 지점에 와 있지 않은가! 그러니 이제 그들이 다시 노를 저어야 하는 게 옳았다. 하지만 나는 조지와 해리스가 이 문제를 제대로 된 시각으로 보게 만들지 못했고, 결국 논쟁을 피하려고 노를 잡았다. 그런데 노를 저은 지 채 일 분도 지나지 않아 조지는 색깔이 검은 뭔가 강물에 떠 있다는 것을 알아챘고 우리는 그것에 다가갔다. 보트가 가까이 다가가자 조지가 고개를 숙여 그것에 덥석 손을 댔다. 순간 얼굴이 백지장처럼 하얘지더니 비명을 내지르며 뒤로 움찔 물러났다.

그것은 죽은 여인의 시체였다. 여인은 물 위에 너무나 가볍게 누워 있었고, 얼굴은 사랑스럽고 평온해 보였다. 그렇게 아름다운 얼굴은 아니었다. 그러기에는 너무 노숙해 보이는 얼굴인 데다 너무 마르고 여위었다. 하지만 가난과 고생의 흔적에도 아랑곳없이 온화하고 애정 어린 얼굴이었으며, 마침내 고통이 사라졌을 때 가끔씩 환자의 얼굴에 떠오르는 편안하고 평화로운 표정이 서려 있었다.

다행스럽게도(우리는 검시소에서 어정거릴 생각이 전혀 없었다) 강둑에 있던 몇 사람이 그 시신을 보았고 우리를 대신해 시신을 처리하기로 했다.

우리는 나중에 그 여인의 사연을 알게 되었다. 물론 그것은 아주 오래되고 오래된 통속 비극이었다. 그녀는 사랑을 했으나 배신을 당했다(혹은 배신을 했다). 어쨌든 그녀는 죄를 지었고(우리도 가끔 그런다) 충격과 분노에 사로잡힌 그녀의 가족과 친구들은 그녀에게서 등을 돌린다. 목 언저리에 수치라는 무거운 맷돌을 얹고 세상과 홀로 맞서 싸워야 하는 그녀는 점점 비참한 생활을 하게 됐다. 그녀는 하루 열두 시간의 노동과 맞바꾼 주급 12실링을 받아 자신과 아이를 돌보았다. 아이를 위해 6실링을 썼고 나머지 반으로 겨우 자신의 몸과 영혼을 추슬렀다.

일주일에 6실링을 가지고서는 몸과 영혼을 매우 단단하게 붙어 있게 만들 수 없다. 그들을 연결해주는 끈의 힘이 너무나 미약할 때 그들은 서로에게서 도망치고 싶어 한다. 그리고 어느 날 지루하게 반복되는 생활과 그 생활의 고통이 그녀 앞에 평소보다 훨씬 분명하게 다가왔고 고난의 유령이 그녀를 조롱했다. 그녀는 친구들에게 마지막으로 호소해보았으나 체면이라는 차가운 벽에 가로막힌 채, 죄를 범하고 쫓겨난 추방자의 목소리는 힘을 잃고 스러지고 만다. 그녀는 자신의 아이를 보러 갔다. 아이를 들어 올려 품에 안고 지치고 감정 없는 모습으로 키스를 했다. 그리고 특별한 감정을 내비치는 일 없이, 아이 손에 1페니짜리 초콜릿 상자를 집어준 후 아이를 떠났다. 그리고 남은 몇 실링으로 티켓을 사서 고링으로 내려 왔다.

자신의 목숨을 둘러싼 쓰디쓴 생각은 고링 근처, 숲이 우거진 강변 지역과 연푸른 초원에서 집중적으로 이루어진 것 같았다. 여성들은 이상하게도 자신들을 찌르는 칼을 꼭 껴안는다. 고통의 한가운데에서도, 커다란 나무의 나뭇가지들이 낮게 드리운 그늘지고 깊숙한 곳에서 보냈던 가장 달콤했던 시간의 햇살 넘치던 기억을 떠올리리라.

그녀는 강 옆에 있는 숲에서 하루 종일 배회했고, 그러다 저녁이 오고 회색 별빛이 물 위로 침침한 옷깃을 펼치는 때가 오자, 자신의 서러움과 기쁨을 모두 알았던 침묵하는 강에 팔을 뻗고 나아갔다. 그리고 오래된 강은 부드러운 팔로 그녀를 받아들여 그녀의 지친 머리를 자신의 가슴에 누이고 고통을 잠재워주었다.

그렇게 그녀는 모든 것에 죄를 저질렀다. 살아 있는 동안 죄로 얼룩진 삶을 살았으며 죽음 자체가 죄였다. 그녀에게 신의 가호가 있기를! 그리고 더 있을지도 모르는 다른 죄인들에게도!

왼쪽 기슭에 있는 고링과 오른쪽 기슭에 있는 스트리틀리는 두 곳 다 며칠 머물기에 더없이 매력적인 장소. 팽보른으로 이어지는 유역은 햇빛 좋은 날이면 돛단배를 띄우자고, 달빛 좋은 날이면 노를 젓자고 유혹한다. 그 근처 정경은 아름답기 그지없다. 우리는 본래 그날 월링포드까지 계속 갈 생각이었으나 강물의 사랑스런 웃는 얼굴이 우리를 그곳에 더 머무르라고 살살 달래는 바람에, 다리 근처에 보트를 매어두고 스트리틀리로 올라갔고, 불에서 점심을 먹었다. 몽모렌시가 특히 좋아했다.

사람들이 하는 말에 따르면 이곳 유역 양옆에 있는 언덕이 한때는 서로 붙어 있어서 지금 템스강이라고 불리는 곳을 가로막았다고 한다. 그러니까 템스강은 고링 위쪽에서 커다란 호수 형태로 끝이 났다는 얘기다. 나는 이런 얘기를 반박하거나 옹호할 만한 위치에 있는 사람이 아니다. 그냥 그런 얘기가 있다는 말을 할 뿐이다.

스트리틀리는 대부분의 강변 마을이나 도시들이 그렇듯이, 그 역사가 브리티시 앤 색슨 시절로 거슬러 올라가는 오래된 곳이다. 선택권이 있다면, 사실은 고링보다는 스트리틀리가 잠깐 들르기에는 더 예쁘고 아기자기하다. 하지만 고링도 나름대로 꽤 아름답게 변모하고 있으며 숙식비를 지불하지 않고 슬쩍 빠져나가고 싶은 경우에 철로와도 훨씬 가깝다.

17

우리는 스트리틀리에서 이틀을 머물며 빨래를 했다. 조지의 감독하에 강가에서 우리끼리 해보려고 했는데 실패했다. 사실 실패 이상이었다고 할 수 있다. 빨래를 하기 전보다 하고 난 후에 상태가 더욱 안 좋아졌기 때문이다. 빨래를 하기 전에도 옷들이 더럽기는 했다. 아주 더러웠다. 사실이다. 하지만 입을 만한 정도는 되었다. 그런데 빨래를 하고 난 후에는(레딩과 헨리 사이를 흐르는 강물은 우리가 그 속에 옷을 담그고 난 후에 훨씬 깨끗해졌다)······. 빨래를 하는 동안 우리는 레딩과 헨리 사이의 강물에 포함되어 있던 더러운 것을 모두 거둬들여 그것을 우리의 옷과 뒤범벅이 되도록 만들었다.

스트리틀리의 여자 세탁부는 우리 옷을 세탁해준 대가로 평소에 받는 가격의 세 배를 받아야겠다고 했다. 그러면서 그것은 세탁이 아니라 발굴에 가까웠다고 했다.

우리는 군소리 없이 셈을 치렀다.

스트리틀리와 고링 근처는 낚시의 중심지로, 매우 훌륭한 어장이 있다. 강에는 창꼬치, 잉어, 황어, 모샘치, 뱀장어 등이 아주 풍부하다. 낚싯대를 드리우고 그저 앉아만 있어도 하루 종일 그런 것들을 볼 수 있다.

그렇게 하는 사람들이 있다. 하지만 그들은 물고기를 잡아 올리지는 않는다. 나는 템스강에서 뭘 잡아 올리는 사람을 본 적이 없다. 잔챙이나 죽은 고양이들 빼고는. 하지만 그것은 물론 낚시질과는 아무런 관계가 없다. 그 지역 낚시 안내서에는 무엇을 잡는 것에 대해서는 한마디도 없다. 단지 그 장소가 낚시를 하기에 좋은 장소라는 말만 씌어 있을 뿐이다. 그리고 그 지역을 직접 본 나로서는 이런 말에 증인이 될 준비를 단단히 하고 있다.

세상에 낚시를 더 많이, 더 오랫동안 할 수 있는 곳은 없다. 어떤 사람들은 하루 동안 하다 가기도 하고, 어떤 사람은 한 달 동안 머물기도 한다. 원한다면 죽치고 앉아 일 년 동안 버틸 수도 있다. 달라질 것은 없다.

《템스강 낚시꾼들을 위한 안내서》에 보면 "이 근처에서는 송어 새끼나 농어도 잡힌다"고 적혀 있다. 하지만 그 부분에서 《낚시꾼들을 위한 안내서》는 틀렸다. 송어 새끼나 농어가 그 근처에 '있을' 수는 있다. 사실 나는 그들이 거기 있다는 사실을 안다. 강둑을 따라 거닐다 보면 그것들이 떼를 지어 다니는 모습을 직접 볼 수 있기 때문이다. 그것들은 물가로 가까이 와서는 물 밖으로 반쯤 얼굴을 내밀고 비스킷을 달라며 입을 벌린다. 수영을 할 때도 주위로 몰려드는 바람에 움직이는 데 방해가 되어 귀찮을 정도다. 하지만 그것들은 낚싯바늘 끝에 매달린 벌레나 그 비슷한 것들에 의해서는 '잡히지' 않을 것이다. 절대로!

나는 개인적으로 그리 훌륭한 낚시꾼이 아니다. 한때는 굉장히 관심이 많았던 적도 있고 내 생각에 아주 잘해내기도 했다. 하지만 나이 든 선배가 말하기를 나는 절대로 이 분야에서 성공할 수 없을 거라며 그만 포기하라고 했다. 그들은 내가 낚싯줄을 아주 깔끔하게 잘 던진다고 했다. 그 부분에서만큼은 수완이 대단한 것 같다고 했고 느긋한 게으름도 천성적으로 타고난 것 같다고 했다. 하지만 내가 낚시꾼이 될 가능성은 없어 보인다고 확신했다. 나에게는 상상력이 충분하지 못하다면서.

그들은 내가 시인이나 싸구려 애정소설을 쓰는 작가나 기자나 그 비슷한 것은 잘할지도 모르지만 템스강 낚시꾼 자리에 오르려면, 지금보다는 훨씬 많은 양의 상상력과 창의력이 필요하다고 했다.

훌륭한 낚시꾼이 되는 데 필요한 거라곤 부끄러워하지 않고 거짓말을 할 줄 아는 능력뿐이라는 생각을 하는 사람들도 있다. 하지만 그건 오해다. 노골적인 거짓말은 별 소용이 없다. 그건 초심자 중에서도 초심자만 쓰는 방법이다. 경험 많은 낚시꾼들임을 알게 해주는 것은 상세한 세부 기술, 개연성을 아름답게 그려내는 기법, 거의 학자에 가깝다고 할 정도로 철저하게 진실성을 담보하는 분위기에 있다.

누구라도 와서 이렇게 말할 수 있다. "어제저녁에 농어를 15다스나 잡았어." 아니면 "지난 월요일에 모샘치를 하나 잡았는데, 무게가 18파운드*에다가 머리에서 꼬리까지 길이가 3피트**는 됐지."

이 같은 말에는 기술도 기예도 필요 없다. 배짱을 보여주긴 하지만 그게 전부다.

하지만 경지에 도달한 낚시꾼은 그런 식의 거짓말을 비웃을 것이다. 그의 방법은 그 자체로 한 편의 논문이다.

그는 모자를 쓰고 조용히 다가와서 매우 편안한 의자에 앉아 파이프에 불을 붙이고 조용히 연기를 내뿜는다. 그는 잠시 동안 철부지 젊은 친구들이 허풍을 떨도록 놔둔다. 그리고 잠시 잠잠한 순간이 오면 입에서 파이프를 떼내고 창살에 재를 털면서 말한다.

"화요일 저녁에 좀 잡긴 했는데 다른 사람들에게 말해서는 안 될 것 같군."

"네? 이유가 뭡니까?"

"말을 해도 믿어줄 사람이 없을 테니까."

나이 든 선배는 침착하게 대답한다. 그의 목소리에서 안달하는 기색이라곤 찾아볼 수 없다. 그는 그저 파이프에 담배를 채우고 주인에게 차가운 스카치 위스키 세 병을 가져오라고 한다.

이제 실내에는 정적이 흐른다. 아무도 나이 든 선배의 말에 반박할 만한 확신이 있는 사람이 없다. 그래서 그는 아무런 격려 없이 혼자 말을 이어나가야 한다.

"당연한 일이야."

그가 생각에 잠겨 말을 이어나간다.

---

*   약 8킬로그램

** 약 91센티미터

"누군가 다른 사람이 나에게 이 얘기를 해준다면 나 역시 믿지 않을 테니까. 하지만 이건 털끝만큼의 거짓도 없는 사실이야. 나는 오후 내내 거기 앉아 있었지만 수확이 거의 없었지. 황어 몇 다스와 송어 새끼 스무 마리를 잡긴 했지만 그거야 뭐. 오늘은 운이 나쁜가 보다 하고 그냥 포기하려는데 갑자기 낚싯줄에서 재빠른 입질이 느껴지더란 말이지. 이번에도 그저 작은 놈이겠지 하고 줄을 획 잡아당겼는데, 아뿔싸! 낚싯대가 움직이질 않는 거야. 그놈을 잡아 올리는 데 반 시간이 걸렸어, 알아듣겠나? 반 시간이라고! 순간순간 낚싯대가 툭 끊어져버리는 게 아닌가 생각했지. 그놈을 잡고 보니 뭐였는지 아나? 그건 철갑상어였어! 4파운드나 나가는 철갑상어! 낚싯대 하나로, 세상에! 그래 놀라는 표정을 짓는 것도 당연하지. 주인장, 여기 스카치 세 병 더 주시오."

그리고 그는 철갑상어를 본 사람들 모두 얼마나 놀랐는지 얘기를 해나간다. 집에 도착했을 때 아내가 뭐라고 했는지, 조 부글즈라는 사람이 어떻게 생각했는지.

나는 어떤 여관의 주인에게, 가끔 낚시꾼들이 하는 얘기를 들으면서 화가 나는 경우는 없느냐고 물어보았다. 그러자 그는 대답했다.

"아뇨, 절대 그렇지 않소이다, 선생. 처음에야 약간 충격이지, 지금이야 늘 듣는 게 그런 얘기니까요. 익숙해진다는 게 뭔지 아시지 않소? 익숙해지는 거지요."

아는 친구 중에 아주 양심적인 녀석이 하나 있는데, 제물낚시에 빠져들면서부터 그는 자기가 잡은 것에 대해 25퍼센트 이상 과장하지 않겠다고 결심했다.

"마흔 마리를 잡으면 사람들에게는 쉰 마리를 잡았다고 말할 거야. 하지만 거기까지야. 그 이상 하면 거짓말에 대한 모독이거든.”

그러나 그 25퍼센트 계획은 제대로 지켜지지 않았다. 그는 그것을 한번도 활용할 수 없었다. 어느 날 그가 최대한 잡은 물고기 마릿수는 세 마리였고, 적어도 물고기 마릿수를 계산해야 하는 상황에서 3의 25퍼센트를 덧붙일 수는 없는 노릇이었다.

그래서 그는 퍼센티지를 33과 3분의 1로 높였다. 하지만 한두 마리밖에 잡지 못했을 때는 그것 역시 다시 수정되어야 했다. 그래서 문제를 단순화하려고 그는 그냥 두 배로 불려 말하기로 결정했다.

그는 두 달 동안 이 결정대로 실행에 옮겼으나 그 후로는 불만이 쌓였다. 그가 숫자를 두 배로 불렸을 뿐이라는 사실을 아무도 믿어주지 않았고, 그래서 신용을 얻는 건 고사하고, 다른 낚시꾼들과 비교했을 때 그의 겸손이 그를 불리한 위치에 놓이게 할 뿐이었다. 자신은 작은 물고기 세 마리를 잡았을 때 여섯 마리를 잡았다고 하는데, 분명히 한 마리밖에 못 잡았다는 것을 아는 어떤 사람이 사람들에게 자기는 스물네 마리를 잡았다고 말하는 것을 들으면 질투심이 솟아났다.

그래서 결국 그는 마지막 결단을 내렸고 그 후로 거의 종교적이다 싶을 정도로 그 결정을 번복하지 않았다. 그것은 자기가 잡은 각각의 물고기를 열 개로 치고 열 마리는 먹고 들어가서 셈을 시작하는 것이었다. 그의 시스템에 따르면 열 마리 이하의 소득을 올리는 일은 생겨나지 않는다. 그것이 기본이었다. 그랬기 때문에 만약 어쩌다가 한 마리를 잡게 되면 그는 그것을 스무 마리라고 했다. 두 마리는 서른 마리, 세 마리는 마흔 마리, 이런 식이었다.

이것은 단순하면서도 쉬운 계산법이어서 최근에는 낚시하는 사람들 사이에서 일반적으로 사용된다는 말이 있다. 사실 템스강 낚시꾼연합회는 이 년 전 이 계산법을 추천했지만 몇몇 나이 든 멤버들이 이를 거절했다. 그들은 만약 숫자가 두 배가 되고, 물고기 한 마리를 스무 마리로 쳐준다면 그런 식의 계산법을 고려해보겠다고 했다.

만약 강 상류에서 하룻저녁을 보내야 한다면 나는 작은 마을 여관 가운데 하나에 들어 바에 들러볼 것을 추천한다. 그곳에 가면 거의 확실하게, 토디를 홀짝이는 나이 든 낚시꾼 한두 명을 만나게 될 테고, 삼십 분 내로 한 달 동안 소화불량을 일으킬 성도로 낡은 물고기 이야기를 듣게 될 것이다.

조지와 나는, (해리스가 어떻게 됐는지는 모르겠다. 그는 이른 오후에 외출을 하더니 면도를 하고 돌아와서 사십 분 내내 구두에 광을 냈는데 그 후로는 모습을 보지 못했다.) 그러니까 우리끼리 남겨진 조지와 나, 그리고 개는 두 번째 날 저녁에 월링포드로 산책을 나갔다가 집에 돌아온 후, 휴식과 기타 이런저런 것들을 위해서 작은 여관에 들었다.

우리는 객실로 들어가 앉았다. 그곳에는 기다란 파이프로 담배를 피우며 한 노인이 앉아 있었고 우리는 자연스럽게 대화를 시작했다.

그는 우리에게 오늘 날씨가 참 좋지 않았냐고 했고, 우리는 그에게 어제 날씨가 참 좋았다고 했고, 우리 모두는 서로에게 내일 날씨도 참 좋을 것 같다고 했다. 그러자 조지는 농작물 수확이 좋을 것 같다고 했다.

후에 어찌어찌해서 우리가 그 마을 사람이 아니라는 것과 우리가 다음 날 아침 떠날 사람들이라는 얘기가 나왔다.

그 다음에는 대화가 잠시 끊기는 순간이 찾아들었고 그동안 우리의 눈동자는 방 안을 휘휘 훑고 다녔다. 마침내 눈동자가 정착한 곳은 먼지 낀 낡은 유리 진열장이었다. 진열장은 벽난로 앞 높은 곳에 있었는데 그 안에 송어 한 마리가 들어 있었다. 그것이 나를 사로잡았다. 어찌나 크던지 처음에는 대구인 줄 알았다.

"아!"

나이 지긋한 신사가 내 눈이 가 있는 곳을 바라보더니 말했다.

"멋진 놈이지, 그렇지 않나?"

"보기 드문 녀석이군요."

내가 중얼거렸다. 조지는 그에게 무게가 얼마나 나갈 것 같으냐고 물었다.

"8파운드 6온스* 정도는 되겠지."

우리의 친구가 자리에서 일어나 코트를 내려놓으며 말했다.

"암, 그렇고말고."

그리고 말이 이어졌다.

"다음달 3일이면 녀석을 잡은 지 십육 년이 된다네. 다리 바로 아래서 잡아 한 마리로 낚았지. 사람들이 녀석이 강에 있다고 했고 나는 그럼 내가 녀석을 잡겠다고 했지. 결국 잡았네. 이제 이 근처에 저렇게 큰 녀석은 없어. 난 그렇게 생각하네. 안녕히 주무시게, 신사 양반들, 안녕히 주무셔."

그리고 그는 우리만 남겨둔 채 밖으로 나갔다.

우리는 그 후 그 물고기에서 눈을 뗄 수 없었다. 정말 굉장한 녀석이었다. 여관에 잠시 들른 우편배달부가 손에 맥주 조끼를 들고

---

* 약 3.8킬로그램

바의 문으로 왔을 때도 우리는 여전히 그 녀석을 바라보고 있었다.

그 사람 역시 그 물고기를 바라보았다.

"크기가 정말 굉장하죠?"

조지가 그에게 고개를 돌리며 말했다.

"젊은이가 그렇게 말하는 것도 당연하지."

그 남자가 대답했다. 그리고 맥주를 한 모금 마시고 나서 덧붙였다.

"녀석이 잡혔을 때 여기 안 계셨나 보구먼?"

우리는 그렇다고 대답했다. 우리는 그곳 사람이 아니었다.

"그렇군. 그러니 그렇게 말하는 게 당연하지."

우편배달부가 말했다.

"내가 저 녀석을 잡은 건 거의 오 년 전 일이라오."

"그럼 이 녀석을 잡은 게 당신이란 뜻입니까?"

내가 물었다.

"그렇지."

친절한 노인이 대답했다.

"갑문 바로 아래에서(어쨌든 그때는 갑문이었지), 금요일 오후에 잡았다네. 놀라운 건 녀석을 제물낚시로 잡았다는 거야. 창꼬치나 잡아볼까 했지 송어 같은 건 생각도 못했는데 말야. 그런데 낚싯줄 끝에서 녀석을 본 순간, 정말이지 녀석이 나를 물속으로 끌고 들어가지 않은 게 다행일 정도였으니까. 봐서 알겠지만 무게가 26파운드*는 나갈 걸세. 자, 그럼 안녕히 주무시게, 신사 양반들, 안녕히 주무셔."

---

* 약 12킬로그램

오 분 후 세 번째 사람이 들어와서는 어느 이른 아침, 자기가 어떻게 잉어로 그것을 잡았는지를 묘사했다. 그가 사라지고 나니까 이번에는 멍청하고 심각한 표정을 한 중년 사내가 들어와 창문 옆에 앉았다.

우리는 한동안 아무 말도 없었다. 하지만 마침내 조지가 새로 들어온 남자에게 고개를 돌리고 말했다.

"실례합니다만, 이 마을 사람이 아닌 우리의 무례를 용서해주시기 바랍니다. 하지만 저와 제 친구들은 선생이 우리에게 어떻게 저기 저 송어를 잡았는지 말씀해주신다면 크나큰 영광으로 알겠습니다."

"허허, 내가 저 송어를 잡았다고 누가 그럽디까?"

그에게서는 놀라운 대답이 흘러나왔다.

우리는 그렇게 말한 사람은 아무도 없지만, 왠지 본능적으로 그것을 잡은 사람이 그일 것 같다고 말했다.

"정말 놀라운 일이군요, 정말 놀라워요."

멍청한 이방인이 웃으며 대답했다.

"왜냐하면 사실 선생들 말이 옳기 때문이지요. 내가 녀석을 잡았소. 하지만 선생들께서 정말 그렇게 생각하셨다니, 정말 놀라운 일이 아닐 수 없군요."

그러고 나서 그는 그것을 잡는 데 삼십 분이 어떻게 쓰였으며 그놈이 자기 낚싯대를 어떻게 부러뜨렸는지를 말해주었다. 집에 돌아와 조심스럽게 무게를 달아보았는데 저울의 눈금이 34파운드*를 가리켰다고 했다.

---

* 약 15킬로그램

그가 자기 몫을 다하고 돌아가자 주인장이 들어왔다. 우리는 그에게 우리가 그 송어에 대해 들은 다양한 역사를 얘기해주었다. 그랬더니 그는 너무나 재미있어했고 우리 모두는 한바탕 신나게 웃었다.

"짐 베이츠, 조 무글즈, 존슨 씨, 빌러 몬더스가 모두 자기가 녀석을 잡았다고 했단 말이지요? 하하하! 정말 재미있군요."

정직한 주인장은 호탕하게 웃으며 말했다.

"그렇지요. 그 사람들은 그런 위인들인가 보지. 자기네들이 그것을 잡아놓고 왜 나에게 줬을까? 왜 내 진열장에 넣었을까? 본래 그런 위인들이니까, 하하하!"

그러더니 그는 우리에게 그 물고기의 진짜 역사를 얘기해주었다. 그의 말에 따르면 주인장이 아직 청년이었을 때, 그러니까 몇 년 전에 직접 녀석을 잡은 것 같았다. 아무런 기술 같은 것도 없었고 단지 수업을 빼먹고 햇살 좋은 오후에 낚시를 하러 나갔을 때, 언제나 그를 기다렸던 것처럼 보이는 알 수 없는 행운에 의해서, 나무 막대기에 매단 약간의 줄만 가지고.

그는 자신이 그것을 집으로 가져왔기 때문에 회초리를 피할 수 있었으며, 교장선생님조차도 그것은 그만한 가치가 있다고 했으며 비례 계산과 기술은 같은 것이라고 말했다고 했다.

이때 누군가 그를 밖으로 불러냈으며 조지와 나는 다시 그 물고기 쪽으로 눈을 돌렸다.

그것은 정말 놀라운 송어였다. 바라보면 바라볼수록 신기함이 더해갔다. 조지는 너무 흥분을 해서 더 잘 보려고 의자 등 부분을 딛고 올라서기까지 했다.

그때 의자가 미끄러졌고, 조지는 살아남으려고 송어가 든 진열장을 거칠게 붙들었으며, 진열장이 쨍그랑 소리를 내며 아래로 떨어져 조지와 의자가 그 위에 놓이게 되었다.

"물고기는 괜찮지, 그렇지?"

나는 화들짝 놀라 외쳤다.

"그랬으면 좋겠는데."

조지가 조심스레 일어나 살펴보며 대답했다.

하지만 상황은 바라던 대로가 아니었다. 송어는 천 개의 조각으로 산산조각난 채 널브러져 있었다. (천 개라고는 했지만 900개 정도였을지도 모른다. 세어보지는 않았으니까.)

우리는 박제된 송어가 그렇게 작은 조각으로 부서질 수 있다는 것이 이상하고 설명할 수 없는 일이라고 생각했다.

만약 그것이 박제된 송어였다면 그건 정말로 기이하고 설명할 수 없는 현상이었을 것이다. 하지만 안 그랬으니 뭐.

송어는 석고 작품이었다.

18

우리는 다음 날 아침 일찍 스트리틀리를 떠나 쿨햄까지 갔다. 그리고 그곳 저수지에 배를 대고 배 안에서 잠을 잤다.

스트리틀리에서 월링포드까지 강은 특별히 흥미롭지는 않다. 클레브에서부터는 갑문 하나 없이 6.5마일 정도가 쭉 펼쳐지는데 테딩톤 위쪽 지역에서는 가장 긴 유역일 거라고 생각된다. 그래서 옥스퍼드 클럽은 레가타의 출장을 결정하는 예비 레이스를 이곳에서 치른다.

하지만 보트 레이스를 하는 사람들한테야 갑문이 없다는 것이 만족스러울지 몰라도 행락객들에게는 슬픈 일이 아닐 수 없다.

개인적으로 나는 갑문에 대해 잘 안다. 갑문의 존재는 노 젓기의 단조로움을 기분 좋게 방해해준다. 나는 차가운 심연을 벗어나 새로운 유역과 신선한 풍경 속으로 접어들거나 혹은 세상 밖으로 넘어가는 것을 좋아한다. 음침한 문이 삐걱 소리를 내면 그 사이로 비쳐든 한줄기 햇살이 점점 그 범위를 넓혀간다. 그러면 아름답게 웃는 강물이 전방에 펼쳐지고 보트는 잠시 갇혀 있던 감옥에서 벗어나 환영의 인사를 건네는 강물 속으로 접어든다.

이런 갑문들은 그림 같은 조그만 장소다. 풍채 좋은 나이 든 갑문 관리인과 명랑해 보이는 그의 아내 혹은 눈이 밝은 딸은 웃고 즐기면서 이야기하기에 좋은 친구들이다. (아니 예전에는 그랬다. 하천관리위원회는 최근에 바보들을 고용하는 단체로 변모해버린 것 같다. 특히 사람이 많이 몰리는 구역에서 이런 현상이 두드러지는데, 상당히 많은 새 관리인들이 흥분을 잘하고 침착성이 없는 노인들이다. 성격이 그런 사람들이 갑문 관리직을 맡는 것은 참으로 곤란한 일이다.) 그곳에서 다른 보트를 만나 강에 떠도는 자잘한 소문들을 서로 교환한다. 템스강은 꽃으로 치장된 갑문들이 없었다면 동화의 나라가 되지 못했을 것이다.

갑문에 대해 얘기를 하다 보니 햄프턴 코트에서 어느 여름날 아침 조지와 내가 당할 뻔했던 사건이 떠오른다.

아주 화창한 날이었고 갑문에는 사람들이 넘쳤다. 상류 쪽에서야 늘 그렇듯이, 호기심 많은 한 사진사가 높아지는 수면 위에 있는 우리 모습을 찍고 있었다.

나는 처음에 무슨 일이 벌어질지 알지 못했기 때문에 조지가 서둘러 바지 주름을 펴고, 머리를 매만진 후 머리 뒤쪽으로 캡을 날렵하게 내려쓰고, 붙임성 있는 태도와 슬픔이 혼합된 표정을 지으며 우아한 태도로 앉아서 자신의 다리를 숨기려고 할 때, 너무나 놀랐다.

처음에는 갑자기 아는 여자를 봤나 해서 누군지 보려고 주위를 두리번거렸다. 갑문에 있는 사람들 모두가 갑자기 나무처럼 굳어버린 것 같았다. 그들은 모두 일본 부채에서나 본 듯한 가장 이상하고 기이한 자세로 서 있거나 앉아 있었다. 여자들은 모두 웃고 있었다. 오! 그들은 정말 사랑스러워 보였다. 그리고 모든 남자들은 눈살을 찌푸리고 있었다. 모두들 엄격하고 당당해 보였다.

그때 마침내 진실이 내 머릿속을 스쳤고 나는 너무 늦었으면 어떡하지 싶었다. 우리 배가 첫 번째 배였고, 나 때문에 그의 사진을 망치는 것은 바르지 못한 처신이라는 생각이 들었기 때문이다.

그래서 나는 재빨리 얼굴을 펴고 뱃머리에서 자세를 잡았다. 나는 민첩함과 강인함을 암시하는 태도로 우아하고 자연스럽게 기대어 섰다. 이마 쪽으로 구불거리는 머리카락을 조금 내려주고, 냉소적인 분위기를 살짝 가미하여 부드럽게 생각에 잠긴 듯한 표정을 지었다. 이런 표정이 어울린다는 말을 곧잘 듣는다.

중대한 순간을 기다리며 서 있는데 누군가 뒤에서 외치는 소리가 들렸다.

"이봐, 코를 봐야지!"

나는 몸을 돌려 뭐가 문제인지, 그리고 누구 코를 보라는 건지 확인할 처지가 아니었다. 나는 옆으로 힐끗 조지의 코를 보았다! 괜찮았다. 여하튼 수정을 가해야 할 정도로 잘못된 점은 발견되지 않았다. 나는 실눈을 뜨고 내 코를 내려다보았다. 역시 예상을 벗어나는 것 이상의 것은 보이지 않았다.

"코를 보라니까, 이런 바보 멍청이들 같으니!"

똑같은 목소리가 이번에는 더 크게 들렸다. 그러자 또 다른 목소리가 외쳤다.

"코를 밀어내요! 거기, 당신들 둘, 개하고 같이 있는 댁들 말이오!"

조지와 나는 감히 몸을 돌릴 생각을 못했다. 사진사의 손이 준비를 하고 있었다. 언제 사진이 찍힐지 몰랐다. 우리에게 소리를 지르는 걸까? 우리 코가 뭐가 잘못됐다는 거지? 코를 어떻게 밀어내라는 얘기야?

하지만 이제 갑문에 있던 사람들 모두가 소리를 질렀고, 몹시 큰 목소리 하나가 외쳤다.

"보트 조심하시오! 거기 빨간색, 검은색 캡 쓰신 분들! 서두르지 않으면 당신들 두 사람 시체가 사진에 찍힐 거요!"

우리는 그제야 주위를 살폈고 우리 보트의 코가 갑문의 목조 부분 아래에서 움직이지 않고 있다는 것을 알게 되었다. 물이 흘러들어오면서 보트 주위에서 점점 불어나 배를 위아래로 움직이고 있었다. 까딱 하면 우리는 전복될 위기였다. 우리는 즉시 각자 노를 잡았다. 밑동으로 갑문의 측면을 세게 치자 보트는 빠져나왔고 우리는 보트 바닥에 대자로 뻗었다.

조지와 나는 그 사진에서 잘 나오지 않았다. 물론 예상했던 대로 운명의 여신은, 우리 둘 다 '여기가 어디지?' '이게 도대체 어떻게 된 일이지?' 하는 꾸밈없는 표정으로 공중에서 사지를 버둥거리며 대자로 뻗어 있는 바로 그 순간을 정확히 포착하여 사진사가 자신의 낡은 기계를 작동하도록 만들었다.

우리의 다리는 의심의 여지없이 그 사진의 주요 구성 요소였다. 사실 다른 것은 거의 보이지도 않았다. 우리 다리가 전면을 꽉 채웠으니까. 다리 뒤로 다른 보트와 약간의 풍경들이 배경으로 언뜻 보이긴 했지만, 갑문에 있는 다른 사람들이나 다른 사물들은 우리의 다리와 비교해볼 때 완전히 무의미하고 하찮게 보였기 때문에, 다른 사람들은 부끄러운 나머지 사진에 서명하는 것마저 거부했다.

사진 여섯 장을 선주문했던 한 증기 기동선의 소유주는 네거티브판을 보자마자 예약을 취소해버렸다. 혹시 누가 사진 속에서 자기 배를 찾아서 보여준다면 사진을 받겠다고 했지만, 아무도 그럴 수가 없었다. 그의 배는 조지의 오른쪽 다리 뒤쪽 어딘가에 있었다.

그 사진 문제와 관련해서는 누구 하나 유쾌한 사람이 없었다. 사진사는 사진의 9할은 우리가 차지하고 있으니 우리가 각각 열두 장씩을 사야 한다고 했지만 우리는 거절했다. 우리는 전신 사진이 찍히는 데 빈대하지는 않지만 오른쪽이 약긴 도드라지는 편을 선호한다고 했다.

스트리틀리에서 위쪽으로 6마일 떨어진 월링포드는 무척 유서 깊은 마을로, 영국 역사 형성에서 매우 활발한 중심지가 되어왔다. 브리튼족이 그곳에 정착할 당시 그곳은 진흙으로 건설된 황량한 마을이었다. 그러나 로마 군대가 그들을 축출한 뒤 그들이 점토를 구워 만든 벽은 강력한 성체로 대체되었다. 시간은 오래전 그 시절 석공들이 건설 방법을 알았던 그러한 것들의 흔적을 완전히 휩쓸어가는 데 성공하지는 못했다.

시간은 로마인들이 쌓아놓은 벽에 잠시 머물렀지만 곧 그들을 먼지처럼 스러지게 만들었고, 오랜 시간이 흘러 그 땅 위에 선, 노르만인들이 상륙할 때까지 색슨족과 거대한 데인 인들이 전투를 벌였다.

의회 전쟁의 시대가 닥치고 패어팩스* 장군의 포위 공격을 받으

---

* Thomas Fairfax, 1616~1671. 청교도 혁명 때 의회파에 속했으며 혁명 발생 후 의

며 길고 참혹한 시간을 보내는 동안에도 그곳은 벽으로 둘러싸인 요새화된 마을이었다. 그러나 마을은 마침내 함락당했고 그리하여 그 벽도 무너지게 되었다.

월링포드에서 도체스터에 이르는 동안 강변 지대는 구릉이 많아지고, 변화가 많이 보이고, 그림처럼 아름다워진다. 도체스터는 강에서 반 마일 정도 되는 지점에 있다. 작은 보트가 있으면 템스강을 따라 노를 저어 그곳에 다다를 수 있다. 하지만 가장 빠른 길은 데이즈 록에 도착해 배에서 내린 후 들판을 가로지르는 것이다. 도체스터는 고요함과 침묵과 노곤함에 파묻힌, 유쾌하게 평화로운 유서 깊은 장소다. 월링포드처럼 도체스터 역시 오랜 역사를 간직하고 있다. 그때는 물 위의 도시라는 뜻의 '카에르 도렌'이라고 불렸다. 시간이 조금 흐른 후 로마인들이 이곳에 커다란 진영을 구축하고 요새로 만들었는데, 지금은 낮고 평평한 언덕처럼 보인다. 색슨 시대에는 웨섹스의 주도였다. 유서 깊을 뿐 아니라 한때는 매우 강하고 위대한 곳이었는데, 지금은 시끄러운 세상에서 떨어진 곳에 앉아 졸면서 꿈을 꾼다.

예스런 자취가 남아 있고 평화롭고 꽃들이 만발한, 그 자체로 너무나 예쁜 마을인 클리프톤 햄든 근처는 강변을 따라 펼쳐지는 풍경이 대단히 풍성하고 아름답다. 클리프톤에서 내려 하룻밤을 묵는다면 발리 모우보다 나은 곳은 없을 것이다. 이곳은 주저 없이, 자신 있게 말하건대, 강 상류에 있는 여관들 가운데 가장 고풍스런

곳으로, 다리 오른쪽에 있어 마을과는 상당히 떨어져 있다. 이곳은 얕은 처마의 박공들, 이엉을 얹은 지붕, 격자를 단 창문들이 있어 그림책에 나올 것 같은 외양이다. 안쪽으로 들어가면 더더욱 옛날 옛적 스타일을 갖추었다.

하지만 현대 소설의 여주인공이 머물기에 적당한 장소는 아니다. 현대 소설의 여주인공은 항상 '성스러울 만큼 키가 크고' '가슴을 펴고 똑바로 서기' 때문이다. 발리 모우에서 그렇게 했다간 매번 천장에 머리를 박을 것이다.

술 취한 사람이 묵을 만한 곳도 아니다. 이 방 아래로 내려가는 계단이나 저 방 위로 올라가는 계단에는 예상할 수 없을 정도로 놀라운 것들이 너무나 많다. 위층에 있는 침실로 올라가거나 심지어 침실에 도착해서 자기 침대를 찾는 것조차 그에게는 절대로 불가능한 일이다.

오후까지 옥스퍼드에 도착할 예정이었기 때문에 우리는 다음 날 아침 일찍 깨어 있었다. 밖에서 야영을 할 때 사람이 얼마나 빨리 일어날 수 있는지 놀랍기만 하다. 사람들은 여행가방을 베개 삼아 담요에 둘둘 말려 보트 바닥에 누워 있을 때면, "딱 오 분만 더"라는 말을 그렇게 많이 하지 않는다. 폭신한 침대에 누워 있을 때는 그렇게 남발하던 말인데 말이다. 우리는 아침을 먹은 후 여덟 시 삼십 분경 클리프톤 록을 지났다.

클리프톤에서 쿨햄까지 강물 언저리에 있는 강둑은 매우 평평하고 단조롭고 재미없지만, 일단 쿨햄 록(가장 차갑고 가장 깊은 갑문)을 통과하고 나면 변화가 인다.

애빙돈에서는 강 옆쪽으로 거리가 지나간다. 애빙돈은 사는 사람들이 그리 다양하지 않은 전형적인 시골 마을이다. (조용하고 점 잖고 깨끗하고 아주 지루한 곳이라고 할 수 있지.) 유서 깊다는 것을 자랑 스러워하지만 월링포드나 도체스터와 비교해서 우위를 차지할지 의심스럽다. 한때 유명한 수도원이 있었고, 남아 있는 성스런 잔해 안에서 지금은 쓴 에일 맥주를 빚는다.

애빙돈의 세인트 니콜라스 교회에는, 행복한 결혼 생활을 영위 하다 1625년 8월 21일, 같은 날에 세상을 떠난 존 블랙웰과 그의 아 내 제인을 기리는 기념비가 있다. 세인트 헬렌 교회에는 1637년에 죽은 W. 리라는 사람이 "살아생전에 세 명 모자란 이백 명의 자손 을 생산했다"는 기록이 남아 있다. 이 기록을 찾아서 살펴보면 당 신은 W. 리의 자식이 197명이란 내용을 발견하게 될 것이다. W. 리(애빙돈 시장을 다섯 번 역임한)는 의심할 바 없이 그의 세대에게는 은인이었을 것이다. 하지만 인구가 넘쳐나는 이 19세기에는 그런 유의 인간들이 많지 않기를 희망하는 바이다.

애빙돈에서 눈햄 코트니까지 강물 언저리는 매력적이다. 눈햄 파크는 한번 가볼 만한 가치가 있는 곳이다. 매주 화요일과 목요일 에 개방되는 저택에는 그림들과 진기한 물품들이 잘 보존되어 있 고 구내도 아주 아름답다.

갑문 바로 뒤, 스탠포드 둑 아래 있는 연못은 빠져 죽기에 딱 좋 은 곳이다. 바닥을 흐르는 수면 아래의 물살은 무서울 정도로 센데, 일단 휘말리면 빠져나오기가 쉽지 않다.

오벨리스크를 세워서 남자 두 명이 수영을 하다 익사한 지점을 표시해두었는데, 오벨리스크의 단은 대개 그 장소가 진짜로 위험 한지를 알아보고 싶어 하는 젊은이들이 다이빙 보드로 이용한다.

옥스퍼드까지 1마일 남은 지점에서 만나게 되는 이플리 록과 밀은 강을 사랑하는 형제들*에게는 흥미로운 대상이다. 그러나 사진과 비교해볼 때 실제 경치는 다소 실망스럽다. 세상에 존재하는 것들 중에 그것을 찍어놓은 사진과 맞먹을 수 있는 것은 거의 없는 것 같다.

우리는 약 열두 시 삼십 분경 이플리 록을 지났고, 보트를 말끔히 정리하고 상륙할 준비를 마친 다음, 마지막 남은 거리를 채우려고 박차를 가했다.

이플리와 옥스피드 사이는 내가 알기로는 강에서 가장 힘든 구간이다. 그곳을 이해하려면 바로 그 지점에서 태어났어야 한다. 다닐 만큼 다녔는데도 대처법을 알 수 없는 구간이다. 옥스퍼드에서 이플리까지 직선코스로 노를 저을 수 있는 사람은 한지붕 아래 아내, 장모, 누나, 그리고 그가 아기였을 때부터 가족의 일원이었던 늙은 하인과 함께 편안히 살 수 있을 것이다.

처음에는 물살이 당신을 오른쪽 강둑으로 데려간다. 그 다음은 왼쪽, 그리고 그 다음에는 중류로 데려가서 세 번을 회전시킨 다음 다시 상류로 데려가고, 항상 칼리지 바지선에 충돌시키려다 마는 것으로 끝이 난다.

---

* 1770년경 미국 펜실베이니아 주 랭커스터에서 독일계 미국인들의 부흥 운동 중에 생긴 그리스도교 종파. '그리스도 형제파' '요커 형제파' '시온의 자녀 연합파' 등 보수적인 3개 소종파로 이루어졌는데, 강 형제파라는 이름은 이 종파의 중심이 되는 무리들이 랭커스터 강 하류에 거주한 데서 유래했다. 강물에서 세례를 베풀고 물속에 세 번 잠기게 하는 의식을 베풀었으며, 신학적 관점이나 신앙 윤리가 매우 보수적이었다.

물론 이런 식의 일들에 대한 결과로서, 우리는 남은 구간 동안 무수히 많은 보트들의 길을 가로막았고, 그들 역시 마찬가지였다. 그리고 물론 이런 상황에 대한 결과로서, 써서는 안 되는 많은 말들이 입 밖에 나왔다.

왜 그래야 하는지는 모르겠지만 사람들은 강에만 들어서면 전에 없이 다들 신경질적이 된다. 마른땅에서는 거의 눈치 채지도 못했을 작은 실수들조차, 이상하게 물에서만 발생하면 화가 나서 거의 미칠 지경이 된다. 해리스와 조지가 마른땅에서 바보 같은 짓들을 할 때 나는 그저 관대하게 웃어넘긴다. 그런데 강에서 멍청이같이 굴 때면 나는 그들에게 가장 험악한 언어를 사용한다. 다른 보트가 내 길에 끼어들면 나는 노를 들어 올려 그 배에 탄 사람을 모두 죽여버리고 싶다는 충동을 느낀다.

땅에서는 매우 온순한 성격의 소유자들도 보트에만 타면 폭력적이 되고 난폭해진다. 한번은 매력적인 젊은 숙녀와 함께 잠시 뱃놀이를 나간 적이 있다. 그녀는 천성이 사랑스럽고 온유하기 그지없는 여인이었지만, 강에 들어서자마자 그녀의 입에서 나오는 말들을 듣고 있기가 참으로 곤혹스러운 상황이 되었다.

"저 자식이!"

어떤 운 없는 친구가 그녀의 길에 끼어들면 이렇게 외쳤다.

"눈이 달렸으면 앞을 똑바로 보고 가야 될 거 아냐?"

그리고 돛이 똑바로 일어서지 않으면 잔뜩 화가 나서는 말했다.

"이놈의 물건 같으니!"

그리고 그걸 잡아 아주 잔인하게 마구 흔들어댔다. 그러나 앞서 말한 것처럼 육지에 있을 때의 그녀는 충분히 친절하고 귀여운 여인이었다.

강의 공기는 뭐가 나쁜 건지 분간하지 못하도록 사람의 성질에 영향을 끼친다. 그리고 내 생각에 사공들이 가끔씩 서로에게 무례하게 굴고, 평온한 순간이 찾아오면 반드시 후회할 언어를 사용하게 되는 것도 바로 여기서 연유한 것 같다.

19

옥스퍼드 — 몽모렌시가 생각하는 천국 —
대여한 보트는 초라하고 별 볼일 없다 — '템스강의 자랑'을 아시나요 —
날씨가 변했다 — 이제까지 볼 수 없었던 강의 색다른 모습 —
유쾌한 저녁은 아님 — 가질 수 없는 것을 향한 욕망 —
즐거운 수다 이어지다 — 조지, 밴조를 연주하다 —
애처로운 멜로디 — 다음 날에도 비는 그칠 줄을 모르고 —
도망 — 저녁 식사 그리고 건배

우리는 옥스퍼드에서 아주 유쾌한 이틀을 보냈다. 옥스퍼드에
는 개들이 상당히 많다. 몽모렌시는 첫째 날 열한 번 싸웠고, 이튿
날 열네 번 싸운 후 천국에 도착했다는 생각을 했다.

체질적으로 약하거나 혹은 체질적으로 게으르거나, 여하튼 어
느 쪽이든 그 때문에 강물을 거슬러 올라가는 보트 여행을 즐길 수
없는 사람들 사이에서는, 옥스퍼드에서 보트를 빌려 하류로 내려
가는 것이 일반화되어 있다. 그러나 활동적인 사람이라면 확실히
하류에서 올라오는 여행을 선호한다. 물살 흐르는 대로만 가는 것
이 언제나 좋은 것 같지는 않다. 떡 버티고 앉아서 물살을 거슬러
싸우면서 물살이 아무리 방해할지라도 꿋꿋이 진로를 헤쳐나가는
데서 훨씬 더 큰 만족감을 얻는다. (나는 정말이지, 적어도 해리스와 조
지가 노를 젓고 내가 진로를 잡을 때 그렇게 느낀다.)

옥스퍼드를 출발 지점으로 고려하는 사람들에게 나는 자기 보트를 가지고 가라고 말하고 싶다. (아니면 들킬 위험이 없는 다른 사람 보트도 괜찮고.) 말로 위쪽 템스강변에서 빌려주는 보트들은 대개 아주 좋은 것들이다. 방수도 잘되어 있고 조심해서 다루기만 하면 부서지거나 가라앉을 염려도 거의 없다. 앉을 수 있는 곳도 있고 모든 (아니면 거의 모든) 필수 물품들을 갖추고 있어서 노를 젓거나 진로를 잡기에 충분하다.

그러나 모양에 대해 말하자면 글쎄, 말로 위쪽에서 빌리는 배는 과시하거나 사랑할 만한 보트는 아니다. 상류에서 빌리는 보트는 임차인 측에서 아주 빠른 시간 내에 그런 말도 안 되는 생각을 하지 못하게 만들어버린다. 그거야말로 그런 보트들의 주요한, (아니면 이렇게 말할 수도 있겠다) 그런 보트들의 유일한 추천 요소다.

상류에서 빌린 보트를 타는 사람은 겸손하고 내성적이 된다. 그는 나무 아래 그늘진 쪽으로만 계속 가고 싶어 하고, 강에 자기를 쳐다볼 사람들이 많지 않은 이른 아침이나 밤늦은 시간에 움직이는 경우가 대부분이다.

아는 사람을 만나면 그는 강둑에 내려 나무 뒤로 숨어버린다.

나는 어느 여름날 며칠간 여행을 하려고 상류에서 보트를 빌린 한 무리의 일원이었다. 우리 중 누구도 전에 상류에서 빌린 보트를 본 사람이 없었다. 그래서 막상 그 물건을 접했을 때 그것이 그것인지 알아차리지도 못했다.

우리가 대여 신청서를 작성한 보트는 더블 스컬링* 보트였다. 그

---

* scull은 양손에 노를 잡고 젓는 것이므로 double sculling은 두 명이서 각각 양손

리고 가방을 들고 대여소에 도착하여 이름을 댔을 때 관리인이 말했다.

"아, 네. 더블 스컬링을 요청하신 손님들이시군요. 좋습니다. 짐, 가서 '템스강의 자랑'을 가져오너라."

소년이 밖으로 나가더니 오 분 후에, 대홍수 이전 것인 듯한 나무 덩어리를 들고 낑낑대며 나타났다. 최근에 어디선가 파냈는데 파낼 때 주의하지 않아서 그 과정에서 불필요한 손상을 입은 것처럼 보이는 물건이었다.

그 물건을 보고 처음 든 생각은 그것이 일종의 로마 시대의 유물(뭔지는 잘 모르겠지만 어쨌든 뭔가의 유물, 어쩌면 관 같은) 같다는 것이었다.

템스강 상류 근처엔 로마 시대의 유물이 풍부했기 때문에 내 가정은 아주 설득력이 있어 보였다. 하지만 다소나마 지질학적인 소양이 있는 우리의 심각한 젊은이는 나의 로마 유적 이론을 조롱했고, 지성이 조금이라도 있는 사람이라면(그는 양심상 도저히 그 범주에 나를 포함시킬 수 없다는 것을 슬퍼하는 듯했다) 그 소년이 발견한 것은 고래 화석이 틀림없다는 것을 알 수 있다고 말했다. 그러면서 우리에게 그것이 빙하기 전 시대에 속하는 것이 틀림없음을 입증하는 다양한 증거를 제시했다.

이 논란을 종식시키려고 우리는 소년에게 호소했다. 우리는 그에게 두려워하지 말고 진실만을 얘기하라고 했다. 이것은 아담이 세상에 나기 전 시대의 고래 화석이냐, 아니면 초기 로마 시대의 관

에 노를 잡고 젓는 것을 말한다.

이냐?

소년은 그것이 '템스강의 자랑'이라고 했다.

우리는 처음에 이것이 소년의 처지에서 매우 유머 넘치는 대답이라고 생각했고, 누군가는 그에게 적절한 위트에 대한 상으로 2펜스를 주었다. 하지만 그가, 우리가 생각하기에 너무 길다 싶을 정도로 그 농담을 계속해서 이어나가자, 우리는 화가 나버렸다.

"이리 와, 이 녀석아!"

우리의 캡틴이 날카롭게 말했다.

"너 때문에 우리가 이 무슨 말도 안 되는 짓들이냐? 네 엄마 빨래통은 집으로 가져가고 어서 보트를 가지고 오너라."

그때 보트 건조인이 직접 나타나 우리에게, 실제 인간인 그 자신의 말로 그 물건이 진짜 보트임을, 사실 그 보트가 하류로 가는 우리의 여행을 위해 선택된 '더블 스컬링 보트'임을 확인해주었다.

우리는 입이 함지박만큼 나왔다. 우리는 적어도 배에 회칠이나 타르 칠은 되어 있을 줄 알았다. (그러니까 뭔가 어떻게든 처리를 해서 난파선과 구별은 되게 해야 하는 것 아닌가.) 하지만 그는 자신이 건조한 배에 무슨 이상이 있다는 건지 알아듣지 못했다.

심지어 그는 우리가 한 말 때문에 화가 난 것 같았다. 그는 우리를 위해 자기가 보유한 것들 중에서 최상으로 골랐다며 우리가 조금은 감사할 줄 알았다고 했다.

그는 '템스강의 자랑'은 지금처럼 유지되면서(혹은 지금처럼 근근이 버티면서) '자기'가 알기로는 지난 사십 년 동안 사용되어 왔으며, 전에는 그것에 대해 불평한 사람이 아무도 없었고 왜 우리가 처음으로 그러한 손님이 되어야 하는지도 모르겠다고 했다.

우리는 더는 아무 말도 하지 않았다.

우리는 줄로 이른바 보트라는 것을 단단히 얽어매고 벽지를 약간 얻어 지저분한 곳에다가 붙인 후 기도를 하고 보트 안으로 발을 들였다.

그들은 엿새 동안 그 유물을 대여하는 비용으로 35실링을 달라고 했다. 4실링 6펜스만 주면 바다를 떠돌아다니다가 해안 근처로 떠밀려온 나무들을 파는 누군가와 거래하여 그것을 살 수 있었으리라.

세 번째 날에는 날씨가 변했다(아아 정신 차리시고, 다시 우리의 여행 얘기로 돌아왔다). 그래서 우리는 가랑비가 줄줄 내리는 가운데 옥스퍼드에서 출발하여 집으로 가는 여행을 시작했다.

강은 동화에 나오는 황금빛 물결이 된다(햇살이 있어 춤추는 작은 시내가 반짝거릴 때, 해안가 청회색 나무줄기가 금빛으로 변할 때, 어둡고 차가운 숲길에 빛을 드리울 때, 여울목을 휘감은 어둠을 쫓아낼 때, 물방앗간 근처의 잡초들에 매달린 다이아몬드를 흔들 때, 백합에 키스를 퍼부을 때, 물거품이 이는 댐에서 장난을 칠 때, 이끼 낀 벽과 다리를 은빛으로 물들일 때, 모든 작은 마을을 화사하게 만들 때, 모든 작은 길과 풀밭을 사랑스럽게 만들 때, 골풀들과 얽혀 누워 있을 때, 모든 입구에서 슬쩍 나타나 웃을 때, 수많은 머나먼 항해를 기쁨으로 빛나게 할 때, 영광이 가득한 주위를 부드럽게 만들 때에는).

그러나 강은 헛된 후회의 땅을 가로지르는, 유령이 출몰하는 물가가 되기도 한다(구물구물 흐르는 강물 위에 빗방울은 끊임없이 떨어지는데, 춥고 으스스한 강은 어느 어두운 방에서 나지막이 우는 여인처럼 흐느끼고, 어둡고 스산한 숲은 빗방울이 만들어내는 수증기 안개에 뒤덮여 마치 유령처럼, 질책하는 듯한 눈동자를 번뜩이는 말없는 유령처럼, 무시당한 친구의 유령처럼 서 있을 때에는).

햇살은 자연을 살아 숨쉬게 하는 혈액과 같다. 햇살이 그녀에게서 빠져나갈 때 우리를 바라보는 어머니 대지의 둔한 눈동자에서는 생기가 느껴지지 않는다. 그런 그녀와 함께 있으면 우리는 슬퍼진다. 그녀는 우리를 알아보지 못하고 돌보려고도 하지 않는다. 그녀는 사랑하는 남편을 잃어버린 여인과도 같아, 아이들이 손을 붙잡고 그녀의 눈을 올려다보아도 웃음을 보이지 않는다.

우리는 빗속을 지나 하루 종일 노를 저었고 그것은 매우 우울한 일이었다. 처음에는 우리 스스로가 그 일을 즐기는 척했다. 우리는 분위기 전환이라는 관점에서 보거나, 강이 지닌 여러 가지 다양한 모습을 즐긴다는 점에서 보거나 우리도 좋아하고 있지 않느냐고 말해보았다. 언제나 햇빛이 비칠 수는 없는 일이고 그러기를 바라는 것도 염치없는 생각이라고 말했다. 우리는 서로에게, 눈물을 흘리고 있어도 자연은 아름답다고 말했다.

실제로 해리스와 나는 처음 몇 시간 동안은 아주 흥분하기도 했다. 우리는 집시에 대한 노래를 불렀다.

"라라라, 집시의 존재란 얼마나 기분 좋은 일인가, 폭풍이 치건 햇살이 비치건 상관이 없지, 불어오는 바람에도 아랑곳없이, 라라라, 그는 비를 즐긴다네, 비는 좋은 일도 참 많이 하지 않는가, 그는 비를 좋아하지 않는 사람들을 비웃는다네, 라라라."

조지는 우리의 여흥에 깊이 동참하지 못하고 우산에 집착했다.

점심을 먹기 전에 우리는 모포를 펼쳤고 오후 내내 치고 있었다. 앞쪽으로 조그마한 공간을 남겨 우리 중 하나가 노를 젓고 앞을 보게 했다. 이런 식으로 우리는 9마일을 갔고, 데이즈 록 바로 아래에서 밤을 보내려고 배를 댔다.

정직하게 말하면 즐거운 밤이었다고 말할 수는 없다. 비는 조용히, 쉬지 않고 쏟아졌다. 보트에 있던 모든 것이 축축해지고 차가워지고 끈적끈적해졌다. 저녁은 성공적이지 못했다. 배가 고프지 않을 때 차가운 송아지 파이는 넌덜머리가 나기 십상이다. 나는 왠지 치어와 커틀릿이 먹고 싶어졌다. 해리스는 서대기와 화이트소스 운운하면서 파이 남은 것을 몽모렌시에게 주었지만, 그는 그것을 거절했고 그런 제안을 받은 것에 모욕감을 느낀 듯, 조용히 일어나더니 보트 반대편 끝자락에 가서 앉았다.

하지만 조지는 꿋꿋이, 자기가 겨자도 없이 차가운 냉육을 다 먹을 때까지 쓸데없는 소리를 늘어놓지 말아달라고 요구했다.

저녁 먹은 후 우리는 카드놀이를 했다. 한 시간 반 정도를 했는데 조지가 4펜스를 땄고(조지는 카드놀이에서 늘 운이 좋다) 해리스와 나는 각각 2펜스씩 잃었다.

그쯤 되자 그는 우리가 게임을 더 하지 않을 거라고 생각했다. 해리스가 말한 것처럼, 카드놀이를 너무 많이 하면 건강에 안 좋은 흥분감이 생긴다. 조지는 게임을 계속하자면서 우리에게 복수를 해야 하지 않겠냐고 했다. 하지만 해리스와 나는 더는 운명에 맞서 전투를 벌이지 않기로 결심했다.

그 후 우리는 토디를 좀 만들어서 둘러앉아 얘기꽃을 피웠다. 조지가 우리에게 자기가 아는 한 남자에 대한 이야기를 해주었다. 그는 이 년 전 상류로 여행을 했고 딱 그날 밤처럼 축축한 보트에서 잠을 잤다가 류머티즘 열병을 얻었는데, 치료책을 구하지 못해서 그때부터 열흘 뒤 엄청나게 괴로워하며 죽었다고 했다. 조지는 그가 아주 젊은 친구였고 약혼자도 있었다고 했다. 그러면서 자기가 아는 가장 슬픈 일 가운데 하나라고 말했다.

그러자 해리스도 자기 친구 얘기가 떠오른다고 했다. 그는 지원병이었고 어느 날 올더쇼트에서 '딱 그날 밤처럼' 축축한 밤에 천막을 치고 잠을 잤는데, 깨어보니 평생 못 고칠 다리 불구가 되어 있었다고 했다. 해리스는 그가 마을로 돌아오면 우리 둘 다를 그 친구에게 소개해주겠다면서 그를 보는 것만으로도 우리의 심장이 피를 흘릴 거라고 했다.

이런 식으로 얘기가 나오다 보니 우리의 즐거운 화제는 점점 좌골신경통, 열, 오한, 폐 질환, 기관지염 같은 것이 되어갔고, 해리스는 우리가 의사에게서 얼마나 멀리 떨어져 있는지를 아는 마당에 우리 중 하나가 밤중에 심각하게 아프기라도 하면 얼마나 귀찮은 일이겠냐고 말했다.

이런 식의 대화를 계속 해나간다는 것은 뭔가 재밌는 것을 찾으려는 욕망에서 비롯된 것처럼 보였기 때문에, 나는 대화가 소원해진 틈을 타 조지에게 밴조를 꺼내어 코믹송을 들려줄 수 있는지 한번 보자고 했다.

조지의 관점에서 말하건대 그는 누군가 자신에게 뭔가를 조르는 상황을 원하지 않았다. 자기 음악은 집이나 그 비슷한 곳에서만 연주해야 한다는 바보 같은 생각도 하지 않았다. 그는 즉시 자신의 악기를 찾아내어 〈아름다운 두 개의 검은 눈동자〉를 연주했다.

그날 저녁 그의 연주를 듣기 전까지만 해도 나는 〈아름다운 두 개의 검은 눈동자〉를 다소 평범한 곡이라고 생각했다. 조지가 그것에서 끄집어낸 더없이 슬픈 어조에 나는 놀라지 않을 수 없었다.

애처로운 곡조가 진행되어감에 따라 해리스와 내 가슴속에서 어떤 감정이 커나가더니 목구멍이 아릿해오면서 눈물이 떨어질 것만 같았다. 그러나 엄청난 노력 끝에 우리는 솟아오르는 눈물을 거두고, 침묵 속에 거칠고 애처로운 멜로디에 귀를 기울였다.

코러스 부분을 연주할 때 우리는 즐거운 마음을 가지려고 정말 필사적인 노력을 했다. 우리는 잔을 채우고 노래에 합류했다. 감정이 복받쳐 목소리가 떨리는 해리스가 리드를 했고 조지와 나는 몇 마디 뒤에서 따라갔다.

아름다운 두 개의 검은 눈동자
오, 놀라워라!
다만 그가 틀렸다는 말을 하고 있구나
두 개의······.

거기서 우리는 멈추었다. 그때 우리가 빠져 있던 그 절망적인 상태에서는 "두 개의"에 이어지는 조지의 반주에서 느껴지는 형언할 수 없는 애수를 참아낼 방법이 없었다. 해리스는 어린아이처럼 흐느꼈고 개는 울부짖었는데, 나는 듣다듣다 개의 심장이나 턱이 터지거나 깨져버렸으면 했다.

조지는 다른 절을 계속 연주하고 싶어 했다. 그 곡을 더 연주하면서 말 그대로 연주에 더 많은 '자유분방함'을 불어넣을 수 있다면, 그렇게 슬프게 들리지 않을 거라는 생각이었다. 하지만 대다수가 그 실험에 반대했다.

그래서 아무것도 할 게 없어진 우리는 잠자리에 들었다(즉 옷을 벗고 보트 바닥에서 서너 시간 동안 뒤척였다. 그 후 새벽 다섯 시까지 자다 깨다 하는 선잠이 들었다가 일어나서 아침을 먹었다).

두 번째 날도 첫 번째 날과 정확히 똑같았다. 비는 계속해서 내리 퍼부었고 우리는 방수 외투를 둘러쓴 채 천막 아래 앉아 천천히 아래로 떠내려갔다.

우리 중 하나가(누군지는 잊어버렸는데 나일 확률이 높다) 아침 나절에, 자연의 아이가 되어 비를 즐기는 어리석기 그지없는 집시에 관한 노래를 불러보려는 애처로운 시도를 몇 번 했다. 하지만 결코 환영받지 못했다. "비를 참을 수 없네, 나는 참을 수 없어"라는 노랫말은 너무나 고통스럽고 명백하게 우리 각자의 감정 그 자체여서 그 것을 굳이 노래로 부른다는 것이 불필요하게 느껴졌다.

그러던 어느 순간 우리 모두는 의견 일치를 보았다. 무슨 일이 닥치더라도 끝까지 이 여행을 완수해야 한다. 우리는 강에서 이 주 동안 즐겁게 보내려고 여행을 떠나왔고, 이 주 동안 강에서 즐겁게 보내려고 노력했다. 만약 강이 우리의 목숨을 앗아간다면! 그것은 우리의 친구들과 친지들에게 슬픈 일이 될 것이다. 그러나 그것은 어쩔 수 없는 일이리라. 우리가 날씨에 굴복했다는 사실은 가장 비참한 선례로 남으리라.

"이제 이틀 남았어."

해리스가 말했다.

"우린 젊고 건강하잖아. 잘 견뎌낼 수 있을 거야."

약 네 시경에 우리는 그날 저녁 묵을 장소를 논의하기 시작했다. 고링을 약간 지난 시점이었고 그래서 우리는 팽보른까지 노를 저어가서 그곳에서 묵기로 결정했다.

"또다시 즐거운 저녁이 시작되겠군!"

조지가 중얼거렸다.

우리는 자리에 앉아 앞으로의 일에 대해 생각했다. 다섯 시까지
는 팽보른에 접어들어야 했다. 여섯 시 삼십 분경에는 저녁 먹는 걸
끝내야 했다. 그 후에는 잠잘 시간이 될 때까지 비를 맞으며 마을
근처를 돌아다닐 수 있겠지. 아니면 불빛이 희미한 바에 앉아 책력
을 읽거나.

"알람브라에는 생기가 넘치겠지."

해리스가 모포 밖으로 잠시 머리를 내밀어 하늘을 올려다보면서
말했다.

"그 다음에는 ○○○에서 저녁을 먹고. (그 식당은 ○○○ 근처, 외
진 곳에 있는 작지만 훌륭한 식당이다. 최고급이면서도 가격은 매우 싼 프랑
스식 저녁이나 야참을 먹을 수 있는 곳이다. 3실링 6펜스만 추가하면 좋은
프랑스 본 와인도 제공된다. 내가 이런 곳을 안다고 떠벌릴 바본 줄 아는 건
아니겠지.)"

반은 무의식 상태에서 내가 덧붙였다.

"그래. 이 보트에 그냥 붙어 있겠다고 결정한 것은 정말 슬픈 일
이야."

해리스가 대답했다. 잠시 정적이 흘렀다.

"만약 우리가 이 지긋지긋한 낡은 관에서 우리의 죽음을 맞이하
겠다는 계약을 하기로 결심하지 않았다면……. 그랬다면 말이야."

조지가 보트에 강력한 적의의 눈빛을 보내며 말했다.

"다섯 시 조금 지나서 팽보른을 떠나는 기차가 있다는 것을 언급

하는 것이 값어치 있는 일인지 모르겠단 말이지. 그 기차를 타고 가면 식사하기에 적당한 시간에 마을에 도착해서 네가 방금 언급한 그곳에 갈 수 있을지도 모르고."

아무도 말을 하지 않았다. 우리는 서로를 쳐다보았고 각자 다른 사람의 얼굴에 투영된 자신의 사악하고 죄 많은 생각을 바라보는 듯했다. 침묵 속에서 우리는 여행가방을 끌고 나와 정비했다. 우리는 강 위아래를 살폈다. 개미새끼 한 마리도 보이지 않았다!

이십 분 뒤면, 세 사람이, 부끄러운 듯한 표정을 짓는 개 한 마리와 함께, '스완'에 딸린 보트 창고에서 살짝 기어나와 철도역 근처로 기어가는 모습을 볼 수 있을 것이었다. 단정하지도 화려하지도 않은 다음과 같은 옷차림으로.

검은색 가죽 신발, 더럽다.
보트용 플란넬 슈트, 매우 더럽다.
갈색 펠트 모자, 많이 낡았다.
방수 외투, 다 젖었다.
우산.

우리는 팽보른에서 보트 관리인을 속였다. 하지만 비를 피해 도망가는 중이라고 뻔뻔스럽게 말할 용기는 없었기 때문에, 우리는 모든 것을 그대로 둔 채 다음 날 아침 아홉 시에 떠날 수 있도록 준비를 해달라고 지시한 후에 보트를 떠났다. 그리고 만약, 어쩌다가 그런 일이 일어날 수도 있으니, 만약 예상치 못하게 우리가 돌아올 수 없는 상황이 발생하면 편지를 쓰겠다고 했다.

우리는 일곱 시에 패딩턴에 도착했고 내가 앞에서 말한 그 식당으로 직행해 가볍게 먹은 후, 열 시 반에 다시 저녁을 먹겠다는 말과 함께 몽모렌시를 남겨두고, 레스터 광장으로 갔다.

우리는 알람브라에서도 이목을 집중시켰다. 매표소에 얼굴을 내밀자마자 우리는 퉁명스런 목소리로 캐슬 거리로 가보라는 지시를 받았으며 약속했던 시간보다 삼십 분이 늦었다는 소리를 들었다.

우리는 천신만고 끝에, 우리가 '히말라야 산맥에서 온 세계적으로 유명한 곡예사들'이 아님을 납득시켰고, 그제야 매표소 직원은 우리 돈을 받고 들여보내주었다.

안에 들어가서도 우리의 인기는 식을 줄을 몰랐다. 적절하게 잘 탄 우리의 피부와 그림에서 튀어나온 듯한 우리의 의상은 그곳에 있던 사람들의 존경의 시선을 한몸에 받았다. 우리는 만인의 주목거리였다.

정말 자랑스러운 순간이 아닐 수 없었다.

우리는 첫 번째 발레가 끝난 뒤 곧바로 자리를 옮겨 식당으로 되돌아왔다. 저녁이 이미 우리를 기다리고 있었다.

정말 맛있는 저녁이었다는 것을 고백해야겠다. 약 열흘 동안 우리는 냉육과 케이크와 잼 바른 빵만 먹고 버텼다. 소박하고 영양가 있는 식단이었지만, 뭔가 흥분을 주는 요소가 없었다. 부르고뉴 와인의 풍미와 프렌치 소스의 향취, 깨끗한 냅킨과 기다란 빵 덩어리의 모습이 매우 반가운 방문객처럼 우리 식욕의 문을 똑똑 두드렸다.

우리는 잠시 아무런 말도 하지 않은 채 열심히 씹고 부지런히 삼켰다. 그리고 얼마 후 꼿꼿하게 등을 펴고 앉아 나이프와 포크를 단단히 붙잡고 있던 시간이 지나자, 우리는 의자 뒤쪽으로 몸을 기대고 천천히 그리고 부주의하게 음식에 임하기 시작했다. (테이블 아래로 다리를 뻗고, 냅킨을 바닥에 떨어뜨리고도 무시해버리고, 지금까지 그랬던 것보다 훨씬 주의 깊게 연기 자욱한 천장을 살펴볼 기회가 생겼다.) 테이블 위에 멀찌감치 잔을 올려놓고 앉아 있으니, 왠지 마음이 선량해지고 사려가 깊어지고 모든 것을 용서할 수 있을 것 같았다.

창가에 앉아 있던 해리스가 커튼을 옆으로 치고 바깥 거리 풍경을 내다보았다.

어둑어둑한 거리는 비에 젖어 번들거렸고, 희미한 램프 불빛은 꺼질 듯 쉭쉭거리며 흔들렸다. 비는 계속해서 웅덩이로 떨어지며 흙탕물을 튀겼고, 홈통 아래로 떨어지는 물은 도랑이 되어 흘렀다. 비에 젖은 나그네 몇이 빗물이 떨어지는 우산 아래 몸을 웅크린 채 서둘러 발걸음을 재촉했고, 여자들은 스커트 자락을 올려 움켜쥔 모습으로 지나갔다.

"자."

해리스가 유리잔으로 손을 뻗으며 말했다.

"아주 즐거운 여행이었어. 우리에게 그런 시간을 허락해준 아버지 템스강에게 진심으로 깊이 감사하고 싶다. 하지만 중간에 포기한 건 정말 적절한 시간에 행해진 탁월한 선택이었어. 자, 보트에서 빠져나온 세 명의 남자를 위하여!"

밤거리를 쳐다보면서 창문 앞에 앉아 있던 몽모렌시가 건배의 순간에 맞추어 짧게 '컹' 짖었다.

저녁 먹은 후에
들은 얘기들

이야기가 시작된 사연을
소개하기에 앞서

그날은 크리스마스이브였다.

내가 이렇게 이야기를 시작하는 것은, 이것이 글을 시작하는 바르고 정통적이고 훌륭한 방법이기 때문이고, 내가 바르고 정통적이고 훌륭한 교육을 받으며 자랐기 때문이고, 항상 바르고 정통적이고 훌륭한 일을 하라고 배웠기 때문이다. 그리고 이 습관은 나와 분리될 수 없다.

물론, 단순한 정보 차원에서도 날짜를 언급해주는 것은 아주 필수적인 요소다. 경험 많은 독자들은 말해주지 않아도 그날이 크리스마스이브였다는 것을 안다. 유령 이야기에서는 항상 그렇기 때문이다.

크리스마스이브는 유령들에게는 커다란 행사의 밤이다. 해마다 크리스마스이브가 돌아오면 유령들은 축제를 연다. 크리스마스이브에는 유령 나라 어디의 아무개라고 부를 수 있는 모든 유령(아니 유령에 대해 말하고 있으니, 내 생각에는 아마도, 어디의 아무개라고 말할 수 없는 모든 유령이라고 해야 할 듯싶다)이 자기 자신을 선보이려고, 보려고 보여주려고, 걸어다니면서 자신을 감싼 수의와 입은 수의를 서로에게 내보이려고, 서로의 스타일을 비판하고 서로의 안색을 비웃으려고 모여든다.

아마도 자기네들끼리는 '크리스마스이브 퍼레이드'라고 부를 거라고 생각되는 이것은 의심의 여지없이 유령 나라 모든 유령이 열심히 준비하고 기다리는 행사다. 그중에서도 살해당한 남작들, 죄에 물든 백작부인들, 정복자와 함께 건너와 자신의 친족들을 살해하고 미쳐 죽어간 백작들로 구성된 허세꾼 세트가 특히 그럴 것이다.

그들은 거짓 불평과 속셈을 드러내지 않는 웃음을 정력적으로 갈고 닦는다. 소름 끼치는 비명 소리와 골수까지 얼어붙게 만드는 제스처는 어쩌면 몇 주 전부터 리허설에 돌입했을 것이다. 녹슨 쇠사슬과 유혈이 낭자한 단검들은 잘 정비하여 적시에 사용될 수 있도록 준비를 해둔다. 지난해 쇼에서 쓰고 잘 보관해둔 시트와 장막 들은 꺼내어 먼지를 떨어낸 후 수선하고 잘 말려두어야 한다.

오! 십이월의 스물네 번째 밤은 유령 나라를 뒤흔드는 밤이다!

눈치 챘을지 모르지만 유령들은 크리스마스 밤에는 나타나지 않는 법이다. 아마도 크리스마스이브에 너무 무리를 하기 때문이 아닌가 싶다. 그들은 흥겨운 분위기에 익숙한 존재들이 아니지 않은가. 크리스마스이브가 지나고 약 일주일 동안, 젠틀맨 유령들은 자기들이 최고인 양 스스로 느끼며, 자기네들끼리 다음 크리스마스이브에 꼭 들르겠노라는 엄숙한 결심을 하면서 돌아다닌다. 레이디 유령들은 반항적이고 화를 잘 내며 쉽게 울음을 터뜨리는데, 그럴 만한 뚜렷한 이유가 없는데도 누가 말을 건네면 서둘러 방을 나간다.

유지할 만한 지위가 없는 유령들(중산층 유령들이라고나 할까)은 가끔, 나는 그렇게 믿는데, 일을 쉬는 날 밤이면 여기저기 출몰하며 돌아다닌다. 할로윈데이나 한여름 같은 때 말이다. 어떤 유령들은 단순한 지방 행사에도 모습을 나타내는데, 예를 들어 누구의 할아버지가 교살당한 날을 기념하려는 행사라든가, 불행을 예언하는 행사라든가 하는.

보통의 영국 유령들은 불행을 예언하기를 정말 좋아한다. 그러니 만약, 누군가에게 문제가 생길 것이라는 전조를 보이도록 그를 파견한다고 치자. 그러면 그는 아주 행복해할 것이다. 한 평화로운 가정으로 그를 보내어 장례식을 예언하거나 파산을 점치게 하라. 이성이 있는 사람이라면 준비가 되기 전에는 결코 알고 싶어 하지 않을, 혹여 안다고 해도 아무런 쓸모가 없을, 다가올 치욕이나 끔찍한 재앙을 암시하도록 하라. 그러면 그는 자신이 기쁘게 의무를 수행한다고 느낄 것이다. 만약 가족 중 누군가 불운을 당했는데, 잔디에 바보 같은 함정이나 만들고, 다른 사람 침대의 가로널에서 균형을 잡아보는 일 따위를 하느라 그보다 두 달 앞서 그곳에 가지 못했다면, 그는 절대로 자기 자신을 용서하지 않을 것이다.

그리고 거기다 덧붙여, 의지력을 상실했거나 아직 발견하지 못한 짝 때문에 늘 마음 한구석이 부담스러운, 아주 젊고 혹은 아주 소심한 유령들이 일 년 내내 지속적으로 출몰해주신다. 야단법석 소란을 떠는 유령도 있는데, 쓰레기통이나 마을 연못에 매장된 것에 분개하여, 누군가 그를 위해 최고 수준의 장례식을 치러주지 않으면 교구의 밤이 하루도 잠잠할 날이 없게 만든다.

하지만 이런 유령들은 예외일 뿐이다. 내가 말한 것처럼, 보통의 정통적인 유령들은 일 년에 한 번 크리스마스이브에 나타나고 그것에 만족한다.

일 년 365일 하고 많은 날 중에 왜 하필 크리스마스이브인가 하는 문제에 대해서는 나도 이유를 알 수 없다. 하지만 이날은 늘 변하지 않는 모습으로 춥고 우중충하고 축축하여, 유령들이 외출을 해주기에 알맞은 가장 음침한 날 중 하나다. 게다가 크리스마스 때는 모든 사람이 너 나 할 것 없이 집안 가득한 친척들의 꼬락서니를 아주 많이 참아주는 때가 아닌가. 그날 죽은 사람의 유령들이 돌아다니는 것을 원하는 사람은 아무도 없을 거라고 나는 확신한다.

크리스마스의 공기에는 뭔가 이상한 것이 있다. 개구리와 달팽이를 밖으로 나오게 하는 축축한 여름비처럼, 유령들을 움츠러들게 만드는 뭔가 친밀하면서도 끈적끈적한 분위기.

크리스마스이브에는 유령들이 스스로 걸어다닐 뿐만 아니라 살아 있는 사람들이 앉아서 그들에 대해 얘기를 나눈다. 크리스마스이브에 난롯가 주위에서 영어로 말하는 대여섯 명이 만나면, 그들은 서로에게 유령 이야기를 들려준다. 저마다 몸소 겪었기 때문에 출처가 확실한 유령 이야기를 듣는 것만큼 크리스마스이브에 우리를 만족시켜주는 일은 없다. 때는 바야흐로 정답고 즐거운 크리스마스 시즌이고, 우리는 무덤과 죽은 사람들과 살해자들과 살인에 대해 생각하고 말하는 것을 즐긴다.

우리의 유령 체험담에는 공통점이 아주 많다. 그러나 물론 이것은 우리의 잘못이 아니라 유령들의 잘못이다. 그들이 늘 새로운 공연을 시도해보지 않고 항상 오래되고 안전한 방식을 고수하다 보니 생겨나는 현상이다. 결과적으로, 당신이 어느 크리스마스이브 파티에 가서, 유령이 나오는 자신들의 모험담에 대해 여섯 사람이 하는 말을 듣는다면, 당신은 더는 유령 이야기를 들을 필요가 없다. 이야기를 더 듣는다는 것은 똑같은 코미디를 두 번 보고 앉아 있거나 똑같은 코믹 저널을 두 권 받아 보는 것과 같을 것이다. 반복되면 지루해진다.

그리고 꼭 이런 젊은이도 있다. 어느 해인가 시골집에서 크리스마스 시즌을 보내던 한 젊은이가 있었는데, 크리스마스이브에 사람들이 그를 서쪽에 자리잡은 방에 집어넣으며 그곳에서 자라고 한다. 한밤중이 되면 조용히 방문이 열리고 누군가(대개는 긴 치마 잠옷을 입은 숙녀)가 천천히 걸어 들어와 침대 머리맡에 앉는다. 젊은이는 방문객 중 하나거나, 아니면 전에 본 기억이 나지는 않지만 자신이 묵는 집의 친척이겠거니 생각한다. 혼자 있으려니까 너무 외로워서 말벗이나 하려고 자신의 방으로 들어온 거라고. 그는 그것이 유령이라는 생각은 꿈에도 하지 못한다. 그는 너무 의심이 없다. 하지만 그녀는 아무 말도 하지 않는다. 그리고 그가 다시 본 순간, 그녀는 사라지고 없다!

젊은이는 다음 날 아침 식탁에서 그 일을 얘기하고 그 자리에 있는 숙녀 분들에게 혹시 자기 방에 온 적이 있냐고 묻는다. 하지만 그들은 모두 아니라고 대답하고, 파리하게 창백해진 주인은 그 문제에 대해 더는 아무 말도 말아줄 것을 요구하는데, 젊은이는 이것을 아주 이상한 부탁이라고 생각한다.

아침 먹은 후 주인은 젊은이를 구석으로 데리고 가서, 그가 본 것은 바로 그 침대에서 살해된, 혹은 그곳에서 누군가를 살해한 어떤 숙녀의 유령이라고 설명한다. (어느 쪽이냐 하는 문제는 그다지 중요하지 않다. 어느 쪽을 더 선호하는지는 모르겠지만, 누군가를 살해했기 때문에 유령이 되는 사람도 있고, 누군가에게 살해되었기 때문에 유령이 되는 사람도 있다. 살해된 유령이 아마도 더 많을 것이다. 하지만 그렇더라도 당신이 살해된 유령이라면, 상처를 보여주며 신음 소리를 냄으로써 사람들을 더욱 놀라게 할 수 있다.)

그런데 꼭 냉소적인 손님이 있다. (그런데 이 같은 방에 들게 되는 사람이 항상 '손님'인 이유는 뭘까?) 유령은 자기 가족에 대해서는 그다지 많은 생각을 하지 않는다. 그가 자기 모습을 내보이고 싶어 하는 사람은, 크리스마스이브에 주인장이 말하는 유령 이야기를 듣고 한참 비웃으며 자신은 유령 같은 게 존재한다고 믿지 않는다면서, 허락된다면 자기가 그 유령이 나온다는 방에서 자겠다고 말하는 '손님'이다.

사람들은 모두 그에게 섣부른 짓을 하지 말라고 하지만 그는 어리석은 태도를 고수하며 가벼운 마음으로 촛불을 들고 노란 방(색이야 어쨌든지 간에)으로 올라가, 사람들에게 안녕히 주무시라고 말한 뒤 문을 닫는다.

다음 날 아침 그는 머리가 하얗게 세어 있다.

그는 누구에게도 자기가 본 것을 말하지 않는다. 너무나 무서우니까.

그런가 하면 원기 왕성한 손님도 있게 마련이어서, 그런 사람은 유령을 보고 그것이 유령이라는 것을 안 후에는, 그것이 방으로 들어와 징두리 판을 통과하여 사라지는 모습을 지켜본다. 유령이 다시 돌아올 것처럼 보이지 않으면 결과적으로 깨어 있다고 해도 아무런 소득이 없기 때문에, 그는 잠자리에 든다.

그는 사람들을 놀라게 할까 봐(그런 사람들이 있다) 누구에게도 유령을 봤다고 말하지 않고 다시 밤이 올 때까지 기다렸다가 다시 한번 유령이 나타나는지 확인해야겠다고 결심한다.

유령은 다시 한번 나타나는데, 그는 이번에는 침대 밖으로 나와 옷을 입고 머리를 빗은 다음 유령을 뒤따라간다. 그리고 침실에서 지하 맥주 저장소로 이어지는 비밀 통로(의심할 여지없이 옛날 옛적 한 옛날에 사용되던 통로다)를 발견한다.

또 다른 젊은이는 한밤중에 이상한 느낌이 들어 깨어났는데, 결혼하지 않은 부자 삼촌이 그의 침대 머리맡에 서 있는 것을 발견한다. 부자 삼촌은 이상하게 웃어 보이고 사라진다. 젊은이는 즉시 일어나 시계를 본다. 태엽 감는 것을 잊어버린 터라 시계는 네 시 반에 멈춰 있었다.

그는 다음 날 아침 조사를 했다. 그리고 정말 이상하게도 조카라곤 그 젊은이뿐이었던 그 부자 삼촌이 이틀 전 정확히 열두 시 십오분에 자식이 열한 명인 미망인과 결혼을 했다는 것을 알게 되었다.

젊은이는 그 이상한 사건을 설명하려고 노력하지 않는다. 그는 다만 자기가 하는 이야기가 진실임을 단언할 뿐이다.

그리고 다른 경우를 언급하자면, 프리메이슨 단원들과 함께 저녁 식사를 마치고 밤늦게 집으로 귀가하던 신사가 하나 있었다. 그는 허물어진 수도원에서 희미한 빛이 새어 나오는 것을 보고, 살금살금 걸어가 열쇠구멍으로 안을 들여다본다. 그는 갈색 수도사 유령에게 키스하는 '회색 자매'의 유령을 보고 표현할 수 없을 정도로 충격과 놀라움에 휩싸여 그 자리에 쓰러진다. 그리고 다음 날 아침 그 자리에서, 여전히 말을 잃은 채, 충직한 현관 열쇠를 손에 꽉 쥐고 문을 등진 채 웅크리고 누운 모양새로 발견되었다.

이 모든 사건이 크리스마스이브에 발생하고, 우리는 이런 이야기들을 크리스마스이브에 듣는다. 지금처럼 통제되는 영국 사회에서 십이월 스물네 번째 날 말고 다른 날 저녁에 유령 이야기를 듣기는 불가능하다. 그러므로 앞으로 이야기하게 될 슬프지만 진짜인 유령 이야기를 소개함에 있어, 나는 앵글로 색슨 문학을 공부하는 학생들에게 이 이야기를 들은 시기와 사건이 일어난 날짜(크리스마스이브)를 알려주는 일은 불필요하다고 생각한다.

그럼에도 나는 그렇게 한다.

이야기가 시작된 사연

그날은 크리스마스이브였다! 존 삼촌의 집에서 보내는 크리스마스이브. (이 책에는 '크리스마스이브'라는 단어가 너무 많이 나온다. 내 눈에도 보인다. 나도 슬슬 지겨워지려고 한다. 하지만 피할 수 있는 방법을 모르겠다.) 래번햄 그로브 47번지에서 진탕 마시던 크리스마스이브! 흔들리는 벽난로 불빛이 비싼 색벽지에 기묘한 그림자를 드리우는, 희미하게 불 밝힌(가스들이 파업 중이었다) 응접실에서 맞이한 크리스마스이브! 아무도 없는 텅 빈 거리엔 폭풍우가 무자비하게 몰아닥쳤고, 바람은 잠들지 못한 누군가의 영혼처럼 신음하며 광장을 휘몰아치더니, 고통에 사로잡힌 비명처럼 울부짖으며 우유 가게를 지나갔다.

우리는 저녁을 먹었고 둘러앉아 이야기하며 담배를 피웠다.

우리는 저녁을 아주 잘 먹었다. 정말로 아주 잘 먹었다. 그 후로 우리 가족 내에서는 이 파티와 연관해서 안 좋은 말들이 생겨났다. 안 좋은 말들은 파티 전반에 관해서 퍼졌지만 나와 관련된 부분이 특히 두드러졌다. 우리 가족이 어떻다는 것을 잘 알았기 때문에 그다지 놀라진 않았지만 그래도 그런 말들은 나에게 꽤 심한 고통을 안겨주었다. 마리아 숙모에 관해서는, 과연 내가 그분을 다시 보고 싶어 할지가 의문이다. 마리아 숙모가 나에 대해 좀 잘 아셨으면 좋았을 걸 하고 생각해본다.

하지만 그들이 나에 대해 부당한(나중에 설명하겠지만 정말 그 부당한 정도는 이루 말을 할 수가 없을 정도였다) 평가를 했다고 해서, 그 때문에 내가 다른 사람을 부당하게 평가하는 일이 일어나서는 안 된다. 아무리 냉혹하게 빗대어 말한 사람일지라도. 나는 마리아 숙모의 뜨거운 송아지 파이는 물론이고, 그녀만의 따뜻한(내 생각에 차가운 치즈케이크는 말이 안 된다. 그 풍미가 반은 달아나버리지 않나) 치즈케이크가 따라 나오고, 존 삼촌이 직접 빚은 에일 맥주에 의해 목으로 넘겨진 구운 바다가재를 공정하게 평가할 테고, 그것들이 대부분 맛있었다는 사실을 인정할 것이다. 나는 그때도 그랬다. 마리아 숙모 자신도 그것만은 인정하지 않을 수 없었다.

저녁 먹은 후 삼촌이 위스키 펀치를 만들었다. 나는 그것 역시 공정하게 평가했고, 존 삼촌도 그렇게 말했다. 그는 내가 좋아하는 것을 보니 기쁘다고 했다.

숙모는 저녁 먹은 후 곧장 침실로 갔기 때문에 응접실에 삼촌과 함께 남은 사람은 교구의 보좌신부, 늙은 닥터 스크루블즈, 마을 의회 소속인 새뮤얼 쿰스 씨, 테디 비플즈, 그리고 나였다. 우리는 이대로 끝내기에는 아직 너무 이른 시간이라는 데 동의했고 그래서 삼촌은 펀치를 한 번 더 만들었다. 그리고 내 생각에 우리 모두는 그것에 대해 공정한 평가를 내린 것 같다. 적어도 내 생각에 나는 그런 것 같다. 공정해지고 싶다는 욕망, 나는 그것을 위해서라면 내 모든 열정을 쏟아 붓고 싶다.

우리는 오랫동안 앉아 있었기 때문에, 의사 선생이 나중에는 변화를 준다고, 진 펀치를 만들었다. 개인적으로는 별다른 맛 차이를 느낄 수 없었지만, 맛은 괜찮았고 우리는 매우 행복했다(사람들은 아주 친절했다).

존 삼촌은 그날 저녁 우리에게 매우 재미있는 이야기를 들려주었다. 오, 그건 정말 재미있는 이야기였다! 무엇에 대한 내용이었는지는 기억나지 않지만 그때 그 이야기 때문에 아주 재미있었다는 것은 기억한다. 평생 그렇게 웃어본 적은 없었다. 삼촌이 우리에게 그 이야기를 네 번이나 해줬기 때문에, 그 이야기가 기억나지 않는다는 것은 이상한 일이다. 그리고 삼촌이 우리에게 그 이야기를 다섯 번 해주지 않은 것은 순전히 우리 잘못이었다. 이어서 닥터 스크루블즈가 아주 재밌는 노래를 불러주면서 농가 마당에 있는 온갖 동물들 흉내를 냈다. 그는 여러 가지 동물들을 약간 뒤섞었다. 암팡진 수탉 흉내를 낸다고 해놓고 나귀 울음소리를 내지르는가 하면, 돼지 흉내를 낸다면서 수탉 울음소리를 냈다. 하지만 우리는 그가 표현하고자 하는 의미를 다 제대로 이해했다.

나는 매우 흥미로운 일화를 말하기 시작했는데, 이야기를 이어가다 보니 누구도 내 말에 조금도 주목하지 않아 약간 놀랐다. 처음에는 정말 무례한 사람들이라고 생각했지만, 생각해보니 나는 내내 혼잣말을 하고 있었고 큰 소리로 말하지 않았기 때문에, 사람들은 내가 그들에게 이야기를 한다는 것도 전혀 알지 못했을 뿐 아니라, 아마도 나의 생기 넘치는 감정 표현과 우아한 제스처의 의미가 무엇인지 궁금하게 여겼던 것 같다. 그건 누구라도 저지를 수 있는 아주 기이한 실수였다. 나는 전에는 내가 그런 행동을 한다는 것을 전혀 알지 못했다.

얼마 후 우리 교구의 보좌신부가 카드로 트릭을 보여주었다. 그는 우리에게 '세 개의 카드 트릭'이라는 게임을 아느냐고 물었다. 그러면서 그것은 천하고 사악한 사람들, 경마대회 같은 곳을 제집처럼 들락거리는 자들이 순진한 젊은 친구들을 속여 돈을 뜯어낼 때 사용하는 술책이라고 했다. 그는 그것이 아주 간단한 트릭이라며 모든 것은 손의 빠르기에 달려 있다고 했다. 민첩한 손놀림으로 눈속임을 하는 것이다.

그는 자기가 그 트릭을 쓰는 수법을 보여주겠으니 미리 대비를 해두어 당하는 일이 없도록 하라고 했다. 그는 차를 넣어두는 통에서 삼촌의 카드 한 통을 꺼내오더니, 두 장은 평범한 것으로, 한 장은 그림 카드로 하여 카드 석 장을 선택했다. 그러더니 벽난로 앞 깔개에 앉아 우리에게 자신이 하려는 바를 설명했다. 그가 말했다.

"자, 제가 이제 카드 석 장을 손에 잡고 여러분에게 보여드리겠습니다. 그런 후 조용히 깔개 위에 뒷면이 보이도록 내려놓고 여러분에게 그림 카드를 골라내라고 할 겁니다. 여러분은 어떤 것이 그림 카드인지를 안다고 생각하겠지요."

그리고 그는 그대로 했다.

교구 위원이기도 한 나이 지긋한 쿰스 씨가 가운데 카드라고 말했다.

"보았다고 생각하시겠지요."

보좌신부가 웃으면서 말했다.

"나는 그것에 대해 아무것도 생각하지 않았소."

쿰스 씨가 대답했다.

"분명히 말하건대 그림 카드는 가운데 카드요. 반 달러*를 걸겠소."

"바로 이겁니다. 이게 바로 제가 설명했던 상황입니다."

보좌신부는 우리에게 고개를 돌리면서 말했다.

"내가 만나 본 순진한 어린 친구들은 이런 식으로 현혹되어 돈을 잃습니다. 카드를 알고 있다고 자신하는 거죠. 분명히 카드를 보았다고 생각합니다. 민첩한 손이 그들의 눈을 속였다는 생각은 절대 못하지요."

그는 주머니에 파운드를 가득 넣고 보트 레이스나 크리켓 경기 등을 하는 곳에 갔다가 이른 오후 무렵이면 완전히 빈털터리가 되어 집으로 돌아오는 젊은이들을 보았다고 했다. 그들은 풍기를 문란하게 만드는 이 게임에서 가진 것 모두를 잃었다고 했다.

그러면서 쿰스 씨에게서 반 크라운**은 받아내야겠으며, 그래야 쿰스 씨가 유용한 교훈을 얻게 되어 미래에 많은 돈을 절약할 거라고 했다. 그리고 2실링 6펜스는 '담요 마련을 위한 기금'에 기부하겠다고 했다.

"별걱정을 다하시는군."

쿰스 씨가 쏘아붙였다.

---

*   달러는 영국 속어로 5실링짜리 은화를 가리킨다.

** 크라운 역시 5실링짜리 은화를 가리킨다.

"'담요 마련을 위한 기금'에서 반 크라운 빼내지나 마시오. 그것만으로도 충분하니까."

그리고 그는 자기 돈을 가운데 카드 위에 놓고 그것을 뒤집었다. 확실히 그것은 정말로 퀸이었다!

우리 모두는 너무나 놀랐고 보좌신부는 더욱 놀랐다. 하지만 가끔 그런 일도 일어난다고 했다. 누군가 우연히 진짜 카드를 맞히는 일 말이다.

하지만 우리의 보좌신부는 그런 일이야말로, 한 인간이 스스로 저지르는 가장 불행한 일인데, 돈을 걸어서 이기고 나면 그것이 그에게 이른바 경기라고 불리는 것에 대한 흥미를 일으켜 계속해서 모험을 하도록 유혹하기 때문이라고 했다. 그리고 결국엔 파산하고 망가진 채 물러나야 한다고 했다.

그러고 나서 그는 다시 한번 시도했다. 쿰스 씨는 이번에는 석탄통 옆에 있는 카드라고 대답했고 5실링을 걸겠다고 했다.

우리는 그를 비웃었고 그러지 말라고 설득하려 했다. 하지만 그는 우리의 충고를 들으려 하지 않았고 그 돈을 걸겠다는 뜻을 굽히지 않았다.

우리의 보좌신부는 그렇다면 좋다고 했다. 그는 그에게 주의를 줬고 그것이 그가 할 수 있는 전부였다. 만약 그(쿰스 씨)가 자신을 바보로 만들고 싶다면 그(쿰스 씨)는 그렇게 하는 수밖에.

우리의 보좌신부는 자기가 5실링을 가지게 될 것이고 그렇게 되면 '담요 마련을 위한 기금'과 관련된 문제들이 모두 제자리를 찾게 될 거라고 했다.

그렇게 해서 쿰스 씨는 반 크라운짜리 두 개를 석탄통 옆에 있는 카드에 걸었고 그것을 뒤집었다. 확실히 이번에도 퀸이었다!

그 후 존 삼촌이 플로린* 은화를 걸었고 그가 이겼다.

그리고 나서는 우리 모두가 그 게임을 했고 우리 모두가 이겼다. 그러니까 이기지 못한 사람은 보좌신부뿐이었다. 그는 정말 끔찍한 이십오 분을 보냈다. 나는 카드게임에 그렇게 운이 안 따르는 사람을 본 적이 없다. 그는 매번 졌다.

그 후 우리는 펀치를 더 마셨고, 삼촌은 그것을 만들면서 재미있는 실수를 했다. 위스키를 빼먹은 것이다. 오, 우리는 그를 비웃었고, 빌금으로 다음번 펀치에는 위스키를 두 배 넣게 했다.

오, 우리는 그날 저녁 정말 즐거운 시간을 보냈다.

그러다 어찌어찌해서 유령 이야기를 하게 된 것이 틀림없다. 왜냐하면 내가 마지막으로 기억하는 것이 우리가 서로에게 유령 이야기를 하고 있었다는 것이기 때문이다.

---

* 1849년에 발행된 2실링짜리 은화

테디 비플즈의 이야기

테디 비플즈가 첫 번째 이야기를 해주었다. 여기서는 그 사람 자신의 입을 빌려 이야기를 반복하도록 하겠다.

(나에게 어떻게 그 자신이 했던 정확한 말들을 기억하고 있는지 물어서는 안 된다. 내가 현장에서 그 말들을 속기로 받아 적었건, 그가 그 이야기를 써주었건, 이 책의 출간을 위해 후에 그가 자필 원고를 건네주었건 간에 말이다. 왜냐하면 물어본다고 해도 나는 가르쳐주지 않을 테니까 그건 거래상의 비밀이다.)

비플즈는 자신의 이야기를 이렇게 불렀다.

존슨과 에밀리

혹은

유령의 순정

내가 처음 존슨을 만난 것은 막 어린 소년티를 벗었을 때였다. 나는 크리스마스 시즌을 보내려고 집에 와 있었고, 크리스마스이브였기 때문에 아주 늦게까지 잠을 안 자도 되었다. 그런데 내 작은 침실에 들어가려고 문을 연 순간 막 내 침실에서 나오는 존슨과 얼굴을 딱 마주치고 말았다. 유령은 나를 통과하더니, 고통스런 소리를 길고 낮게 웅얼거리며 계단 창문 밖으로 사라졌다.

순간 나는 얼어붙었다. (나는 그때 고작해야 학생이었고, 한번도 유령을 본 적이 없었으니까.) 그래서 잠자리에 드는 것이 조금 불안해졌다. 하지만 잘 생각해보니 유령들은 죄를 지은 사람들에게만 해를 가할 수 있다는 것이 기억났기 때문에, 이불을 머리끝까지 잡아당기고 잠을 잘 수 있었다.

아침에 나는 아버지에게 내가 본 것을 말했다.

"그랬구나. 그건 존슨이란다."

아버지가 대답했다.

"봐도 놀라지 말거라. 그는 이 집에 사니까."

그러면서 그 불쌍한 유령의 이야기를 들려주었다.

말을 들어보니 살아 있을 때 존슨은, 아주 어릴 때부터 우리 집에 살던 사람의 딸을 사랑한 것 같았다. 그녀는 매우 아름다웠고 세례명이 에밀리였다. 아버지는 그녀의 다른 이름은 알지 못했다.

존슨은 너무 가난해서 그녀와 결혼할 수 없었고, 그래서 그녀에게 작별의 키스를 하며 곧 돌아오겠다는 말을 남긴 뒤, 돈을 벌려고 오스트레일리아로 떠났다.

하지만 그때만 해도 오스트레일리아는 나중에 변모하게 될 그런 상태가 아니었다. 초창기만 해도 오지를 여행하는 여행객들은 극히 드물었다. 어쩌다 한 명이 잡혀도 몸에서 발견되는 재산이라고 해봐야, 꼭 필요한 절차만 갖춘 단순 장례식 비용을 치르기에도 충분하지 않았다. 그래서 존슨이 돈을 모으는 데는 거의 이십 년이란 세월이 걸렸다.

하지만 존슨은 자신이 애초에 마음먹었던 것을 이루었고 성공적으로 경찰을 따돌리고 식민지 오스트레일리아에서 빠져나와, 희망과 기쁨을 가득 안은 채 그녀에게 청혼하려고 영국으로 돌아왔다.

하지만 그 집에 도착해보니 그곳은 텅 빈 채 버려져 있었다. 이웃들이 해준 말에 따르면, 그가 떠나고 얼마 되지 않아서, 어느 안개 낀 밤 가족 전체가 슬그머니 사라져버렸고, 집주인과 지역 상인들이 백방으로 찾아보았지만, 그 후로 아무도 그들의 모습을 보거나 소식을 듣지 못했다고 했다.

가엾은 존슨은 비탄에 사로잡혀 광분하면서 그의 잃어버린 사랑을 찾아 온 세상을 떠돌았다. 하지만 그녀를 찾을 수 없었고, 헛된 노력으로 세월을 보낸 뒤, 지나간 행복한 시절에 그와 그가 사랑하던 에밀리가 축복받은 많은 시간을 함께 보냈던 바로 그 집에 돌아와 외로운 생을 마감했다.

그는 그곳에서 혼자 살았다. 빈방을 돌아다녔으며, 에밀리에게 돌아와달라고 간청하며 흐느꼈다. 그리고 그 불쌍한 노인은 죽었지만 유령이 되어 아직도 그 일을 계속하고 있었다.

아버지가 말하길, 바로 그러한 이유 때문에 그가 이 집에 세를 들겠다고 했을 때 중개상이 일 년에 10파운드씩 할인 혜택이 있다고 했다는 것이다.

그 후 나는, 계속해서 밤이면 시도 때도 없이 존슨을 만났고, 사실은 우리 가족 모두가 그랬다. 우리는 걸어가다가도 유령이 길을 지날 수 있도록 옆으로 비켜서주었다. 처음엔 그랬지만 점점 유령이 있는 집에 익숙해지자 그런 형식을 차릴 필요가 없어 보였고, 우리는 유령을 통과해 지나다니곤 했다. 유령이 길을 가로막은 적은 한번도 없었다.

그는 다정하고 해 될 것 없는 늙은 유령이었고 우리는 그를 안쓰럽게 여겼다. 사실 여자들은 한동안 그를 아주 귀여워하기도 했다. 그의 순정이 그들의 마음에 진한 감동을 주었다.

그러나 시간이 지남에 따라 그것도 점차 지겨워졌다. 유령은 항상 슬픔에 가득 차 있었다. 유쾌하거나 싹싹한 구석이 하나도 없었다. 안쓰럽긴 했지만 보고 있으면 짜증이 났다. 유령은 계단에 앉아서, 앉았다 하면 몇 시간 동안 계속해서 울어댔다. 밤에 깨어나면 그때마다 복도를 어슬렁거리고 방이란 방은 모두 다 들락날락하고 흑흑거리고 한숨 쉬는 소리가 들려왔기 때문에 쉽사리 다시 잠이 들 수도 없었다. 우리가 파티라도 열라치면 유령이 와서 응접실 문밖에 앉아 파티가 끝날 때까지 훌쩍거렸다. 정확히 누구에게 해를 끼쳤다고 할 수는 없지만 항상 우울한 분위기를 퍼트리고 다녔다.

어느 날 저녁 존슨은 평소보다 더욱 귀찮게 굴더니, 굴뚝 위에 앉아 신음 소리를 내며 괴로워하는 바람에 사람들이 으뜸패가 뭔지 같은 짝패에 뭐가 들었는지 모를 지경으로 만들어버림으로써 휘스트 게임을 엉망으로 만들어버리고 말았다. 그러자 아버지가 말했다. (알겠지만 아버지들은 괴롭힘을 당하면 매우 퉁명스러워진다.)

"이 바보 같은 녀석 때문에 지겨워 죽겠네. 무슨 수를 써서라도 그를 제거해버려야 해. 방법을 알면 좋으련만."

어머니가 말했다.

"에밀리의 무덤을 찾기 전에는 절대 당신 앞에서 사라지지 않을 걸요. 그게 그의 목적이니까요. 그러니 당신이 에밀리의 무덤을 찾으세요. 그러고 나서 그를 거기로 데려가면 그는 영원히 그곳에서 움직이지 않을 거예요. 그게 유일한 방법이에요. 제 말을 믿으세요."

그 생각은 그럴듯해 보였다. 하지만 난관은 우리 중 누구도 에밀리의 무덤이 어디 있는지 존슨이 아는 것 이상 알지 못한다는 점이었다. 아버지는 다른 에밀리의 무덤으로 유령을 속여보자는 제안을 했지만 운 좋게도, 인근 지역 어디에도 에밀리라는 이름을 가진 여자가 묻혀 있지를 않았다. 무슨 놈의 동네에 죽은 에밀리가 그렇게 없을 수가 있는지.

나는 잠시 생각하다가 과감한 제안을 했다.

"그냥 하나 만들까요? 노인네가 아주 단순해 보이던데요. 쉽게 속을지도 몰라요. 어쨌든 밑져야 본전이잖아요."

"그래, 한번 해보자."

아버지가 말했다.

그리고 다음 날 아침 우리는 인부를 불러들여 과수원 둔치에 작은 무덤을 하나 만들고 비석을 세웠다. 비석에는 다음과 같이 적혀 있었다.

에밀리를 기억하며

그녀가 남긴 마지막 말,
"존슨에게 사랑한다고 말해줘요."

"넘어가야 할 텐데. 제발 그래야 할 텐데."

일이 끝난 뒤에 무덤과 묘비를 둘러보면서 아버지가 말했다.

정말 그랬다.

우리는 깊은 밤 그곳으로 그를 데리고 갔다. 그랬더니 그게, 음, 내 평생 그렇게 애달픈 광경은 보지 못했다. 존슨이 묘비로 달려가더니 흐느껴 울기 시작한 것이다. 아버지와 정원사 스퀴빈스는 그 모습을 보면서 아이들처럼 소리 내어 울었다.

존슨은 그 후로 더는 집에서 우리를 괴롭히지 않았다. 매일 밤 무덤가에서 흐느끼면서 시간을 보냈고 매우 행복해 보였다.

"아직도 그러고 있어?"

물론 그렇다. 다음번에 우리 집에 오면 데리고 가서 보여주겠다. 보통은 밤 열 시부터 새벽 네 시까지고 토요일은 끝나는 시간만 새벽 두 시로 바뀐다.

닥터 스크루블즈의 이야기

청년 비플즈가 감정을 한껏 실어 들려준 이야기 때문에 나는 눈물을 많이 흘렸다. 이야기가 끝난 뒤 우리 모두는 잠깐 생각에 잠겼고, 심지어 나이 든 의사 선생조차 눈물을 훔치고 있다는 것을 알게 되었다. 하지만 존 삼촌은 펀치를 한 그릇 더 만들었고 우리는 점점 삼촌의 펀치에 대해 체념하게 되었다.

의사 선생은 얼마 후 아주 기분이 좋아져서 예전에 그의 환자였던 어떤 유령에 대한 이야기를 들려주었다.

나는 그의 이야기를 여러분에게 들려줄 수 없다. 나도 그럴 수 있었으면 좋겠다. 사람들은 나중에 그 이야기가 최고였다고, 가장 유령이 나올 것 같고 끔찍하다고 얘기했지만, 나로선 이해할 수 없었다. 뭔가 충분하지 못한 기분이 들었기 때문이다.

시작은 잘했다. 그런데 무슨 일인가 발생하는 듯싶더니 그는 이야기를 마무리하고 있었다. 나는 그가 이야기의 중간을 어떻게 해 버렸는지 알 수 없다.

하지만 누군가 무언가를 발견했다는 것으로 끝이 났고, 그러자 쿰스 씨는 한때 그의 처남이 맡고 있던 오래된 제분소에서 발생한 재미난 사건을 떠올렸다.

쿰스 씨는 이야기를 해주겠다면서, 누가 그를 제지하기 전에 이 야기를 시작했다.

쿰스 씨는 이 이야기를 이렇게 불렀다.

유령이 나오는 제분소
혹은 폐허로 변해버린 집
(쿰스 씨의 이야기)

여러분 모두 내 처남인, 파킨스를 알 것이다. (쿰스 씨는 기다란 파이프를 입에서 떼어 귀 뒤에 걸쳐놓으면서 이야기를 시작했다. 우리는 그의 처남을 알지 못했지만, 시간을 절약하려고 그냥 안다고 했다.) 그리고 물론 그가 한때 서리에 있는 낡은 제분소를 임대하여 그곳에서 살았다는 것도 알 것이다.

그러니 이쯤 되면 몇 년 전 바로 이 제분소에서 욕심쟁이 늙은 수전노가 살다 죽었고, 모아놓은 돈을 그곳 어딘가에 숨겨놓고 세상을 떴다는(소문은 그렇게 났다) 것을 알 것이다. 당연히, 그 후 그 제분소에 살게 된 사람들은 누구나 그 돈을 찾으려고 했다. 하지만 성공한 사람은 아무도 없었고, 지역의 만물박사 소식통이 말하기를, 그 욕심 많은 제분업자의 유령이 어느 날 세들어 사는 사람 중 하나를 좋아하게 되어 그에게 돈이 숨겨진 장소의 비밀을 밝혀주지 않는 한, 아무도 그 돈을 찾을 수 없을 거라고 했다.

처남은 그 소문을 할 일 없는 노파가 지어낸 이야기쯤으로 치부해버렸을 뿐 그 이야기에 그다지 신빙성이 있다고 생각하지 않았고, 전임자들과 달리 숨겨진 돈을 찾으려는 시도를 전혀 하지 않았다.

"이 일이라는 게 그때는 지금과 많이 달랐겠지만, 그 사람이 아무리 구두쇠였다고 해도 일개 제분업자가 모으면 얼마나 모았겠어요."

처남은 말했다.

"찾는 수고보다 못한 정도겠지요, 뭐."

하지만 그도 돈에 대한 생각을 머릿속에서 완전히 지워버리지는 못했다.

그러던 어느 날 그는 잠자리에 들었다. 별달리 이상한 일은 없었다. 밤에 잠자리에 드는 건 종종 있는 일 아닌가. 하지만 특이했던 점은 마을 교회의 시계가 정확히 열두 시를 알리자, 내 처남이 벌떡 일어나게 됐고 다시 쉽사리 잠이 들 수 없었다는 것이다.

조(그의 세례명은 조였다)는 침대에서 일어나 앉아 주위를 둘러보았다.

침대 발치에 뭔가 조용히, 어둠에 휩싸인 채 서 있었다.

그것이 달빛 쪽으로 서서히 움직이자 처남은 그것이, 반바지 차림에 머리를 땋아 내린 쭈글쭈글한 노인의 형체라는 것을 알 수 있었다.

순간 숨겨진 돈과 늙은 구두쇠에 대한 이야기가 떠올랐다.

'그것을 어디다 숨겼는지 가르쳐주려고 온 거야.'

내 처남은 이렇게 생각했다. 그러면서, 돈을 찾으면 전부 다 자신을 위해 쓰지 말고 조금은 떼내어 다른 사람들에게 선행을 베푸는 데 써야겠다고 결심했다.

유령은 문 쪽으로 움직였다. 처남은 바지를 입고 그 뒤를 따라갔다. 유령은 아래층 계단으로 내려가 부엌으로 들어갔고, 스르르 움직여 난로 앞에 서더니 한숨을 쉬고는 사라져버렸다.

다음 날 아침, 조는 벽돌공 두 명을 불러 스토브를 잡아당기게 하고 굴뚝을 부수게 했다. 그는 뒤에서 돈을 담을 감자 자루를 쥐고 서 있었다.

그들은 벽의 반을 다 허물었지만 4펜스짜리 하나를 주웠을 뿐이다. 처남은 머릿속이 하얘졌다.

다음 날 밤 노인은 다시 한번 나타났고 또다시 부엌 쪽으로 갔다. 하지만 이번에는 벽난로로 가지 않고 부엌 한가운데 서서 그곳에서 한숨을 내쉬었다.

"아, 이제야 알겠어."

처남은 이렇게 중얼거렸다.

"바닥 아래에 있는 거야. 저 노인네가 괜히 스토브 옆에 가서 서는 바람에 굴뚝 위에다가 숨겼다고 생각했네."

그들은 다음 날 부엌 바닥 파는 일에 착수했다. 하지만 그들이 발견한 것이라곤 갈래가 세 개인 포크 하나뿐이었고 그나마 잡는 부분도 떨어진 것이었다.

세 번째 밤, 다시 유령이 나타났다. 그리고 아무 부끄러운 기색 없이 세 번째로 부엌 쪽으로 갔다. 그곳에 도착해서 이번에는 천장을 올려다보더니 사라졌다.

"그랬구나! 오래전에 살던 곳이라 어디가 어딘지를 잘 모르는 거야."

조는 침대로 걸어가면서 생각했다.

"처음부터 짐작했어야 했는데."

하지만 이제 돈이 있는 장소는 확실해 보였고, 아침을 먹자마자 그들은 천장을 들어냈다. 천장에 있는 모든 것을 내려놓은 다음에는 위쪽에 있는 판자들을 걷어냈다.

그들은 1쿼터들이 빈 항아리에서 발견될 수 있을 거라고 당신이 기대하는 만큼의 보물을 발견했다.

네 번째 밤, 평소처럼 다시 유령이 나타났을 때 처남은 격노해서 그에게 장화를 던졌다. 장화는 유령의 몸을 통과해 거울을 깨뜨렸다.

다섯 번째 밤, 이제 항상 열두 시만 되면 잠이 깨는 것이 습관이 되어버린 조가 눈을 떴을 때, 유령이 매우 낙담한 모양새로 서 있었다. 매우 고통스러워 보였다. 유령의 크고 슬픈 눈에서는 처남의 마음을 건드리며 호소하는 듯한 뭔가가 느껴졌다.

'어쨌든 이 바보 같은 양반도 나름대로 최선을 다하는 거야.'

그는 생각했다.

'어디다 두었는지 기억이 나지 않아서 기억해내려고 노력하는 중일 거야. 기회를 한번 더 주자.'

조가 따라 나올 준비를 하는 모습을 보자 유령은 아주 감사하고 기뻐하는 듯이 보였고, 다락방으로 가서 천장을 가리키더니 사라졌다.

"이번에는 맞아야 할 텐데."

처남이 말했다.

그리고 다음 날 그들은 지붕을 떼어내는 일에 착수했다.

지붕을 완전히 떼어내는 데는 사흘이 걸렸고 그들이 발견한 거라곤 새 둥지 하나뿐이었다. 그것을 안전하게 옮긴 후에 그들은 비를 맞을 경우에 대비해 방수천으로 집을 덮어두어야 했다.

혹시 그 일로 인해 그 불쌍한 친구가 숨겨둔 돈 찾기를 포기했을 거라고 생각할지 모르지만 그렇지는 않았다.

그는 거기 어딘가에 반드시 많은 돈이 있을 거라고, 그러지 않고서야 유령이 계속해서 나타나지는 않을 거라고 생각했다. 그리고 이미 올 때까지 왔으니 갈 때까지 가서, 어떠한 대가를 치르더라도 미스터리를 풀겠다고 했다.

밤이면 밤마다 그는 침대에서 빠져나가 늙은 사기꾼 유령을 따라 집을 돌아다녔다. 매일 밤 노인은 다른 장소를 가리켰고, 다음 날 아침이 되면 내 처남은 유령이 가리킨 그 지점을 파헤치며 돈을 찾았다. 삼 주 후 제분소에는 이제 들어가서 살 만한 공간이 남지 않게 되었다. 벽이란 벽은 모조리 쓰러지고, 바닥이란 바닥은 모조리 들어 올려지고, 천장이란 천장엔 모조리 구멍이 생겼다. 그때 시작이 그러했던 것처럼 갑자기, 유령의 방문이 끊겨버렸다. 그리고 처남은 평화롭게 남겨져 틈이 있을 때마다 집을 고쳤다.

"노인네 유령이 가장이자 지방세 납부자인 사람에게 왜 그렇게 바보 같은 장난을 친 거야?"

내 말이 그 말이다. 하지만 내가 대답할 문제는 아니다.

어떤 사람들은 욕심쟁이 노인네의 유령이 처음에 자기를 믿지 않았다는 이유로 처남에게 벌을 내린 거라고 말하기도 하고, 또 어떤 사람들은 그 유령이 아마도 그 지역에서 죽은 배관공이나 유리 장수의 혼이어서, 집이 부서지고 망가지는 것을 보는 데 어쩔 수 없이 흥미를 느낀 게 아니겠느냐고 했다. 하지만 확실한 이유를 아는 사람은 아무도 없었다.

막간을 이용하여

우리는 펀치를 더 마셨고 그때 보좌신부가 이야기를 들려주었다. 우리 중 누구도 도통 이야기가 어떻게 시작됐다가 어떻게 끝났는지 알 수 없었기 때문에, 지금 당신에게 다시 그 이야기를 들려줄 수는 없다. 하지만 소재 면에서는 충분히 훌륭한 이야기였다. 플롯도 충분해 보였고, 사건도 충분해서 소설 열두 권은 쓸 수 있을 정도였다. 그렇게 사건이 많이 나오고, 그렇게 인물들이 많이 등장하는 이야기는 들어보지도 못했다.

아마도 우리의 보좌신부가 알거나, 만나봤거나, 들어본 모든 인간 군상이 그 이야기 속에 들어온 것 같았다. 말 그대로 몇백 명이 등장했다. 그는 오 초마다 완전히 새로운 인물들이 완전히 새로운 사건들과 함께 등장하는 이야기를 우리에게 들려주었다.

말하자면 이런 식이었다.

"그때, 저희 삼촌이 뜰로 들어왔습니다. 그리고 총을 꺼냈지요, 그러나 물론, 그것은 거기에 없었고, 스크로긴스는 그것을 믿지 못하겠다고 했습니다."

"뭘 믿지 못하겠다고 한 거요? 스크로긴스는 누구입니까?"

"스크로긴스요! 아, 그 사람이 그 다른 남자였습니다. 그것은 그의 부인이었고요."

"뭐가 그의 부인이었다는 말입니까? 그녀가 그것과 무슨 상관인 건가요?"

"지금 말하려고 했습니다. 그 모사를 발견한 것은 그 여자였습니다. 그녀는 런던에서 사촌을 우연히 만났지요. 그녀의 사촌은 나의 처형이고, 다른 질녀는 에반스라는 남자와 결혼을 했고, 에반스는 그 일이 있고 나서, 그 상자를 제이콥스 씨에게 가지고 갔는데, 왜냐하면 제이콥스의 아버지가 그가 살아 있을 때 그 남자와 알고 지냈고, 그가 죽었을 때 조셉은……."

"이것 보세요! 자자, 진정하시고, 에반스와 그 상자는 신경 쓰지 마시고, 삼촌과 총은 어떻게 된 거냐고요?"

"아, 총이오! 그런데 무슨 총 말씀이신지?"

"당신 삼촌이 뜰에 두었다던 그 총 말이오. 그게 거기 없었다면서요. 그걸 가지고 뭘 한 겁니까? 그걸 가지고 누굴 죽였나요? 제이콥스나 에반스나 스크로빈스나 조셉이나 그런 사람들을 죽인 겁니까? 만약 그렇다면 훌륭하고 쓸모 있는 일입니다. 그렇다면 우리도 맘 편히 이야기를 들을 수 있을 테니까요."

"아뇨, 아뇨, 아뇨, 그렇지 않습니다. 어떻게 그럴 수가 있었겠어요? 그는 산 채로 벽 속에 갇혔고, 에드워드 4세가 그것에 대해 대

수도원장에게 말했을 때, 내 여동생은 당시 자신의 건강 상태로는 그럴 수 없었다고 그러지 않았다고 하면서, 만약 그랬다면 아이의 생명을 위태롭게 했을 거라고 말했습니다. 그래서 그들은 태어나기도 전에 워털루에서 살해된 그녀의 아들 이름을 따, 그 아이에게 호레이쇼라는 세례명을 주었고, 나피에 경은 말하기를……."

"여봐요! 자기가 무슨 얘기를 하는지 알고 있긴 한 거요?"

우리가 이 지점에서 그에게 물었다.

그는 "아뇨"라고 대답했지만, 그는 자기가 말한 모든 것이 진실이라는 것을 알고 있었다. 그의 숙모가 직접 보았기 때문이다. 우리는 그에게 테이블보를 씌워주었고 그는 잠이 들었다.

그러자 삼촌이 우리에게 이야기를 하나 들려주었다.

삼촌은 자신의 이야기가 실화라고 했다.

파란 방의 유령
(삼촌의 이야기)

"여러분을 긴장하게 만들고 싶지는 않습니다."

삼촌은 소름이 끼치는 어조라고는 할 수 없지만, 이상하게 침착한 목소리로 입을 열었다.

"여러분이 원치 않으실 것 같아서 말하지 않았습니다만, 사실대로 말하자면, 여러분이 지금 앉아 계신 바로 이 집에 유령이 나옵니다."

"말도 안 되는 소리!"

쿰스 씨가 외쳤다.

"내가 방금 한 것이 말인데 그걸 보고 말이 아니라고 해봐야 무슨 소용이 있겠습니까? 정말 말씀을 바보처럼 하시는군요."

삼촌은 다소 토라진 듯 대꾸했다.

"여러분께 말씀드린 바와 같이 이 집에는 유령이 나옵니다. 크리스마스이브만 되면 한 죄 많은 남자의 유령이 파란 방(삼촌네 집에서는 아이 방 옆에 있는 그 방을 '파란 방'이라고 부르는데, 세면 용기 일체가 그 색깔로 되어 있다)에 나타납니다. 그는 석탄 덩이로 크리스마스 성가대원을 살해했습니다."

"어떻게요?"

쿰스 씨가 간절히 알고 싶어 하며 물었다.

"어려웠나요?"

"어떻게 할 수 있었는지는 모릅니다."

삼촌이 대답했다.

"그가 그 과정을 설명해주진 않았으니까요. 성가대원은 현관문 앞쪽에 자리를 잡고 발라드를 부르고 있었습니다. 아마도 그가 B플랫 음조를 부르려고 입을 벌린 순간, 그 죄 많은 남자가 창문 밖으로 석탄 덩이를 던졌고, 그것이 성가대원의 목구멍에 들어가 질식사를 시킨 것 같습니다."

"조준을 잘해야겠군요. 하지만 해볼 만한 일입니다. 가능성이 있어요."

쿰스 씨가 생각에 잠긴 듯이 중얼거렸다.

"하지만 그의 죄는 그것만이 아니었지요!"

삼촌이 덧붙여 말했다.

"그에 앞서 그는 솔로 코넷 연주자를 살해했습니다."

"설마! 정말 사실입니까?"

쿰스 씨가 외쳤다.

"물론 사실입니다. 이 같은 유의 사건에서 당신이 사실이라면 이 정도는 되어야지 하고 기대하는 만큼 사실입니다. 오늘저녁은 꽤 까다롭게 구시는군요."

삼촌이 퉁명스럽게 대답했다.

"정황 증거가 명백했습니다. 불쌍한 코넷 연주자는 이 지역에 온지 한 달도 채 되지 않은 사람이었고요. 당시 '모래를 파는 즐거운 소년단'을 이끌고 있었고, 내게 그 이야기를 들려준 비숍 씨의 말에 따르면, 그보다 더 성실하고 활력이 넘치는 솔로 코넷 연주자는 본적이 없었다고 합니다. 그가, 그러니까 코넷 연주자가 아는 곡은 두 곡뿐이었는데, 비숍 씨가 말하기를 만약 마흔 곡을 알았다면, 그보다 더 열심히 혹은 그보다 더 오래 연주할 수는 없었을 거라고 합니다. 그가 연주한 두 곡은 〈애니 로리〉와 〈홈, 스위트 홈〉이었습니다. 〈애니 로리〉를 연주한 것과 관련하여, 비숍 씨는 그 곡이 무엇을 말하는지 알 수 있는 사람은 순진한 어린아이뿐이었다고 하더군요.

이 음악가, 이 불쌍하고 친구도 없는 예술가는 정기적으로 이 집바로 맞은편에 있는 거리에 나와 매일 저녁 두 시간씩 연주를 하곤 했습니다. 어느 날 저녁, 분명히 초대를 받은 것에 부응하여, 바로이 집으로 들어오는 그의 모습이 보였지요. '하지만 그가 이 집을나가는 모습을 본 사람은 아무도 없었습니다!'"

"사람들이 그를 찾는 사람에게 보상금을 내걸지는 않았나요?"

쿰스 씨가 물었다.

"그런 일은 없었습니다."

삼촌이 대답했다.

"또 다른 해 여름날인가는 한 독일 밴드가 이곳을 방문했습니다. 그들은 도착하자마자 가을까지 머무르겠다고 공포를 했지요. 도착한 다음 날, 사람들이 보고 싶어 할 만큼 잘생기고 건강한 남자들로 이루어진 전체 멤버가 다 이 죄 많은 남자에게 저녁 초대를 받았습니다. 그 후 쇠약하고 소화불량에 걸린 밴드는 스물네 시간 동안 침대에 누워 있다가 마을을 떠났습니다. 그들을 진찰한 의사는, 그들 중 누구라도 다시 음악을 연주할 수 있을지 의심스럽다는 소견을 밝혔지요."

"혹시 그 요리 비법은 모르시겠죠, 그렇죠?"

쿰스 씨가 물었다.

"불행하게도 알지 못합니다. 하지만 주재료는 철도 식당에서 가져온 돼지고기 파이라는 말이 있었습니다."

삼촌이 대답했다.

"이 사람의 다른 죄목은 잊어버렸습니다."

삼촌이 말을 이어나갔다.

"한때는 다 알았는데, 기억력이 예전 같지 않아서요. 하지만 발가락으로 하프를 연주하곤 했던 한 신사의 죽음과 그 죽음에 이어진 매장에 그가 무관하지 않다고 믿는다고 해서 그를 기억하는 내 방식이 잘못됐다고는 생각지 않습니다. 한때 이 지역을 방문했던 신원 미상의 이방인이자, 이탈리아의 시골뜨기 젊은이이자, 손잡이를 돌려 소리를 내는 배럴 오르간의 연주자였던 그의 외로운 무덤에 대해, 그가 결코 책임이 없다고는 믿지 않습니다. 크리스마스 이브만 되면,"

낮고 인상적인 어조로, 마치 그림자처럼, 살금살금 들어와 방 안에 자리하고 있던 이상하고 무서운 침묵을 가로지르면서 삼촌이 말했다.

"이 죄 많은 남자의 유령이 바로 이 집에 있는 파란 방에 나타납

328

니다. 그곳에서, 한밤중부터 새벽닭이 울 때까지, 강제로 억제된 비명 소리와 신음 소리와 조롱하는 웃음과 무시무시한 구타 소리가 들려오는 가운데, 솔로 코넷 연주자와 살해된 성가대원의 영혼은 가끔씩 독일 밴드의 도움도 받아가며 그와 치열한 유령 전투를 벌입니다. 목이 졸린 하프 연주가의 유령은 유령 나라의 부서진 하프를 들고, 유령의 멜로디를, 유령 같은 발로 연주하지요."

삼촌은 파란 방은 크리스마스이브에는 침실로서는 비교적 쓸모가 없다고 말했다.

"들어보세요!"

삼촌이 천장을 향해 경고하는 듯 손을 들어올렸다. 우리는 숨을 죽이고 그곳에서 들려오는 소리에 귀를 기울였다.

"들어보세요! 그들이 지금 와 있습니다. 파란 방에요!"

나는 자리에서 일어나 내가 파란 방에서 자겠다고 했다.

그러나 나 자신의 이야기, 그러니까 파란 방에선 무슨 일이 있었는가를 시작하기에 앞서, 먼저 해두어야 할 얘기가 있다.

개인적인 해명

나는 정말 한시라도 빨리 나 자신의 이야기를 말해주고 싶다. 당신은 내 이야기가 내가 들려준 다른 이야기, 아니 그러니까 테디 비플즈나 쿰스 씨나 내 삼촌이 들려준 이야기하고는 다른 이야기라는 것을 알게 될 것이다. 이건 실화다. 이건 크리스마스이브에 위스키 펀치를 마시며 난롯가에 둘러앉은 사람이 들려주는 이야기가 아니다. 이건 실제로 발생한 사건의 기록이다.

사실 제대로 말하자면, 이건 일반적으로 통용되는 의미에서 '이야기'도 아니다. 이건 보고서다. 이런 종류의 책에는 별로 안 어울릴지도 모른다. 이건 전기나 역사책에 더 어울릴 법하다.

내가 이 이야기를 말하기 어렵게 만드는 또 다른 이유가 있는데, 그게 그러니까, 이 이야기가 순전히 나 자신에 대한 이야기이기 때문이다. 당신에게 이 이야기를 해주는 과정에서, 나는 계속해서 나 자신에 대한 이야기를 해야만 한다. 그리고 우리 현대의 작가들은 자기 자신에 대해 이야기하는 것에 강한 거부감을 느낀다.

만약 우리 새로운 학파의 문사(文士)들에게, 다른 누구의 마음이 아니라 바로 우리의 마음속에 영원히 현존하는 칭찬할 만한 열망이 하나 있다면, 그것은 바로 절대, 한 치도, 자기중심적으로 비치고 싶지 않다는 열망이다.

들으신 바와 같이 나는 그렇게 수줍음이 많다. 어떤 일에든 이렇게 움츠러드는 과묵함은 지나칠 정도로 나 자신의 성격과도 연관되어 있다. 그래서 사람들이 그 때문에 불평하기도 한다. 사람들은 나에게 와서 말한다.

"이제 당신 자신에 대해 얘기를 좀 해보는 게 어떻습니까? 그게 바로 우리가 읽고 싶은 거란 말입니다. 우리에게 당신 자신의 이야기를 좀 해보세요."

그러나 나는 항상 대답한다. "안 됩니다." 그 주제가 재미없다고 생각하지는 않는다. 단지 세상 사람들 모두에게 혹은 적어도 교양이 있는 사람들에게는 매력적으로 입증될 만한 어떤 이야깃거리를 생각해낼 수가 없기 때문이다. 나는 원칙적으로는 그렇게 하지 않을 것이다. 그것은 비예술적인 행위고 젊은이들에게 좋지 않은 예가 된다. 다른 작가들(몇몇)이 그렇게 한다는 것은 나도 안다. 하지만 나는 (대개는) 하지 않을 것이다.

그러므로 평상시와 다름없는 상황이라면, 나는 절대로 이 이야기를 당신에게 하지 않을 것이다. 나는 나 자신에게 이렇게 말할 것이다.

"안 돼! 이건 훌륭한 이야기야. 도덕적인 이야기지. 이상하고 기묘하고 재미있는 이야기야. 사람들은 이 이야기를 듣고 좋아할 거야. 나도 그들에게 이 이야기를 해주고 싶어. 하지만 이 이야기는 나 자신에 관한 이야기야. 그러니 사람들에게 이 이야기를 해줘선 안 돼. 자기중심적인 것에 반하는 나의 수줍은 천성은 내가 이런 식으로 나 자신에 대해 말하는 것을 허락하지 않을 거야."

하지만 이 이야기를 둘러싼 상황이란 것이 일반적이지가 않아서, 내가 아무리 사양을 하려 해도, 나는 이 이야기를 해줄 기회를 받아들이라는 자극을 피할 수 없다.

처음에 밝힌 것처럼 우리 가족 사이에서는 우리가 이날 열었던 파티와 관련해서 말이 많았다. 그리고 특히 나와, 내가 지금부터 얘기하고자 하는 사건에서 나의 역할에 관해서는 정말 부당한 평가가 행해졌다.

나에 관한 평판을 정당한 관점으로 되돌려놓으려면, 그 평판에 드리운 중상과 오해의 구름을 몰아내려면, 내가 할 만한 가장 좋은 방법은 실제 사실을 단순하고 기품 있게 전달하여, 선입견이 없는 사람들로 하여금 그들 스스로 판단하게 하는 것이라고 생각한다. 솔직히 고백하건대 나의 주요 목적은 내게 드리운 부당한 비방을 걷어내는 것이다. 이런 목적에 힘입어(나는 이것을 명예롭고 올바른 목적이라고 생각한다), 나는 나 자신에 대해 말하는 것에 대해 가졌던 평소의 반감을 극복할 수 있음을 알게 되었고, 그래서 이렇게 말하려 한다.

내 이야기

삼촌이 이야기를 끝내자마자, 이미 말한 것처럼, 나는 자리에서 일어나 내가 그날 밤 파란 방에서 자겠다고 했다.

"절대로 안 돼!"

삼촌이 벌떡 일어나며 말했다.

"그렇게 치명적인 위험에 자신을 내던져선 안 돼. 게다가 침대도 정돈이 안 되어 있다."

"그 문제라면 신경 쓰지 마세요."

내가 대답했다.

"전 가구가 딸린 셋방에서 삽니다. 한 해 끝에서 또 다음해 끝이 올 때까지 한번도 정돈된 적이 없는 침대에서 자는 데 익숙해졌습니다. 제 결심을 좌절시키지 말아주세요. 저는 젊습니다. 그리고 한 달 넘게 떳떳한 마음으로 살았습니다. 유령들은 저에게 아무런 해도 가하지 않을 겁니다. 제가 그들에게 약간의 도움이라도 된다면, 좀 조용히 하고 사라지라고 설득할 수도 있을 겁니다. 게다가 저는 직접 그 쇼를 보고 싶습니다."

그렇게 말하고 나는 자리에 앉았다.

(어떻게 해서 쿰스 씨가 그날 저녁 내내 앉아 있던 방의 다른 편이 아니라 내 의자에 앉게 되었는지, 내가 그의 머리에 정통으로 앉았을 때 왜 사과의 뜻을 표하지 않았는지, 젊은 비플즈는 왜 내 삼촌인 것처럼 나를 쓰다듬어, 착각 속에서 거의 삼 분 동안 내가 그와 악수를 하게 만들고, 그를 항상 아버지처럼 여겨왔다는 말을 하게 만들었는지, 내가 지금까지도, 절대로 온전히 이해할 수 없는 문제들이다.)

그들은 나를 설득하여 이른바 나의 어리석기 그지없는 모험을 저지하려 했다. 하지만 나는 굳건하게 내 주장을 견지하며 나의 특권을 요구했다. 나는 '손님'이었다. '손님'은 크리스마스이브에는 항상 유령이 나오는 방에서 잠을 잔다. 그래서 손님이 된다.

그들은 내가 계속 그런 식으로 나온다면 물론 할 말이 없다고 했다. 그러면서 나를 위해 촛불을 켜주고 한무더기가 되어 이층까지 나를 따라왔다.

내가 고매한 행동을 하고 있다는 느낌 때문에 의기양양해졌던 건지, 아니면 단순히 정직하게 살았다는 것 하나만 믿고 활기에 차 있었던 건지 말할 수는 없다. 하지만 나는 그날 밤 굉장히 쾌활하게 위층으로 올라갔다. 위층에 올라갔을 때 계단참에 멈춰 서려고 나는 할 수 있는 모든 노력을 다 했다. 나는 지붕 위로 계속 올라가고 싶었다. 하지만 계단 난간의 도움을 얻어 나는 내 야망을 자제했고 사람들에게 안녕히 주무시라고 말한 뒤 방으로 들어가 문을 닫았다.

바로 그 순간부터 나를 둘러싼 상황이 어긋나기 시작했다. 자물쇠를 채우기도 전에 초가 촛대에서 툭툭 넘어졌다. 그것은 계속해서 넘어지기를 반복했고 내가 초를 주워 다시 꽂을 때마다 또다시 넘어졌다. 그렇게 미끄러운 초는 보다보다 처음이었다. 나는 마침내 촛대를 사용하려는 시도를 포기하고 손에 초를 들고 걸어갔는데, 이번에는 초가 똑바로 서지를 않았다. 성질이 난 나는 창문 밖에 초를 던져버리고 옷을 벗은 후 어둠 속에서 침대에 들어갔다.

나는 잠을 자지 않았다. 하나도 졸리지가 않아서 등을 대고 누워 천장을 바라보며 이 생각 저 생각을 했다. 그때 거기에 누워 있을 때 떠올랐던 아이디어들이 기억나면 얼마나 좋을까 싶은 것이, 아주 재미있는 것들이었기 때문이다. 그것들을 생각하며 혼자 웃다 보니 침대가 흔들렸다.

나는 그렇게 삼십 분 정도 누워 유령 따윈 까맣게 잊어버렸다. 그런데 일없이 방 안을 두리번거리다가 처음으로, 기다란 유령 파이프를 뻐끔거리면서 난롯가 안락의자에 앉아 있는, 이상하게 뭔가 만족스러운 표정을 짓는 유령을 보게 되었다.

나는 잠시, 그런 상황에 처한 대부분의 사람들이 그러하듯이, 내가 꿈을 꾸는 거라고 생각했다. 그리고 일어나 앉아 눈을 비볐다.

아니었다! 그것은 분명하고도 분명한 유령이었다. 나는 그의 몸을 통과한 상태로 있는 의자의 등을 볼 수 있었다. 그는 내 쪽을 바라보더니 그림자 같은 파이프를 입술에서 떼고 고개를 끄덕였다.

그날 벌어진 일 가운데서 가장 충격적이었던 부분은 내가 하나도 놀라지 않았다는 점이다. 오히려 그를 보게 되어 기쁘기까지 했다. 친구가 생기지 않았는가.

내가 말했다.

"안녕하십니까? 오늘은 날씨가 꽤 추웠지요?"

그는 자기는 그런 줄 몰랐지만 내 말이 맞을 거라고 했다.

우리는 잠시 동안 침묵한 채 앉아 있었다. 상황을 좀 낫게 만들어 보고자 내가 말을 꺼냈다.

"성가대원과 물의를 일으켰던 유령 분을 만나 뵙는 영광을 누리 게 된 것 같습니다만."

그는 웃어 보이더니, 그런 것을 다 기억해주시다니 참 친절한 분 이라고 말했다. 성가대원 한 명이야 뭐 그렇게 자랑할 거리는 아니 었지만, 하찮은 것도 다 쓸모가 있게 마련이다.

나는 그의 대답에 사뭇 마음이 흔들렸다. 후회하는 신음 소리를 기대했기 때문이다. 하지만 유령은 그 반대로 오히려 그 일에 다소 자부심을 가지는 것 같았다. 나는 그가 성가대원에 대한 나의 언급 을 아주 재빨리 받아넘겼기 때문에, 어쩌면 그 거리의 풍각쟁이에 대해 물어보아도 그다지 기분이 상하지 않을 것 같다는 생각이 들 었다. 나는 그 불쌍한 젊은이에게 호기심을 느끼고 있었다.

"사실입니까?"

나는 질문을 던졌다.

"배럴 오르간을 가지고 마을에 와서는 스코틀랜드 곡만 연주하 던 이탈리아 시골뜨기 젊은이의 죽음에 관련이 있다고 들었습니 다만."

그는 버럭 역정을 냈다.

"관련이라고! 감히 누가 나에게 도움을 준 척했단 말이오? 나는 그 젊은이를 직접 살해했소. 아무도 나를 도와주지 않았어요. 혼자

했습니다. 내가 안 그랬다고 말하는 사람을 불러오시오."

나는 그를 진정시켰다. 그리고 나 역시 그가 진짜 유일한 암살자라는 것을 의심해본 적이 없다고 거듭 말하면서, 그가 죽인 코넷 연주자의 시신을 어떻게 했는지 물었다.

그는 말했다.

"어떤 친구를 말하는 건지?"

"아, 한 명이 아니었나 보군요?"

내가 물었다.

그는 웃어 보이더니 약간 기침을 했다. 그리고 자랑하는 것을 좋아하지는 않지만, 트롬본 연주자까지 합치면 모두 일곱이었다고 했다.

"세상에! 이래저래 정말 바쁘셨겠군요."

나는 대답했다.

그는 자기는 그렇게 말할 만한 사람이 못 될 거라고 했다. 하지만 사실, 평범한 중산층 계급에 대해 말하자면, 자기 생각에 그렇게 부단하게 쓸모 있는 인생을 뒤돌아볼 수 있는 유령은 그다지 많지 않을 것 같다고 했다.

그가 잠시 담배를 뻐끔뻐끔 빠는 동안 나는 자리에 앉아 그를 쳐다보았다. 파이프 담배를 피는 유령을 본 것은 내 기억에 처음이었고, 그래서 재미있었다.

어떤 담배를 주로 피우시냐고 물었더니 그가 대답했다.

"대개는 씹는 담배죠."

그는 사람이 살아 있을 때 피우던 모든 담배는 죽어서도 그의 것이 된다고 설명했다. 그러면서, 자기는 살아 있을 때 씹는 담배를 많이 피웠기 때문에 지금도 그것이 충분히 있다고 말했다.

나는 그것이 매우 유용한 정보라는 생각을 했고, 죽기 전에 가능한 담배를 많이 피워야겠다고 결심했다.

당장 시작하는 것이 좋을 것 같다는 생각이 들어 같이 담배를 피워도 되겠느냐고 물었더니 "물론이지요, 친구"라고 했다. 그래서 나는 옆으로 다가가 코트 주머니에서 필수 장비를 꺼내어 불을 붙였다.

얼마 지나지 않아 우리는 사이가 아주 좋아졌고 그는 나에게 자신이 저지른 죄목들을 다 말해주었다. 그는 자기가 한때 기타 연주를 배우던 한 숙녀의 옆집에 살았다고 했다. 반대편에는 비올라 다 감바를 연습하던 신사가 살았단다. 그는 악마처럼 교활하게 이 순진한 두 젊은이를 서로에게 소개했고 그들을 설득해 부모들의 반대를 거스르고 함께 도망치도록 했다. 그리고 도망칠 때 악기를 가지고 가라고 했다. 그들은 그렇게 했고, 신혼여행이 끝나기도 전에, 여자는 비올라 다 감바로 그의 머리를 깨부쉈고, 남자는 기타를 그녀의 목구멍에 처넣으려다 평생 동안 그녀에게 상처를 주었다.

내 친구는 머핀 장수들을 복도로 유인해서, 터져 죽을 때까지 그들의 입 속으로 그들이 만든 제품을 쑤셔 넣었다고 했다. 그런 식으로 열여덟 사람을 조용하게 만들 수 있었다고 했다.

저녁 파티에서 길고 지루한 시를 낭송한 젊은 남녀들, 밤늦게 콘서티나를 연주하면서 거리를 싸돌아다니는 풋내기 청춘들은, 비용을 절약하려고 열 명 단위로 묶어 독살했다고 했다. 공원 웅변가들이나 금주주의를 설파하는 강연가들은 작은 방에 몰아 넣고 각자에게 물 한 잔과 모금함 하나를 주고, 죽을 때까지 서로에게 연설을 하라고 했다.

그의 말은 유용했다.

나는 그에게 언제 다른 유령들을 만날 거냐고 물었다. 삼촌이 말한 성가대원 유령, 코넷 연주자 유령, 독일 밴드 유령 말이다. 그는 웃어 보이더니, 그들은 이제 다시는 오지 않을 거라고 했다.

나는 말했다.

"왜죠? 그럼 매년 크리스마스이브에 그들이 당신을 만나 한바탕 소동을 벌인다는 말은 사실이 아닙니까?"

그는 그것은 '사실이있다고' 내답했다. 그러면서 이십오 년 동안 매년 크리스마스이브에 그와 그들이 그 방에서 서로 싸움을 벌인 것은 사실이지만, 이제 그들은 그는 물론이고 다른 누구도 다시는 괴롭히지 못할 거라고 했다. 한 명씩 때려눕혀서, 다시는 유령 본연의 모습으로 출몰할 수 없을 정도로 완전히 쓸모없게 망가뜨려놓았다고 했다. 바로 그날 저녁 내가 이층으로 올라오기 직전에 마지막으로 독일 밴드 유령을 처리했는데, 남은 부분은 창틀 사이의 빈틈을 이용해 밖으로 던져버렸다고 했다. 다시는 유령이라고 불리지 못할 거라고 했다.

"그래도 평소처럼 여전히 이곳에 나타나실 거라는 생각입니다만."

내가 말했다.

"그들이 당신을 보고 싶어 할 테니까요."

"글쎄요, 잘 모르겠습니다."

그가 대답했다.

"이제 더 올 유령들도 없고. 하지만……."

그가 친절하게 덧붙였다.

"당신이 이곳에 오면 되겠군요. 만약 다음 크리스마스이브에 당신이 이곳에서 자겠다고 하면 나도 오겠소."

그는 말을 이어나갔다.

"당신이 좋아졌거든요. 당신은 우리를 봐도 비명을 지르면서 도망치지 않았습니다. 머리털이 쭈뼛 서지도 않으니까요. 머리털이 서는 인간들을 보는 것에 물렸소."

그는 그런 모습을 보면 짜증이 난다고 했다.

바로 그때, 아래쪽 마당에서 희미한 소리가 들려왔고, 그는 깜짝 놀라 안색이 까맣게 변했다.

"몸이 안 좋으시군요."

내가 그의 곁으로 다가가며 말했다.

"내가 어떻게 해드려야 하는지 말씀하십시오. 브랜디를 좀 마셔서 그것의 유령*을 드릴까요?"

그는 침묵을 지키며, 잠시 귀를 기울였다. 그러더니 안도의 한숨을 내쉬었고 뺨에 드리웠던 그늘은 사라졌다.

"이제 괜찮소. 수탉이 우나 했지 뭐요."

그가 말했다.

"그럴 리가요. 아직 이릅니다. 아직 한밤중인 걸요."

내가 말했다.

"저 저주받은 닭들은 그런 것에는 신경 쓰지 않습니다."

그가 비통하게 대답했다.

---

* 유령 인간은 유령 브랜디만 마실 수 있을 거라는 생각인 듯하다. 유령 브랜디를 만들려면 브랜디를 죽여야 하고 브랜디를 죽이려면 마셔버리는 수밖에 없다.

"시간을 가리지 않으니 한밤중에도 우는 거죠. 만약 자기들 울음소리가 누군가의 저녁을 망칠 수 있다고 생각한다면 더 빨리도 울걸요? 제 생각엔 고의성이 다분합니다."

그는 수도 요금 징수원을 죽인 남자의 유령인 자기의 친구가 롱에이커에 있는 어떤 집에 나타나곤 했다고 했다. 그 집안 식구들은 지하실에 닭들을 키웠는데, 경찰이 지나가면서 꿰뚫어보는 듯한 눈을 창살을 향해서 번뜩일 때마다, 그곳에 있던 늙은 수탉이 그것을 해로 생각하고 미친 듯이 울어댔다. 그러면 물론 그 불쌍한 유령은 녹듯이 사라져야 했고, 결과적으로 가끔씩은 나간 지 한 시간밖에 되지 않은 새벽 한 시밖에 안 된 시각에, 이럴 수는 없는 거라며 욕이란 욕은 다 지껄여대면서 집으로 돌아오곤 했다.

나는 그것이 아주 불공정한 일이라는 데 동의했다.

"그건 정말 말도 안 되는 협정입니다."

그가 아주 화가 나서 말을 이었다.

"도대체 우리 두목이 무슨 생각으로 그런 협정을 맺었는지 이해가 안 됩니다. 나는 그분에게 계속해서 말씀드렸습니다. '일정한 시간을 정하십시오, 그리고 모두 그 시간을 지키게 하는 겁니다. 여름에는 새벽 네 시, 겨울에는 새벽 여섯 시 하는 식으로 말입니다. 그래야 만사에 빈틈이 없습니다.'"

"근처에 수탉이 없는 경우에는 어떻게 하십니까?"

내가 물었다.

그가 대답을 하려다가 멈칫하더니 또 귀를 기울였다. 이번에는 나 역시 옆집에 사는 볼즈 씨의 수탉이 두 번 우는 소리를 분명하게 들었다.

"이것 보라니까요."

그가 자리에서 일어나 모자를 집으며 말했다.

"이것이 우리가 참아내야 하는 일입니다. 몇 시죠?"

나는 시계를 보았다. 세 시 삼십 분이었다.

"그 정도 되었을 거라고 생각했습니다."

그가 중얼거렸다.

"잡히기만 해봐라, 저놈의 모가지를 비틀어버려야지."

그리고 그는 나갈 준비를 했다.

"일 분만 기다려주시면 제가 가시는 데까지 배웅을 하겠습니다."

나는 침대에서 나오며 말했다.

"정말 친절하시군요."

그가 멈추어 서며 말했다.

"하지만 번거로우실 텐데요."

"아닙니다. 산책을 좋아하는 걸요."

나는 대충 옷을 챙겨 입고 우산을 집어 들었다. 그는 투명한 팔로 나와 팔짱을 꼈고 우리는 같이 밖으로 나갔다.

바로 문가에서 경찰관 존스를 만났다.

"안녕하세요?"

내가 말했다. 나는 크리스마스 시즌이 되면 항상 상냥해진다.

"네, 안녕하십니까?"

내 생각엔 그 사람의 말투는 약간 퉁명스러웠다.

"뭘 하고 계시는지 물어봐도 되겠습니까?"

"아, 네. 친구가 집으로 돌아가는 길인데, 요 앞까지만 배웅을 하려고요."

나는 우산을 흔들며 대답했다.

그가 말했다.

"어떤 친구를 말씀하시는지?"

"아, 그렇군요. 그러는 게 당연합니다."

내가 웃으며 말했다.

"잊어버렸습니다. 제 친구는 당신에겐 보이지 않습니다. 그는 성가대원을 죽인 신사의 유령이거든요. 방금 그와 함께 모퉁이로 가려던 참입니다."

"제가 선생이라면, 그런 생각을 하진 않겠습니다."

존스가 심각하게 말했다.

"제 충고를 받아들이시고, 여기 계신 선생 친구 분에게 작별 인사를 하고 안으로 들어가시지요. 잘 모르시나 본데, 지금 잠옷과 장화에 오페라 해트만 쓰고 걸어다니고 계십니다. 바지는 어디 있습니까?"

나는 그 사람의 태도가 도무지 마음에 들지 않았다.

"경찰관 나리! 당신에 대해 보고를 하고 싶지는 않지만 근무 중에 술을 마신 것 같군요. 나의 바지는 남자의 바지가 있어야 할 곳, 곧 내 다리 사이에 잘 끼워져 있습니다. 바지를 입은 것을 분명히 기억합니다."

"지금은 입고 있지 않군요."

그가 말했다.

"죄송하지만 입고 있다고 하지 않소. 내가 그 정도는 알아야 하지 않겠소?"

"저도 당연히 그 정도는 알아야 한다고 생각합니다."

그가 대답했다.

"하지만 지금은 분명히 입고 있지 않으니, 저와 함께 안으로 들어가시지요. 더는 이러지 마시고요."

이때 존 삼촌이 문가로 나왔다. 아마도 우리가 벌이던 언쟁 때문에 잠에서 깬 모양이었다. 동시에 마리아 숙모도 나이트캡 차림으로 창가에 나타났다.

나는, 경찰관이 난처해지지 않도록 되도록이면 가볍게 그 문제를 다루려고 하면서 그들에게 경찰관의 오해에 대해 설명했다. 그리고 유령에게 확증을 받으려고 몸을 돌렸다.

그는 사라지고 없었다! 말 한마디 없이 나를 떠나버렸다. 잘 있으라는 단 한마디 인사도 없이!

그가 그런 식으로 사라져버린 것이 너무나 불친절하게 느껴졌기 때문에, 나는 울음을 터뜨렸다. 그러자 삼촌이 문밖으로 나와 나를 집 안으로 데리고 갔다.

방에 도착했을 때, 나는 경찰관의 말이 옳았다는 것을 알게 됐다. 나는 바지를 입고 있지 않았다. 바지는 침대의 가로널에 얌전히 걸려 있었다. 유령이 기다릴까 봐 서두르는 바람에 바지 입는 것을 깜빡한 모양이었다.

이것이 그 사건에 대한 꾸밈없는 사실이다. 건강하고 자애로운 마음의 소유자라면 누구라도 그 사건을 통해 그런 중상모략이 생겨나리라곤 믿지 못할 것이다.

하지만 그랬다.

인간들은(나는 '인간들'이라고 했다), 변명(이것 자체가 나에 대한 모욕이고 오해이지 않은가!)이라고만 생각할 뿐, 이 글에서 이야기된 그

단순한 상황을 이해할 수 없다고 단언했다. 억울한 누명이 씌워졌고, 비방의 말들이 들려왔다. 남도 아니고 나의 혈육에게서 말이다.

하지만 나는 악감정을 품지 않았다. 다만, 앞서 말한 대로, 나를 둘러싼 평판에서 모욕적인 혐의를 벗고 싶다는 바람으로 이런 진술을 할 뿐이다.

작품 해설

 '게으름'이라는 단어는 제롬 유머의 핵심이었을까?《보트 위의 세 남자》를 출간하기에 앞서《한 게으른 녀석에 대한 게으른 생각(*Idle Thoughts of an Idle Fellow*)》(1886)이라는 에세이집을 내더니, 그 책에서 할말을 다 못했는지, 그로부터 10년 넘게 지난 1898년에 와서는《한 게으른 녀석에 대한 두 번째 생각(*The Second Thoughts of an Idle Fellow*)》('그 녀석'에 관한 두 번째 생각이라고 하고 싶으나, 한 녀석이 그 녀석인지 확인해보지 않았으므로 자제하는바)을 발표한다. 그리고 그 사이에 글을 쓰는 친구들과 함께《게으른 인간들(*The Idler Magazine*)》(1892~1911)이라는 월간 문학잡지를 창간한다. 정말 '게으름'에 관한 작가, 라고 하지 않을 수 없다(물론 그의 작품에 이런 종류의 제목만 있는 것은 아니다. 그는 비교적 많은 작품들을 남겼다).
 현대의 독자들에게도 충분히 영향력을 과시할 만한 스타일의 유머를 보여주는 《보트 위의 세 남자》에 등장하는 주인공들은 실제로 존재했던 인물들에게서 탄생했다. 노골적으로 정체를 드러내고 있는 이니셜 J.는 물론 제롬 자신이고, 조지(George Wingrave, 잠만 잤는지는 모르겠지만 은행을 계속 다녀서 간부가 되었다고 한다)와 해리스(Carl Hentschel, 본명을 그대로 쓰지 말아달라고 요청했던 것일까?)는 그의 오랜 친구들이었다. 불행인지 다행인지 예외적으로 몽모렌시만이 소설을 위해 만들어낸 가상의 개인데, 제롬이 몽모렌시와 관련하여 "내 모습이 다분히 투영된 개다"라고 언급했다고 한다. 그것 역시 불행인지 다행인지는 모를 일.

《보트 위의 세 남자》는 전 세계 많은 독자들의 사랑을 꾸준히 받았다. 책이 출간되었던 당시에는 J. 일행이 선택한 코스를 따라 여행하는 보트 여행객들의 수가 크게 증가하여, 실제로 템스강이 유명해지는 데 대단한 몫을 했다고 한다. 텔레비전 쇼, 연극, 영화, 뮤지컬 등으로 오랜 세월 리메이크되었다는 사실이 그 인기를 반증하고 있고, 2005년에는 BBC에서 세 명의 배우와 함께 이 작품 속의 루트를 따라가는 다큐멘터리를 만들기도 했다.

자신을 일약 작가의 반열로 들어서게 해준 《보트 위의 세 남자》가 출간되고 11년이 지난 후, 제롬은 독일에 잠시 머물렀던 시간에 대한 기억을 더듬어, 이른바 속편인 《자전거를 탄 세 남자(*Three Men on Wheels*)》(1900)를 발표한다. 보트 위에 있던 세 친구들이 자전거로 옮겨 타게 되는데, 이번에는 해협을 건너 독일 남서부 지역으로 간다. 그들의 여행지는 '검은 숲'이라는 별칭이 붙은 독일의 아름다운 삼림 지대 '슈바르츠발트'. 이쯤 해서 옮긴이의 말이 재미가 없어

질 터이므로, 속편 시작의 내용을 조금 소개하며 이 글을 끝내려고
한다.

"우리에겐 변화가 필요해."

해리스가 이 말을 하는 순간, 문이 홱 열렸다. 해리스 부인이 머
리를 쏙 들이밀었다. 그러더니 에델버타가 전하라는 말이 있어서
왔는데, 클라렌스 때문에 집에 너무 늦게 돌아가면 안 된다는 것을
잊지 말라고 했다는 것이다. 내 생각에 에델버타는 지나치게 아이
에 대해 걱정한다. 그리고 또 이쪽 편에서 유념해주었으면 하는 사
항이 있다면서, 위층에서 뮤리엘이 《이상한 나라의 앨리스》에 나
오는 '매드 해터의 티 파티' 부분을 공연하려는 참인데, 지금 당장
올라오지 않으면 공연을 놓치게 될 거라나. 뮤리엘은 여덟 살 된,
해리스의 둘째다. 우리는 담배를 마저 피우고 금방 가겠다고 했다.
우리가 갈 때까지 뮤리엘이 공연을 시작하지 못하게 해달라고 간
곡하게 부탁을 하기도 했다. 그녀는 가능한 최선을 다해서 막아보
겠다고 약속했다. 문이 닫히자 해리스가 다시 말을 이었다.

"내 말이 무슨 뜻인지 알지? 완벽한 변화 말이야."

문제는 그걸 어떻게 이루어내느냐 하는 것이었다. 조지가 제안
했다.

"사업상 핑계를 대는 거지."

그것은 조지나 생각해낼 수 있는 종류의 제안이었다. 결혼 안 한
친구들은 결혼한 여자들이 결혼한 남자들의 수법을 모를 것이라고
생각한다. 한 젊은이가 있었다. 그는 '사업상' 비엔나에 가야겠다는
생각을 했다. 부인은 구체적으로 '어떤 사업인지' 알고 싶어 했고,

그는 그 근처 탄광들을 방문해서 회사에 보고서를 제출하는 것이 그의 임무라고 말했다. 그녀는 자기도 함께 가겠다고 했다. 그는 그녀를 설득하려고 노력했다. 탄광은 아름다운 여성이 갈 만한 장소가 아니라고. 그녀는 자기도 그렇게 생각한다면서, 자기는 아침에 그가 일하러 나가는 것만 보고 그가 돌아올 때까지는 혼자 알아서 잘 놀겠다고 했다. 일단 엎질러진 물이었기 때문에, 그는 그 상황에서 어떻게 빠져나와야 할지 몰랐다. 그렇게 해서 길고 긴 여름의 열흘 동안 그는 비엔나 근처의 탄광들을 방문하며 그들에 관한 보고서를 작성했고, 그의 아내가 그것을 원하지도 않는 회사에 부쳐주었다.

가슴 아프지만, 나는 에델버타나 해리스 부인이 그녀와 같은 부류의 여성이라고는 생각하지 않는다. 하지만 '사업상'의 이유는 너무 자주 사용하지 않는 것이 좋다. 진짜 필요한 경우에 대비해 아껴둬야 한다.

"그건 안 돼."

내가 말했다.

"사람이 솔직하고 당당해야지 말이야. 나는 에델버타에게, 남자는 자신 곁에 늘 함께하는 행복을 깨닫지 못한다는 결론에 도달했다고 말하겠어. 깨닫는 것이 마땅한 나의 행복을 깨닫는 법을 배우려고, 가슴이 찢어지지만 그녀와 아이들에게서 최소한 삼 주를 떠나 있겠다고 말이야. 나는 말하겠어."

나는 해리스에게 고개를 돌리며 말을 이었다.

"이 문제와 관련하여 나에게 나의 의무를 일깨워준 것이 너였다고 말이야. 우리 모두 너에게 이런 크나큰 은혜를……."

해리스가 급하게 잔을 내려놓으며 내 말을 가로막았다.

"미안하지만 친구, 안 그래주면 좋겠어. 그럼 그녀가 내 아내에게 이야기할 테고, 그럼, 글쎄 난 불행해지지 않을까? 안 그래도 되는 죄를 뒤집어쓰고 말이야."

"왜 안 그래도 된다고 생각하지?"

내가 말했다.

"본래 네 아이디어였잖아."

"나에게 그 아이디어를 준 건 너야."

해리스가 다시 말을 잘랐다.

"네가 그렇게 말했잖아. 남자가 틀에 박힌 생활을 하면 안 된다고. 쭉 가정생활만 하다가는 머릿속에 진흙이 들어차게 된다고."

"난 그냥 일반적으로 그렇다는 거였어……."

– 《자전거를 탄 세 남자》중에서

게으른 인간인 나를 웃음과 재치로 독려해준 제롬에게 감사의 말을 전하며…….

옮긴이

제롬 K. 제롬 연보

1859년   5월 2일 영국 스태퍼드셔주 월솔에서 마거릿 존스와 제롬 클랩카 사이에서 넷째로 태어났다. 어린 시절 아버지가 지역 광업 투자에 실패하여 온 가족이 가난에 빠졌다. 제롬을 이 경험을 이후 자서전《나의 삶과 시대》에서 생생하게 묘사했다.

1872년   아버지 제롬 클랩카가 사망했다. 아버지는 사망 전 본인의 이름을 '제롬 클랩카 제롬'으로 개명했으며, 아들 제롬 역시 아버지와 같은 이름으로 등록되었다.

1874년   어머니 마거릿 존스가 사망했다. 본래 제롬은 세인트 메리본 문법 학교에 다니며 정치인이나 문인이 되기를 희망했으나, 부모의 사망으로 학업을 중단했다. 생계를 꾸리기 위해 런던 앤드 노스웨스턴 철도 회사에 들어가 4년간 근무했다.

1877년 연극을 사랑했던 누나 블란디나의 영향으로 해럴드 크라이튼이라는 예명으로 극단에 합류해 연기에 도전했다. 3년간의 순회 공연 이후에도 뚜렷한 성과를 거두지 못해 다른 직업을 찾기로 결정했다. 그러나 이 경험은 연극을 이해하는 계기가 되어 극작가로서 기량을 다지는 초석이 되었다. 이후 기자로 전향해 수필, 풍자문, 단편 소설을 썼으나 대부분 거절당했다. 몇 년간 학교 교사, 포장공, 법무사 사무원으로 일하며 생계를 이어갔다.

1885년 극단에서의 경험을 담은 유머 회고록 〈무대 위에서, 그리고 무대 밖에서〉로 성공을 거두었다.

1886년 유머 수필집 《한 게으른 녀석에 대한 게으른 생각》을 출간했다.

1888년 조지나 엘리자베스 헨리에타 스탠리 매리스와 결혼했다. 신혼여행은 템스강에서 작은 보트를 타고 이루어졌으며, 이 경험은 《보트 위의 세 남자》에 상당한 영향을 미쳤다. 제롬은 신혼여행을 마치자마자 바로 작품을 집필하기 시작했다.

1889년 《보트 위의 세 남자》를 출간해 즉각적인 성공을 거두었으며, 책의 인기로 템스강이 주요 관광 명소가 되었다. 책 판매로 얻은 재정적 안정 덕분에 제롬은 모든 시간을 글쓰기에 전념할 수 있었다.

1891년 두 번째 소설 《순례 일기》를 출간했다.

1892년 신사들을 대상으로 한 예술 월간지 《게으른 인간들》의 편집자로 근무했다.

1893년 월간지 《투데이》를 창간했으나, 재정적 어려움과 명예훼손 소송으로 《게으른 인간들》와 《투데이》의 편집 직무에서 물러났다.

1896년 연극 〈비아리츠〉가 프린스 오브 웨일스 극장에서 상연되었다.

1898년 짧은 독일 체류 경험을 살려 《보트 위의 세 남자》의 속편 인 《자전거를 탄 세 남자》를 출간했다.

1902년 자전적 소설 《폴 켈버》를 출간했다.

1908년 연극 〈3층 뒷방에서의 죽음〉이 큰 상업적 성공을 거두었으며, 1918년과 1935년 두 차례 영화화되었다.

1914년 제1차 세계대전이 발발하자 조국을 위해 복무하겠다며 영국 육군 입대를 자원했으나, 55세의 나이로 입대하지 못했다. 어떤 형태로든 복무해 전쟁에서 책임을 다하고 싶어 하던 제롬은 프랑스 육군 구급차 운전사로 자원했다.

1926년 자서전 《나의 삶과 시대》를 출간했다. 고향 월솔에서 수여한 '자치구 명예 시민' 칭호를 받았다.

1927년 자동차 여행 중 마비성 뇌졸중과 뇌출혈이 일어나, 노샘프턴 종합병원에서 2주간 입원한 후 6월 14일 사망했다.

옮긴이 **김이선**

프랑스 투르대학교 언어학과를 졸업했으며 서강대학교 영문학과 대학원을 수료
했다. 수년간 출판 편집자로 일했으며, 현재 번역가로 활동하고 있다. 옮긴 책으
로 《보트 위의 세 남자》, 《저체온증》, 《빛과 물질에 관한 이론》, 《카미유 클로델》,
《폴 스미스 스타일》, 《둘런과 모리스의 컬렉션》 등이 있다.

보트 위의 세 남자

1판 1쇄 발행 1988년 10월 20일
4판 1쇄 발행 2025년 12월 25일

지은이 제롬 K. 제롬 ｜ 옮긴이 김이선
펴낸곳 (주)문예출판사 ｜ 펴낸이 전준배
출판등록 2004. 02. 11. 제 2013-000357호 (1966. 12. 2. 제 1-134호)
주소 04001 서울시 마포구 월드컵북로 21
전화 02-393-5681 ｜ 팩스 02-393-5685
홈페이지 www.moonye.com ｜ 블로그 blog.naver.com/imoonye
페이스북 www.facebook.com/moonyepublishing ｜ 이메일 info@moonye.com

ISBN 978-89-310-2641-2 04800
ISBN 978-89-310-2365-7 (세트)

• 잘못 만든 책은 구입하신 서점에서 바꿔드립니다.

ॐ문예출판사® 상표등록 제 40-0833187호, 제 41-0200044호

■ 문예세계문학선

★ 서울대, 연세대, 고려대 필독 권장 도서 ▲ 미국대학위원회 추천 도서
● 《타임》 선정 현대 100대 영문 소설 ▽ 《뉴스위크》 선정 세계 100대 명저

(뒷면 계속)